译文纪实

HIDDEN AMERICA

Jeanne Marie Laskas

[美]珍妮·拉斯卡斯 著　　何雨珈 译

看不见的美国

上海译文出版社

献给艾利克斯,安娜和萨西亚

美利坚在歌唱!

机械工人在歌唱,各自腔调不一样,从心所欲放声歌,无忧无虑力量强。
木匠师傅在歌唱,双手不停工作忙,才算横梁尺寸完,又将木板来丈量。
瓦工师傅在歌唱,整日劳作不觉慌,上工唱个鼓劲歌,收工放声心舒畅。
船夫划船高声唱,船上财物皆我享;驶来一艘蒸汽船,水手笑对歌声朗。
鞋匠坐在板凳上,歌声随着心飞扬;帽匠身子站得直,歌唱声音更嘹亮。
伐木工人把歌唱,农家孩子也亮嗓;晨间出工心欢喜,午休傍晚乐同享。
母亲甜歌逗儿笑,少妇上工把夫想;当户织女洗衣妇,幸福人人不一样。
天光灿烂任徜徉,夜来小伙把歌唱;友善率直又健康,歌声优美醉心房。
来吧大家一起唱,美利坚啊在飞翔!天堂尚且无此地,歌声飘处是故乡。

——选自沃尔特·惠特曼《草叶集》,1860年版

目　录

引　言 001

地底世界 010

美国制造 043

G-L-O-R-Y 刹那荣耀 073

飞向何方 100

枪支"保佑"美国 133

谁知盘中肉，块块皆辛苦 161

油井风云 186

噼啪在路上 227

天堂在此处 255

致　谢 289

译后记 290

引 言

这本书的灵感形成于一个煤矿之中。当时,我身处俄亥俄州地下一百五十多米的地方,乘着一辆没有车顶只能蹲坐的小矿车,在一片乌漆漆的黑暗中哐哧哐哧向前翻滚。我的屁股墩儿挤压着旁边矿工的背,脚踩在别人的脚上。所有人都"低头哈腰",免得头上的安全帽碰到低得不能再低的顶板。帽子上的头灯照不了多远,只能隐隐约约看到一些摇摇晃晃的杆子和横梁,撑着整个地方不至于崩塌。这不是人呆的地方,这不是人呆的地方,这不是人呆的地方,在小矿车磕磕咔咔的响声和快要跟不上的心跳中,我的脑子里只回荡着这样一句话。

提到煤矿,大家想起的都是"下去",其实,真正让人惊奇的是,你要"进去"。我们这个人挤人的小分队沿着矿层隧道越来越深入地球的中心,一英里,两英里,最后离我们一开始下来的升降机井已经六英里[①]了。小矿车停下来,我们翻身下车,整理了一下自己,然后站直——好吧,只能说勉强站直。顶板离地面不过一米五左右。我们现在真正身临其境,这里就是矿工们挖煤的地方,每天要像折断的树苗一样,弯着腰,工作整整十个小时。

我本想表现得泰然自若些,就像去拜访一家不幸住在破烂房屋中的邻居,或是强忍某个小孩吱吱呀呀拉锯子一般地拉小提琴。但这不一样。四周一片漆黑,我们离唯一的安全出口相距整整六英里[①],加上周围的土地正在释放随时可能致命的甲烷,稍不注意受到最轻微的刺激,就会爆炸——所有这一切让我的礼貌与修养荡然无存。"你他妈的在开玩笑吧?"我脱口而出。我将在这个煤矿进进出出长达数月,最初的几天这就是我的口头禅。"他们应该把顶板弄高点啊!"我大放厥词,"这下面简直跟个小城市差不多大了,就他妈不能再修个电梯吗?"最后,我什么也说不出来了,只会不断重复:"哥们儿,这也太荒唐了吧。"

矿工们用无精打采的厌烦回应我的惊叹。有的面无表情地看我一眼,有的筋疲力竭地眨眨眼睛。一切尽在不言中。正是这样的表情传递的信息引起了我的共鸣,给我深深的启示,最终牢牢抓住我的心,让我开始为期两年的九段不同的旅程。路上的所见所闻,构成了这本书的基本内容。

"你这人怎么回事儿?"矿工们脸上的表情好像在说,"你怎么会完全不了解我们、我们的生活以及这个世界呢?"

一边是煤矿业,一个价值 270 亿美元的产业,这个星球上增长最迅速的能源产业。另一边是挖煤的人们。我们每按动一次电灯开关,就燃烧掉一小块煤。我的日常生活归根结底和这些人息息相关,甚至可以说完全离不开他们。然而,在我来煤矿之前,我对这些人和他们的世界一无所知。

真丢脸。说不清为什么,但就是不对。我动笔写《看不见的美国》,就是想把这种说不清的错误说清楚。是这些人让我的生活正常运转,我想把自己的生活与他们联系起来。也许,还能更进一步,让整个美国重新认识自己被遗忘的灵魂。

我们每天吃的蔬菜,是谁来采摘? 我们在餐桌上大快朵颐的牛排,是谁在养殖? 我们在市场开心采购的东西,是谁运来的? 我们扔出去的一袋袋垃圾,是谁让它们最终消失不见? 更重要的是,为什么回答这些

---

① 相当于九千六百多米。——译者

问题变得这么难？在我看来，过去，对于这些维持生活运转的人们，我们还是相当了解的。他们与我们关系极为密切。高度工业化之前的美国，小城镇社会的美国，养奶牛的是查理叔叔，送来一车车稻草的是麦克表弟，提着一篮子青豆的是莎拉阿姨，当然还有人人皆知的送奶人。日常生活用到的原材料和人工，都有着不同的情感和个性，还蕴含着历史与文化。

而今，这一切都成了过去。我们住在大城市，新郊区。我们忙忙碌碌。我们随手用电，周围的气温可以随心所欲地调节，食物触手可及，速度日新月异，交通方式也追求最大程度的方便（也就是说不会骑着一匹臭烘烘的老马慢悠悠来来去去）。我们理所当然地认为，有人会拿走我们的垃圾，进行处理，免除这方面的后顾之忧；商场的货架上摆满了需要的商品，让我们随来随取。我们有工作要做，有文件要签，有按揭要还。我们是文明社会的文明人。我们不需要与牲畜面对面，只要对着它们的肉舞动刀叉；我们不需要知道农夫的手掌是什么颜色什么样子，只要吃到他们摘下的生菜、桃子或香芹。我们（需求者）和他们（供应者）之间简直是八竿子打不着。这样的状况，这样的冷漠，说明我们是什么样的人呢？我想答案会让所有人赧然。

然而，在《看不见的美国》中，我倡导的并非是所谓的"简单生活"，所有人自给自足，跑去砍木柴烧自家的炉子，亲手杀鸡做给孩子们吃，收小麦，种燕麦，弹棉花，剪羊毛。任何家里有现代设备、有电子屏幕的人都清楚，当下的生活就是有史以来最简单的生活，我完全支持这个观点。

我写作本书的目的，只是想邀请整个美国转移高高在上的目光，窥探一下这些被忽略的世界，观察那些十分复杂的产业，看看一些不为人知的微小贡献。和我一起在这些世界中走一走，用全新的眼光看待每一天的日常生活。你也许对美国所知甚多：历史、政治、经济等风向标说明的风险和机遇,共和党红州与民主党蓝州之争……如果你正蜷缩在一个煤矿当中,或是盯着一个同时显示成千上万架飞机的雷达屏幕,或是在沙漠的滚滚热浪和炎炎烈日下放牧五百头身怀六甲的红安格斯奶牛,那么,上述知识再博大精深,也毫无用处。

过了些时日,我告别煤矿,来到北极圈以北大概四百多公里的地方。这里是阿拉斯加的一个人工岛,短短几公里外,就是波弗特海的冰海冻浪。此地温度常年保持在零下四十五度左右。我斜戴着边缘有一圈皮毛的兜帽,一边躲避着刺骨寒风的侵袭,一边听别人讲授如何钻钻头。这人的小胡子已经变成一小撮冰条,而他似乎毫不在意。在这片常常数周乃至数月人迹罕至的冻原之上,我结识了一小群工人,他们戏剧化的生活当然反映了整个美国对石油的迫切需求,但我更多感觉到的是一种爱,一种艰难生存环境催生出的兄弟之情,让我亲眼目睹不为人知的英雄事迹。众多的英雄事迹串联起来,再一次让我大开眼界,催促我用不一样的眼光和态度,去看待现代日常生活中的种种便利。

我又去了加州的洛杉矶,在那里我见识了一架巨大的机器,正从"垃圾山"陡峭的悬崖上俯冲下来。这垃圾山的高度几乎可与俄亥俄州煤矿的深度比肩。我同时也膜拜了一些美国工程师杰出的工作。他们五十年如一日地努力,要征服垃圾这个大难题。他们的努力看上去富有哲学意味:垃圾是物质,而物质永不消失。你可以改变物质的形态,从这里搬运到那里,倾入海中,一把火烧掉,埋进土里,但物质永远与我们同在。于是,在我眼里,管理垃圾的事业,就略有些奇怪地变成了一种关乎心灵和精神的追求。

一开始,我对于自己的研究对象有个想当然的设定:在"看不见的美国",那些人们希望被外界所知。后来我才知道,这样的预设有多么幼稚可笑。我发现,有些人毫不关心外界知不知道自己和自己的贡献;

更值得一提的是，有些人根本就不愿意为外界所知。我在缅因州一个外来劳工营生活了一段时间，每天天还没亮就跟着工人们来到种满蓝莓的田野中，想了解这些为我们采摘食物的人和他们的生活。这些人来自墨西哥、秘鲁、哥伦比亚和南美洲其他更为遥远的地方。有的人是经过合法登记的，有的则不然。大多数人都生活在一种羞耻感之中，遮遮掩掩，不愿见人。他们一边违反着法律，一边耕种土地，采摘莓果。而这些莓果正是我每天早上放入麦片粥或谷物粥增添风味的食物。等到与他们熟识，每天早上我走向餐桌时，心绪变得截然不同。现在，我怀揣着感激、愤怒、沮丧和责任，可谓百感交集。

为人所知与默默无闻；扬名天下与沉默隐匿：在我为写作这本书进行调查研究时，不断遇到这些截然相反的人生目标。在纽约那瓜迪亚机场，我遇到的人们，甚至把"默默无闻"作为自己最大的工作目标。那是一个专业技术过硬的军人团队，他们所服务的公众平时对他们一无所知，但他们的工作对公众却至关重要。控制空中交通的人，只有在工作出现失误，引起重大事故的时候，才会被注意到。和这本《看不见的美国》中的很多人物一样，这些人工作得越出色，就越默默无闻。

《看不见的美国》是对这个国家的一次深入探寻和颠覆，我所描写的对象和以往截然不同。我所要表达的观点，也和这名利当道的社会习以为常的主流观点完全不同。我们的耳边充斥着"上电视！赚大钱！得大奖！"等现代社会鼓吹的价值观。诸如此类的叫嚣弥漫了我们的感官，让我们忘记还有其他生活方式的存在，还有其他事情在发生。

我也考虑了"名气"这东西，想找找这本书中它能不能占据一席之地。说到名气就想到娱乐业，这个最大的舞台，最吸引眼球的行业。美国橄榄球联盟（NFL）每年创收达 90 亿美元。那些"演员"们在球场上跑跑跳跳，你推我撞，把那个椭圆形的球抛来丢去，就能有不菲的收入。与此同时，啦啦队员们则展露着永恒不变的动人微笑，在球场边线上挥汗如雨地舞蹈,好像在祈求大家分一点注意力给她们。如果我们暂停狂热的呐喊助威,也问候一下这些姑娘,又有什么大不了的呢?和辛辛那提猛虎队的啦啦队员们相处的日子里,我发现了另一种形式的专属于女性的默默无闻。她们身穿一模一样的服装,嘴唇上涂着一模一样的橘色唇彩,做着千篇一律的动作,为了做最好的啦啦队员,她们仿佛变成了同一个人。往深了说,这些啦啦队员们正好体现了最基础层面的国民性。每个疯狂的星期天比赛日,我都会亲睹光鲜热闹与视若无睹这样的矛盾在眼前上演,这矛盾也是美利坚的特性之一。

《看不见的美国》中所描写的姐妹之情和几乎已经成为普世价值的兄弟义气又有轻微的差别。在很多称兄道弟的世界里,价值体系最重要的标准就是团队合作与互相支持。而转到"母性"这个话题,一切又完全不一样了。一位绰号"嘛啪"的卡车司机就在俄亥俄州的某时某地,为我打开了检验母性的窗口。我本以为只是和嘛啪一同运载拖拉机部件,结果却惊奇地发觉,这是一次自我发现之旅。

我无意在这本书里表达任何个人的政治观点,也有意地控制了语气和内容,不代表任何人发出控诉或是请求。不代表没有登记的非法移民,不代表环境保护主义者,不代表其他的任何利益团体,甚至也不代表得州西部那些因孕酮过剩产下漂亮小牛的奶牛们。然而,美国好像一直在朝不同的政治极端分裂,如果完全忽略这个事实,本书也许不算完整。我怎样才能解释清楚这种分裂,同时又让这些内容体现《看不见的美国》的写作目的呢?于是,我决定重新出发,去探访另一个"看不见的美国",我相信,生活在那个特定圈子中的人群,是我最无法理解的,如果不是写作的契机,我可能一辈子也没有机会去理解。这个特定的圈子就是枪支持有者。我必须忽略分歧,全力以赴,静静守候。无论如何,我想要解答一个问题,美国现在有大约三亿支枪和八千万枪支持有者,一个国家是如何走到这一步的?我这样设问没有任何政治上的指向,甚至也不想探究历史原因。我只想知道个中的来龙去脉。是什么人把美国武装了起来?是什么人站在柜台后面,解释武器性能,展示武器威力,把武器交给顾客?我来到亚利桑那州的尤马市,在一个枪支出售店做售货员,想看个究竟。在出售冲锋枪、手枪、半自动手枪和左轮手枪的过程中,我聆听并学会了一种语言,现在我还没完全想清楚,如何把这种语言翻译出来,解释给这个国家"另外一边"的人听,那正是我的来处。而我则从"另外一边"来到枪支的世界。对我来说,在这本书所呈现的种种文化当中,这种文化仍然令人费解,难以言喻,像个深不可测的无底洞。

当然,这样的探索无穷无尽。我思考玉米的问题,棉花的问题,航运港的问题,大桥和高楼的问题,还有那些小小国旗下被埋葬的无名士兵,想听听他们在坟墓中的耳语。随着探究的深入和越来越多的了解,你会发现,"看不见的美国"越来越大,越来越复杂。

我想,还需要指出很重要的一点,《看不见的美国》和其他所有的书一样,可能不同的读者在字里行间会读出完全不一样的信息。在2012年的今天,如果说美国在歌唱的话,那么这歌唱的背景音乐可谓震耳欲聋,极不和谐。不同的声音竞相登场,自说自话,不屈不挠,拒绝退让。

别怪华尔街,别把账算到大银行头上,如果你是个一贫如洗的无业游民,那得怪你自己!

别再和工人作对!

我们是商业精英,我们知道如何创造更多就业机会。给我们个机会,让我们解释一下如何把美国引回正轨!

我们是99%的多数人。

别再给那些就业机会创造者们增加赋税负担!

这些呐喊震耳欲聋,本书已经没有任何需要补充的了,也不会再为99%的多数人或1%的少数人进一步发声。如果说《看不见的美国》有任何立场的话,那也是来自球场的边线,来自深邃的地下,来自高远的天空,或是不为人知的内部。这些都是"有利地形",因为在这些地方,能够听到那些安静而微妙的声音,被高声喊叫和响亮口号屏蔽了的声音,平时听不到的声音。"看不见的美国"无心争论。"看不见的美国"筋疲力尽。"看不见的美国"没有时间去静坐示威,也抽不出空闲观看电视上激烈的辩论。"看不见的美国"只想喝杯啤酒,早点睡觉。正是这些人维持着美国的正常运转。如果这些人明天辞职不干,我们习以为常的生活就会戛然而止。

我也想过,为了写作本书所做的研究和书里讲的那些故事,到底有什么重要?我为什么要在意谁点亮我的灯,谁让我的食物如此美味,谁帮我的航班顺利着陆,谁让我的牛排入口爽滑,谁让我安全准时地到达目的地?和别人一样,我也有"更重要的事情"要做,好像不应该浪费时间想东想西。(毕竟,我们给焚烧炉安上门,给汽车引擎盖上闪亮的车盖,这是有原因的。)但我又想到,过去这几年,我为了这本书走南闯北,调查研究,好像眼界一下子打开了;而之前那些平静的"好日子"里,我就像一个紧闭双眼的无知稚童。到底哪种生活更好呢?

我脑海中浮现出一个形象,那是一个孩子,从来没人要她布置饭桌,削土豆或是出去扔垃圾。这个孩子想要新的玩具,马上就能到手;想要新的手套帽子,马上就能穿戴起来。她张口要求,东西就自然而然送到手里,于是她的要求越来越多,越来越高。这种情况会一直持续,直到习惯成自然,直到她觉得自己天生就具有这样的特权,理应获得如此待遇。但是,如果这个孩子足够幸运,她最终会发现,自己的衣食住行、娱乐设施和舒适生活，都是父母辛苦工作换来的。她会更多地了解到一个家庭的功能，了解自己的欲望不过是这个复杂拼图的一小块。原来世界比之前想象的更加广阔丰富，无限无涯，值得她为之奋斗，做出自己的贡献。

我想，这样的事情每时每刻都在发生。不管是作为家庭一员的孩子，还是作为国家一分子的公民，抑或只是正在熟食店买火腿的老顾客。把幕布拉开，看看忙碌无比闹哄哄的后台，那里是如何运作的，有多少人在全速开动脑筋，贡献体力，甚至做出个人牺牲，努力让这个系统正常运转，努力让你眼前的这台戏精彩纷呈，奇妙非凡。

地底世界

俄亥俄州，卡迪斯城，霍普戴尔煤矿

他递给我一根撒了盐和醋的薯条。我们置身于地下一百五十多米的地方，脚下是化为粉末的石灰岩，好像一张毯子，我们席地而坐。这是煤矿南区，编号2.5。我问他挖煤有没有乐趣。

他思忖片刻。"我不得不说，没有。"他说。

"别啊，再想想，总会有的吧。"我说。

"你那该死的灯别晃我眼睛了好吗，"他说，"你忘了我说的话吗？"

他叮嘱过我，要想激怒比利、斯密提、帕普、拉谷和这个小队中的其他人，有个办法就是用我的头灯直接照他们的眼睛。新手基本上都会犯这个错误。说话时人的本能就是看着对方的眼睛，而如果唯一能让你看见东西的就是头顶这硬邦邦的帽子上发出的那一束微弱光线，你当然要把那束光对准面前这混蛋的眼睛啦。

"不好意思。"我说。

"照肩膀吧，"他说，"要不就下巴。"

我问他"大脚"这个绰号是怎么来的。

"我第一天进煤矿的时候，有个家伙低头看了看，说：'我的天，你的脚有多大？'我说：'十五码①。'他说：'你这狗娘养的脚可够大的啊。'从此就得了这么个外号。有个家伙脑袋特大，所以我们就叫他'南瓜头'啦。有个家伙脸上有一块很大的红色胎记，所以他肯定就叫

'斑点'了。他们可从来不会放你一马。抓着你的小辫子就不放。矿工整人可是想怎么样就怎么样。"

我把头灯照到他的靴子上,他木偶般地摇了摇双脚。

习惯在黑暗中认出这些人可不是什么容易的事情。四周一片漆黑,还只能看脚、肩膀、下巴和牙齿。大脚真是个魁梧的男人,他今年四十九岁,身材膀大腰圆,精神粗犷豪迈。灰白的头发乱得跟鸡窝似的,皱纹崎岖的脸看上去闪烁着智慧的光芒,这张脸上的表情万年不变:你他妈是在逗我吧。他对自己目前的人生成就很是骄傲:三个孩子承欢膝下,县委委员的身份使他略有节余,挖矿的专业知识让他独当一面。但他说,自己的心头爱是那五十二头肉牛:肉乎乎的"猪排",形影不离的弗里克和弗兰克,哦,还有"呆瓜",它有美得惊人的白色睫毛。

高中毕业后,他就在煤矿进进出出。最近刚刚升了职,成为俄亥俄州卡迪斯城霍普戴尔矿业公司的安全总监助理。这是一家美国东部的小公司,就在西弗吉尼亚走廊以北。地面上的区域颇具新英格兰风韵:高耸的橡树点缀着绵延的农场,白色的教堂塔尖若隐若现,各家各户的门廊上挂着天竺葵盆栽。唯一能让人们把这个地区和煤矿联系在一起的,可能就是阿巴拉契亚山上那些焦油纸包裹的小屋。地下是另一个世界,上面规定我必须随时和大脚在一起,不许单独行动。但我违反了规定。他觉得我很烦,我觉得他特别讨厌。所以他就更烦我了。后来,经过四个月的相处,我们俩之间形成了一种简单直接的友谊。

"这下面有种宁静的感觉。"我对他说。

"哦。"他回答。

我们没有面对面,这也不是什么正式的谈话。笨重的挖矿机张牙舞爪,看上去活像男人的生殖器,正咔哒咔哒咔哒地发出震耳欲聋的吼

---

① 美国的十码相当于中国的四十四码。——译者

叫,不断开采着大量的煤炭,装上又卸下,等着装煤的矿车在黑暗中轰鸣,像发了疯的巨型蟑螂。我们好像是在 B 口,又好像在 A 口,也可能在 3 号矿房。我真的完全摸不着头脑。地下坟墓般的隧道绵延不绝,没有尽头,总面积大概有四十平方公里,我很少能搞清楚自己到底身处何方。如果有幸寻得一处安静的地方,那简直就像谁给了你一个温暖的拥抱。你可以在那里长时间地坐着,关上头灯,就那样呆在一片黑暗与寂静之中。空无一物。真的是——空无一物。

直到"啪!"的一声。

嘶嘶,嘶嘶。

又传来壁炉火堆般细碎的爆裂声。

嘶嘶,嘶嘶。

身处地球内部,你就会听到这样的声音。地心可不像你想的那样,是一些毫无生气呆滞迟缓的岩石。不是毫无反应,只供人们站立的硬邦邦的物体。地球一直在运动,无时无刻不在延伸、响动、自我调整,就像一个人,想尽力让自己舒服些。

"呆在这下面,"我对大脚说,"就像远离了一切难题和烦恼。你觉得这对你们所有人来说,是不是挺有吸引力的?逃开一切的烦恼?"

他看看我,哈哈大笑。"这才是我们的烦恼啊,"他说。

我住的地方下面,是绵延深广的沥青煤矿,含硫磺量中等。这是著名的匹兹堡 8 号煤层,从东俄亥俄一直延伸到西马里兰。一个多世纪以来,煤矿在这个地区的经济和文化中一直扮演着至关重要的角色。这个事实至今还让很多人吃惊。现在我们还有煤矿?每当别人听说我正在一个煤矿打发时间的时候,这个问题出现的频率很高。

就这个方面来说,我的知识还算比较超前:至少我知道煤矿是存在的。从事这些工作的人,并非什么永远跟不上时代的老古董;这个行业也不是旧时代的可笑遗物。这是一个规模很大的现代行业，一天又一天，人们拿着午餐盒进进出出，每年给家里带回六万、七万或八万美元的血汗钱。我住在西宾夕法尼亚，不时会和运煤的卡车狭路相逢，有时模模糊糊地看到载满煤炭的货运火车在群山间穿梭，还会看见满身煤灰的矿工来到地上，去小店买冰茶。

煤矿也许被这个国家的很多人完全遗忘了，但它还是一直存在着。这就是美国，这就是我们的化石燃料，这是一个价值276亿美元的产业，在二十六个州拥有将近八万矿工。我们的煤炭供应量占了全世界的25%！我们就是煤炭产业的沙特阿拉伯啊！最近，我们对煤炭的使用量简直破了纪录，这一度被布什政府称为"自由燃料"的矿物，被我们贪婪地吞噬着。

我调查的初衷是想解决一个听上去十分荒唐的问题：如果煤矿真的这么大，如果所有这些人真的存在，那我怎么会对此一无所知呢？

我花了好几个月的时间，才获得进入一个煤矿的通行证。这个行业并不愿意做什么宣传。也许是因为相关的宣传一直都很可怕。煤矿只有在爆炸、垮塌和死人的时候才会出现在新闻中。这些新闻让人兴奋！灾难啊！悲剧啊！能变成引起轰动的新闻素材。看看这些可怜的愚蠢的乡巴佬吧！干着如此糟糕的工作！深陷地下！窒息了！活埋了！

霍普戴尔矿业公司的矿工们一遍又一遍地要求我不要把他们塑造成可怜而愚蠢的乡巴佬。他们说，如果我真这么做，只能说明我傲慢无知。一开始他们都挺腼腆的，很想给我留下好印象，而且，似乎也没什么明显的动力，他们就欢迎我进入煤矿了。我跟了"E组"，成员有比利、斯密提、斯科蒂、帕普、里克、克里斯、凯文、胡克、杜克、拉古、斯巴基和查理。公司有两个煤矿入口，他们在其中之一的卡迪斯城工作。我跟着他们下矿井挖煤，回家，去教堂礼拜，还到脱衣舞店喝酒闲聊，互相嘲笑打闹，也彼此关心担忧。我听到他们为斯密提担心，他是这个小组的"独行侠",刚给自己邮购了个女人。斯密提和那个女人网上聊天持续一年多了;他出钱让她从俄罗斯坐船过来,在挖矿季开始的第一天,她应该打扮得漂漂亮亮地来到他面前。我也听到他们无情地嘲笑斯科蒂。这是个完全无害、永远开开心心的家伙。他总是喜欢自言自语,特别是洗澡的时候。每次轮完班,大家总会去澡堂洗掉一身的污秽,再回到地上尘世的生活中。每当这时,斯科蒂就会一边微笑着擦洗身体,一边絮絮叨叨地自言自语,说说这个,说说那个,有时候还会爆发出一阵大笑,把别人的耳朵都要震聋了。"你他妈到底什么毛病,斯科蒂?"最近一次,大脚在斯科蒂旁边洗澡,就"享受"了这样的待遇。

"我明天就要因为杀人去坐牢啦。"斯科蒂对大脚说。

"为什么?"

"我要把那个狗娘养的杀了,就是那个和我对打的。我要杀了他!"

"哦,好吧,别做自己做不到的事情,兄弟。"大脚淡淡地回应道。

威灵岛赛马与竞技中心将举行第十五个拳击决斗之夜,那是该中心有史以来的第一次轻中量级冠军赛。绰号"硬石头"的斯科特·图里乌斯[①]将对战托德·曼宁,很多矿工都要前去观战。

这些人每天都会在地下一起工作十个小时,每周五天。他们和工友们共度的时间比和家人在一起的时间要多。所以彼此知根知底。他们知道比利买了个新房子,在地下室装了个地方做谷仓;知道克里斯的孩子要进行第二次骨髓移植;知道帕普的老婆要做个膝盖置换手术。帕普已经六十二岁了,还在挖煤。但大家都知道,没什么必要去问他到底为什么还在这鬼地方挥汗如雨,累死累活。帕普很久以前就该退休了,要不然就应该去找一份"外面"的工作。很多人在地下工作多年,满心希望能调到地上的岗位。基本上,帕普想要外面的什么工作都可以。但他选

---

① 即斯科蒂。——译者

择死守地下，做着所有人眼里世上最糟糕的工作：架设顶板锚杆。他会拿六英寸的锚杆钻进煤矿的顶部，开通一个挖煤的渠道。而地球也会适时发出不满的嘶嘶声，泄出甲烷，时不时地来个倒塌什么的。

当然，"为什么还呆在这儿"这个问题由我开了口。我给帕普列举了能想到的所有其他出路，问他为什么选择呆在地下。但他和我见到的其他很多矿工一样，回答问题总是含糊其辞。帕普的老婆名叫南希，帕普说她是"和我住在一起的老女人"。我也问过南希，为什么帕普还在地下工作。她根本不知道我在说什么。"那煤矿里到底有什么乱七八糟的事情，我完全不知道啊。"她说。（她根本不介意被称为"老女人"。有时候她叫帕普"我的帅哥"，有时候又叫他"老魔鬼"。）和我寻访过的很多人一样，她也给了我一个爱心包裹带回家享用，里面是几块红波奶酪和一个梨子。帕普又送我两瓶自酿的黑莓酒，让带给我丈夫。我从来没说过自己有老公，但每个人都让我带些家常的礼物给他。大家理所当然地认为你是个有家室的人。而人与人之间交流的自然规律，就是家庭和家庭之间的互动往来。

我花了好几个月的时间，想在这些人中间定位自己和自己的世界。这些人似乎陷入一个早已烟消云散的旧时代，但这个行业远远没有成为过去。如果非要说谁过时了，落后了，那也是我们，消费者。我们忘了这个地方，我们与之失去了联系，或者说从我们出生到成长，生活都已经进行了"净化"。我们住在"这边"，而他们生活在"那边"。我们是那么依赖他们，但却毫不知情，也无从接触到他们的生活方式。令我特别烦恼的是，我研究的任何发现都比不上这个研究本身的问题更有价值：这些悄然守在我们身边的邻居，怎么会成为只有人类学才会关注的对象呢？这种漠不关心说明我们是怎样的人呢？答案一定不怎么光彩。

"我们为什么还要开采煤矿呢？" 2006 年，一位金发闪闪的电视新闻女主播如是说。当时正现场直播着著名的西弗吉尼亚赛古煤矿矿难，

看不见的美国　　**015**

十二名矿工被困，然后……哎呀，死掉了。突然间，整个国家的目光都聚集到矿工身上。大家像去动物园观赏动物一样看着他们，说什么矿工们也是人，也需要人性的关怀。

"我们为什么还要开采煤矿呢？"我采访的那些矿工还记得这个问题，他们当时都哈哈大笑起来，觉得这是特别有趣的谈资。"要是有一天你把自慰棒通了电，结果发现它不工作了，就知道为什么要开采煤矿了！"有个矿工对着电视喊道。这可能并不是最好的例子，因为性玩具产业基本上依靠电池，和煤炭没什么关系。但关键在于：电力。煤炭就代表着电力。"说得好啊小妞，你关灯试试啊。所以你需要煤矿。你觉得电是从哪儿来的？"

我们每按动一次电灯开关，就会燃烧掉一小块煤。平均每人每天会烧掉九公斤煤块。我们的电力一半来自煤炭。这和中国还没法比。中国的煤炭产量和使用量都是世界第一，煤炭消耗占了这个国家巨大能源消耗的70%。煤炭是地球上增长最快的能源产业。（而这个星球正因此负担过重，气喘吁吁。）

所以，我们应该来说一说矿工。矿工的形象可能会出现在乡村音乐与诗歌里，被塑造成工人阶级的英雄。一个多世纪前，我们开始把人们派往地下挖煤，自那以后，有超过十万人因此命丧黄泉。这个数字足以让你摇摇头，发出感激的叹息，来到美国广播公司（ABC）新闻台，给那些人灌输一种冠冕堂皇的哲学："如果说，艰难、肮脏和危险的生活蕴含着什么传奇的话，那这种传奇与矿工们密不可分，他们是这个国家良心与灵魂的一部分。"

我们就从这里开始。我就是从这里开始的。我希望去探寻这种传奇。我希望找到矿工们在地下努力工作的原因，希望看到他们是出于对地球母亲的感情，对历史的兴趣，或对自己祖先的致敬，或是想寻找一种充满阳刚之气的兄弟情义，或者——对！——为了代表这个国家的良心与灵魂。

要是在一个煤矿里说这种话,你就别想吃午饭了。说真的。吃不到午饭可不好受。

如果你想在霍普戴尔煤矿公司工作,他们做的第一件事就是带着你来一场地下之旅,看看你心理上是否承受得住。基本上你立刻就能知道自己能不能承受这逼仄的空间,这基本没有灯光的昏暗环境,以及对顶板突然崩塌、突然停供空气或某样东西突然爆炸的强烈忧虑。如果你自己一时半会儿还搞不清楚,就有一帮家伙看着你,看你有没有抽搐、颤抖、脸色发白。有的人会说:"好吧,当我没来过。"然后头也不回地走掉。最近有个人当场晕倒了。

六年前,小比利·瑟马克首次来到地下世界。他努力说服自己这一步走得很正确。我可以的,我可以的,我可以的。因为之前他曾经赌咒发誓,说自己干什么也不会去做矿工:他绝对不能让瑟马克家连续四代都做矿工。第一个矿工是他的曾祖父,某个煤矿公司从捷克共和国(当时还不是捷克共和国)征召了他;接着是他的祖父,十二岁起就在煤矿工作,最后死于黑肺病①;然后当然是比利的父亲,大半生都在露天矿工作。我不要成为另一个他,比利从小就这样想。他要加入自己这一代的主流社会,工作的地方至少要有空调。他厌倦了家里的农场,厌倦了需要进行大量体力劳动的生活。他进了大学,学习护理,努力骗自己并不讨厌这一行。他一直想,一切都会好的,一切都会好的。但一切从来没好过。他毕业了。但最终还是离开了有空调的世界,去建筑工地找工作,去输油管道干力气活,还去修铁路。肌肉。力量。汗水。这让他感觉更舒服,更好。很快他就有了老婆。他想象自己的儿子驾着农车,孩

---

① 一种由经常吸入煤尘引起的疾病,多发于煤矿工人。——译者

子们耙着一堆堆干草。农场。离开农场只不过证明了他有多么爱它,想念它。而他却身处铁路,终日劳作。他只想找到扎根农场的办法。而在自己的后院,就有挖煤的工作等着他。

因此,比利·瑟马克走进了老霍普戴尔路上的卡迪斯煤矿。我可以的,我可以的,我可以的。公司大楼的外墙是蓝色波浪状的钢铁材质,大门前一根旗杆上挂着美国国旗。走廊上的盆栽杜鹃有气无力地开放着。停车场里一个燃料箱上画着一张硕大的脸,表情很是轻松快活。巨型排气扇一刻不停地将煤矿里糟糕的空气排出来,震耳欲聋的嗡嗡声无时无刻不萦绕在耳边,让人心烦意乱。

比利穿戴好一身行头:连体工作服,钢筋加固的靴子,安全帽,头灯,腰带上装了个电池盒,随身携带着甲烷探测器,以及 W65 自救防毒面具——这面具能够将一氧化碳过滤出去,每次大概可持续一个小时左右。如果发生了爆炸或者火灾,就把面具戴在脸上,直到能使用 SCSR(配套齐全的独立自救设备)。整个煤矿安置了很多 SCSR 设备,每个都可以坚持一个小时的充足供氧。公司给了他一个金属标牌,上面刻着他的名字,让他把这标牌放在圆洞板的相应位置。如果煤矿发生坍塌,他们就可以对照着找出需要搜救的矿工。他上了电梯,往下一百五十多米,第五十层的按钮亮了,只不过是——地下五十层。电梯门开了,眼前一片白色。这是新手在地下世界遭遇的第一件怪事。白色?什么情况?

大家告诉我,每个初来乍到的人都会被这白色震惊,不由自主地去想合理的解释。"他们把入口的部分全部涂成白色,好让大家心情好些?"我第一次看到这片白色时,就这样问大脚。这种问题他根本就懒得回答。"这,是在,开玩笑吗?"我迟疑地问。"反讽?在进入一片黑暗之前,先幽你一默?"我自言自语地得出结论,说只要再进去深一些的地方,就能看到黑漆漆的煤矿了。大脚用万年不变的表情看着我,呆板、迟缓、毫无感情的眼神,好像在说:"你越来越像个白痴了。"他开口道:"我想你慢慢会明白,在一个煤矿里,不可能有什么美学啊反讽之类的想法。"

这片白色来自"岩粉",即化为粉末的石灰岩。煤矿中每一寸暴露的地方,都会撒上这样的东西,作为火的阻滞剂。否则的话,这些地方就会成为随时可能引发火灾的"定时炸弹"。一次小小的爆炸,也许会触发一系列爆炸,连续不断地"嘭!嘭!嘭!"殃及整个煤矿。但如果撒了岩粉,就不会发生这种情况。爆炸这东西可惹不得。在矿道表面,煤炭暴露,甲烷不断渗出,他们甚至不允许我使用录音笔,摄影师也不能使用闪光灯。最轻微的闪光都可能引发冲击波一般的猛烈爆炸。

所以,在一百五十多米地下的这片白色,不过是煤矿向我打的一个招呼。严格来说,在这里,工作甚至还没开始。走出电梯,紧接着就要跳上运送人员的小矿车。这辆"敞篷车"在煤矿中蠕动穿梭,你坐立不安,躺也躺不下来。只好尽量压低身子,斜靠着,免得头碰到顶部。隧道里凉飕飕,湿乎乎,泥巴、污水在身旁飞溅,车轮咔哒咔哒,耳边有嘶嘶的响动。你跟着矿车深入到一英里、两英里……差不多离最初下来的电梯井有六七英里的样子。这要取决于他们在哪儿挖煤。当然,矿工们已经习以为常,这是他们每天的必经之路。于是有的人会漫不经心地打开午餐盒。斯科蒂把 M&M 巧克力豆分给大家,胡克咕嘟咕嘟喝下一罐"激浪"①。他们都不开头灯,尽量保存电力。不过矿车也有自己的头灯,于是乘客就能看到地下世界在身边嗖嗖而过,处处是白色的外壳,十分怪异,看着像结了霜。一切都好像是弯曲的,倾斜的。到处都撑着杆子,支持着顶板。生锈的加固螺桩伸着巨手,周围悬挂着电线。在这样的环境里,你自然而然抛弃了其他的杂念,只剩下祈祷。拜托,

---

① 百事公司旗下饮料。——译者

可别让这鬼东西塌下来啊！煤矿里是没什么美学可言的。没有设计理念，没有几何学的考虑，也没有什么韵律节奏。煤矿给你的"见面礼"，就是一种感觉，一种将会给你沉重打击的感觉：这不是人呆的地方，这不是人呆的地方，这不是人呆的地方。

所以，下到地下一百五十多米，再往深处走几英里。你头上可能是某人的房子，或是杂货店。而现在我们的头顶上，是22号公路的温迪快餐连锁店。矿工们开玩笑说，可以猛地向上吼一声，要个汉堡什么的，或许再加点辣。到了地方，一骨碌翻身下车，你会迫不及待地想要站直。不过，顶壁也就高一米五左右，所以你根本不可能站直。看看周围，大家都像电影《傀儡人生》里那些怪胎一样，走得畏畏缩缩，鬼鬼祟祟。

"好吧，他们至少应该把这顶板弄高点。"第一次遇到这种情况的时候，我对大脚说。我想给国会议员或某位说得上话的人打电话反映反映情况。这简直太荒唐了！还有人在这里工作呢！每个人都缩头缩脑，弯腰低头，走得跟鸭子似的。双手交叉在背后，以便弯着腰蹒跚而行的时候能保持平衡。整整十小时的班，都像这样，在黑暗中猫着身子走路，只有帽子上那一束微弱的光线告诉你隧道的路在哪边。隧道看着就像老鼠洞。对，老鼠，你会觉得自己就是一只老鼠。

我根本习惯不了这种高度。每次下到矿里，我都会问："这比上次那个低吗？我们是不是在一个更低的地方？"

"和上次一样的地方啊，"大脚回答道，然后解释说，高度这个问题，根本没法解决。"煤层就是煤层。"

煤层就是煤层。而这个大概有一米五高，煤矿也就这么高了。这个高度很久很久以前就确定了，可能是在三亿年前，可能是在恐龙还没诞生的洪荒初始，这个煤层还是一堆枯死的植物和烂泥。接着就变成了泥煤、褐煤，还有亚烟煤、烟煤或者无烟煤。变成什么煤，取决于这个煤层能在那里沉淀多少个百万年,能积累多久的能量,也取决于周围的地质作用力。煤层是大自然的作品。想得到煤炭,那就开采煤矿。不能在煤层的上面或下面开采。上去一点点,你只能采到毫无用处的岩石,岩石和煤炭混起来,出来的产品杂质太多,不得不花费大量时间去洗煤。下去一点点,结果一样,而且还有可能碰到地下水,让自己陷入一个烂泥洞中,比利就得赶紧去拿他妈的排水泵来救急。你只能开采纯粹的煤矿。并且闭上你的臭嘴。因为大脚会如数家珍地告诉你,还有些地方的煤层高度甚至不足一米,只有八十或九十厘米的样子。帕普还会给你讲起在萨吉诺①的"挠背"煤矿工作的经历,他在那里,是趴着作业的。是的,趴着。

当然也有好消息。煤矿里不时会发现好消息,或者听到好消息:一个"漏斗"!快来快来!漏斗的顶部是开放的,形成一个圆顶。这真是天堂啊。因为在这里你就可以站直了。真是谢谢老天爷!矿工们把漏斗作为休闲娱乐的场所。斯科蒂活动着筋骨,斯巴基转着脖子。站在漏斗下面,你会感觉到自己的脊椎满怀感激地舒展着。不过,你还要努力忽视一个事实,技术上来说,"漏斗"其实是因为顶板塌陷形成的,可能是昨天塌陷的,也可能是前天。

顶板绝对是煤矿里的主要话题之一。糟糕的顶板。嘿,那边的顶板可真够糟的。哎哟,这里的顶板真是糟糕。小心。好吧。在塌陷呢。赶紧撤离。顶板正在塌陷。"你去10+30那边的C入口,他妈的那儿顶板正塌着呢。"

其实也不都是这么糟糕。主要是E组作业的煤矿南区,编号2.5的地方,顶板状况尤其堪忧。我采访过的每个矿工职业生涯中都至少经历过一次塌陷事故。"是啊,他就那么被活埋了。"矿工们总是这样描述塌

---

① 美国密歇根州东部港市。——译者

陷事故中不幸丧生的父亲、兄弟或儿子。

煤矿里出现频率第二高的话题可能就是空气了。每凿下一块煤，地球就会释放出爆炸性的甲烷气体。必须把这气体赶出去。在地面作业的人们总是离开他们的机器，去控制和引导空气的流通：包上油布，放下去，检查一下他们的甲烷探测器，以保持整个工作面随时有新鲜的空气流通。

矿工很忙。他们可没时间闲坐着仔细思考这一切：甲烷，糟糕的顶板，没有光线，站不直，没有地方洗澡，没有自来水，打不了电话，听不了广播，没有窗户。就在这里，地下一百五十多米，好几英里深的地方。其实，我发现身处煤矿时，自己心理上还是可以承受的，不过只是因为我随时可以离开。无论我下了多少次煤矿，始终都只是个游客。我可以大惊小怪地呼呼哈哈一番，然后扬长而去。但斯密提不行，凯文不行，拉古不行。而帕普根本就不会离开。卡迪斯煤矿每天不停歇地运营二十四个小时，每周七天。

"采煤工作组"在煤矿面工作，操纵闹哄哄的重型机器。排在头一个的是里克，他一刻不停地操纵着开矿机。开矿机发出噗咔-嚓咔-噗咔-嚓咔的声音，用不断翻滚的矩形"牙齿"一口将煤炭咬下。他身后是两名顶板锚杆架设员，帕普和查理，用的家伙是力大无比的橙色液压千斤顶。先用一只铁臂撑住顶板，然后将四脚或六脚杠杆猛地戳进顶板进行加固。接着开工的是三个拉煤车的工人：斯科蒂、拉古和斯密提。三人不停不休地搬运着煤炭，倒在传送带上。他们身后是铲煤工凯文，拉起装载机，装好松散的煤炭。接着里克又操纵开矿机粉墨登场，咬下煤炭。大家合作无间，周而复始。

所有的工人和机器一刻不停地运动、"咀嚼"、搬运、安装和铲煤，好像在跳一曲属于煤矿的舞蹈。这是一个永远在向前推进的工厂，每一次轮班就会往煤矿深处前进十八米左右，也离这一切的控制基地，也就是电力中心越来越远。每过两周左右，就得把电力中心收拾一下，将整个工厂往前迁移。

六年前，比利·瑟马克第一次来到地下世界，看自己心理上能否承受得住。当时眼前的景象让他兴高采烈。没传说中那么糟嘛！这下面是……白色的耶！看上去还有点身心愉悦呢，真的。并不是到处阴暗漆黑，跟世界末日似的嘛。另外，除了高度需要克服一下，只剩下学习如何操纵机械设备的问题。来自农场的小伙子是最好的矿工人选，因为农场生活早就让他们对各种设备轻车熟路——真是不赖呢。我能干好！他对自己说，第二周就干劲十足地开始了新工作。他一下到煤矿就被看做一颗冉冉升起的希望之星。马上就被安排到采煤工作组，做顶板锚杆架设员。他成长迅速，很快就高升组长，变成大家的指挥官。他手下有十一个人：斯密提、斯科蒂、帕普、里克、克里斯、凯文、胡克、杜克、拉古、斯巴基和查理。这就是 E 组。

比利很有绅士范儿。他会喷古龙香水。他一定是这个世界上最积极实践"人往高处走"这句话的矿工了。他不断努力从不放弃，他相信努力就能换来好结果。他甚至还去参加公司的野餐聚会。他的房子漂亮崭新，有着宽大明亮的门廊，养着活蹦乱跳的宠物猫。这一切都给他烙上"人生赢家"的标签。车道上停着一艘十八英尺长的摩托艇、一辆擦得锃亮的道奇和一辆雪佛兰萨博班 SUV。家里世世代代经营的农场一直欣欣向荣。他的房子对面就是父亲的住处，也和兄弟的居所遥遥相望。比利生了两个儿子。看着小布罗迪和卡其，你一定能想象不久的将来他们骑着儿童车满地乱窜的样子。他家有三匹矮种马。明年计划在庭院里弄一个下沉式游泳池。对于比利来说，这一切曾经遥不可及的梦想成了真，尽管他曾赌咒发誓，说自己绝不会成为家族的第四代矿工。

"我只知道，在煤矿里工作太危险了，我每天提心吊胆的，"有一天，我们都在比利家的客厅里闲坐着，看布罗迪蹒跚学步。他的妻子泰娜突然开了口。

"没那么糟糕啦，"比利对她说，"那什么，反正我现在压根儿就不会去想有多危险了。"

"我知道，"她努力做出轻松的样子，很明显是在强颜欢笑。

"那些事儿啊，都只不过是讨厌的意外。"

"我知道。"

"那些讨厌的意外发生的概率很小的。"

"我知道。"

接着她转过头，装作和布罗迪一起看蓝精灵的动画片。没人再说什么。

几天以后，我俩都在煤矿的工作区。比利对我说："跟你说一声，我从来不在我老婆面前说那些糟糕的事情，行不？"

阿尔伯特在矿难中丧生的那天，比利就在现场。当时，离他确定自己心理上能承受煤矿工作，决定在这行长干下去才不过短短两个月。一场爆炸发生了。停了电，四周一片漆黑。工作组长大喊："快叫人来帮忙啊！"爆炸是在斜坡底部发生的，运输车恰好顺着斜坡从外面开进来，搬运着重达数吨的设备。运输车翻了，以大概九十七公里的时速从空中落下。一辆，两辆，一共三辆装满设备的车自由落体，直冲阿尔伯特而来，他当场就咽气了。奇普发现了阿尔伯特的惨状，比利和布莫帮着他挖。他们找到了阿尔伯特一半的尸体，可能还不到一半吧。接着三人分散开去找剩下的残肢。他们把找到的所有部分包在毯子里，拖到外面。

据说在地上的"欢乐乡"，身材妖娆的脱衣舞娘们随时待命。就算是早上九点，只要你愿意，她们就尽情开舞。E组的一群人一边喝着大杯的银子弹淡啤酒，一边让我好好想想矿工的生活有哪些好处。自动唱机就在我们身旁，重金属乐队的歌声环绕在耳边；头顶的牌子上写着

"今日特饮：圣鹿红牛子弹杯①只需 4.5 美元！"矿工生活的好处嘛，他们告诉我，其中之一就是不用在乎天气。说真的，一年大部分时间稳稳当当地呆在几乎是恒温十二摄氏度的地下。下雨淋不到，刮风吹不着。他们高唱着霍普戴尔煤矿的赞歌，坚信在别处干活的矿工都很嫉妒自己，因为他们是五/三工作制（上五天，歇三天；而别处的工作强度是上六天，歇一天）。而且这个煤矿不属于工会，不需要处理那么多乱七八糟的麻烦事。另外，他们觉得平均时薪 21.15 美元，实在是太棒了。

斯巴基："我们就是冲着这份薪水来的。"

胡克："拿到薪水，第一件事情就是直接跑去迪龙谷，两公里内就有七家酒吧呢。在那里什么也不用想，好好找乐子吧！"

凯文："一般来说，我一上来就买十二杯啤酒，然后到周围兜兜风，去看看小鹿。我会带上我的老婆孩子，我的天，一晚上能看到七八十只鹿呢。全是没铺好的土路，我还没遇到过警察。"

里克："你这个混蛋，醉驾过几次？"

凯文："两次。但绝对不是去看小鹿。是做些傻乎乎的事情。比如在酒吧外面的路上飙车，还他妈的凌晨三点跑到城里去。这种傻不拉几的事情。现在再也不做那样的事儿啦。都是在土路上规规矩矩地开。"

斯巴基："简直该热烈鼓掌！"

杜克："跟挖煤有什么关系？跟她讲讲挖煤的好处。"

胡克："好吧，给你好好讲讲：所有人去那儿都是同一个原因。挖煤，赚钱，然后回家。"

杜克："就是这么个事儿。很简单。挖煤就是人生目标啦。"

他们又点了一轮酒。他们谈论着煤炭。他们谈论着操纵挖煤机的里

---

① 一种烈性酒。——译者

克,谈论他有多威风。他不是上头指定的总管,却是所有人的主心骨,这是大家心照不宣的事情。谁操纵挖煤机,谁就掌控着全局。"

杜克:"他的主要任务就是穿透煤层。矿工在那个岗位上,就要把这个当做唯一的职责。要是你身后那三个拉煤车的人太烂,装煤太慢,你就得停下来等他们,就会耽误穿透煤层的工作。还有那些你挖过的地方,需要支撑起来,要是架锚杆的人太烂,情况就更糟糕了。还有铲煤工,要是一直哭啊磨叽啊,那就真的惨了。"

斯巴基:"大家就是你靠我,我靠你,谁也离不开谁。就这么简单。"

胡克:"就这么简单。"

他们继续聊着挖煤的事,又叫了一轮酒。接着讨论起大家为什么总在聊挖煤。

凯文:"在地下挖煤的时候,要努力把一切事情做好,方便你后面的人。比如,帕普每天都给我个三明治,要么是萨拉米香肠馅儿,要么是火腿馅儿。很多人都会多带点吃的来,万一被困在下面了呢。我经常把我带的一口气吃光,但帕普会剩下点儿东西。就是那个三明治。不过吃完午饭,帕普就知道我随时可能宰了他。我跟他说:'你他妈真是个老混蛋。'你懂的。一开始大家和和气气的。但午饭以后,吃嗨了,就随时可以为了自己的安危宰了别人。哈哈。"

胡克:"要是真有人想杀了你,凯文,那肯定是你又搞砸了什么事儿。"

凯文:"真是胡说八道。"

斯巴基:"胡克说得有道理。"

凯文:"你来说说,里克,我是不是尽了全力做好我的工作?"

里克:"是的,是的,你是个很好的铲煤工,很棒的铲煤工。"

凯文:"我是不是你见过的最好的铲煤工?"

里克:"我就这么跟你说吧,你铲煤铲得很好!"

凯文:"看见没?我才不管你们这些机械工怎么想呢。如果一架机器他妈的要坏,那肯定会坏的。你猜怎么着?你面前这个鬼家伙就是会弄坏机器的人。我这一辈子都是这样的。"

杜克:"我最重要的工作就是生产。我开挖矿机的时候,唯一关心的就是生产。我他妈的才不在乎别的事、别的人呢,我好好搞生产就对了。"

凯文:"但是我在乎啊。我很在乎,我特别在乎。我在乎,是因为这个人在乎,那个人也在乎。如果那个人希望给煤撒岩粉,那你他妈的听好了,我只要有机会,肯定是铲了煤然后撒上岩粉,铲了煤,然后撒上岩粉,知道吗?"

胡克:"底线就是这样。每一家都是一样的。"

杜克:"这就是底线。就因为他妈的这些煤坑啊,每个人每天都要下到那里面去,要靠他妈的煤坑这些啊。这就是底线。"

里克:"底线就是,他爱他,他爱他,他爱他,他也爱他,就像我关心他一样。"

凯文:"你可能会怨他们,但你爱他们,没办法。"

斯巴基:"这就是底线。"

胡克:"就是这么说,说得对。"

凯文:"我跟你说,我他妈做得最好的事情就是,要是有机械工整天白吃饭不做事,我他妈的就让他们忙得团团转。"

里克:"狠了点儿啊,凯文,这话狠了点儿。"

据我估计,和其他人比起来,凯文其实一点也不狠。不过,酒越喝越多,人越来越醉,醉话就越说越多,什么你爱我我恨你啊,底线啊,他妈的煤坑啊之类的。凯文的言辞越来越激烈。里克塞给他一张纸条,上面写着:"我不说'他妈的'。"然后叫凯文好好放在上衣口袋里。

看不见的美国

凯文："我有个四岁的孩子，在他面前肯定不说。"

里克："很好。不过嘛，我们这儿可有女士在场哦。"

凯文："不好意思了。"

里克："没关系。"

凯文："现在你肯定觉得我是个混蛋了吧。"

里克："没有啊。"

凯文："我懂的，里克。我现在不是个好人了是吧？你先表扬我，现在又鄙视我了。"

里克："我才没有鄙视你呢。"

凯文说想回家了。斯巴基说开车送他去自己家里，在那里可以随便歇下，借着酒劲昏睡过去。凯文拒绝了。时间已近午夜，大伙儿都得在早上六点以前回到矿上去。

凯文："我家里有老婆有孩子，还是得回家啊。我有两次醉驾记录，而且还是个混蛋。"

斯巴基："说真的，你就在我那儿歇着吧。明天就从我那儿带午饭好啦。"

凯文："我必须得回家陪老婆孩子。我必须得回家，因为我是个混蛋。"

说完这话他就走了。没人再多说什么。甚至没人有心思叫脱衣舞娘来一饱眼福。

里克："我们本来好像要给她讲讲挖煤的好处来着。"

胡克："我们多多少少把好处给说了吧，你说对吧？"

我和煤矿里的很多人都谈过，大家来当矿工的原因形形色色，但都有一个与煤炭无关的理由，甚至还有人因为爱喝啤酒就来这里工作的。煤炭很值钱，对于煤炭的消费者们来说自然如此；而对于矿工们来讲更是养家糊口的东西。挖煤收入不少,但这钱不好赚。煤炭很脏,煤矿很危险,对将它们开采运送到地上的矿工们来说是这样,对于这个消耗煤炭的星球来说也是这样。没什么两样。一切都是严肃的、真实的、残酷无情的。煤炭可不会跟你嬉皮笑脸。非要用一个词来形容煤炭的话,那就是"诚实"。

"有人说,要是你找到了真心热爱的工作,生命中的每一天都是美好的享受,"大脚告诉我。但他说的可不是挖煤。五十二头肉牛,一辆崭新的麦赛·福格森390型拖拉机,一架科罗那KR125青草打包机,一辆自带装载的凯斯IH995拖拉机——这些就是他来做矿工的原因。他要维护两个农场,一共二百八十公顷土地的开支用度。他还打算再买第三个农场,因为他有三个孩子,应该给每个孩子一人留一个农场才对。"在这个世界上,我最喜欢的事情就是闻闻刚割下的新鲜稻草,扬扬这些稻草,再耙耙这些稻草。"他说,"有时候,左邻右舍主动提出帮忙,他们会说:'你一晚上都在那个煤矿卖命,现在又他妈的跑到农场来干活了。'我就跟他们说:'要是我就坐在河岸上拿根鱼竿钓鱼,你们会把我手里的鱼竿抢走吗?''这倒不会。'我就告诉他们:'听好了,对于我来说,这就是钓鱼。'你懂的。干农活对我来说,就是钓鱼。"

这样的故事我听了一遍又一遍。见过的矿工里,只有少数几个不是农场主。其余的都在俄亥俄州至少拥有一百公顷的农场。大片的土地代代相传,日积月累,增长壮大,又在兄弟姐妹之间分来分去。干农活是挣不了多少钱的,所以你必须下煤矿做工人。正是阿巴拉契亚地区深深埋藏在地下的丰富矿藏,养活了密西西比以东大大小小的家族农场,让它们得以安然存活一个多世纪。

要说这自然规律受到什么威胁的话,这威胁从三十多年前就开始了,当时煤炭遭遇了第一次严重的"信誉危机"。1970年,联邦颁布了《清洁空气法案》,1977年和1990年又分别颁布了修正案,严格控制烧煤的二氧化硫排放量。引发这些行动的直接原因就是酸雨的逐渐增多。发电厂被迫转而使用更为昂贵但更为清洁的天然气，甚至开始涉足核工业技术。

那么煤炭呢？突然间，东边这些已经开采出来的煤矿变得那样令人恋恋不舍。含硫量中等的沥青煤矿，就在匹兹堡的8号煤层，当然还有煤矿情况相似的卡迪斯6A煤层，也就是我和E组队员们朝夕相处的地方。然而这样的煤炭对环境污染很大，于是电力公司转向西部那些材质差得多但污染稍小一些的煤炭，在那里，大型的露天煤矿成了新的经济增长点。阿巴拉契亚地区的煤工业自由落体般地大幅衰落，而整个宾夕法尼亚、俄亥俄、肯塔基和西弗吉尼亚的煤矿也随之关门大吉。

卡迪斯受的打击不小。这里曾经拥有美国最大的一把"煤铲"，俗称"银铲子"，有十二层楼那么深，如果每个工人同时挖一下，就能挖起三十一万五千磅的地球矿物质；而到了1980年，这把煤铲却陷入严重的身份危机。这里有每年夏天举行"煤炭节"的传统，会有"煤炭皇后"的选美大会，有铲煤比赛，还有重型挖煤设备的游行；结果就连这些也成了一个酸溜溜的笑话。大家不再把这叫做"煤炭节"了，改口称为"遗产纪念日"。

男人们拼尽全力另谋出路，纷纷离开家乡。大脚举家搬到了康涅狄格州，找了两家温迪快餐连锁店——他是一家的店长，而老婆杰基管着另一家。这真是太荒唐了，就像让一头强壮的水牛戴上插满鲜花的草帽那么可笑。郊区环境和条件都不错，但压抑得令人难以忍受。"你白天上班，晚上下班回家，然后做什么呢？"他对我说。没有一捆捆的干草可拉，没有撒肥机可修，也无法在月光下驱赶闲散的牛羊回圈。"一个人能看多少电影呢？"他只坚持了一年，就和杰基从康涅狄格卷铺盖滚了回去，和她妈妈住在一起，因为当时她是农场的主人。对，农场，这是最重要最根本的归属。

所以，1990年代末，东边的煤矿重新开放时，就仿佛一夜之间，上帝他老人家总算听见大家虔诚的祈祷了。这些煤矿得以重新开放，是因为电力工厂找到了行之有效的方法，可以既使用这些污染严重但十分实用的煤炭，又通过洗煤减少污染排放，以达到美国环保署的标准。时至今日，过去被关闭的煤矿依然以惊人的速度重新开放着。这多亏了"净煤技术"。有的环保人士对这突如其来的大转折完全不服，所以，要是和他们谈起这事儿，势必会引起一场争议。科学家们正在研究如何将煤炭转化为液体燃料，供汽车和飞机等交通工具使用。这个国家正以坚定不移的决心，摆脱对外国石油能源的严重依赖。这里是美国，这是属于我们的矿物燃料。自由的燃料！这就是煤炭！

对于斯科蒂来说，挖煤的收入能够支持自己的拳击事业，或者说曾经的拳击事业。在第十五个拳击之夜，"硬石头"斯科特·图里乌斯成为了托德·曼宁的手下败将。而在这之前，斯科特曾是众望所归的冠军人选。他心中杀气腾腾，志在必得；而大家也都将他作为理所当然的王者捧得高高的。电台广播和脱口秀等节目对他寄予厚望。斯科特亲口对着麦克风说，是的，是的，他回来了。在沉寂一年之后，他回来了。他之所以沉寂一年，是因为手在煤矿中严重受伤，被锚杆砸成粉碎性骨折。但竟然奇迹般地康复了。于是他重新回到了战斗状态，几周以来只摄入生鸡蛋、鸡肉和水，绝对不碰汽水和冰茶——这对一个矿工来说真是难上加难。况且，这也不是一个运动员理想的"业余工作"。但他还是回来了，他一直想和曼宁打一场，心中的火焰熊熊燃烧，他特别担心自己一不留神就把那个混蛋打死在拳台上。

所以，这次他不仅是输了这么简单。第二轮，他的护齿器被对方一拳打了出来，这还不是最糟的；第三轮，他的鼓膜被打得嗡嗡作响，很可能有破裂的风险，就连这也不是最糟的。最糟的是，第五轮，裁判宣布他认输了。是的，认输。到现在为止，斯科蒂打了超过一百场比赛，没有一场比赛是以主动认输告终的。"硬石头"斯科特从十六岁开始就活跃在拳台上，成绩骄人，九十二胜，十七负。而这场比赛的第五回合，三十一岁的他单膝跪地，听任裁判宣布自己认输。全场观众都疯狂了。"他站起来了啊！""他没倒下啊！"观众席上，斯科蒂的粉丝们激动地脱下T恤，扔到拳台上，每个人都在尖叫。斯科蒂的妈妈言辞激烈地责骂裁判，认为他不该这么判。大家高喊着："他站起来了啊！""他没倒下啊！"但紧接着闪亮登场的就是冠军腰带，价值超过六百美元，斯科蒂的小半辈子都在为了它而奋斗。如今戴上这腰带的却是托德·曼宁。真是太糟糕了，太难堪了。对，只能说，太……难堪了。

一些矿友也来观战了，他们亲眼目睹了斯科蒂的惨败。因此，两天以后，鼻青脸肿、鼓膜破裂的他回到煤矿上工作，一边不得不带着生理和心理的创伤下到一百五十多米的地方驾驶那辆小矿车，一边免不了听些闲言碎语。大家都在说："斯科蒂肯定以为拳击场上有四个人同时在扁他吧。""斯科蒂简直被打得落花流水啊。"真是太糟糕，太难堪了，这可能是他三十多年人生道路上的最低谷了。

他决定止步于此，要高挂拳击手套，彻底告别拳台了。

"对，我不干了，"他对我说，"我永远也成为不了世界冠军。当然那是我一直以来的梦想，但我永远也实现不了。我不是那块料，你明白吗，我真的……不是那块料。"

说这话时他看上去并不悲伤。要么他就是我见过的最快乐的伤心人。斯科蒂这人脾气好得没话说。一直以来，他就像只金毛猎犬，不管你多嫌弃他，总是屁颠屁颠地跑回来冲你摇尾巴，轰都轰不走。

"我打了这么多年拳，收获不少，"我坐在他的客厅，听他娓娓道来。这里是西弗吉尼亚州威灵市的偏远地区，漫山遍野全是绿树浓荫，没什么人烟。所以，只要时间心情允许，你尽可以跑到地里随便找个南瓜当靶子，尽情地练练你的左勾拳和右勾拳。斯科蒂的老婆艾迪穿着一件"花花公子"的T恤，紧紧包裹住身怀六甲的大肚子。她马上就要生了。对了，她曾经也是个拳击手。两人是在一场比赛上认识的。

"因为拳击，我有了一个家。"他说，"而且我已经离梦想特别近了。就差那么一点，我就能成名成家，获得世界瞩目。但能怎么办呢？打得不够好，没法靠这个养活一家子，那就得去挖煤啊。"

他有些自嘲地笑了，笑声消隐在空气中："这都什么事儿啊。"

他说，无论如何，也算是攒了不少钱，还把数目一笔笔写出来给我看。房子还需要装修一下，但房贷马上就还完了。不过，他和艾迪开的车都挺旧的。她在塑料厂上班，加上他的收入，两人一年能有十万美元左右的进账，大多数都是拿到手就直接存进了银行。他们的人生规划很简单，不停工作，努力攒钱，手里的钱一旦够了，就马上辞职，退休。"我们想好好享受生活，这就是我们的人生规划。"

我问他，"好好享受"的生活是怎么个活法，除了"拳击"，他什么也说不出来。拳击是他做一切事情的原动力，陪伴他走过这么多年的风风雨雨，造就了今天的他。所以他不知道除此之外还有什么活法。

只有一样最重要的，他可不愿意到六十多岁还在煤矿累死累活。他不想成为帕普那样的老人，整天都在黑漆漆的地下架设顶板锚杆。没人想做第二个帕普。当然，煤矿里每个人说起帕普都会肃然起敬，甚至温柔到连一句善意的玩笑都不开。但他们的语气里也同时带着点恐惧。帕普的未来好似一个幽灵，所有人都避之唯恐不及。

"有天我和帕普正在那儿架锚杆，当时顶板的情况那叫一个糟糕啊，"他说，"突然石头就大块小块地砸下来啦，我们身后也塌得乱七八糟，就快把我们活埋啦。我们都吭哧吭哧的，以为死期到了。嗯，明白我意思吗，其实那天我们就该上西天啦，居然没死成。"

我问他，在这么危险的环境下工作，难道不担心自己会遭遇不测，可能等不到赚够钱退休的那天。

"不能这么想呀。"他说,"冒了这个险,就别去想那些乱七八糟的。好吧,有时候也这么想,心里就会大喊一声'我的个天啊!'呵呵。有时候确实会这样。但慢慢就习惯啦。那样就会勇敢很多。真的。我不开玩笑。慢慢就勇敢多了。"

他问我要不要喝点水或饮料。我说谢谢,不用。他问我想不想打开那个大屏幕电视看点东西,说待会儿我们可以看看他拳击比赛的一些录像带。

"跟你说,我的一个哥们儿,罗比·达顿,他不在了。"他说,"我们挺好的,被分在一个组。当时开矿机出了点问题,有根管子在漏,大家手忙脚乱地去关,结果他陷在那儿动不了,机器落下来砸断了他的腿。我们费尽力气把他拉出来,抬到担架上。那血流得啊,简直了,他呀……我们以为他死定了,呵呵,结果没死。"

"你刚不是说他不在了吗?"我说。

"是啊。一年半以后他又回来挖煤了,可是状态挺差的,干得很辛苦。结果阵亡将士纪念日①之前那个周末,他有辆哈雷摩托车,正在州际公路上骑得欢着呢。当时有个女人从路边开到街上,还一边冲车里的孩子尖叫,叫得特别大声。砰!把他和他那辆哈雷整个撞扁了。呵呵,就砰一声!简直不敢相信吧?"

当然,我遇到的人里,经历死亡最多的是参加过战斗的士兵;第二就要数这些矿工了。

帕普的儿子也已经魂归西天。1993 年,他被一辆运煤的大卡车压成了肉酱。帕普给我讲这事的时候,一点儿也没哽咽,目光也不涣散。

---

① 美国的一个纪念日,悼念在各战争中阵亡的美军官兵。每年 5 月的最后一个星期一,于华盛顿时间下午 3 时开始。——译者

"一切发生得很快,"他说,"他根本没来得及看清被什么撞了。"

死亡是种耻辱,奇耻大辱。除此之外,谈起死亡这个话题时,大家都没什么兴趣,更感兴趣的反而是斯密提的"邮购新娘"。话说,这姑娘根本没按照约定的时间款款而来。大家整天叽里呱啦地议论这事儿。

"没见着人影儿?"

"她可能是病了,没法登机吧。"

"我听说那边爆发了流感,结果什么飞机都不能飞。"

"不能飞出俄罗斯?"

"我听说是这样的,要么就可能只是不让飞出她那个地方吧。"

"哦,她要来了,大家就都得了流感,来不了了?我得去查查这事儿。这种事情一般都会登报的吧。"

"他说她以后会来的。"

"他老是给她买机票吧?"

"我听说是的。"

"哎呀,斯密提这个冤大头。"

帕普和斯密提很要好,觉得这家伙心地不错。我和帕普并肩坐在他的小卡车上,穿过他那铺满干草的田地。我见过那么多矿工,只有这个老头说过这份工作的好话。不过,帕普是个话痨,所以说好话的几率还是蛮大的。他身材矮小,显得很精干,双颊总是泛着粉粉的红潮,不过牙齿不太好,不但蛀牙,还不整齐,从左到右由高变低,像斜斜的小山坡。"我下班回家之后,"他说,"绝对不会抱怨什么'约翰把我惹毛了',什么'鲍勃简直气死我了'之类的废话。我只跟我妈说一句,'那些"疯矿"啊!'我妈就特别明白我的意思。她老叫他们'疯矿'。疯子煤矿工。我只需要跟她说一句,'那些"疯矿"啊!'就这么简单。"

我们俩继续驱车前行,帕普指给我看的不是周围美妙绝伦的景致,不是此起彼伏延伸开来直到与地平线相交的层层山峦,而是成堆成堆的石头。他说，有的时候，你什么也不想做，就想跑到外面来堆堆石头。这让人身心放松。堆的石头越多，你的干草地就越干净，就不会弄坏你的打包机。他告诉我，以前他老婆也来农场上帮帮忙，但后来她在山姆俱乐部找到一份工作，就忙得再也没时间了。他说，俱乐部的工作真不是什么好工作。"那些人只知道吃。"他抱怨说老婆南希越长越胖就是因为这个。他原来说南希是"跟我住一块儿的黄脸婆"，现在都开始叫她"肥牛"了。

我问他为什么还要留在煤矿，为一份这个世界上最艰苦的工作累死累活。

"这个嘛，我说不清楚。"他说，接着讲起高中时被称为"小矮子"的经历。那时他身高只有一米五，后来竟然进入了大学的橄榄球队。他说自己一直是运动健将，也一直是个很优秀的工人。那时帕普还是个小学生，每天做完弥撒之后，科尔曼神父几乎都会带着他和小伙伴迪克·安杰洛一起去修整教堂后面古旧的墓地。那里的墓碑全都往下塌陷，歪歪斜斜。于是帕普和迪克推着手推车，将一车一车的泥土填进去，把墓碑抬高。这工作必须有人来做，而两个小伙子都是非常强壮非常出色的工人。真的特别出色。所以帕普几乎没有上学，一直在工作。这个人生的重大选择，是教堂帮他做的。

"我一直是个好工人，"他说，"我和迪克简直是任劳任怨的老黄牛。"

工作就是你生活的主题。只要身体好，有力气，你就要工作，永不停歇，直到遇到什么倒霉事，或是改变现状的契机。帕普那一辈子争强好胜的父亲就是这种状态的真实写照。"我被雇到矿上，两天后，他就被埋了。"帕普又给我讲起了故事。"星期三我进行了体检，星期四我开始工作，星期五早上他就被埋了。当时和他一起的老板没挺过来。被压扁了。当时他就站在那儿，有个人敲倒了一根杆子，结果那地方整个都塌了。那个老板马上就咽了气。我爸身上还压了好多东西。他们用了千斤顶才把那些东西挪开。两边的骨盆被砸得粉碎。不过怎么说呢，那次事故简直是我爸遇到的最好的事了。那之后他戒了酒，酗酒可是他最糟糕的毛病，一直都改不掉。"

小车经过一个狗屋，外墙上写着"油毛毛"。"油毛毛"是一只黄色的拉布拉多。帕普儿子的狗生了一窝崽子，把这只给了他。"油毛毛你好啊，"他高喊着，把喇叭按得嘟嘟响。

"要不我们继续往前，去看看我妈妈？"他问道。老太太八十七岁高龄，睡眠一直不太好。不过最近总算能勉强吃下点儿东西。她住在山顶上的祖屋里，帕普的祖父母也曾在那里住了一辈子直到溘然长逝。在生于斯长于斯的农场中死去，于他们是一种骄傲。

帕普摇下车窗，说空气里弥漫着春天将至的气息。

我们来到他母亲住的地方，门廊边围了将近二十只猫，慵懒地散步吃食。进门就看到一个小厨房，挂着薄薄的窗帘。再往里走就是客厅，电视机前摆着一张专用的病床，他母亲就躺在上面。这是个极为"袖珍"的老太太，好像整个淹没在被子和床单之间。对面的墙上挂着一个滴答滴答的钟，本来该有数字的地方，是一家人的照片。她看到帕普走进屋里，顿时容光焕发。他亲热地喊她"姆妈"，用波兰语跟她对话。隔了一会儿两人又换成英语，讨论的话题是卷心菜。原先整个后院都种满了卷心菜，孩子们会这样处理：先割下来，踩得稀烂，放进桶里，等着泛起泡沫，就每天撇去泡沫。等泡沫完全消失的时候，德国酸菜就做好了。"一到冬天，我们有百分之七十的时间都在做这事儿。"他说，"我们当时只能吃德国酸菜。对吧，姆妈？"

而姆妈已经阖上双眼，沉沉睡去。

"好的，姆妈。"他说，"好的。"

她就这样睡在床上，呆在屋里，慢慢死去。她理所当然要在这里迎来生命的最后一刻。不用羞愧，不用奇怪，更不用担心，这是板上钉钉的事情。

我站在这间屋子里，看着帕普和他的母亲，不知道嘴里该说些什么，不知道眼睛该往哪儿看，也不知道，到底是怎样的一种生活方式，才能让他们用这么冷静的态度看待如此临近的死亡。

我对煤矿的研究终于告一段落，但之后的很长一段时间，我还是常常下煤矿。真不知道怎么解释。好像停不下来。我想在下面多呆几个小时，再多呆几个小时，甚至呆满十个小时的一次轮班。朋友们在语音信箱里这样留言："你不会又下煤矿了吧，亲爱的？"老公虽然收到很多矿工们的礼物，但他也开始抗议了，经常打电话给我："你够了没有，现在立刻马上给我回家！"孩子们也很想念我，我妈每天祈祷的时候都会请上帝保佑我在煤矿里平安，后来说得自己都有点烦了。

为什么离不开这个地方呢？这个问题连我自己都无法解释。我只是一次又一次地骗自己，说，要写好这篇东西，必须要再回去一次。"我估计这么一段时间，你和煤矿血脉相连了吧。"有一次谈起这个问题，斯科蒂对我说，"你明白我的意思吗？呆上一段时间，你就觉得被黏上了，甩也甩不掉。"

大脚则开始赶我走："你是不是也该回去过你的日子啦？我再也不想照顾你了。"

"是是是，好好好。"我用头灯照着他的下巴。我掏心掏肺地告诉他自己的矛盾心理，其实我想走，但我也想留，就跟演《绿野仙踪》似的。"我想，我最想念的应该是你，稻草人①。"我说。

"我的老天爷啊，太他妈肉麻了吧。"

---

① 稻草人是《绿野仙踪》里的一个人物，想从巫师那里要一个头脑。——译者

这个位于卡迪斯的矿口是 1970 年代开放的,很快就要关闭了。煤矿基本都挖完了。等到了夏天,E 组的所有人都会被调到公司位于霍普戴尔的另一个矿上去。我问他,会不会有点怀旧,有点舍不得这个地方。"你不觉得,要告别这里,是件挺忧伤的事儿吗?"

"呃,"他直截了当地回答,"不觉得。"

我们并排坐在电力中心。这里放置着供设备使用的所有发电机和电池,还有微波炉和沙发。时间将近晚上八点,有人正在享受短暂的晚餐休息时光。里克狼吞虎咽着菲力牛排、奶酪、杯子蛋糕和史吉牌牛肉小吃。克里斯的晚餐是一块牛排和一个烤土豆。比利则带来了家常的牛肉干。大脚的主菜是鸡肉拌宽面条,饮料是一瓶百事可乐,还带了爆米花当零食。当然,这些人全都被煤灰弄得灰头土脸的,每个人的手都黑黢黢的,但比利说吃下去的灰不是脏的。"这灰是干净的,"他说,"不就是煤炭嘛。"

胡克一边嚼着自己的午饭,一边问大伙儿有没有人觉得罗德·斯图尔特①是"基佬"。

没人觉得。

"米克·贾格尔②,可能是基佬,也可能是直男。"

"那个女人,我记不清她长啥样。他跟她简直纠缠了一辈子。真是恶心。帮我想想,她叫啥来着?就那个金发女人?这下总想得起来了吧?"

"碧昂卡!"

"不是,不过这可以做他们孩子的名字。"

"碧昂科吧?这不是那个经常唱歌跳舞的黑人明星吗?"

---

① 出生及成长于英国伦敦,是一名苏格兰/英格兰著名歌手,是美国乐坛 60 年代中期的英国入侵浪潮之后的标志性人物之一。由于父母的血统而自称"苏格兰摇滚乐歌手"。——译者
② 英国摇滚乐手,滚石乐队创始成员之一,1969 年开始担任乐队主唱至今。——译者

看不见的美国

"不是啦,那个叫碧昂斯。"

"我们还真说不出个所以然,是不是?"

"对啦对啦,关于斯密提的那个女人,我有个最新消息。他说那女的多嘴多舌,问了太多问题,所以他叫她滚蛋啦。"

"她的流感呢?"

"她要的钱太多啦,打流感疫苗要得了那么多钱?"

"哎呀我的个天。"

"他给她汇了一千八百美元的机票钱。要是每个月她就这么骗两三个男人,我的天,那她挣得可真他妈的多啊!"

"逛街的时候他又只能过过眼瘾了。这家伙还跟我说他又开始物色人选了呢。"

"迟早得找个信得过的人吧。"

接下来的话题五花八门。

有人说起怎么猎杀北美大草原上的小型野狼。先装作受伤的动物嚎叫一声,把这些狼引来,然后一枪爆头,满载而归。

有人说弗雷迪·默丘里①会穿露屁股的皮裤。

他们还好奇斯密提为啥要用勺子吃葡萄。

接着又说比利应该去换帕普的班,帮他架设一个锚杆,让帕普来吃个饭。

比利站起来准备上岗。"好吧,给我说点儿能想的东西。"出去前他丢下这么一句话。这哥们儿在操纵设备的时候脑子里需要想点别的事情,不然会发疯的。

大家集思广益,七嘴八舌说着比利能想些啥。

---

① 英国皇后乐队的主唱。1946 年生于东非坦桑尼亚。以高亢璀璨的音色与戏剧化的表演方式著称。——译者

"听着听着,我想到一个,"胡克说,"如果今晚大家都去听黄钟乐队①的歌,而且还都觉得很开心,那么大家到底在干什么呢?"

大家都觉得比利思考这个问题简直再好不过了。

斯科蒂走过来坐在我旁边。他说老婆生了个大胖小子,还告诉我怀里抱着儿子的时候心里有多高兴。"就好像看着一个小不点儿的我。"他给儿子取名字叫"金"。

大约午夜时分,大脚用我俩专用的矿车把我载了出去。他一边控制车的方向,一边弯腰躲闪着低低的顶板;我则斜靠在自己那一边,努力想调整一个舒服的姿势,找到双臀的最佳部位,来支撑这趟颠簸的旅程。矿车在一片漆黑中哐哧哐哧地前进,我想大脚能看到我在微微颤抖。往煤矿外走总是很冷的,因为一直迎着风口,迎着冷冽的新鲜空气,风吹气动的声音在耳边嘶嘶响着。大脚随手拿起身后不知谁留在那儿的外套,递给我。我披上这件被煤烟熏得乌黑的衣服,缩成一团,但也没忘记谢谢他。"得了吧你,"他说,"我不知道你为啥老不听我的,就是他妈的不带件外套进来。"他说我不在这儿呆了,他特别开心,因为他的生活就要回归正轨了。每个星期有那么四五天,他都需要拉着州政府派来的检视员进出煤矿。我一走他就只用应付他们了。我用头灯最后扫视了一眼被岩粉染得白茫茫一片的煤层,摇头晃脑,用灯光的痕迹在墙上作画。

大脚常常冒出点很富哲学意味的想法,不过只在通往煤矿外的旅程中表达。这次他灵光突现,思考起一个人如何成为好人的问题。他并没有说自己就是一个好人,但他觉得自己正越来越往那个方向靠近。

"你经常看不到孩子们,"他说,"你工作时间特别长。那么,你工

---

① 英国的新浪潮乐队,成立于 1970 年代末,1990 年停止活动,到 1997 年又重组。——译者

作那么长时间，会发生什么事情呢？"

我不知道他到底想说什么，所以没有回答。

"你工作那么长时间，回到家，你的孩子就会说他们爱你。他们说这个，不是因为他们了解你，知道你是'爸爸'。他们说爱你，是因为妈妈常常跟他们说，你爸爸是个好人啊，要爱他。"

"应该吧。"我说。

"因为我的孩子不了解我，甚至不认识我。你明白我的意思吗？我没能陪他们。所以，我的孩子为什么还把爸爸挂在心上呢？因为妈妈常常跟他们说起爸爸。所以，我在孩子们心里的印象，全部来自妈妈的话。所以，我多多少少都得让她的话成为现实吧。她说什么我就得做什么，得让这个方程式对等啊。"

"你明白了吗？知道我什么意思了吗？要是我努力做个好人，那是因为我周围的人都认为我应该是个好人。"

"我懂啦，我懂啦。"我一边说一边思考这个理论。

"呆在矿里的时候，就净东想西想这些没用的。"他说。

美国制造

缅因州,切利菲尔德市,外来劳工营

半夜,佩德罗猛地惊醒。不知道为什么,他的双眼好像冒火似的,刀割一般生生地痛。他坐起身来,使劲儿搓搓脸,努力要睁开黏在一起的眼皮。潮湿的帐篷里一片漆黑,他有些狂乱地伸手乱摸,寻找自己的父亲或兄弟。"爸爸!胡安!爸爸!"

胡安是佩德罗的双胞胎兄弟。两人完全是一个模子印出来的:瘦削的身材,棕色的皮肤,见人先脸红的羞涩。两人都对自己的英俊浑然不觉。他们长得很有青少年偶像的范儿,如果开了窍,这长相的用处可大了。两个一模一样的帅哥,可以骗到多少人啊,还能相互帮忙考试,或者交换着哄姑娘。胡安深切地感应到佩德罗的恐慌,抓起一个手电筒。"爸爸!"他大叫起来,把父亲唤醒。父亲起身开了灯,勉强"撬开"佩德罗的一只眼睛。眼白变成了黄色,瞳仁上罩着一层厚厚的脓液。"我看不见了!"佩德罗尖叫起来,"爸爸,我看不见了!"

当然,一般情况下遇到这种事情,都有一套系统可以遵循:家庭医生、药店以及公路沿线商业区的二十四小时紧急救治中心,几乎遍布整个美国。然而,如果你只是个每天在车外扎营、流离失所的外来劳工,上述种种便利大多离你十分遥远。劳工营里的你,天为穹,地为庐,搭棚而居,旁边是一排排的花椰菜等着你去采摘,一块块的甜土豆等着你去开挖。除了遥远的星空,只有叫个不停的蟋蟀与你为伴。在这样的条件下,你应该做好各种准备,这样万一你的孩子半夜突然惊醒,失明了,才好及时作出应对。但没有准备,就是没有。

缅因州地处这个国家的东北部,遍野的凤仙花像厚厚的毯子铺在大地上,蓝莓的香气则如一层薄雾飘散在花田之中。这里的蚊子又肥又大,时刻火力全开。六十多个人就住在一条土路尽头的劳工营里。这里唤作"蓝莓圈",有趣的名字,但完全不符合这个地方的实际情况:高高的杉树下搭建着摇摇欲坠的棚屋,洗过的衣服随意晾在树上,木桶翻过来就作为歇脚的凳子。每个人都告诉我,这还不赖。首先,住这里不要钱。如果种植园的主人们想要找把地能手帮他们干活,那就得包住。营里有两个露天的淋浴,两个配有抽水马桶的厕所,还通了电,有灯光,能听收音机,看电视,几乎什么事情都能做了。住人的棚屋是用胶合板搭建的,可谓饱经风霜,大多佝偻弯腰,老态龙钟。棚屋外面漆成亮眼的鲜艳色,红色、绿色、灰色和棕色相互碰撞,但大多褪了色,有点黯淡。棚屋里面放着双层床。如果来得太晚,没能占到床位,就得搭个帐篷。蓝莓一成熟,采摘季就正式开始,一般都是从7月末开始,持续大概四个星期。

佩德罗和父亲以及双胞胎兄弟一起坐在帐篷里,焦躁不安却又一筹莫展。时间将近凌晨四点,住在营地另一端的孔苏埃罗很快就要起床开始给大家分发早餐的饼干和汤。佩德罗的父亲叫厄尔巴诺,两个儿子和他长得很像,但父亲显然已经被生活与岁月压弯了腰,十分憔悴和苍老。他让两个儿子乖乖呆在帐篷里,安静等他回来。从小两个孩子就听爸爸教他们说,别打扰别人休息;要低调安静,遇到什么事情都别大声嚷嚷,引人注目;就算有人闯进帐篷抢你们的钱,也别大喊大叫,下次把钱藏好一点就是了;如果隔壁棚屋里那家人喝醉了,闹哄哄地唱歌跳舞,打架争吵,弄得你睡不了觉,塞上耳塞好了;要是遇到下雨天,被褥打湿了没法盖,那就起床去车里睡。

孔苏埃罗那边有一大家子，两间棚屋挤下了整整十三个人，他们中肯定有人知道怎么救治佩德罗。于是厄尔巴诺让儿子们别做声，伸开双臂抱着佩德罗，轻轻摇晃起来。不过，佩德罗已经十四岁了，这招显然不管用。"嘘，嘘，"厄尔巴诺边说边前后摇晃着。同时大脑迅速运转，各种各样的想法如同卡车卸货一般相互碰撞着。多少个清晨，这个男人都是被糟糕的消息唤醒的，但他知道，这些磨难和挫折最后都让自己的内心变得更为强大了。吃一堑长一智，他已经长了很多智慧。自己头顶的这片天空充满了瞬息万变的不测风云和旦夕祸福，他已经学会沉着应对，泰然处之。他也明白这个世界分为三六九等：一边是国王般尊贵的人们，一边是任劳任怨的农民。国王们锦衣玉食，住在宫殿豪宅，等着用莓果点缀早餐的麦片；农民需要他们的钱，所以在田野里辛勤劳动。有人天生就是尊贵的上等人，有人天生就是低贱的农民，早在你呱呱坠地之前，命运就已经注定了。所以不要再去想这件事情了，无异于杞人忧天。诚心祈祷，感谢上帝赐予你眼下所有，在后视镜上挂一个十字架，让耶稣保护你的家人，别受吸血怪兽卓帕卡布拉和其他森林游魂的侵害。

咬苹果之前，先要洗干净。这是我们从小就听了无数遍的叮嘱。细菌、农药、灰尘、和虫子有关的东西、泥巴，这些都没什么：洗干净就对了。当然，和这个苹果过去的经历一起被冲进下水道的，还有留在上面的指印。美国的平常人家总会对很多东西视而不见，这些指印就是其中之一。他们不会想到，自己吃到的这些食物背后，是活生生的人们付出的辛勤劳动。也许，有时候，我们会注意到季节变化，烈日当空，路边的苹果树硕果累累。如果再深入想想，成百万甚至上千万的苹果树、土豆田，还有不计其数的水果、蔬菜……也许你会突然间意识到，我的天，这得摘多少苹果，挖多少土豆啊！"采摘大军"像蜜蜂一样涌进果园、田野、树林，百万农夫弯腰流汗，爬梯上树，深入灌木丛，耕地、

看不见的美国

栽苗、洒农药，没有他们和他们的劳作，全美国的田野和果园中创造出来的一千四百四十亿美元将会瞬间化为乌有。果子成熟之后的命运，就是掉在地上，渐渐腐烂。

当然啦，还有机器。机器收割玉米、小麦、大豆、大麦，还有其他许许多多的庄稼。灿烂的阳光下，这些庄稼好像奢华的厚毯子一样无边无际地延伸。但机器爬不了树，不能踮起脚尖穿行在森林中，更不能深入到大小不一的洞穴里。机器无法决定哪个橘子可以采摘，哪根辣椒绿得正好，哪颗桃子的细毛看上去成熟可爱，哪朵蘑菇卖相上佳。超市里的生鲜货品、漂浮在罐头里的水果蔬菜、安静躺在我们冰箱里的袋装蔬果，这许许多多与我们生活息息相关的东西，不是你坐在那里想一想，说一说，动动高尚的脑筋和嘴唇就能手到擒来的。这背后有多少或强健或羸弱的肌肉在辛勤劳作，挥汗如雨。

为我们采摘食物的人们，大多有着棕色的皮肤。他们来自墨西哥和中美洲的各个国家，过着游牧民族般的生活。他们的足迹有三大分支，从南边一路向北，哪里的庄稼将要成熟，哪里就有他们的身影。西部的分支南起南加州，最后到达华盛顿，沿着那里的海岸线分散开来；其中还有一小撮人从加利福尼亚州中部沿着东北方向一路奔向北达科他州。中西部的分支起于得克萨斯州南部，足迹遍布每一个中西部大州，中途的小分支颇多。东部的分支从佛罗里达州皮尔斯堡附近开始，那里的劳工们从1月就开始采摘柑橘和草莓了；接着他们顺流而上，来到佐治亚州，采摘桃子、山核桃与生菜；接下来是田纳西的烟草，新泽西的西红柿与黄瓜，7月底缅因州的蓝莓。在那之后，属于东部分支的很多人将会继续前往纽约和宾夕法尼亚采摘苹果。接着又马不停蹄，沿着I-95号州际公路长途跋涉，南下到佛罗里达，收割甘蔗、南瓜和青豆。这就是他们生活的循环，周而复始，年年如此。

看到这些劳工，我们的第一反应往往是追溯到南边那些边界州，但实际上整个美国都遍布着他们的身影。然而，对于我们中的大多数人来说，他们都是些面目模糊的陌生人，即使从我们的生活中消失，也觉察不到；即使在我们眼前出现，也视而不见。我们外出度假驱车开过公路时，这些人就在不远处挽着篮子弓身劳作，我们却丝毫没有感觉。在我们常去的购物广场或街角的咖啡店看不到他们的身影。我们在酒吧，也不会遇到谁自我介绍说是收割或采摘什么东西的人，然后跟我们闲聊攀谈。大学校园里也不可能遇到这样的人跟他们称兄道弟勾肩搭背，电视节目也只会邀请专家学者名人，他们连电视的影儿都看不到。

数个世纪以来，我们的文明一直努力发展，竖起了一道厚厚的屏障，屏障这边是城市与近郊的居民，屏障那边则是所谓"有损市容"的基础设施：下水道、屠宰场和锅炉房等等。所以，大家很容易就忘记了，在我们日常生活的背后，还有那么多看不见的事情正在发生。有句话说得好，还是不知为妙。

美国的所有农场外来劳工人口中，有超过百分之五十是非法滞留在这个国家的。这个议题常常萦绕在全美国人民的耳边，越来越让大家心烦意乱，多少人呼吁尽快解决这个问题。电视节目和电台访谈不厌其烦地告诉美国民众，必须齐心协力，解决这个全国性危机。在大选之年，这样的声音尤其响亮。这些外来人员入室抢劫，贩卖毒品，甚至在杰西潘尼百货的更衣室里公然强奸未成年的孩子。犯罪事件自然是要在头版醒目位置大篇幅报道渲染的，而除了这些犯罪分子之外的其他劳工呢？舆论告诉我们，这些人甚至比明目张胆的犯罪更为阴险，正在蚕食我们的国家：抢了美国人的工作，不惜一切代价生下"定锚婴儿"[①]。帕特·布坎南[②]曾称这是一场"人类历史上最大规模的侵略"。政客与分析人士侃侃而谈，句句在理，这些人是非法滞留在美国的，所以他们就不

[①] 指为获得美国国籍在美国出生的外国小孩，或来自非法移民家庭的小孩。——译者
[②] Pat Buchanan，美国政治评论员，前共和党总统候选人。——译者

法分子;不法分子就应该被围追堵截,投入监狱。(当然啦,不就是些水果吗,美国人可以自己动手摘啊。)不管我们是否信服这些充斥在周围的言论,有一件事情非常清楚:外来移民是个很大的问题,已经到了极限,必须采取措施,是时候了!

然而,并不存在所谓的"侵略"和"全国性危机"。事实上,目前的数据显示,过去的十年,来自墨西哥的移民数量呈现下降趋势,而且相当剧烈。(2000年,有五十万未获批准的劳工跨过边界,从墨西哥进入美国;到2010年,这个数字下降到了八万。)更能说明问题的是,这本来就不是什么新鲜事儿。美国的历史就是一部进口外国劳动力的血泪史,比如从非洲掳来的四百万奴隶。接着还有犹太人、波兰人、匈牙利人、意大利人和爱尔兰人,他们遍布美国的磨坊、煤矿和工厂。六年级的社会研究课上,大家都会学到美国是个伟大的熔炉,融汇了世界各地的文化。但是,每一次外来移民的大批涌入都会引起新一轮的反移民浪潮,大家的怒火熊熊燃烧,叫嚣要保住我们的"根",不受外来的侵袭。有时在暴怒之后,就会彻底将这些移民驱逐出去。1850年代中期,加利福尼亚出现了农业劳动力大稀缺,中国成为拯救劳工荒的国家。将近二十万中国移民签订了具有法律效力的合同,开始开垦耕种加州的土地——直到1882年,加州所谓的"白人至高论"推波助澜,《排华法案》横空出世,"黄祸"们都被塞进轮船,滚回了老家。接着,日本劳工代替中国人为我们劳作了一段时间,结果等来了1942年的《移民法案》,彻底禁止了来自东亚方向的移民进入美国。这段时间内,大约是1880年代末期,墨西哥和美国之间的铁路开通了,这起到了开闸泄洪的效果,新的劳动力蜂拥而至。而也是在1942年,"美国边界巡逻队"成立了,作用是控制这股汹涌的潮水,还随之应运而生了一个新名词,"非法居留者"。

现在,我们热火朝天地讨论着如何控制南部边界的非法移民,好像这是新近才出现的大事。其实不过是旧事重提，翻翻老掉牙的历史而已。我们七嘴八舌，各抒己见，嘴里高喊着"公平""净化"这些冠冕堂皇的字眼，激烈辩论着谁属于美国谁不属于美国。于是，为我们摘果子收庄稼的人们时时刻刻都活在屈辱的阴影之中，不得不隐姓埋名，担惊受怕，在极度艰苦和不便的条件下生活。我们咬一口脆脆的苹果，"嘎嘣！"伴随着美味的声音，甘甜的汁水在舌尖上蔓延，我们心里会想："啊，是啊，这苹果可真好吃！"却绝不会想到这美味的背后，是如此凄惨的生活。

蓝莓圈那头的孔苏埃罗一般天不亮就会起床，但休伯托起得更早。他要打扫厨房，以此来换取食物，这是专门为他安排的。（一顿饭一般花费六美元左右，随孔苏埃罗的心情而小范围浮动。）六十三岁的休伯托是劳工营最年长的农夫。他是个温柔的男人，总是善良恭顺，但人们总喜欢偷偷摸摸地在背后议论他。他有些离群索居，独自睡在一顶橙色的小帐篷里。头顶是一棵桦树，旁逸斜出的枝丫很适合晾袜子。他满脸病态，皱纹纵横，瘦削的身子弯曲着，好似一块废铁。劳工营里的人猜测说，他肯定是个同性恋，还有艾滋病，会传染给别人。在这人人都是短暂过客的地方，只有一家人才了解一家人，其他人实际上都很陌生，所以恐惧便悄悄蔓延开来，指挥着人们的一举一动。

休伯托刚扫完地，孔苏埃罗就一阵风似的走了进来，推推攘攘，手脚麻利地打开了炉子，预热了烤架。这个胶合板搭成的厨房比其他棚屋要稍微大一点，位于劳工营的外围，永远飘散着热气，火烧火燎的。劳工营的每个人都可以使用，但很少人会有心情和精力去做饭。多年前，孔苏埃罗与丈夫初次来到这里做工，精明的她一眼便看准了这个商机，开始利用自己的灶上手艺来创收。

大概凌晨四点半，厄尔巴诺带着胡安和跌跌撞撞的佩德罗闯进厨房。佩德罗的眼睛还是看不见。

"帮帮我,"厄尔巴诺急匆匆地说,满头满脖子都是汗。

"他得去医院!"休伯托看到佩德罗肿胀的双眼,喊了起来。不过,他也不知道医院到底在哪里。毕竟,他也只不过是走到哪儿歇到哪儿,一个无家可归的可怜人。

"医院在哪儿啊?"厄尔巴诺转向孔苏埃罗求助。她正全神贯注地与双拳下的面团搏斗,翻来覆去,好像那上面有什么复杂艰深的文章。孔苏埃罗是个丰满浑圆的女人,脸上永远带着老好人的暧昧笑容,似乎要挡住一切的冲突、意见和随之而来的后果。她有四个孩子,三个都跟着来了厨房,最小的婴儿哇哇哭个不停,九岁的那个则试图把奶嘴塞到他嘴里。十岁的孩子正在打鸡蛋,而太阳还要过两个小时才会升起来。

"给那个人打电话吧,"孔苏埃罗指着钉在墙上的一张名片。不一会儿她的丈夫诺德就迈着悠闲的步子晃进了厨房。同行的还有他的兄弟诺埃尔。这家伙宿醉未醒,踉踉跄跄的。跟在后面的是吵吵嚷嚷的一大家子,他们的几个孩子;诺埃尔的女人,脸上永远带着厌倦和放空神情的塔米;塔米那文身的女儿,以及这个女孩的男朋友,梳着一绺绺长长的小辫子,又束成高高的马尾。他们都是来喝咖啡的。"咖啡好了吗?"七嘴八舌,喧闹不堪。半个小时之内,耕地工们就将坐着小车排起长队,往田地的方向奔去。没人有空搭理呆呆站在厨房里的两个"小废物"和他们的父亲。这三个呆瓜到底想干嘛啊?

厄尔巴诺打消了求助的念头,从墙上取下那张卡片,离开了。说句实话,他挺害怕孔苏埃罗这一大家子的,甚至把他们看作这个劳工营里称霸一方的"黑手党"。要在这里混,就要懂他们的规矩。他们把吵闹的音乐开得震天响,你得忍着;他们那只诡异的吉娃娃"咪咪"狗仗人势,你也得受着;他们还有只没名字的斗牛犬,特别疯狂,你只能敬而远之。那厨房本来应该所有人都能用的。当然,很多人都喜欢吃孔苏埃罗做的甜面包、墨西哥玉米面卷饼,还有特别美味的西班牙魔力鸡。但厄尔巴诺和两个儿子灶上手艺都还不错,如果偶尔能用用厨房那就再好不过了。他们千里迢迢来到缅因,可不是专门来花钱的。

"也许这个人知道哪里有医院。"厄尔巴诺一边安慰两个孩子,一边仔细研究手里的名片。

名片上的联系方式属于一个叫胡安·佩雷斯-菲尔波斯的人,这人壮得跟头牛似的,留着乌黑的山羊胡,是劳工营的常客。他四处散发自己的名片,让大家"有困难找胡安"。很多人在他转过身的瞬间就把名片扔掉了。这很可能是个狡猾的律师想来碰碰运气,招揽生意,骗骗咱穷人的钱;更有可能是来自移民局的"探子"。来这儿做活儿,你会很快掌握一项本领,那就是千万不要相信任何人。

站在一旁的儿子也叫胡安,十四岁的他拿出小男子汉的气魄,从父亲手里拿过电话,拨打了名片上的电话。同时三个人钻进车里开始一路找医院。电话接通了,却转接到了语音信箱。"您能帮帮我们吗?"胡安求助道,"我兄弟看不见了。"

蓝莓圈的山顶上是另一个劳工营,那里条件要好些。棚屋里都有自来水,工人们在收成之后也能呆在那里。这里的劳工地位稍微高一些,统称"拉美人军团",这些工人技艺比较多,知道怎么开拖拉机、怎么洒农药等等。还有的人就是运气好一些,谈下来的条件是按照小时而不是计件付款。那个营里有个人循着车灯,发现车开到山顶上来了。他走出自己的棚屋,看谁这么早就黑灯瞎火地要离开蓝莓圈。厄尔巴诺停了车,那个人自我介绍说叫路易斯,然后斜着身子钻进车里想一探究竟。"我他妈的老天爷啊!"他看到佩德罗那渗着脓液的双眼,大喊了一声。任何正常人看到这幅景象都会是这个反应。"在这儿等着。"他跑回自己的棚屋,拿起钱包和鞋子,跳进车里,把惊慌失措的一家人带到了二十五英里以外的马柴厄斯医院。

与此同时,佩雷斯-菲尔波斯正拿着电话,想知道是谁找他。电话铃声把他吵醒了,但没能及时接到。在语音信箱里留言的那个小孩子没有留下自己的名字,来电显示也是未知号码。这么说某个劳工营里的某个小孩需要帮助?看不见了?整整四十五个蓝莓公司,需要他监督和保护的有好几千个工人,这真是大海捞针。但佩雷斯-菲尔波斯还是很快穿戴整齐,开始他的巡逻。这些年来一种无望的感觉总是像幽灵一般如影随形,此刻也是一样。

"度假胜地",车牌上这样写着①。蓝莓是缅因州出产量最大的经济作物之一,覆盖了六万公顷的田地,这些深蓝发亮的果子和鲜红的龙虾一样,是缅因州的重要象征,代表这是一个活力四射的快乐天堂。缅因州是世界上最大的野生蓝莓出产地。这个州有着沙石混合的林下土壤,其他的植物根本就不会生长,反而为木本植物的蓝莓灌木提供了天然的生长环境。在没有竞争的情况下,蓝莓肆意生长,当然,还有它们的好伙伴菌根,这是一种有益真菌,附着在蓝莓的根部,帮助它们从相对贫瘠的土壤中吸取营养和水分,两者和谐共生,欣欣向荣。冬季天寒,厚厚的白雪覆盖了缅因州,也像舒适的毯子一样为冬眠的植物创造了有利的环境。春回大地,融化的白雪又为多年生植物重披绿荫提供了所需的水分。夏日当空,掺在土里的大石块保存了热量,赋予莓果们成熟的香甜。秋高气爽,不时的大风带来电闪雷鸣,穿透土地,点燃大片的田野,正是天然而完美的修剪和清扫。野生的蓝莓就如此这般在这里生长了几百年,大自然神奇又狡黠,当真是谋划得当,运筹帷幄。

说到蓝莓,野生的品种(矮丛蓝莓)可是当之无愧的明星。人工培育的那种(高灌木)随处都可以种植,在诸如新泽西和密歇根的大片土

---

① 美国各州都喜欢把自己的特色体现在车牌上,缅因州也不例外,该州车牌上印着红色的龙虾和 Vacationland(度假胜地)几个大字,俨然是流动广告。——译者

地都有生长。不过你的早餐碗中很有可能两种都有。有时候大而肥硕的蓝莓果实在牛奶中时隐时现地冒着头，有时候一勺子舀起来的是很小粒的黑色果实。哪天你可以好好尝尝味道。和个头较小的野生蓝莓相比，人工养殖的蓝莓味道比较淡，口感粉粉的。而野生蓝莓一口咬下去就会爆发出糖果般的香甜汁水，占据你的味蕾。试一试，一旦注意到两者的区别，肥硕的蓝莓就永远进不了你的购物车。

蓝莓圈尽头的这个劳工营里，孔苏埃罗喜欢占着厨房做饭；休伯托总是支着帐篷聊以容身；厄尔巴诺和两个儿子日落而息……这些人全都辛勤耕耘着田地，而他们所属的是"樱桃田食品有限公司"，美国最大的蓝莓生产商，因为薪资合理，比较好说话，在工人当中很有口碑。比起佛罗里达州的柑橘林和佐治亚州以及卡罗来纳州的菜地，这里可以说有天壤之别了。毕竟，这三个地方的工作条件从 1990 年代就不断登上报纸头条，令全美国震惊。在南方各州工作的农夫都饱受煎熬，堪比现代奴隶：外来劳工们以还债的方式在田里劳作，甚至还要被迫套上锁链，关在厢式卡车中被送往不同的目的地。

而缅因州，至少在近些年来，算是挣得了好名声。在这里，干农活还算相对光荣。如果一个劳工对得起自己双手结满的老茧，技艺过了关，蓝莓季一到，就总有办法来到这里。报酬相当不错，当地人也不会特别嫌弃你，看轻你。不知为什么，缅因有种气场，也许是因为相对贫穷；也许是因为在相对边缘的北方偏居一隅；也许是因为岩石遍布，粗糙杂乱的海岸；也许是因为上述种种地理原因造就了戏剧性的情绪波动……总之，这个地方有种气场，"盲流"们在这里，要好过些。

我在劳工营里的时候，正是 8 月仲夏，关于合法地位的问题一直悬在黏糊糊的湿热空气当中。这个问题如影随形，就像贴在双腿上永远挥之不去的吸血蚊子。所有为樱桃田食品公司工作的劳工都算是有合法地位的，他们都通过了所谓的"员工身份电子查证系统"（E‐Verify），具体来说，就是将新进劳工提供的社会安全号码登录联邦公民及移民服务局的资料库，与该局及社会安全署的资料比对，以核查移民身份。要是雇员中有没通过这个系统查证的，公司就要遭到巨额罚款，所以对这件事情不可能掉以轻心。

然而，在遍布缅因州的其他劳工营里，很多劳工以不具名为条件（其实这个条件是多么滑稽可笑，多么多余），骄傲地向我展示他们在波士顿街头花一百美元买来的社保卡。更有伪造的绿卡和驾照，还有几个给我看了他们所谓的"保险"，也就是来自野鸡鉴定机构的文件。很多人会同时找好几家这样的机构，开不同的文件，一份没用，换一份继续碰运气。

"这些都通过了电子查证？"我问道。

"电子查证就是个大笑话，"他们说，"大家都是假的。"

伪造的文件大概是很容易就能拿到吧，但跟我谈过的劳工们都说，现如今进入美国变得前所未有地难。2010年，奥巴马总统签署批准了耗资六亿美元的边界保障法案，法案规定新增一千名边境巡逻特工，增加移民和海关执法局人手，更新通信设备并加派无人机侦察。

我听到很多很多跌宕起伏、惊心动魄的故事。比如瘦骨嶙峋的驴子驮着一袋袋压缩食品，和人一起跋涉数周，穿越索诺兰沙漠①；比如很多人花掉毕生积蓄，把数千美元都给了所谓的"土狼"，以求帮忙让他们偷越边境。穿越边境变得难如登天，事实上，很多人已经不能像过去那样，往来于两边，不时回去看看家人。一旦进入美国，你就得乖乖呆在这里，不是好几个月，而是好多年。因为回去之后再进来，那就是危机重重甚至根本不可能。你可能在这里一呆就是五六年，甚至可能是七年。每当领了报酬，就把钱汇给家人，直到攒够了在家乡买房子的钱，

---

① 位于加利福尼亚州。——译者

或是达到了你心中希望的数目，才能回到家中。跟我聊天的那些人说，更严格的边界控制最大的影响，就是把乡愁在分隔的岁月中拉得更为漫长。

佩雷斯-菲尔波斯注定是个在星条旗下注目致敬的美国人，永远不会回头望一眼来处。他在古巴长大，十六岁就被父母送到了匹兹堡的朋友家里，接下来的经历说是彻头彻尾的迪士尼童话可能有点夸张，但也可被誉为令人叹为观止的美国传奇了。他代表了很多外来移民，他们来到这个国家，遍布城市乡村，通过勤奋劳作，达到人生巅峰。这是一个值得自豪的故事。

佩雷斯-菲尔波斯自己勤工俭学读完了大学，还取得了研究生学位。最初找了份工作，在高中教西班牙语。接着他听说缅因有份工作，是为自己十分熟悉和了解的移民社区服务。当时是 1990 年代中期，美国刚刚发生了臭名昭著的"德克斯特鸡蛋养殖场丑闻"：全美最大的红皮鸡蛋生产商成了人们眼中的血汗工厂，也成为虐待外来劳工的代名词。职业安全与卫生管理局（OSHA）进行的一项调查公布了一些视频，影像中的劳工们正用双手清理粪便；而他们的浴缸和水池中，满是未经处理的污水。

那时候在大家眼里，缅因州是全美国外来劳工条件最差的地方之一。佩雷斯-菲尔波斯希望改善本州的状况，信誓旦旦地要进行一番改革。他记录了整个州的暴力事件，在一个种植西兰花的农场卧底调查三年，拍摄了很多影像资料，其中一个视频里，他自己站在露天的深坑中，坑里全是人的粪便。这些工作推动了相关立法，改善了移民劳工工作环境中的暴力行为，他也成为蓝莓园和各个劳工营的常客。耕耘的季节，他会在哥伦比亚市政厅旁边设立"劳工中心"，大家可以聚在这里，享受一些免费的服务。这里有别人捐赠的罐头食品和衣服，还有一个教育办事处和提供法律顾问的专业人员。中心还发起了外来劳工健康工程，在各个农场都有小分队。他的努力在号召维护劳工权益的圈子中被传为佳话。现在大家都觉得缅因州在这方面做出了很好的表率。

然而，外来劳工们又是怎么看的呢？至少，和我聊天的那些工人言语之间很少提起这些服务。就算偶尔说起，这也不是他们来缅因的原因。大家都是冲着钱来的。

在劳工潮的东延线，没有哪种农作物能比得上蓝莓的价格了。这种果子就好像三维弹球游戏最后的奖励关卡：突然之间前面的分数都加在了一起，令人惊喜不已。干农活的人只要节奏掌握得当，技艺也过关，一天平均能收一百箱蓝莓。按照一箱 2.25 美元的价格来计算，一个星期挣 1 350 美元也不是什么稀奇事。而在佐治亚州摘桃子，一周只能赚 375 美元；在佛罗里达的橘林里，一周收入只得 400 美元。

华盛顿县位于缅因州最东端的一隅，是本州大多数蓝莓沙地①的所在地。这里的失业率高达 12.2%，高居缅因诸城榜首。然而，高昂的收入却无法吸引本地失业人员下田干活。"新美国梦"在全国范围内广泛传播着心照不宣的价值观。农活多么辛苦啊，长期干会腰酸背痛，而且日头毒辣，小心中暑。

就在我们的上一代，收割的季节整个社区都会全民总动员。那时收割是一种仪式，让当地所有人都聚集在沙地里。蓝莓熟了！必须得采摘！时间不等人！农忙时节，你帮自己的朋友干农活，不但收入不菲，还能和街坊邻里聊聊东家长西家短，逮到躲在桦树后面接吻的情侣戏谑一番。之后你会去镇上的蓝莓节，庆祝大丰收和顺利的采摘。还能在那里参选最好的自制蓝莓酱、家常蓝莓派、手工蓝莓蜡烛或香皂。

如今，当地人再也不下地了。但蓝莓节的传统却在整个缅因保留了

---

① 前文提到的只能供蓝莓生长的沙地，土壤相对贫瘠。——译者

下来。城里的人们仍然会欢庆，游客们依然络绎不绝地来。

跟我聊过天的外来劳工们非常清楚这其中哪里脱了节：他们辛苦劳作保留下来的文化却和他们完全没有任何关系；而享受这种文化的人们，也和劳工或劳工文化没有任何交集。

"你看，这里每个人的皮肤都是棕色的。"蓝莓沙地里的某个早上，孔苏埃罗的妹夫说。这个男人长得挺帅，眉毛宽宽的，留着波浪形的黑色长发。炎炎烈日下，他敲掉一瓶啤酒的瓶盖，泡沫奔涌而出。"我第一次来这里是1998年，当时还有白人在摘蓝莓呢。现在根本影子都看不见了。白人都变懒了。下地的都是我们这些说西班牙语的。"空气中仍然有点寒意，但他早就脱了上衣，身上还冒着汗水，因为他已经从这一望无际绿紫相间的灌木中收了十箱蓝莓了。"白人可真懒，都不肯花一两个小时通勤上工，说西班牙语的就肯。占领这些田地根本没费什么力气。白人丢掉了手里的耙子，说西班牙语的就捡了起来。"

豌豆岭路的北边是大片的田野，一辆大型货车装着满车的空箱子出现在地平线上，越来越近了。劳工们像节日打折时的购物狂一样，以百米冲刺的速度往那辆车狂奔。许许多多大小一致颜色各异的箱子，黄的，绿的，蓝的，白的……全都像乐高积木似的堆叠起来，一列能有十个到十五个的样子。挑起箱子就跑，赶紧的！能抢多少抢多少！这样在采摘的时候你才有足够的箱子来装。你的孩子里满了十二岁的那几个，也会和你一起肩并肩地采摘，把他们的收获也倒到你的箱子里。没满十二岁的，就躲在车里，不时挠一挠被蚊子叮了痒得受不了的红疙瘩，等到公司里的人都走完了，才偷偷溜出来干活。公司是绝对不允许十二岁以下的孩子干活的，因为美国的法律严令禁止。但你的孩子们想干活，一家人需要钱，那还有什么好说的呢？

孔苏埃罗的丈夫诺德抢先占领了蓝莓沙地西端的那块地盘。唯一的白人是监工帕特。他指挥诺德一家人按照自己划定的范围，呈竖列状分散开来。运气好的时候，你所在的那一列地形平缓，而且没有多少硬石头；运气坏就可能分到沟谷或山脊的区域，甚至还可能崎岖不平，杂草丛生。在田里占据一块地盘的方式之一，是把你的卡车停在那儿，车窗全部打开，车载音响开得震天响。大多数音乐都是拉丁流行曲风或传统的墨西哥民歌。湿润的空气中飘着几乎让人晕眩的甜香，低音号的旋律不断振动你的耳膜。

蓝莓耙子是正方形的，立体簸箕状，头上有很多锐利的尖齿，把手可长可短，就像一把巨大的餐叉被谁拿倒了。每个人都有自己的耙子，很多都是自己亲手做的。上帝赐予你这副肉身，天生就是来采蓝莓的，所以得量身定做一把好使的家伙。一耙子挥下去的动作很像铲雪，但要更快些。双臂一摇一摆之间，耙子已经瞬间采到了几十颗蓝莓，哗哗作响。大概十分钟能采摘好一箱蓝莓；然后就拿到路边去，撕下一张写了你名字的胶带贴在上面，开始填充下一个空箱子。没人会去偷拿另一个人的箱子或耙子，就连胶带也不会动：这是不成文的规矩。这里的待遇很公平，所以没人动花心思歪肠子去争抢或者作弊。佛罗里达州和佐治亚州就大不相同了。因为不允许上厕所，那里的工人每天半数的小便都是直接在裤裆里解决的。这里就公平多了：你想收多少蓝莓就收多少蓝莓，只要身体撑得住。扛不住了就停下来歇着。

九岁的小男孩克里斯托独自坐在沙地飞扬的尘土里，呆呆看着大人们争抢空箱子。他的妈妈淹没在争抢的人群中，爸爸也抢得忘乎所以。"我们之前在佛罗里达收生菜来着，然后开了十二个小时的卡车，到了这儿。"克里斯托说，"我，我爸爸妈妈，还有妹妹和四个兄弟。"这孩子长得圆鼓鼓的，穿着一件汗衫，上面有圣诞花环和泰迪熊的图案。为了在酷暑之下凉快些，他被剃成了光头。他说自己职责很多，但最重要的工作就是照顾七个月的妹妹黛娜。"她现在在营里，和我弟弟呆在一起,"他说,"我们轮流照顾她。"克里斯托负责在夜晚黛娜哭泣的时候抱抱她,摇摇她,安抚她。要是哭得太大声,他就把她带到门外的月光下,抱着她爬到两棵雪松之间的吊床上,那是爸爸支起来的。劳工营里没什么事情好做。有时他会和兄弟们玩"冰棍化了"① 的游戏,或者和秘鲁来的一些孩子玩水枪大战。"我倒更情愿每天都到沙地里来,"他说,"爸爸说我可以去干活,但要是被抓住了他会假装不认识我。"有一周克里斯托赚了120美元,其中100美元给了妈妈,剩下的自己拿着,和爸爸去米尔布里奇镇上喝了几杯啤酒,还买了一些手信,要带给佛罗里达的表亲们,其中有一叠写着"缅因"字样的明信片,一个龙虾样子的钥匙链,还有一个凤仙花味道的小枕头。"长大后我想成为一名工程师,"他说,"或者做科学家,或者做个卡车司机,开着车经过生菜田——但做司机我可能会害怕,因为有时候肯定会遇到一些水洼啥的。"

帕特正指挥大人们扛着箱子往不同方向就位。克里斯托什么事儿也不能做,只能等着海岸那边没有相关人员的时候再去。于是他有节奏地扭动起身体,把耙子横在身前,假装自己是个拉丁流行歌手。不知从哪辆卡车里传来拉丁裔美国歌星罗密欧·桑托斯满怀柔情的低吟浅唱。克里斯托和着那旋律,稚嫩的声音消隐在扬满尘灰的雾气里。

耙子有节奏地拨开低矮的灌木,"唰,唰,唰",甜甜的蓝莓香飘散出来。伴随着卡车的轰响,人们挥汗如雨。耙子的一上一下之间,你能看到工人们的项链在摇摆,金与银反射着阳光,闪闪烁烁。遍布沙石的田野起伏不定,低洼地与深坑处处都是,往地平线那边蔓延,穿过血红色的云层,与黄蓝层叠的远天相接。

今天早上没有任何人问起厄尔巴诺和他的两个儿子去哪儿了。很有

---

① 这种游戏与中国的木头人游戏有一点类似,规则是被指定的"猫"摸到了之后,另一人就冻住了,不能再动,分开双脚站着。"解冻"的唯一方法就是游戏中的其他人从他们胯下钻过。游戏一直持续到所有人都冻住为止。最后被冻住的那个人下一轮就做"猫"。——译者

可能根本没人知道他们叫什么,甚至也没注意到他们不见了。唯一的例外是休伯托,那个打扫厨房的瘦小男人。他跟监工说了,有个小孩早上跑来厨房,两只眼睛很可怕。除此之外,阳光之下并无新事,一切按部就班:箱子、耙子、胶带……"唰,唰,唰"。没人说话,没人提那件事,也没人说自己在劳作之外的生活,也没人说克里斯托在佛罗里达读过的学校下星期就要开学了,没人说计划回家参加足球队或乐队,做自己真正想做的事情。这里听不到闲言碎语,不会有人表达自己想早点回家的愿望,没人说收完蓝莓要去收什么作物、下一份工作是什么、明天会怎样。甚至都没人提一提从东部海岸迅速向这里推进的热带风暴。在沙地中,判断时间早晚的唯一方式就是感觉照在背上的阳光。早上是温和的,暖洋洋的;中午则好像要把肉烧焦似的;接着夕阳西下,太阳神终于仁慈地消隐在云层中。

诺埃尔非常需要一杯"怪物高能饮料"①,诺德也一样。但孔苏埃罗还没推着午餐车出现。克里斯托的母亲身形宽大,扎着高高的马尾,她哼哧哼哧地跑来朝他大吼大叫,说他四处闲逛不干正事。接着她不知道向谁抱怨,絮絮叨叨地说起自己肿胀的脚踝。"你是在跟这些人说话吗?"她问克里斯托,指着诺德和诺埃尔。其实这两人看上去完全无害。"不,妈妈,我没有。"昨天晚上她发现克里斯托在劳工营里交了新朋友,他跟几个西班牙语说得很烂的男人聊着天。这些人肯定是从其他地方来的。于是她告诉克里斯托,要是这些男人中的任何一个碰了他,她一定会冲进厨房抓起一把刀戳死他们。

"不,妈妈,没人碰我。"

---

① 加州汉森公司生产的高能饮料(Monster Energy)。汉森公司以生产含高咖啡因的高能饮料与红牛抢占世界市场,顾客目标为青年男子。产品外观以黑色衬底,绿色或蓝色 M 形状的怪物爪印很是抢眼。其产品在北美、欧洲、南美和亚洲约 50 个国家和地区销售。——译者

休伯托正在休息。他坐在一个倒放的箱子上,穿着一件单薄的绿色T恤和点缀着紫色色块的牛仔裤。他的工作方式是摘几箱蓝莓,休息一下,再摘几箱,如此这般。不是不想一口气干下来,而是真的没有青壮年男女那样的力气了。"我这人干活很慢的,"他说。他长了张渔夫的脸,坑坑洼洼,沟壑纵横,而且也没刮胡子。"一天可能收个二十箱、三十箱或四十箱。我从来没收够五十箱,一次都没有。所以我特别好奇,他们是怎么收到一百箱的。好像一小时内应该收到多少多少箱,但我从来没做到过。但他们还是允许我继续干活,我也不知道为什么。这事儿我也想不通。公司对我挺好的。"

他把蓝莓耙子倒立起来,开始整理尖齿之间塞满的野草。这个地方对他来说和其他地方没什么不同。休伯托眼中"家"的概念,并不是一个地方,而是某个季节。他根本不知道过完收获季应该有什么样的生活节奏。他没有固定的地址,没有代步的车,也没有用于联系的电话。

"那边那两个是我的朋友,"他指着远处深谷那边正在收蓝莓的一群人,"那个大个子,还有另一个。他们看起来挺像的。叫什么我忘了。我是来这儿之后遇见他们的。厨房里那位女士也是我的朋友。每年她都帮我把帐篷收起来。所以每年我来这儿才有地方住,她都会带回来给我。我把睡袋、枕头、牙刷什么的带来就行了。床垫就从别人的小屋里拿一个。洗的衣服晾在树上。我还有个盆子,一双新靴子,一套剃须用品。我在波特兰东西更多,还有个柜子在那儿呢。哦,我还有个收音机,有闹钟功能,每天早上四点定时把我叫醒。要是下雨没法收果子,我就坐在帐篷里听广播。"

休伯托的一切"做人须知"在半个多世纪前就搞定了。他的老师就是父亲母亲。年少的他与双亲肩并肩地在墨西哥的田野中收过土豆,还在得克萨斯的烈日下收过卷心菜和菠菜。后来长了一些年纪,他就独自加入了东部分支的大军。是通过一个朋友的朋友介绍的。生活的主题词是"居无定所"。今天你在这儿,明天就忽然到了那儿。"呆在哪儿都无所谓,"他说,"我不停找活干,只要有活干就好。我闲不下来,得一直干活啊!"

耙子清理得差不多了,他站了起来,瘦骨嶙峋的身体仿佛一碰就要发出咔嚓的断裂声。他不得不服老了。再也不能像以前那样,把一摞摞的空箱子往肩上一扛就开跑。耙子对他来说很重要,他满怀敬意地拿着耙子(不像有的小孩随便拉在身后拖着走),来到另一排蓝莓灌木前,进去前先扫视一番,略略思考了一下。他穿着一双紫色的靴子。跟很多人一样,他说比起其他作物,还是最喜欢收蓝莓了。"劳工营有好也有坏,"他说,"在佐治亚摘桃子可真是辛苦,那儿的人心眼儿也坏得很。新泽西有个我很喜欢的苗圃。宾夕法尼亚的蘑菇需要摘了我就去。然后就是这儿了,每年只要能搭到车,我就到缅因来。"

"随便呆在哪儿都无所谓,我不停找活干,只要有活干就好。我闲不下来,得一直干活啊!我在米尔布里奇搭公车。去到埃尔斯沃斯,去到班戈,然后从那儿再去南本德之类的地方①。要是换成日内瓦这个城市,不知道还有没有人要我。我喜欢去纽约找活干。卷心菜、洋葱,纽约简直什么都有。"

"去年我生病了,所以没法来摘蓝莓。当时我的胸特别痛。心也烧得慌,各种症状太痛苦了。要坚持,不能停,要坚持下来!永远别停下!我一直这样告诉自己。波特兰有免费的药拿,还可以打针,有个挺好的诊所。我在那儿拿了很多药,够应付好一阵子了。"

休伯托挥舞起耙子,弯腰开始劳作,全身散发出属于泥土与大地的自信和渊博。"对了,我还开了个银行账户呢。银行不在附近。得坐好长时间的车。有时候能搭到便车,要么我就坐公车呗。暂时不能存的钱

---

① 本段提到的地名均是美国城市或小镇。——译者

我就放在树林里。我在那里找到好多隐蔽的地方,安全得很。"

边耙地边说话是件很累人的事情。他说了不一会儿就气喘吁吁。耙子满了之后,他就把果子倒进一个黄色箱子里,十指轻柔地抚过,好似爱人般朴素情深。

之后,这箱蓝莓就会和其他蓝莓一起,放在帕特的卡车里,送到马柴厄斯的食品加工厂,进入速冻柜,然后经过激光扫描仪的洗礼,按照大小分拣出来,妥当装袋,送往全国乃至全世界的超市。

"吃午饭啦吃午饭啦!"沙地里有些男人扯着嗓子喊起来。孔苏埃罗正开着一辆白色的小卡车,带着今天的食物,横冲直撞地越来越近。一份玉米粉蒸肉4美元,一瓶怪物高能饮料1美元,一瓶啤酒2美元,一份杯装甜辣椒炒蛋3美元。工人们纷纷扔下耙子,向食物跑去。诺德出现的时候,长长的队伍自觉地分开让路,孔苏埃罗先给丈夫呈上午餐。

天色已然不早,太阳开始西沉。佩雷斯-菲尔波斯终于找到了那个打电话说弟弟眼睛出毛病的男孩。他当时正在蓝莓沙地里巡视,结果运气不错偶遇帕特,他说自己管的一个工人好像是说过这么个事儿。等佩雷斯-菲尔波斯开着巨大的黑色卡车停在父子三人的帐篷前,佩德罗、胡安和厄尔巴诺已经回来了。佩雷斯-菲尔波斯跳下卡车,问道:"就是这个孩子吗?他怎么样了?"

红眼病,该死的红眼病,也就是细菌性结膜炎。对于很容易就得到基本抗生素治疗的孩子来说,这根本不是个大问题。但要是病症得不到及时处理,等待孩子的就是恐怖的失明。一个医生硬生生地扒拉开了佩德罗的眼睛,给他开了一些药,保证说他一定会复明。

佩雷斯-菲尔波斯道歉说没能及时接到电话,接着跟父子三人讲了流动医疗岗、劳工中心以及他们能在那里得到的所有免费服务和物资救助。三人向他表示感谢,没有再多说,也没有抱怨什么。在他们眼里,佩雷斯-菲尔波斯和黑手党家族一样可怕,这人看上去能力通天,可不能信任他啊。

"我能帮你们做点什么吗?"佩雷斯-菲尔波斯问道,"给你们带点吃的来?"这个体格健壮的男人打扮得很是体面,简直可以说是无可挑剔,下身一条牛仔裤,上身则是一件看上去价格不菲的短袖T恤,这副打扮让人看一眼就觉得他肯定常常在哈瓦那抽雪茄泡吧,过花天酒地的生活。

"我们这儿吃的挺多的,"胡安撒了个谎,"我们没事儿。"他靠着家里的车,那是一辆深绿色的帕萨特。厄尔巴诺站在他身边。两人形成了一个人形盾牌,保护着坐在车里的佩德罗。

"就要下大雨了,"佩雷斯-菲尔波斯说道,"你们住的地方会很潮湿的,你们得找个不会湿的住处啊,对不对?"

"我们没事儿。"

"他们都在说趁着大雨来之前,好好收一天蓝莓,"佩雷斯-菲尔波斯告诉他们,"你们明天好好干一天,能赚不少钱呢。"

"谢谢,"厄尔巴诺说,"知道了,谢谢你。"

而事实上,在佩德罗复明之前,厄尔巴诺都不会再去地里干活了。厄尔巴诺不能把孩子们单独留在劳工营里——这是底线。

第二天,父子三人花了整整一天,等待佩德罗的眼睛明亮起来。第三天,佩德罗看得见了,但大雨倾盆而下,把一切冲刷得干干净净。他们来到蓝莓圈顶上的另一个劳工营看路易斯,就是那天帮他们找医院的人,现在大家已经成了朋友。厨房里有一台电视,于是四个人一起看了几部电影。第二天,天气状况没有丝毫改变。猛烈的暴风雨在新英格兰地区的整个海岸①肆虐,所到之处无异于经历一场浩劫。整整四天,谁

---

① 位于美国大陆东北角,濒临大西洋,毗邻加拿大的区域。新英格兰地区包括美国的六个州,由北至南分别为:缅因州、新罕布什尔州、佛蒙特州、马萨诸塞州(即通常所说的"麻省")、罗得岛州、康涅狄格州。——译者

都没活干，也就意味着一分进账也没有，白白少赚了2 000美元。这很成问题。厄尔巴诺非常需要钱，现在就需要。

他四十五岁了，饱经沧桑。如今看来，好像他努力工作得来的一切都在渐渐溜走。小时候在墨西哥受穷挨饿，十几岁时终于如愿逃走，一路颠沛流离，最终在北卡罗来纳州定了下来。那是1980年代，得到合法的绿卡并非天方夜谭。尽管英语还说得磕磕巴巴，厄尔巴诺可以说对美国了如指掌。在蓬勃发展的南方，他找到一份很稳定的工作，成了一名建筑工人，还有了银行账户，开始按揭买房。虽然婚姻最后以失败告终，他却得到了两个好儿子，聪明乖巧，从不淘气，也完全不需要他多费心。房子的按揭他期期不落，每次都按时交。但去年噩耗传来，身在墨西哥的父亲去世了，于是他回到家去安葬他。

"他们开枪打死了我父亲，"外面的大雨穷凶极恶，他坐在车里的驾驶座上避雨。讲这个故事的时候，他面无表情，一只手臂耷拉在方向盘上，眼神茫然地落在挡风玻璃上，一只苍蝇在大雨中没头没脑地飞来，撞在上面猛烈地弹了又弹。"不知道是谁，拿了把枪。都是些疯子。凶手说他认错人了，他想杀的其实是别人。我说：'为什么认错人？我爸爸可是个老人啊。另一个也是个老人吗？'他说：'是的，我认错人了。'"

两个孩子和路易斯一起上山来到另一个劳工营。厄尔巴诺就呆在山下的帐篷里。周围的水越涨越高，他绞尽脑汁想有没有需要抢救的东西。几天前这个劳工营还人声鼎沸，处处唱歌跳舞、抽烟喝酒、聚众赌博。而现在，在大雨的浸淫中，这里彻底寂静和沉闷下来，四处弥漫着忧伤与焦虑。就连那条无名的比特恶犬都没影了。

"我去墨西哥安葬父亲的时候，坐的是大巴。"厄尔巴诺说，"这是个大问题。他们知道车上有来自美国的墨西哥移民。军用卡车迎面就开了过来,拿着枪的人拦下了大巴。这群人喊着'所有人都下车',然后把大家身上的项链、戒指这些值钱的东西硬生生地取了下来,很多人都流了血。他们从我身上抢走了 7 000 美元。那可是我全部的积蓄了。"

于是他就困在墨西哥了。身无分文,新近丧父,悲伤的同时还要考虑老人家入土为安的问题。"这是个大问题啊。我靠洗车为生,还去田里收玉米想多挣点。花了好长时间。等我凑够举行葬礼和回去的钱,都过了三个多月了。"

他露出一个疲累至极的笑容,喘了口气。"等我终于到了北卡罗来纳州,回了家,收按揭的人就说我没按时交钱。我不在的时候每一个月都没有交。我得赶紧挣钱补上。我知道缅因这个地方可以挣钱。两个儿子出生前我在这儿干过一段时间。这里只要埋头做,苦点累点没什么,来钱挺快的。我跳进车里就准备出发,结果我儿子说:'等等,爸爸,我跟你一起去,帮你挣钱。'我的另一个儿子也愿意帮忙,还问我:'爸爸,要是房子没了会怎么样呢?'我辛辛苦苦干了这么多年,都是为了这个房子。很多很多年。关键在于:我也许可以保住它。只是也许。我现在钱还不够。收按揭的人说需要把总数凑齐,不然的话就要把房子挂牌出售了。我的两个好儿子说:'不,爸爸,我们绝不会让这种事情发生的。'"

在那之前,佩德罗和胡安从没干过农活。他们对移民劳工的生活一无所知。对他们来说,这是做儿子的职责,但也是一种全新的历险。他们会帮助父亲保住房子,然后再为自己多挣一些钱。他们可以买一辆摩托车,做"骑士"送美女回家。

然而现在,整整四天没活可干,而且蓝莓的收获季眼看就要结束了。厄尔巴诺的希望渐渐丧失,他觉得自己永远也还不起按揭了,再也没人有心说起"摩托车"和"美女"之类的话题了。

厄尔巴诺坐在车里想把粘在车窗上的苍蝇拍下去，却没打准。突然他想起了"瘦吉姆①"。帐篷里一个塑胶袋子里还有几根"瘦吉姆"。他冲进雨中抢救这宝贵的食物，然后开车来到另一个营地找两个儿子。孩子们正在厨房里看《价格猜猜看》，一起看的还有些从城里来的女人，穿着紧身牛仔裤和高跟鞋。潮湿闷热的天气搞得人人难受，美女们正不停摇晃着手里的扇子。

孩子们一看到爸爸，就兴奋地大步走过来。"蓝莓收完以后我们可以呆在这儿做其他工作。"胡安告诉爸爸。两个孩子在厨房混熟了，听说有些人在缅因一直呆到冬天，在海参加工厂干活。大家都知道，处理黏糊糊的海参是多么恶心，但这个十四岁的男孩子却特别向往。暑假快完了，一想到要回学校去上课，他们简直头疼得不行。

厄尔巴诺认真听了他们的"计划"，但心里一直碎碎念着"傻孩子"。他知道两个孩子新鲜劲一过，很快就会开始想家，想念朋友，想念父亲为他们创造的美国青少年生活。他知道胡安和佩德罗一直都想去打橄榄球，想去电影院看大屏幕，想去购物中心闲逛。他们可不是那些生来就没有家，从小就要干农活的移民劳工的孩子。他们还是天真纯粹的大男孩，懵懵懂懂，可能都不知道厨房里这些女人是上门来揽客的妓女。

"你们得去上学，"他告诉孩子们，"你们可以跟妈妈一起住。"

"你觉得这样是在保护我们，"佩德罗说，"但我告诉你，爸爸，这样其实适得其反。"

厨房里有几个男人咯咯笑起来，开起了各种玩笑，说回学校干吗。但两个孩子可不希望有人围观这场谈话，于是赶紧闭紧了嘴巴一言不发。

---

① 一种速食肉肠。——译者

看不见的美国

"你们必须得去上学。"厄尔巴诺说,"这事儿我说了算。"

劳工中心的停车场,佩雷斯-菲尔波斯把一箱箱的罐装芸豆和番茄酱搬到卡车上,显得有点烦躁。他拿起两袋大米,甩到卡车里,然后驱车前往艾伦的农场。他明白自己所做的工作非常重要,分发食物,提供药品,并传播各种关于法律服务的信息。但最重要的工作则是解释解释再解释。"我必须向他们拍胸脯保证说这些东西里没有卓帕卡布拉,"他说,"卓帕卡布拉是传说中隐藏在树林里的吸血怪兽,人和牲畜都不放过,长着邪恶和恐怖的面孔,比土狼还要凶狠。来这里的很多人都对树林有种惧怕感,有些人甚至怕得要死。"

"我们得发起一个项目,互相了解了解。我们需要了解他们,他们也需要了解我们。"他说。他的眉毛上总是很容易就挂起汗珠,眼珠子不停地转,观察着四下的动静,好像心里藏着很多秘密。"这么多的文化差异,我简直都不知道怎么入手。比如,我们这儿什么东西都放冰箱。他们就觉得很神奇,'什么?!'他们家乡一般没有冰箱,就算有,也因为经常断电根本没用。所以呢,因为他们没这个习惯,吃过的东西不放冰箱,雇主就会因为这个被罚款。不过他们是真不知道。不知道上厕所要冲水,他们那儿没有自来水。结果就惹得苍蝇乱飞。我必须要竖一块牌子,写几个大字,'便后请冲水'。就是这一件件小事,加起来整个就变成文化的大事。你懂的。"

"我刚来这里的时候,问题多得不得了,"他说,"什么女人啊,酗酒啊,打架啊,醉驾啊,真是太可怕了。他们根本没什么概念和法律常识。我跟他们说那样做会被关监狱的。这对于他们来说真的是全新的思维方式。对了,还有开车超速、家庭暴力等等。我努力把我们的生活方式教给他们。我说:'在这里,人是拥有权利的,受了委屈还可以依据法律来寻求补偿。'他们都觉得特别新奇。我还跟他们讲了'墨驾'——墨西哥人驾驶车辆①。我说他们在路上开车很有可能被警察拦下来。他们说不理解这样的法律，我就说这不是一项法律，很难解释。"佩雷斯-菲尔波斯常常叹气，好像需要他来传递的信息太多了，让他有点招架不住。我们驱车经过维曼劳工营，那里特别干净整洁，到处都是崭新的蓝色简易住房。他伸长脖子探头到车窗外，看有没有人在用劳工足球场。

"外来劳工的平均受教育水平是四年级。"他说，"在墨西哥这样的教育程度一年可能只挣得了 500 美元。在这儿一个月挣到 2 000 美元是很容易的事情。这可比不了。"

"只要一刻不停地干活，干活，再干活。"

"我觉得只要是人，就没有'非法'这一说。"他说，"我把他们叫做'未登记劳工'或者'已登记劳工'。这是一个沉默的世界，是一个真正的地下社会，阴暗角落。'已登记劳工'的数量远远满足不了对劳动力的需求——还差着一大截呢。美国依靠的就是那些'未登记劳工'，但这些人却在恐惧和屈辱中活得躲躲闪闪。"他一口气抖出好多移民方面的事实和数据，说得很激动，好像拳击粉丝在讨论昨晚拳王争霸的比分。他说移民劳工会购买社保，但这个钱他们永远也收不回来，因为他们的身份证明文件都是假的。"这样一来财政部就能多收好几十亿美元啦。这也是件好事啊。外来劳工这笔生意，美国真的做得值了。"

"好几年前，我协助别人调查一件劳工营的谋杀案。死者被一把斧子开膛破肚。他老婆远在墨西哥，成了寡妇，我希望她能拿到老公留下的钱。好像是 700 美元左右。我想找到他的老婆。结果我们在他身上发现七张身份证明文件。所以连他到底是谁都没法确定。"

---

① Driving while Mexican，缩写是 DWM。这是一个带有种族歧视色彩的美国现象。意思是，墨西哥人驾驶很有可能被警察拦下来，理由仅仅是他/她是墨西哥人。警察可能对其进行盘问和搜身，甚至因为一点点小事就进行罚款等处罚。——译者

风暴终于消停下来，太阳迫不及待地回到蓝莓沙地上空，地上的水汽迅速蒸腾，大家的心情和劳工营的氛围也来了个一百八十度的大转弯。"你去把桶里的水倒掉，我去拿床单。"厄尔巴诺对胡安和佩德罗说。他拿着一个空的洗衣篮，站在小屋里。这是蓝莓圈顶上那个劳工营，父子三人有了一个新家。佩雷斯-菲尔波斯一直坚持不懈地来看厄尔巴诺和两个孩子，逐渐赢得了他们的信任。有了信任，一切都改变了。佩雷斯-菲尔波斯帮厄尔巴诺在樱桃田食品公司找了一份新的工作。他可以继续呆在地里，做做清扫，洒洒杀虫剂什么的，像路易斯那样，成为公司的"常驻拉美人"。这份工作的时薪是 9.5 美元，这意味着厄尔巴诺有机会保住北卡罗来纳州的房子。

孩子们刚刚干完活。他们刷了墙壁，拖了地，在房间里喷洒了派素清洁剂，闻起来有股医院的味道，干干净净的。比起山脚下那个劳工营来说，这小屋可宽敞多了，而且刚修了几年，很牢固，室内粉刷成清爽的白色，能撑很多年。隔壁的小屋就是带电视的厨房和卫生间，而且有室内的自来水，还有洗衣房。厄尔巴诺快走几步就到了，床单洗得干干净净，烘得也干燥爽利。他从烘干机里拿出床单，尽情享受着洗衣粉的淡淡香味和烘干后干燥暖和的感觉。他不紧不慢仔仔细细地将床单叠好，角对角叠得平整服帖，然后拿着床单回到小屋里。两个孩子已经一人占据了一个上铺。厄尔巴诺的脑海里掠过孩子们在湿乎乎的帐篷与逼仄的汽车中度过的那些日日夜夜。如今派素清洁剂与新洗好的床单在空气中弥漫着一种奇异的香甜，这一切的一切都温柔地击中了他，他心中洋溢着流动的喜悦，又找到久违的满满的希望。

如果换一个人，看着眼前树林里的劳工营小屋，设备简陋，只不过有自来水，也许并不会由衷觉得自己无比幸运。但对于厄尔巴诺来说，自己的运气就像一个风向标，困在一个方向好长时间了，接着，仁慈的上帝送来一场热带风暴,终于把风向标拨正了。

胡安和佩德罗不太能理解父亲为什么这样满心喜悦。厄尔巴诺同意两个孩子跟自己呆在一起,但他还是给他们找了个学校报了名。两个男孩儿觉得这太傻了。那拉哥斯高中的校车每天都会到蓝莓圈上面来接他们。两个孩子都讨厌新学校,特别是这个名字,那拉哥斯,也太拗口了,到底怎么才说得清楚啊。而且这个学校连橄榄球队都没有。另外,他们多么希望去处理滑溜溜的海参,多赚点钱,然后买辆拉风的摩托车,这下也没法实现了——现实多么残酷啊。他们本来觉得自己是正在经历华丽冒险的大英雄,呆在缅因,干活赚钱,拯救父亲和房子,这一切"美好梦想"就这样化为泡影。

"我们每天都会逃学,"胡安说。

"我们可不是开玩笑的哦,爸爸,"佩德罗说,"我们绝对不去上学。"

厄尔巴诺根本没理睬他们,只是命令他们赶快到车里来。父子三人一起来到埃尔斯沃斯的沃尔玛,买了三孔档案夹、笔和纸,好让他们第一天上学就万事俱备。佩德罗坐在副驾驶的位置,嘴里含着绿色的棒棒糖;胡安坐在后座,棒球帽的帽檐拉得低低的。他身穿一件T恤,上面写满了上学期八年级毕业时同学们的祝福和留言——"偶们爱你!胡安!""肖娜♥你!""罗恩到此一游!"回想起来,当时欢乐的场景好像很远很远,远得就像别人的故事。他们现在变成移民劳工的孩子了。"他们说我们是一帮穷鬼。"佩德罗对胡安说。胡安把眼神藏在棒球帽下,心想这里可能都没有孩子会玩滑板。他不知道佩德罗说的是不是真的,白人的孩子是不是会特别混蛋地侮辱外来劳工。万不得已的情况下,他一定会为了家庭的荣誉挺身而出。不过也是在万不得已的情况下而已。这种恐惧越来越真实,他心里也越来越苦涩。窗外是182号公路,城镇的建筑一栋栋地掠过,大多渺小而怪异。外墙上贴着蓝莓丰收的海报，星条旗迎风招展，路灯之间悬挂着极具诱惑性的横幅，招揽游客们到附近的马柴厄斯去参加蓝莓节：到时候会有蓝莓音乐剧，蓝莓大游行，蓝莓手工展览，还能乘坐免费的穿梭巴士，去参观正在采摘中的蓝莓园。

G-L-O-R-Y① 刹那荣耀

俄亥俄州，辛辛那提市，保罗·布朗体育馆

艾德丽安的身体好像不大对头。这可不是什么好玩的事情。说是胃痛，倒不如说是她神经紧张：心怦怦直跳，总想着以前的事情。艾德丽安在啦啦队最好的朋友之一罗妮担心又紧张地睁圆了双眼，站在卫生间隔间外面，焦急地敲着门："艾德丽安？艾德丽安，你还好吗？"

"还好，还好，"艾德丽安急忙回答，"我没事儿，你放心吧。"

她呕吐不止。这可不算是"没事儿"。艾德丽安出了大问题。一个小时前在体育馆进行的赛前练习中，她突然失声痛哭，夺门而出——这样的事情还发生了两次。她跑进卫生间，双手握拳狠狠打在隔间的门上，拼命想控制住自己，找回应有的状态，记住自己的职责：一个辛辛那提猛虎队的啦啦队员——"虎女"。两次她都面带微笑回到场馆，回到队伍，摆好队形，她的位置在第一排中间偏左。"辛—辛—！"她用尽全身力气吼了起来，"辛—辛—那—提！永争第一！"

她看起来的确还好。好像又是平时那个大家眼里的艾德丽安了。一米七五的高挑个子，发育完全的青春胴体。宽宽的肩膀，洪亮清越的嗓音，水手一般强壮的二头肌和前臂。她绝对不是队里惹眼爱生事的，甚至可以说特别安静，从来都不属于那群一惊一乍、浑身上下洋溢着一股"小女人味"的女孩子，她们有着令人垂涎欲滴的乳沟，盈盈一握的细腰以及蜜糖般甜得化不开的笑容。而艾德丽安呢，她是队里意志坚强、从不多废话一句也从不拐弯抹角的"直肠子":六块腹肌,直率而孤独的眼神。即便这样,她都已经够手忙脚乱的,因为她自己的事情简直是乱七八糟。

"艾德丽安还好吗?!"莎伦从更衣室那头喊了一声。莎伦这个人的最大特点,大概就是那头无比浓密的深褐色头发了吧。

"怎么了?"莎伦最好的朋友和"跟班",文静得有点拿腔拿调的莎拉问道。

"出什么问题了?"又一个队员问道。"艾德丽安觉得恶心了"这个新闻在啦啦队员们的窃窃私语中很快尽人皆知。

房间里全是啦啦队员们,有的半裸着,有的尖叫着,有的呆坐着,有的半蹲着,有的跪在镜子前。这是星期四,晚上就有一场 NFL(美国橄榄球联盟)的比赛,每个人都有些恐慌。这可是要在全国电视直播的啊!还有一个多小时比赛就要开始了。现在应该拉拉筋骨热热身,然后悉心打扮,穿衣梳妆了。假睫毛赶紧贴起来,露华浓的橘色闪亮唇彩赶紧涂上去。"谁来帮个忙好吗??!!我的多重修护弹力素不见啦!!"有的人头上戴着百威啤酒罐那么大的卷发夹子。这个更衣室是供她们专用的,但镜子尺寸不够大,不能够好好欣赏自己迷人的身姿,也没有其他"供人变美"的设备。所以很多人自带了全身镜、插线板、加长电线、整整一箱化妆品、卷发棒以及长筒袜。"试试我的超弹波浪卷精华露。你抹上去就行了,绝对有效果。"所有的啦啦队员都在尖叫狂喊,在争先恐后的美丽当中,大家的肾上腺素急剧飙升。性感小内裤、吊带长筒袜、聚拢型文胸……伸展肢体、弹跳热身、练习韧带……大家彼此协助把头发整理好,争取遮掉文身和晒黑的地方;还有的发现了"新大陆",

---

① 美国的啦啦队在为运动员加油鼓劲进行表演的时候,常常会有身体或者队形拼出相应的字母组成单词。本章的标题既有"荣耀"的意思,也有表示啦啦队表演形式的意思,故原文予以保留。——译者

向大家展示如何挤出更深的乳沟,"用宽胶带,亲们!"闹闹哄哄,激动不已,如临大敌。看这劲头,不知道的人还以为这群姑娘要去竞选"宇宙小姐"呢。

"我们看起来简直太美啦!"

"哦我的天,是啊,是啊!"

与室内的热烈气氛不同,室外的天空有点阴郁,好像预示着一场暴风雨的到来。目前已经有冷锋面先期到达芝加哥,降下来势不小的雨和雪,还在迅速向东移动,矛头直指辛辛那提。现在当然还是温暖如春,二十多度,舒爽宜人,但看这架势,很有可能瞬息之间就变成寒冷刺骨的冬季天气,让整个保罗·布朗体育馆及周边的人们都难以置信。可能风暴不会那么快来吧?可能会……推迟吧?"虎女"啦啦队的"虎妈"夏洛特焦急万分而又心存幻想。她辛辛苦苦,一手训练姑娘们,设计好了所有的队形和舞蹈动作;奖惩分明,令行禁止;对服装也是精挑细选。她倒没有去考虑天公会否作美,而是面临一个更为艰难的抉择:到底是选维尼熊的裙子配白色齐膝长筒靴和吊带衫,还是同样无法避寒的紧身连衣裤。姑娘们的投票惊人地一致:紧身连衣裤。"求你了,求你了,求你了!"紧身连衣裤是她们的心头好,这简直是全天下最性感的服装了。

"艾德丽安没事儿吧?"

"你没听到她哇哇吐啊?"

"哎呀我的个天!"

现在,先来说说更衣室外的男人吧。这些男人就是要"高人一等"。哎哟喂,这些男人觉得他们就是这个世界的中心,这场比赛的绝对焦点。呵呵,真是幼稚得可爱啊。我们的这些啦啦队员是不是要仰慕地侧过头,满含激动的泪水来仰视你们啊?亲爱的,你们可真幽默!

嗨,男人们,来见见啦啦队员们吧。是的,有很多。一开始你很难分清谁是谁。就像一篮子玩毛线的小猫咪很难分清哪只是哪只一样。好像每一只都很可爱，你都想一把抓起来，戳一戳，玩一玩，逗一逗，然后带回家养着。这些小可爱，叫人怎么选呢？真的带回家一只会怎么样呢？好好想想，想清楚。你把啦啦队员放在哪儿呢？喂它吃什么？你有没有时间跟它玩儿呢？就算有时间的话，又能不能用合适的方式跟它玩耍呢？是啊，这可是一具完美的女性肉身，诱人的青春胴体啊。

啦啦队员也许是普天下所有男人的幻想对象，好了，好了，别想了行吗？

它。在幻想中，啦啦队员被称为"它"。你还没意识到这是"它"吧？她们可是人哦。把活生生的人想成"它"，是不是代表你禽兽不如？没有没有，就算你把所有的人都想成"它"也无所谓啦。但这完全不是重点。重点是咱们的啦啦队员。她可没有费尽心思要得到你的注意，她很清楚自己有多迷人，多么吸引眼球。天哪，你这种男人的目光，简直太好吸引了。她凌晨五点就起了床，梳妆打扮，又是粉底液又是遮瑕膏，或者做做全身"美黑"，用一切装有钢丝、具有聚拢加厚功能的东西将双乳拼命往上提，变成两朵漂亮的蘑菇，中间露出美丽迷人的乳沟。搞搞清楚，这一切可不是为了你。当然啦当然啦，你也算是其中一个因素，这是自然。你守在电视前血脉偾张地看比赛，某次惊心动魄的快攻之后来了个排山倒海的擒杀，呐喊欢呼的间隙你可能会稍微地往边线上瞟那么一眼。她就站在那儿，和你一起分享着快乐的时刻。她们使出吃奶的劲儿又跳又喊，手里拿着金闪闪的啦啦球，勾得你心痒难耐，是的，你可能迫不及待想去她们性感紧身的短裤下一探春光。

是的，她很清楚你那色眯眯的脑子里在想些什么。但自大狂听清楚了：你完全不是她考虑的重点。你的弱点太明显了，明显得有些天真可爱。

这是古来已有、人尽皆知的性感诱惑。这是玛丽莲·梦露式的，简单直接;就像那种贴在墙上,俏皮又撩人的大幅美女照片。快乐的性,性的快乐。大众皆被这种性感诱惑,这是属于全国人民的,老少皆宜的。除此之外,跟你毫无关系。

这就是美国式的娱乐,土生土长,火力全开,独一无二,本国专属。这就是橄榄球。球场之上,强壮如牛的男人们在拼杀,在战斗;而近旁的边线前则是漂亮的女孩子们手舞足蹈,呐喊助威。"守——住——啦!"每一场 NFL 比赛都有多达一千八百万忠实观众,"超级碗"①之夜更有远超一亿一千万的收视率——每年都稳居收视榜首,每年该项赛事的各类收入总共高达 90 亿美元。联盟的三十二支球队每支价值都超过 10 亿美元。只为橄榄球赛如火如荼地进行,他们就用纳税人的钱一掷万金。全国有九座造价超过 10 亿美元的 NFL 球场是由政府全资修建的;而另外十九座的投资中,政府投资至少占 75%。

滚滚财源与巨大的投资机器旁,整整齐齐地站着啦啦队员们。金钱的波涛就在她们的身边沉默而汹涌地流动着,而她们的工作就是不停喊"耶!"庆祝这伟大的胜利。局外人多少都觉得,身为啦啦队员,就算不是腰缠万贯,怎么着也能闻着点儿"巨款"的味道,沾点儿好处。而事实上,一个"虎女"每场比赛的报酬是 75 美元。是的,你没看错:十场主场比赛,每场 75 美元。每一赛季整个 NFL 有那么巨额的收入,却不能给她们高一点的报酬。这点钱甚至都不够很多姑娘买发胶的,更不用说日复一日来往训练场地的汽油钱了。

啦啦队员应该是一个多么纯洁的形象啊,在人人欢腾,人人浮躁,人人为了金钱而使出浑身解数的娱乐帝国中,她是唯一得不到任何实质性回报的。她代表着最基本层面的"国民性",赛季中的每个星期日都在向我们展示着"美国式矛盾"。那是全国最大的舞台,她就在舞台周

---

① 美国橄榄球联盟每赛季的冠军总决赛。——译者

围逡巡，展示着全美国最引以为豪的品质：忠诚、勤奋、敬业、自信、乐观……也代表着全美国最唾弃的自我形象：浅薄、自我为中心、物质、吵闹、浮华。而啦啦队员想不了这么多，她不会去思考和质疑自己的形象与角色，只是卖力地唱唱跳跳，脸上永远保持着微笑。

人们有太多太多先入为主的想法。人们先入为主地认为，在 NFL 做啦啦队员的女孩儿，肯定是想钓个金龟婿，傍个高大威猛又富得流油的橄榄球员。大错特错。除了官方正式批准的场合，"虎女"们甚至不被允许和球员们有任何来往。这项规定十分严格，强制执行，采取零容忍的惩罚措施。而橄榄球本身呢，比赛啊、球员啊、成绩啊、阵型啊……这些东西根本就不会出现在队员们的日常对话里，对于她们来说，这些不过是乱哄哄的背景音罢了。

"我们的规则手册大概有，这么厚呢，"面对任何一个想成为"虎女"的姑娘，夏洛特都会用大拇指和食指分开大概十厘米的距离，详细解释一番，"如果你能够甘愿奉献，全心投入，认真训练，并且遵守规则，那就来吧。"说起来容易做起来可难。每周二和周四都要训练，晚上七点准时，雷打不动。训练时"虎女"必须穿全套服装，头发按要求梳好，妆化好，完成这一套梳妆过程大概需要两个小时。接着"虎女"要一个个地站上体重秤过磅，要是比夏洛特规定的体重超过了三磅或以上，就必须训练后留下来，参加减肥营。所有人都走了，就一个"超重"的你孤零零地留下来，整整半个小时，不停做仰卧起坐，一圈圈地跑，汗流浃背，精疲力竭；而且那周可能还不会允许你去赛场表演。除此之外，啦啦队员坐上"冷板凳"的理由还有很多很多：缺席一场常规训练，那个礼拜就别想去赛场表演了；缺席四次，那就立刻开除出队；每个赛季的所有训练只能迟到最多两次；迟到十五分钟之内还是迟到，但十六分钟就直接记为缺席；两次迟到等于一次缺席；不能找什么理由。"有人死了"这么严重的事情都不管用，除非没命的是你自己。

这么多的"清规戒律",收入又少得可怜,很难理解为什么那么多年轻漂亮的女孩子会削尖了脑袋拼命往这个圈子里钻;钻不进来的,还带着殷殷期待的眼神拼命张望。

夏洛特觉得这是一种恩赐。她觉得自己就像童话里的神仙教母,只有少数几个百里挑一的女孩儿三生有幸,值得她挥一挥手中梦幻的魔杖。"我能给予一个人的最大恩赐,就是选中她,让她进入这支队伍,得到这个平台以及平台提供的便利;我就见证她抓住这个大好机会,慢慢变成个中好手。"她说,"这机会可不是每个人都能把握的。像艾德丽安那样的女孩儿就可以。她之前可真有点……就是那种'哎,鸡肋啊'的感觉。有那么一段时间都觉得她好像可有可无。你明白我的意思吗?而现在,我见证她慢慢成熟,变成这个队伍不可或缺的一部分——她真是个很特别的女孩。她过得很辛苦,是我们队里唯一的单身妈妈。哎,真不知道我为什么说起艾德丽安。她现在还没有被选中参加全明星赛。但还是……"

外界对NFL的啦啦队员有各种甚嚣尘上的传言,但事情不是你们想的那样。她们不都是些乱七八糟的"花花公主"、脱衣舞娘或者混得无聊了想钓个金龟婿的漂亮女孩。"虎女"们便是活生生的例子。"花花公主"、脱衣舞娘或只想傍大款的女孩是忍受不了"虎女"们那种严酷生活的。姑娘们都有别的正式工作,或者还在上学,有的还是半工半读。凯特和莎拉都是销售代表;森夏恩是个数据库管理员;莎伦在律师事务所供职。塔拉研究如何攻克癌症,正在攻读博士学位;艾德丽安则在建筑工地打工,每天和男人们一样倒水泥,修房子。

和啦啦队员面对面:蓉蕾

"这是我做'虎女'的第二个年头。第一年我每逢训练都要花三个小时从肯塔基的自由城到训练场地。对,我就是这么希望成为一个啦啦队员。加入之前我从来没听说过'交换腿跳',就是跳起来,两腿在空中交替摆动什么的。第一次尝试这个动作的时候,我觉得自己就像小飞侠彼得·潘!"

"我有化学和生物学的双学士学位,不久前又拿到了公共卫生的硕士学位,专业方向是环境卫生科学。我花了两年时间研究一个项目,关注的重点是化学实验室通风柜中的空气质量。我们研究得出了'烟雾质点检测法'。我为 BD 公司①的转导实验室做过单细胞繁殖抗体的研究,还在政府的健康促进和预防医学中心干过。我们在全欧洲的军事基地都进行过土壤取样和水文取样。那是我做过的最棒的工作。"

"后来我换了工作,在 PPD②的全球中心实验室,我没有告诉任何人我是个'虎女'。"

"我十四岁那年遇见了我男朋友。当时他十六,我十四。我们的感情细水长流,不紧不慢。1998 年我们订了婚。他是在法国巴黎的埃菲尔铁塔向我求的婚。我当时觉得:'哇塞,我都要化掉了。'那是很久很久以前了。哎,他得稍微给感情保保鲜了。他的工作也很忙,经常跑去芝加哥,我们聚少离多。"

"我根本没觉得自己已经三十二岁了。我一直跟别人说,你的心态是多少岁,你就是多少岁。所以我的心态根本没到三十二岁嘛。"

"对我来说,做'虎女'是实现一个梦想。这世上可没有很多人能说自己是 NFL 的啦啦队员哦。擦的唇膏颜色这么丑,我却觉得前所未有的自豪。"

"在肯塔基,做啦啦队员算是件大事。但一个小地方的女孩子去参选 NFL 的啦啦队员并顺利入选,那简直就是轰动全城了。我上了咱们

---

① 美国 BD 公司,世界上最大的生产和销售医疗设备、医疗系统和试剂的医疗技术公司之一。——译者
② 美国 PPD 公司,全球知名药物研发公司。——译者

那地方的报纸头条。去年我是虎女月历的'11月小姐'。每个人见到我都说他们想要那份月历。我可没跟多少人说过这件事,但他们四处打听,一传十十传百。结果我带了整整三百五十本月历回家。今年我没有单独出现在哪一个月,但月历上还是有我。我觉得自己就是个光芒闪闪的巨星。我不知道怎么摆那些性感的姿势。他们有教我怎么性感,看上去就像特别生气似的,就那种。今年我看上去不是很生气,就是微微笑,好像刚刚笑到一半那样。我穿的是一件游泳衣,他们用一件鲁迪·约翰逊牌青少年尺寸小号运动衫改的。青少年尺寸的小号哦。"

"这周六是一年一度的'驯鹿狗大游行',会有五百只狗装扮成驯鹿的样子。我必须一点钟就去那里。最迟一点半就要开始评判。游行两点开始。我会带着一只驯鹿狗走在游行队伍里。"

艾德丽安轻飘飘地从厕所隔间走了出来。她还没吐完,但坚决地忍住了。可不能一整天都吐吐吐啊,太蠢了,太浪费时间了,毫无意义。她可是"本周最佳啦啦队员"呢!好吧,这是好几天前的新闻了,所以已经没那么令人惊奇了。但今晚可是最重要的日子,一定要面对现实,有所行动。今天恶心得不行?艾德丽安必须排除万难,克服身体上的不适。

今晚可能发生很多事情,也可能不发生很多事情。风暴可能会来,也可能不会来。辛辛那提猛虎队可能会一路高歌猛进,连连达阵①。巴尔的摩乌鸦队可能被判拉人犯规或者来个什么搞不懂的"短踢"战术。这是NFL的周四比赛日,空气好像通了电一般狂热无比,所有的事情都有可能发生,也有可能不发生,这些事情都是关于……橄榄球的。而只有一件事情是确定的:艾德丽安是本周最佳啦啦队员。第二轮的时

---

① 橄榄球比赛中重要的得分方式,即"触地得分"。——译者

候,大屏幕上要出现她的脸。镜头里只有她,在充满活力地舞蹈,旁边显示着她的名字、家乡和爱好。保罗·布朗体育馆的六万观众齐齐注目,持续大概……五秒、六秒,甚至七秒!

好吧,质疑之前,请先认真听听她的故事。很久以前,在成为一名"虎女"以前,艾德丽安是保罗·布朗体育馆工地的一员,这个建筑的很多水泥都是她浇筑的。那时她只是个无比普通的人,戴着一顶安全帽,在俄亥俄河上吹来的刺骨寒风中辛勤劳作。你看那里、那里还有那里,都是她浇筑的。

她并不觉得自己够资格成为"本周最佳啦啦队员",但又觉得该是自己发光的时候了。(这辈子什么时候轮到她享受享受光鲜和体面呢?)她看着镜子里的自己,搓搓脸,想让双颊有点血色。她要振作起来。她是个不折不扣的虎女哦!一个很优秀的虎女。一个谨守戒律的虎女。她一直保持着目标体重,一百四十四磅到一百四十七磅之间。因为肌肉比较发达,个子比较高,她的目标体重比队里大多数姑娘都要高些。她不抽烟,不嚼口香糖,没有文身,也没有叛逆的鼻环、耳洞之类的。只要夏洛特和玛丽让她卷头发,她就乖乖弄个卷发造型;说需要高一点或蓬松一点,她就认认真真地打发胶来摆弄;说脸上需要更亮一些,她就加倍地涂脂抹粉。她和所有"虎女"一样努力,要成为教练口中那个完美虎女。

不过,"本周最佳啦啦队员"?这荣誉真让人头晕目眩。

"过来,"蓉蕾抓住她的手,"看看镜子里的你。这面镜子可真棒啊,让你看上去这么苗条。是不是信心大增?"

"还好吧,"艾德丽安说。

"好啦,你看上去真是棒极了!"莎伦斩钉截铁地告诉艾德丽安。

"你一直都特别棒,特别漂亮,"莎拉对艾德丽安说,"我要有你那腹肌就好了。"

"可我想有你的'咪咪'!"艾德丽安对她说。

"你头发太棒了,我也想要。"蓉蕾告诉莎伦。

"每个人都希望有莎伦那头头发。"莎拉下了结论。

"我希望像你那么聪明!"莎伦告诉蓉蕾。

"哦,姑娘们,你们都很棒!"艾德丽安说。

本周最佳啦啦队员。世界上的大多数人穷其一生也不可能得到这个称号,甚至都无法接近。别说最佳了,大多数人完全不够格成为一个"虎女"队常任队员。每年有好几百人来参选,只挑出三十个。除了舞蹈天分、体态优美、军人般的严守纪律之外,最重要的入选标准,是具有一种非常强烈的意识。具有这种意识的人会觉得这种心态是不言而喻的;而其他人呢,要么十分淡漠,要么就根本理解不了。问问没有这种意识的人为什么想成为"虎女",她会泛泛地回答说"因为我喜欢做啦啦队员",或者"我做了一辈子啦啦队员了",或者"为了队友姐妹情",诸如此类,哇啦哇啦。

而用同样的问题去问心中有这种强烈意识的人,问她成为一名"虎女"的本质是什么。

"你为什么想成为一名'虎女'呢?"

她会看着你,笑容依旧,但漠然的眼神说出了心中的话:这是什么鬼问题?你是爪哇国来的吗?

"因为这是'虎女'啊。"她会这样简单而礼貌地回答你,甚至有些悲悯地想,你是不是在人生的某个时期遭遇了什么,导致脑部受损,才问出这么奇怪的问题;还会善意地想帮你,让你倒霉灰暗的人生增添点亮色。她会觉得,应该是每个人都想成为"虎女"吧。美国总统、英国女王、诺贝尔奖获得者们都好可怜,因为他们没有条件成为"虎女"。这个世界上并非人人都有条件成为"虎女",这对她来说简直是个无法接受的现实;而对于那些可怜人,她唯有祈祷。

要成为一名"虎女",就得有她这样的心态。如果一个女人对这种荣耀没有强烈渴望,那她绝对无法成功。

夏洛特还有两个助理,玛丽和特拉西,再加上队长狄安娜,四个人共同维持这种荣耀,并不时向队员灌输。每周二训练的时候,由她们来决定谁上场谁不上场。每个角六个人,四个角一共二十四个啦啦队员。所以有六个人上不了场。上场与否有很多决定因素:体重、梳妆打扮是否到位、舞蹈动作的熟练程度……也就是"完美虎女"的所有必备条件。每周二,夏洛特都会用尽量淡漠的口吻宣布谁能上场,谁不能上场,谁能得到垂涎已久的队形前排位置,而谁不得不排在后面。"莎拉,你站后面,"狄安娜帮夏洛特宣布,"莎伦,你要站到前排来。"不管教练还是助理都会把口吻放得很淡。因为这件事情本身的压力就够大的了。不能上场,或者只能屈居后排,都足以让人心痛崩溃,就算大多数女孩子在宣布之前基本上知道了,她们能够感觉到,从夏洛特的眼神里感觉到,从玛丽和夏洛特的窃窃私语、频频点头和指指点点中推测出来;有时候甚至能看出她们在说什么,比如,"是谁让森夏恩把头发颜色染那么深的??!!"

这种选拔将持续一整个赛季。一切都围绕着各类选拔进行。谁能登上"虎女"月历?谁会是日历上的"1月女郎"?谁的美照会上封面,谁又在封底?这些选择的结果将会在9月一场特别的仪式上,以奥斯卡颁奖晚会一般郑重的形式来公布。仪式上有幻灯、视频;会选在一个环境优美的高级餐厅;队员的家人也将到场。现场将会几家欢乐几家愁,或庆祝或安慰的拥抱,或激动或悲伤的泪水。赢的人欢呼庆祝,输的人默默舔舐伤口。

还有更多的选拔呢。最大的荣耀是入选全明星赛的啦啦队阵容。每年都会在每一支NFL啦啦队里选择一个啦啦队员,去参加夏威夷的全明星赛。整个赛季啦啦队员们都会情不自禁地猜测谁会成为这个幸运儿。不到合适的时候夏洛特绝不会开口告诉任何人。她是最后拍板的那个。所有人中,只有她最了解什么是"完美虎女"。她自己也曾经是个"虎女",从1978年一直持续到1989年,曾经入选过全明星赛,现在已经做了十三年的啦啦队教练。

正因为有这些选拔做诱饵,所有符合初步条件的女孩都努力向"完美虎女"的方向前进。除了最大的目标之外,每周也有小的选拔目标,那就是"本周最佳啦啦队员"。

荣誉之下,压力大增,是个人都会紧张得呕吐不止吧?

现在再来说说男人吧。男人们真是傻得可爱。比赛还没开始,有的啦啦队员已经梳洗停当,顾盼生辉。于是她们离开更衣室,到体育馆的礼品店去给日历签名。"呆虎!"① 场外已经有些男人在嚎叫了,就像即将上战场的士兵,拿着墨西哥玉米片、热狗和啤酒把体育馆的层层座位堵了个水泄不通。"呆虎!"这是属于猛虎队的独一无二的助威口号,这几年叫得格外响亮,因为这支队伍从一蹶不振到逐渐变强,现在已经相当有竞争力了。2003年,马文·刘易斯出任该队主教练,整个队伍发生了翻天覆地的变化,让整个辛辛那提灰心丧气的球迷重燃对橄榄球的热情。这种情况对于啦啦队员们来说,实在绝妙至极。

呆虎! 呆虎!

男人们都穿着橙黑相间的服装,这是猛虎队的吉祥色。有的在脸上也画上了老虎的斑纹;有的戴着夸张的假发;有的穿着印有猛虎标志的宽大睡衣,露出白森森的啤酒肚。很多男人的臀部都挂着一条毛茸茸的尾巴。很快,赛场一角就出现一张桌子,后面坐着四个啦啦队员:达芙妮、森夏恩、凯特和蒂凡尼。这些宝贝儿穿着猫一样的紧身衣,巧笑倩

---

① "呆虎"的英文名字叫 Who-dey,辛辛那提猛虎队吉祥物,是一只老虎的形象。Who-dey 也成为球迷给猛虎队加油的口号。——译者

分，活力四射。她们还在给月历签名，一个签名10美元。附近男人们的眼珠子都要爆出来了，好像在说："我的天哪！"有那么一瞬间，整个赛场为她们安静下来。

"呆虎向前冲！"啦啦队员们喊了起来，性感、甜美而又洪亮。

男人们周围的空气凝固了，似乎无法正常呼吸。这些小妞还真是……哇塞！这些小妞绝对他妈的是——十分的女神啊！

啦啦队员们翘起大拇指："行头不错嘛，哥们儿！"

男人们你看看我我看看你，脸上涂着东西，屁股后面翘着尾巴，还毛茸茸的。哎呀我的天哪……我们看上去太他妈白痴了！

"呆虎向前冲！"啦啦队员们喊了起来。

男人们羞红了脸，像受惊的公鸡一样四散奔逃。

场外停车场里的男人们看样子要严肃些。生意人啊、银行家啊等等。他们正在举行停车场派对，彼此寒暄社交，拉着关系。有人认识熟人，安排了两个啦啦队员（是的，两个真正的啦啦队员）来这个聚会，报酬是200美元。有人正在急切地四下张望，嘿，她们在哪儿呢？来了吗？在哪儿呢？

霍莉（一头金色卷发）和斯蒂芬妮（深褐色头发，一脸清纯样）双双出现。

"嗨！"两个人都有着小鹿一般纯真的大眼睛，笑起来水灵灵的。她们背着大大的背包，里面装着啦啦球。她们先放下背包，然后脱下白色缎面的"虎女"队服。"哎呀，好冷哦！"霍莉说，她穿得有点暴露，露出滑溜溜的双臂和若隐若现的丰满乳房。"哎呀，风暴肯定要来啦！"

"我一直在网上看你们呢，宝贝儿。"一个生意人说道。

"哥们儿，"他的朋友劝道，"哥们儿，能别这么饥渴吗？"

"我是霍莉，"霍莉大方地自我介绍，"很高兴认识你。谢谢邀请我们来。"

"要喝点牛肉丸子汤吗?"其中一个问她,"或者吃点熏肠?"

"我们还有趣多多哦。"另一个补充道。

"谢谢,我不吃了。"霍莉说。

"我们都不吃,"斯蒂芬妮紧接了一句。

对话戛然而止。到底为什么要见面呢?

男人们不再尝试和两个啦啦队员讲话。他们彼此聊了起来,哈哈大笑,呵呵哼哼的。霍莉和斯蒂芬妮沉默地站在那儿,保持微笑。斯蒂芬妮很害羞,在队里还是第一个年头。霍莉也是个新"虎女",但经验要丰富很多,举手投足很有大美女风范,教给斯蒂芬妮很多东西。"你们想不想学学啦啦队的动作和口号?"霍莉问那两个聊得热火朝天的男人。

"哦,好啊。"

"来,和我们一起做。"

"哦,那算了。"

"好吧,我们做动作,你们喊口号,行吗?"

"这样还行。"

无巧不成书,这个关头下起雨来。男人们举起防水布四散跑开去避雨。霍莉和斯蒂芬妮站在雨里。脸颊上挂起了雨珠,渐渐汇成小小的溪流,流过脸庞,流过身体。

"加油,猛虎——呼!哈!"两个啦啦队员喊了起来。"加油,猛虎——呼!哈!"她们转了个身,甩着头,男人们看着她们美丽的翘臀,很快就学会了口号。"加油,猛虎——呼!哈!"他们举起啤酒罐,干杯吧!嘿嘿,太他妈享受了。

两个啦啦队员做完了一套动作,挥挥手,拿起队服,背上装了啦啦球的背包,离开了。

"嗯,还真是值那个钱。"有个男人意犹未尽地说。

看不见的美国　　087

和啦啦队员面对面：莎拉和莎伦

莎拉："我在百事工作。基本上一周七天，一天二十四小时都得随时待命。压力很大。要是哪儿的'激浪'没货了，又在搞促销，我就得跑去调货，处理。我每次都特别想说，好啦好啦，我知道，别着急行吗？"

莎伦："这个公寓是两居室，还有两个卫生间。我们是在列克星敦①的'沐浴美体连锁店'认识的。原来都是肯塔基大学的校友呢。"

莎拉："我管莎伦叫秀发小姐。我到处问：'你认识秀发小姐吗？那是我第一次见到莎伦。一见如故哦，从那以后就一直是最好的朋友。我们俩都是那种……有点颓的人。不管什么事情都没法让我俩特别激动。"

莎伦："我那时候觉得，做个'虎女'应该很棒吧。那简直是可望而不可即的梦想，从来没想过有一天能真的实现。"

莎拉："我们互相挑战激将去参选。我觉得成为 NFL 的啦啦队员是每个女孩的梦想吧。"

莎伦："我们穿了'维多利亚的秘密'② 的内衣哦。是那种聚拢效果很好的文胸。我们的文胸都得是很低的那种，还得带钢圈。弹性要好，必须紧身。简直像被手紧紧抓着似的。我们还有些东西拿来涂涂抹抹，看起来更……你来试试，对，就是这个深 V。看起来这里有阴影，

---

① 肯塔基州的城市。——译者
② 全球著名内衣品牌。——译者

乳沟显得更深，胸部更大。"

莎拉："女人好像喝水都会长胖。你觉得自己特别瘦，结果跑进去一称，超过标准五磅。真是让人烦恼。我吃了好多好多白水煮芦笋啊。"

莎伦："你看嘛，每次去买东西就只买七八样。早餐就是鸡蛋白和燕麦——还是干燕麦。"

莎拉："大家都觉得我们特别奇怪。你必须要坚守原则，自觉自律。要养成那种思维定式，要不然很难坚持。真的非常非常难坚持。比如，周三晚上可能有男人约你出去吃饭，你可不能说'我不能吃东西，因为明天要称体重'。也不能去约会又默默地不吃饭。真的太难了。"

莎伦："有时候我拒绝一些人，他们就会说，哎呀，你根本没法好好享受生活呢。或者说，你干吗不出去玩儿呢？那是因为我不想吃太多东西啊。"

莎拉："我经常跟约我出去的男人说：'我们等到周五晚上再约会吧。'因为周五晚上吃了东西，我有四天时间可以把长的肉减下去。"

莎伦："你不是看到我们训练时穿的服装吗？都是热裤啊、运动文胸或者比基尼上衣那种暴露的。这样他们才能看到我们身材好不好，腹部有没有赘肉，腿健美不健美，屁股翘不翘。"

莎拉："他们就站在你面前，手里拿着个计分板写写画画。我很不喜欢这样。但这样没错，必须这么做。"

莎伦:"评分标准应该是脸蛋漂不漂亮,身材好不好,有没有把一切都准备好:头发弄好,妆容恰当,要110%地准备停当。"

莎拉:"当然,男人们看我们,都觉得是某种性的象征。但我觉得,男人们肯定不希望女朋友像我们这样吧。你明白我的意思吗?就像一件夸张的戏服,谁愿意整天看你这么花枝招展的啊?"

莎伦:"脂肪含量最高的食物其实是蛋黄。我一般是吃一个蛋黄,六个蛋白,这样还是有点脂肪摄入,不光是蛋白质。"

莎拉:"这个月还不错。我们是长了几磅,但这样又有力气减肥了。"

莎伦:"我平时不是这个肤色,我昨天去做了美黑。"

莎拉:"如果莎伦把头发扎成马尾,我发誓肯定有99%的人都会觉得那是假发。因为看上去那么浓密,真是太完美了。肯定有99%的人觉得是假发。就是那么漂亮的头发。"

莎伦:"你要喝点水不?"

不仅如此。对艾德丽安来说,困难要多得多,意义也要大得多。有一点你至少应该了解,这可不是艾德丽安第一次获得"本周最佳啦啦队员"的称号了。但第一次被她给搞砸了。她可能是史上第一个把这么大的事情搞砸的"虎女"了。那是三周前的事情。夏洛特对艾德丽安说:"就这么定了,你就是本周最佳啦啦队员!"正式比赛表演前的那一晚,艾德丽安心潮澎湃，辗转难眠。嗯，后来她倒是睡着了。睡得死死的。一直睡，一直睡，一直睡。

叫醒她的是手机铃声。是密西从停车场打来的。当时所有啦啦队员都集合好了。"你在哪儿呢？"密西的质问听起来那么遥远。艾德丽安希望这只是个噩梦。但这是残酷的现实。她睡过头了。她胡乱穿了件衣服冲到体育馆，到的时候蓬头垢面，毫无"虎女"风采，而且迟到了不止十六分钟。

"塔蒂！"

本周最佳啦啦队员居然是……塔蒂？就这么一次，她马上就被罢免了。不能上场，更别说被授予本周最佳的荣誉了。接下来的两场比赛表演也会把她除名。听着，迟到就是迟到，规矩就是规矩。队里包括夏洛特在内的所有人都拥抱了她，分担她的痛苦。但她就是这么悲剧，她好像逃脱不了这样的命运，总是一次次与荣耀擦肩而过，被好运无情抛弃，无论付出多少努力，总是功败垂成，功亏一篑。

"是我自己的错，"在那令人垂头丧气的日子，艾德丽安对队友们说，"不怪别人，只怪我自己。"

在高傲严厉的目光和清规戒律的背后，"虎妈"夏洛特有一颗善良的心。于是，仅仅在艾德丽安灾难性遭遇的三周后，她又给了她一次机会，给了她"本周最佳啦啦队员"的称号。赐予你这个称号，艾德丽安，我已经原谅你犯下的罪过。

可能是幸福来得太突然，可能是夏洛特太过慷慨，艾德丽安止不住胃里的翻江倒海。这种过于漫溢的爱，这无论如何看上去都像最后一次的"改过自新"的机会。来到场上，面对无数尖叫狂热的球迷，你亲手修建的体育场的大屏幕上，出现了你的脸，想想就让人压力倍增。

夏洛特跟玛丽和特拉西进行了十分严肃的讨论，她做出了决定。"紧身衣！"她站在更衣室里喊道。这里漂浮着一股发胶和化妆品的味

看不见的美国　　091

道，混合着紧张与跃跃欲试的气氛，像厚厚的云朵悬在天花板上空，挥之不去。"好啦，姑娘们，决定了，就穿紧身衣！"

"耶！紧身衣！"姑娘们尖叫起来。紧身衣简直是世界上最性感的服装。

艾德丽安把头埋到水龙头下，把水开到最大，哗哗哗地冲洗着一团糟的脑子。"穿紧身衣哦！"好几个队友都跑来告诉她这个喜讯。"紧身衣哦！"她们欢喜地抱抱她，步子很轻快。"紧身衣哦！"

"艾德丽安，亲爱的，你还好吗？"

和啦啦队员面对面：艾德丽安

"我妈妈是被谋杀的，凶手是我的继父。我当时刚刚满一岁。有时候我会崩溃。简直不敢去想'为什么是我'。任何事情都是有原因的。但你无法理解的东西还真是不敢去想。

"这是一个防沉板，我们利用一个平坦的区域放需要浇筑的水泥。每天都是做这样的事情。从那边的角落开始。上一次轮班我们完成了三百多码的工程。

"最后会有人来对混凝土完成品进行修整，弄得好看些。而我们这些做苦力的就得出力，又搬又抬。还有人负责把钢筋放进去。弄钢筋可是个苦活，我的天，我永远也不想去干那个。

"水泥和混凝土不一样。混凝土里面有水泥，水泥在混凝土中起胶水的作用。

"我的工友们都是男人，结果你会发现，他们也有很女性化的一面。也会叽叽喳喳地抱怨，还会哭呢。我这可不是什么偏见，他们确实是这样的。工作的时候我根本不觉得自己是个女人。我觉得自己就是个工人，是个男人。好吧好吧，我可不想做男人。但我就是要让他们知道：你可不许因为我是女的就说什么难听的话，开些下流的玩笑，当我是什么随随便便的人。

"我们这儿一共三十个'虎女',这么多啦啦队员,你可能会觉得里面是一群笑里藏刀、嘴上说得好、背后处处使绊子的人。但真实情况完全不是这样。她们都说我是她们的榜样,独立抚养着一个小女儿,还在建筑工地干活儿。她们说我的精神很激励和鼓舞人。她们惊叹我能身兼数职,承担这么多责任。

"我上过大学,全日制,并且完成了学业。专业是刑事审判。之后,我在列克星敦参加警察资格考试,一路闯到了所谓的'五进一'那一关,就是把你和另外四个候选人进行比较。我每天都需要来来回回,花很多时间在路上,有时候难免会着急,有四张超速的罚单。就是这些罚单让我的希望破灭了。这事儿真让我有点恼火。我当时说,算了,去死吧。

"后来我又参加了区县的考试,结果差两分上线。我发挥得不好,因为整场考试我都在赌咒发誓,一定要杀了我那该死的男朋友,就因为他,我迟到了。当时他用了我的车,没有及时还给我。整场考试我都在责怪他。

"后来我的想法整个改变了,不想再当警察了。我可不想某一天有人找到我的孩子,说妈妈被坏人用枪打死了。

"我一开始在建筑工地干活的时候,那些男人简直太可怕了。第一天我老板就说,我总有一天会引来什么官司的。他让我一个人拿着一把大锤子去敲一块 12×12 的混凝土预制板。然后还要一块接一块地搬四乘四的板子。但我撑下来了。已经在这行干了八年。体力上真是千锤百炼了。

"我母亲被杀之后,小姨帕姆想收养我。她特别真心想认我做她的孩子。两年后,她在路上搭了个便车,坐在卡车车厢里,来到佛罗里达接我。当时我外婆让我跟她走了,为此大家还有点不满。帕姆那时候才十六岁。现在我叫她妈妈。她是个单身母亲，独立抚养了六个孩子。我觉得这一切成就了今天的我，我虽然从小就成了孤儿，却在浓浓的爱里长大。

"我告诉帕姆，我想学学电影里那些勇敢的人，找找我的亲生父亲。我说我想知道到底是谁生了我。她不想让我去，但跟我姑姑联系了。最后我在一次慈善救济会上见到了他。特别奇怪。我哭了，就是那种情不自禁，不知道什么原因就哭了。第二天晚上我俩一起出去吃了晚饭，在代顿①的 FN 牛排馆。我想吃鸡肉，结果他特别生气：'我带你来一个牛排馆，结果你点的是鸡肉？'我可不想让他知道我有多缺钱。他跟我讲起妈妈那时候有多漂亮，他有多爱她。他还记得他们俩最后一次做爱是在 1975 年，世界职业棒球大赛，当年的第七次比赛。他曾经看到报纸上报道我在高中的事迹，但不太确定我就是他的孩子。

"就算遇到这么多破事儿，我从来没后悔过。是，我妈死了，我的确是受害者，但这不是我能够控制的。

"从来没有男人主动找我搭讪。很多朋友都说我有点令人望而生畏。遇到太成功或太独立的女人，男人就很怕去招惹她们。我讨厌这一点，因为我也是个人啊。

"我最大的恐惧就是可能成为一个失败的母亲。我可不想让女儿又经历我成长中的苦难。我也很害怕她成为一个小肚鸡肠、娇生惯养的小公主。她爸爸把她简直宠到天上去了，我就只好来唱黑脸，当坏人。

"做'虎女'？没别的可说，就是棒极了。

"做本周最佳啦啦队员也棒极了。

"为月历拍照也棒极了。拍照的那天好像整个地球都在围着你转。去年我是'10 月小姐'。今年我是'12 月小姐'。如果你没有被选上单

---

① 美国俄亥俄州西南部城市。——译者

独代表某一月,那可真让人心碎。人们会问:'你为什么没当上"月份小姐"啊?'我们也不知道标准和原因。但如果能得到某一个月,那感觉简直棒极了。太酷了。太性感了。不能再完美了。你觉得自己特别了不起,特别重要,是个人物。

"我带了牛仔裤和长内衣裤。还有两件长袖衣服,一件汗衫,一件毛衣。我还带了一件涤纶的大衣服,可以把你裹起来的那种。我开车来着,是辆卡哈特,很旧了。干这行就得忍着冷飕飕的天。手啊脚啊脸啊鼻子啊都冻得不行。今晚我就晚点再取暖吧。可能回家后几个小时才能渐渐暖和起来。

"我一直有个梦想就是做一名护士。高中毕业的时候就这么想了。所以后面有机会我肯定会重拾这个梦想,努力试一试的。我很关心别人,喜欢和别人交往。我总觉得这是我内心的呼唤。我一般都会接我女儿回家,然后两个人一起做作业。我必须不断学习。我正在上化学方面的课程。不出几年,我应该就能成为一名护士了。三年内吧,就能毕业了。

"你看我安全帽上面贴了这么多东西哈?其实不该贴这么多东西的。他们会以为你帽子上有个洞想遮住。帽子要是有个洞就不能用了,因为可能就有东西砸下来把你给砸死。但我还是贴了这么多东西。一张贴纸上写着'火辣辣',还有一张写着'德沃尔特·图尔斯'。世贸双塔被袭击的那天,公司里有个工人,就是这个图尔斯,他死了,所以这个是为了纪念他的。还有一张上面写着'婊子女神',挺好玩的。

"我还会随地吐痰呢,和男的一样。你懂的,没办法啊。常常干得口干舌燥。那些男的经常说我:'别吐口水啦,一点都不像个女人。'我说:'工作的时候我就不是个女人啊。'夏洛特不知道我随地吐痰这件事情。知道了还不得杀了我啊。"

"呆虎！呆虎！呆虎向前冲！谁能与呆虎一决雌雄？"

"呆虎一出，谁与争锋！"

就是现在。姑娘们像骄傲的母狮一样威风凛凛，昂首阔步地走出更衣室，站在通往球场的过道中，凝视着出口。很多肌肉健壮的猛虎队队员在这里来来往往，但姑娘们眼里只有彼此。她们很冷。莎拉紧紧靠着莎伦想取点暖；在莎伦身边的时候，莎拉好像总是要消失不见了一样，因为莎伦的头发太浓密了。现在这浓密的头发成为莎拉的福音。这头秀发今晚简直美到了极致，鬈鬈的好像尼亚加拉大瀑布般披在莎伦背上，一直到臀部的弧线处。"我快要冻死了！"莎拉说。

"振作起来啊亲！"莎伦鼓励道，"好好秀一场！"

光滑的紧身衣没有袖子，深 V 的领口紧紧包裹住胸部，那个部位就显得更为波涛汹涌，完美的半圆弧线像切开的甜瓜一样让人垂涎。每个女孩的臀部都缠了一根闪闪发亮的窄皮带。两只手腕上戴着白缎子腕花，交叉装饰着橙色的蕾丝。头发梳得高高的，蓬蓬的，用发胶精心地定过型。厚厚的妆容精致无比，没有一丝纰漏。乳沟处仔仔细细地涂过阴影，好突出傲人的身材。啊，真是完美"虎女"啊，太完美了。

当然，天公还是有可能作美，不会真的下雨，让她们多日来的辛苦毁于一旦。有可能不会下雨。风暴可能还在印第安纳州之类的地方呆着呢。可能会呆挺久的，一直不过来。原本特别宜人的二十多摄氏度已经扑通一下跌到十摄氏度左右。外面的看台上，大家纷纷拿出了雨披。

"我觉得我们打扮得有点像 80 年代的，这个发型……"劳伦说，"有没有人觉得我们看上去跟狮子狗似的？"

"之后我肯定没法梳头了，"提安妮说，"必须先去好好洗洗。"

"用水好好洗洗。"布鲁克附和道。

"你们这些家伙，"队长狄安娜插了进来，"别说那些废话了，想想我们是多么幸运，能够站在这儿，尽情享受每一分每一秒吧！"

"我们最性感,姑娘们!"蓉蕾大声喊道,"最性感!"

"最性感!"

"呼哈!"

她们大声喊着口号,像离弦的箭、出膛的子弹一般冲出了走道。她们高举着一只手臂,摇晃着闪闪的啦啦球。"开始喊起来!""呆虎向前冲!""呆虎最伟大!"灿烂的焰火在天空中竞相绽放。肯定有姑娘会激动得流泪。肯定有。不过绝对不是艾德丽安。艾德丽安就是一副标准的参赛表情。百感交集的勇气给了她一种不可动摇的决心。她站在五码线上,旁边是玛雅和蒂凡尼。所有啦啦队员站成两排,夹道欢迎前来参加比赛的橄榄球员们。他们人人斗志冲天,像一辆辆大货车似的嚎叫着出了场。"呆虎向前冲!呆虎向前冲!"姑娘们站在那儿像一匹匹昂扬的小马,一边膝盖弯起来,一只胳膊垂下去,啦啦球左右晃动,光芒四射。

出场完成之后,她们退到属于自己的角落。开球了。球场上爆发出《欢迎来到丛林》的旋律,艾克索·罗斯的经典赞歌循环播放①。姑娘们蹦蹦跳跳,屁股扭起来,细腰转起来,头发甩起来。接着又迅速收敛了一些,开始甜美地甩动起啦啦球。扬帆。自信。乡下人。虫子。翠迪②。每一套动作都有自己的代称。

"现在是跳'抽水机'是吗?"

"不是,是'虫子'!"

"哦,我的天哪!"

啦啦队员被分为四组,每一组占据体育馆的一角。夏洛特、玛丽和特拉西手里都拿着对讲机,指挥着大家,要和谐一致,准确无误,"站成一排,站整齐了,姑娘们,站整齐!"

第一轮比赛开始六分钟了,参赛双方都还没有斩获。但大多数啦啦

---

① 《欢迎来到丛林》是"枪炮与玫瑰"乐队主唱艾克索·罗斯的经典歌曲。——译者
② 著名的卡通小鸭子形象。——译者

看不见的美国

队员的头发都已经塌下去了。还真快啊。真是丢脸。但没关系。中场休息的时候她们会冲回更衣室,跪在镜子前等待补妆。直发器、卷发棒、化妆品、喷雾剂。打扮打扮再打扮!当然没那么多时间再现出场时的完美,但她们一定会尽自己所能。

已经推进到六码线了。橄榄球员们希望尽快达阵得分。"加油加油,猛虎健儿!"啦啦队员们灿烂地微笑着,一直高举双臂,晃动着啦啦球,哗啦啦,一片光闪闪的海洋。她们就好像一支支蜡烛,跳动着希望的火焰。

达阵不成,来了个射门得分①。好吧,聊胜于无,这样也行啊。"呆虎!呆虎!"又是一轮疯狂的喊叫。《丛林之舞》的旋律响了起来。来吧,和啦啦队员们一起庆祝这次得分,看她们像球一样弹上弹下。

一直到第三轮的三分二十六秒,四分卫卡森·帕默尔打破僵局,使用跳蚤战术,传球四十码给T. J. 霍什曼扎德,来了个漂亮的达阵。结果大家关注的重点不在这儿,而是天气。老天爷终于不闷着了,降下了倾盆大雨,球场上顿时出现了一帘雨幕。姑娘们好不勇敢,立刻变换队形。达阵得分召唤了《鼓点打起来》的旋律,她们就在微茫的大雨当中,舞蹈着,蹦跳着。忘记发型,忘记化妆吧,一切都已经被雨水冲掉,流到了地上。她们自己也早已浑身湿透。一群湿漉漉的啦啦队员!大屏幕也由运动员聚焦到啦啦队员们身上,这真是全场的高潮。爆发的、湿漉漉的、性感的、美丽的啦啦队员们!闪光灯不停闪烁,镜头都对着她们。姑娘们大声喊着口号,保持着迷人的微笑,投入地舞蹈跳跃着,忘记了一切。去他的建筑工地,那个谋杀了母亲的混蛋,打电话来要更多"激浪"的商店,化学实验室的通风柜,烟雾质点检测法,再也没打过电话的男人,那些吃下去的蛋白和蛋白质饮料……这些造就了今

---

① 达阵得七分,射门得三分。——译者

天这一刻,但她们已经忘了这他妈的一切。全都抛开吧!这是属于我们的时刻!这是一场雨中狂舞,带着欣喜的舞蹈,心中满怀热爱的一次喷发与展现。欢呼的人群喜欢我们,我们也用精彩回报这欢呼的人群。穿着条纹睡衣、戴着假发和尾巴的男人们,那些画了图案的大肚子已经被雨水冲刷干净了。但他们向我们欢呼着。哦,这些男人啊,真是太太太可爱了。这群忘乎所以的呆虎们!

看台上有个人喊得特别特别起劲,她在为艾德丽安欢呼,她就是帕姆。几十年前她在路边搭便车去佛罗里达接回了那个小女孩。还有艾德丽安的表妹莱斯利,姑姑南希,小姨桑迪和同名南希的小姑。她们拿着相机拍了一张又一张。她们还是第一次拍到艾德丽安出现在大屏幕上的照片。照片里的艾德丽安抬眼望着前方,笑得好灿烂。她美丽的脸庞边,是她的名字、家乡和爱好等个人信息。此时此刻她根本不知道自己作为"本周最佳啦啦队员"出现在大屏幕上。她湿透了,疯狂了,发自内心地喜悦,完全地自由了。

荣耀无比的时间飞逝而过,各种各样的惊叹、祝贺、拥抱、掌声、鲜花与快乐。艾德丽安回到家中,穿上宽松暖和的睡衣,坐在沙发上,身边放着一碗爆米花,手里拿着自己出现在大屏幕上的照片。明天早上还得六点就起床,在暴风来袭的寒潮中瑟瑟发抖地倒水泥。真的会很冷。她凝视着手里的照片。照片上的自己可真漂亮,充满了女人味,发自内心地快乐。她努力要把这种感觉留得久一点。现在她心中仍萦绕着"本周最佳啦啦队员"的骄傲,挥之不去。那种温暖,那种火山爆发般的喜悦让她难以自持。她又看了看手里的照片,她知道那就是一个"完美虎女"。她不知道怎么处理这张照片,把它放在显眼位置展示给来客可不符合她的个性。家里已经摆了一套小小的瓷天使,够可爱的了,不需要这张照片。几天后,她把照片放到自己卧室衣橱的一个盒子里,那是她珍藏情书的地方。

飞向何方

纽约州纽约市，拉瓜迪亚机场，空中交通管制塔

想去纽约拉瓜迪亚机场的空中交通管制塔，你必须穿过中央航站楼的 D 通道，一路会看到琳琅满目的商品，高热量高脂肪的椒盐脆饼等食物和高档啤酒之类的饮料；行色匆匆、川流不息的旅人还在抱怨依依惜别的夫妻、情侣挡了他们的路。好了，越过这一切，来到一扇厚厚的铁门前，军舰灰的颜色让人有点压抑。抬抬你的屁股推开这扇门。走进去。你现在是在……俄罗斯的列宁格勒？罗马尼亚的布加勒斯特？真有点搞不清楚啊。煤渣块砌起的墙壁，映着灰暗的日光灯；踏进狭窄破旧的电梯，慢腾腾地一路摇摇晃晃来到十楼，我的天，真冷啊！真对不住你了，不过这他妈的温控器已经很多年没工作了。好，忍着刺骨寒意，穿过另一扇灰色的门，努力爬上好多级混凝土楼梯，我的天，膝盖可真疼。好了，就是这里。欢迎来到拉瓜迪亚机场的空中交通管制室。来点吃的喝的，先看看这里举世无双的风景吧！壮观的天际线会在瞬间攫住视线，让你无暇顾及其他。曼哈顿就在眼前无边无际地延展，仿佛天空之下的巨幅壁画。处处是轰鸣的飞机，白得耀眼，银得炫目，仿佛巨大的鸟儿在爬行。31 号跑道的逆风方向就是里克斯岛[①]。那一端的希叶体育场好似远在天边，只有一个模糊的轮廓。这是 2009 年 10 月的早上，秋高气爽，凌晨的寒意薄薄地没有散去。此时此刻，这样的景象可能终生难遇。若得壮丽景色如此，也就别去在意简陋寒碜的室内陈设了。休

息室的沙发上到处都用宽胶带贴贴补补，看上去活像个不肯承认大限将至的老顽固。几张破旧的折叠桌子看上去有些年头了。还有那空空如也的自动售货机，不知道是猴年马月的了，上面的广告还在推销25美分的"麦克和艾克"果味硬糖，早就不是这个价了。当然，就别去注意天花板上不知去向何方的几块瓷砖，翘得乱七八糟的嵌板，碎得千疮百孔的塑胶贴板，以及一层层翻起来情况相当严峻的墙漆。一部红色电话的听筒上贴着一张标签，上面写着"黑色电话"。有的电脑设备让人瞬间有种穿越的感觉，让人怀疑这里的人不是用电脑办公，而是在用废弃的设备过家家。还有控制台上的某些装置，让人怀想过去的黄金岁月，啊，美好的旧时光，电话接线员们穿着尖尖的文胸，性感得无以复加。屋顶严重漏水，而且这种情况持续了很久很久，所以大家挂上了巨大的"尿不湿"，随处可见的油布盛着一汪汪的水。一根橡胶软管从一级级台阶上接下来，把水引到脏兮兮的水槽里。有时候，浴室里的水管会漏，哦，不是漏，是爆。有经验的工作人员会在柜子里多放一件衣服以防万一。（没带衣服的人就弯腰低头躲避喷射的水，不过还能洗洗脚呢。）设备陈旧简陋，这里明摆着就是个垃圾场。有的人企图掩饰，有的人则不费那个心思，"但是，看看窗外，视线多好啊！风景多美啊！"每个人都会自豪地告诉来客。这里是"宇宙中心"，这座控制塔每年为两千三百万飞来飞去的乘客服务；而这里的飞机会经过世界上最繁忙的航线。这座控制塔，修建于1962年的控制塔，是美国最古老的航空控制塔之一。是的，这里就是个垃圾场。

联邦航空局信誓旦旦地承诺说，明年会修建一座新的控制塔。是的，停车场的旁边正在拔地而起一座新的建筑。就在那儿，看得到的。所以，对这未来的新建筑持怀疑态度好像没什么根据。然而，根据一些

---

① 纽约附近的一个小岛，有"全球最大监狱"之称。——译者

拉瓜迪亚地面控制工作人员的回忆，从1984年开始，就年复一年的有"明年会有一座新塔"的传闻。"明年就有啦。""明年就有啦。""明年就有新控制塔了，还修老塔干什么呢？"四分之一个世纪了，明年复明年，工作人员们永远需要在储物柜里放一件备用的上衣，以防厕所爆水管。这足以让任何人的态度从信心满满变成疑虑重重。

　　加里很喜欢这里。初听起来你可能以为他疯了。但他真的热爱这个地方。（事实上，大多数拉瓜迪亚机场的地面控制人员都爱极了脚下这泥浆色的方毯子。当然啦，他们也都曾有过别的选择。你跟他们呆久了，他们就会跟你讲起曾经有过的其他机会。）此时此刻，加里正在进行繁忙的地面管控。星期五上午的八点二十，正是空中交通极为繁忙的时候，每四十五秒钟就有一架飞机降落，另一架起飞；接着又降落起飞，起飞降落……一刻不停，如同一波又一波让人烦恼不堪、身心俱疲的神经性头痛。二十六架飞机排着队准备离港，挨挨挤挤，后面还有数不清的飞机在待命。十二名空中交管员操纵管理着一切，使局面不至陷入混乱。布莱恩负责局部航班的控制，为起飞和降落清除障碍，确保整个过程顺利进行。负责地面管控的加里则专注于滑行道，这可是个让人头疼的迷宫，飞机永远在滑行，每一架上面都有成百上千条性命。在所有的管控位置中，这里的人最喜欢的都是地面，因为这工作太他妈的复杂了。那些井然有序，设备比较现代的机场很多，像亚特兰大机场啊、丹佛机场啊，就有平行的跑道无边无际地延伸，占地数千公顷。和这些"同胞"们比起来，拉瓜迪亚显得狭小逼仄，占地仅六百八十公顷；滑行道很窄；跑道纵横交错；你只有等着另一个跑道上到港的飞机过了入口，才能开始指挥另外的飞机离港，否则两架飞机就会……"砰！"同归于尽。而且跑道三面都环水，还得注意别把飞机指挥进水里。附近还有两个可怕的"巨人"，纽瓦克机场和肯尼迪机场（这个机场尤其可怕），两个机场每三十六秒就各有一架飞机起飞和降落，总让拉瓜迪亚有种备受压迫、相形见绌的自卑感，对于机场空中交通的疏通，更不是什么好事。就在南边将近二十公里遥遥相望的肯尼迪机场真是个可恶的坏家伙。要是那里的飞机晚点了，拉瓜迪亚就得吃哑巴亏，更改跑道配置来帮助肯尼迪缓解晚点的情况。然而，这一切的复杂情况，一切的压迫与限制，都让这里变成一个比亚特兰大或丹佛机场精彩百倍的地方。不管怎么说，这就是专属于拉瓜迪亚机场的奥妙所在，这个破破烂烂的地方有种特别的吸引力。

加里指挥一架"冲-8"① 排队准备离港，一架波音757刚刚起飞，从控制塔的窗外呼啸而过。他一直注意着一架巴西航空的飞机和"查理9号"登机口。要操心的事情真是太多了。他的真名叫汤姆，可是不知为什么，这里的人都叫他加里。他喜欢打冰球。以前是个快餐厨师。他的花园料理得特别好，最让他自豪的还是一大片橘黄色美人蕉。与井井有条的花园不同，他的头发乱七八糟，下面的一双眼睛则闪烁着智慧的光芒，搭配一只夺人眼球的大鼻子。说起话来，一听就知道是长岛人。他举手投足都透着焦躁，总是一副"好啦好啦好啦"的做派。工作的时候，总有一部头戴式耳机话筒与他做伴。线很长，足够让他在狭窄的控制塔工作室里闲庭信步。和这里几乎所有人一样，他值班的时候总是站着。这可不是安静坐着就能干下来的工作。空中交管员们有个统一的外号叫"转头翁"，因为他们总要眼观六路，耳听八方，警惕得跟猫头鹰似的。

刚刚起飞的那架757正飞往芝加哥。和所有的民航离港飞机一样，构成之复杂远非常人所能想象。在一般人看来，不过就是飞行员、机组人员、航班计划和充足的燃料嘛。每一架航班都有很多人在密切监控，好像寸步不离的守护天使，时时留心，步步在意。比如，布莱恩指挥波

---

① 冲-8（Dash 8）系列客机是由原加拿大德·哈维兰公司研制的双发涡桨式支线飞机，是加拿大庞巴迪宇航公司最畅销的机种。——译者

音757起飞后不久，马上就通过无线电将该飞机的监控任务转交给了二十四公里以外的一位空中交管员，这位控制人员的工作地点是长岛韦斯特伯里①的航站雷达控制中心（TRACON，以下简称"雷控中心"），在雷达显示器上，这架飞机就是一个小小的光点，但雷控中心的空中交管员必须全神贯注，指挥它上升到一万七千英尺的高度。然后，就把这架飞机交给另一个空中交管员，这个人的工作地点是纽约艾斯利普市的航线交通管制中心（以下简称"航管中心"），他看到的也是雷达显示器上的一个绿色小光点。各类管制中心如同一张网上密密麻麻的点，遍布整个美国。总共是二十二个，每个都配置了足够的空中交管员，密切监视着这个国家交通繁忙的天空，像照顾婴儿一样细心呵护来往的飞机，将一个又一个光点传递给彼此。比如，纽约空管中心的空中交管员会指挥波音757往西飞行，最终将其交给克利夫兰空管中心的一位空中交管员，飞机在他的指挥下继续往西；然后被交给印第安纳波利斯空管中心，也是一样，指挥一段之后交接给芝加哥空管中心。随着这架757越来越接近目的地，飞机会慢慢下降，监控机构慢慢变成了芝加哥雷控中心；最后会被交给芝加哥奥黑尔机场的一名空中交管员，指挥飞机降落并到达正确的接口。

就像这样，每天都有将近三万架民航飞机在美国的天空中嗡嗡嗡飞来飞去，互不干涉，各行其道。这种相对比较现代化的空中交通管制系统和美国联邦航空局（FAA）本身，都是在一次令人震惊的重大民航飞机空中相撞事故后应运而生的。那是1956年一个暖意融融的夏日上午，美联航空718号航班从洛杉矶起飞，正飞向芝加哥。而环球航空的2号航班则从洛杉矶起飞，目的地是堪萨斯城。在科罗拉多大峡谷上空六千四百米的高空，飘着一朵积雨云，而在这朵云当中，两架飞机相遇了。

---

① 美国纽约州东南部、长岛西部市镇。——译者

戏剧化的相撞过后,两架飞机一头栽进了大峡谷,一百二十八人就此罹难。

如今,类似的事故再也不会发生了。美国联邦航空局总共雇用了一万五千名空中交管员,以确保空中相撞事故和其他一系列恐怖事故成为永久的历史。空中交管员是一群动作协调、刚毅果决并以全局为重的人。他们都有独特的本领,能够根据物理学、几何学、空气动力学和上天赋予的勇气,做出分秒必争的决定。他们有的"栖居"在跑道上方狭窄的玻璃房间里,有的"藏身"于雷达控制室中。我们根本不得见其真身,但从登上飞机的那一刻起,分分秒秒都和他们息息相关(至少我们希望是息息相关的!)。要是他们工作不称职,我们可能会更了解他们。他们活干得越好,就越默默无闻。

同样隐秘而又无处不在的,是他们工作时那种痛苦与不安的气息。这气息中有苦闷,有抵触,有汹涌的暗斗。这群人长期满怀怨恨,和管理层进行着僵持不下的冷战,一遍一遍又一遍,现在又掀起了新的高潮。在日新月异的今日美国,空中交通管制行业的状况不容乐观。超负荷工作的空中交管员在人手严重不足的设施当中,用可以称之为古董的设备尽力履行职责。这就像一场赌博,赌注不仅是大家越来越怨声载道的飞机晚点;最严重的后果是数百万来来往往的乘客的生命,他们不知道,空中安全竟然如此脆弱。

此时此刻,加里正处于"插电"状态,戴着耳机,对着话筒,踮着脚尖想看得更远更广一些。空中交管员们将在岗工作状态称为"插电"。"插电"意味着忘掉一切烦恼,不去想那些乱七八糟的工会啊、权益啊这一类的问题,也别去想华盛顿特区那一群夸夸其谈却从来不守诺言的政客。"插电"意味着进入了另一个世界,飞机上全是乘客,乘客们各有烦恼,而你掌控着他们的命运,所以你要超越时间,超越空间,超越自我的一切思想,进入全然忘我的境界。加里低头看了一眼组鲁滑行道，那上面有飞机占着吗？他很可能需要这条跑道。工作的时候，他需要做一个有远见卓识的人，要往前看四步、五步甚至十几步。

而飞机跑道上的争端很不好解决。人人都想排在前面，人人都想做下一个起飞的，人人都希望赶紧离开。一架波音737刚刚降落，轰然莅临跑道。终于到了！对于乘客来说，"到达目的地"意味着"好啦，可以下飞机了"。抚平大衣上的褶皱，揉揉一路都快坐肿的脚，大步流星地去开启生活的下一个篇章。这架737正在向规定的查理9号登机口滑行，每一位乘客目前还乖乖坐着，安全带系好，只有手指不耐烦地敲打着，但每个人脑子里都已经在计划下飞机后的行程了。

但查理9号还不能马上使用，一架空中客车正在登机，占用了太久的时间。空客的乘客们心急火燎的，想赶快登机，赶快起飞，赶快到达另一个地方。他们找到自己的位子，坐下来，脱下大衣，折好，摆个相对舒服的姿势。与此同时，每个人的脑子里飞快盘算着按时或晚点到达目的地后要干吗。

"快滚啊！"737的飞行员很是焦急。

"赶紧的！"空中客车的飞行员无声催促着。

"我他妈要赶紧下飞机！"飞机上的每个人不约而同地想着。

加里把这一点看得很透。他明白，这时候不管问谁，他们心里想的肯定都是，"让我先走！"但负责地面管控的交管员能做的只有这么多。加里指挥737顺着组鲁跑道滑行，"继续组鲁滑行！"他机关枪一般毕毕剥剥地往话筒里说出这句命令。他绝不说"飞机继续顺着组鲁跑道滑行"，而只是简单直接的"继续组鲁滑行"。飞行员听到加里的命令，心里叫骂一声"妈的！"。组鲁离查理9号登机口可不算近。这个蠢猪不是要让我们一直跑到希叶体育场那边，干等着登机口空出来吧？不，加里只是要737让让道而已。有一架"冲-8"急着要离港（让我先来！），他得给个位置，还有一架到港的麦道-80①得先沿着麦克跑道滑行一会儿（让我先来！）。另外，他还得想想怎么帮旁边负责本地管控的布莱恩。他正努力避免拉瓜迪亚机场晚点的命运，同时操作着两架离港飞机和一架到港飞机。这些纷繁复杂的局面被加里尽收眼底，想在心里，在每一个瞬间，都需要做出无数个千头万绪、互相联系的决定，完全没心情去顾忌什么。就算是最老练成熟和聪明灵巧的头脑，也会觉得不堪重负。那么多的突发状况，无数架飞机，比飞机更多的生命，那样沉重的责任，连骂一句"他妈的！"发泄一下都没时间；也不能因为自己的事情离开哪怕一会儿，门儿都没有！只有一个小时后，交班的空中交管员走进来，才能从"插电"状态中解脱出来，休息三十分钟左右，去楼下休息室吃点饼干，或者去大厅买块鸡蛋三明治填填肚子。同时利用这个时间好好清空脑子，让它自由呼吸，重获新生。

  加里这样的人总会不停地问自己："嗯，如果是我，会有什么感觉？"不停地扪心自问驱使他做出一切决定。他心里很清楚，飞机着陆后，乘客绝对不想安安静静地等在跑道上。"我已经到了目的地了呀。""为什么还不能快点下飞机去办事情呢？""我们要在这儿坐多久啊？"因此，加里不会让737一动不动地停在组鲁跑道上等登机口，而会指引飞行员在跑道上滑动。到朱丽叶跑道稍停一下，然后移动到利马，接着再停一下。"给乘客马上就能下飞机的'幻觉'。"这是加里的座右铭，只有这样，才能给乘客们希望。

  他指挥737往北滑行，想让它多挪挪窝，以便在查理9号空出来的瞬间就能够让它马上去接那个卡位。他做得太棒了，运筹于帷幄之中，心里情不自禁地给自己点了个"赞"。

  换一个控制人员可能就不会这么麻烦了，他肯定想不到这么多，会

---

① 美国麦克唐纳·道格拉斯公司研发的新系列双发中短程客机。——译者

直接干脆地把 737 甩在组鲁跑道哪儿，让机上那么多乘客一动不动地等着，越来越看不到生活继续的希望，越来越觉得自己被遗忘了。把这件事情处理得更好，也不是什么了不起的事情，不会让那些人能更快地下飞机做事情，也不能扭转拉瓜迪亚给外人留下的"世界最慢机场"的坏印象。不会有人说你是大英雄，更比不上避免一场空中飞机相撞来的惊天地泣鬼神，甚至都比不上在哈得孙河上成功降落一架空客 A320。他只不过让困在一架飞机里的一百二十名乘客感觉稍微没那么糟糕而已。只不过稍微有那么点人文关怀而已。只不过稍微多了那么一点爱而已。这又有什么呢？

一个初夏，我去华盛顿特区国家空中交通管制委员会（NATCA）①的工会办公室，想问问能不能见几个空中交管员。结果那里的工作人员想当然地以为我是去报道阴暗面的。他们问我，你是想了解空中交管员为什么整天都垂头丧气的吧？事实上，当时我的确充满着强烈的好奇，但我对空中交管员们的心情不感兴趣，而是想了解他们的工作。结果，办公室的人告诉我，沮丧与这份工作密不可分。

他们神神秘秘地小声跟我讲了些和联邦航空局打交道的"秘诀"，看样子，你还以为这是什么苏联克里姆林宫级别的绝密呢。"啥啥啥可以说，啥啥啥千万提不得。"我想去控制塔采访，就必须得到联邦航空局的批准，而且问问题得万分谨慎，字斟句酌。联邦航空局对这方面的要求很严，这是众所周知的，没几个得到过批准。我这个要求看样子也很悬。他们千叮咛万嘱咐："这个可以试试，那个就别做了……"

于是我就去了第十四街的联邦航空局，想问问能不能见几个空中交管员。结果那里的工作人员也想当然地以为我是去报道阴暗面的。他们

---

① 英文全称：National Air Traffic Controllers Association。——译者

问我,你有没有跟国家空中交通管制委员会的人聊聊?"他们怎么说?"他们想知道我是不是听到了什么"谣言",准备坚决予以否认。他们口中的"工会那帮人",就是一群讨厌的长舌妇,为了得到一点小小的甜头而大吵大闹。他们递给我一份文笔流畅、装帧精美的详细报告,报告图文并茂,用四种颜色的文字详细证明了空中交管员的心情是多么舒畅,还特别说明,即使有情绪不好的,那也是他们自己的原因,而不是这份工作的错。一切都好,天下太平。放一百个心。一切尽在掌握。再怎么说,大家都是负责"管控"的嘛。

联邦航空局说空中交通管制委员会的人是一群只知道哭闹的"奶娃儿",后者又说航空局是欺负人的恶霸。"还真宠坏他们了,一群捣蛋鬼!""就知道欺负人,一帮小气鬼!"游走在工会和航空局之间,你很容易觉得自己是唯一有点理性的成年人。

目前讨论得最激烈的问题是这个行业的劳动力短缺。空中交管员们正以每年将近一千名的速度退休或辞职。空管人手越来越少,航空需求却飞速增长——得有人来引导这满天的飞机啊。"你们这群家伙得扛住啊,抱怨也没用。"航空局告诉空管员们。延长工作时间,缩短休息时间,必要的话,一周工作六天也行。是的,这很有必要。如今,在全国那些最繁忙的雷达监控处,一周工作六天已经是家常便饭,对那些地方的工作人员来说,这实在有点痛苦,个人生活几乎完全被牺牲。事实上,很久以前大家就预见到会出现今天这种情况,而且早就发出了警告,呼吁了很多年。一次次的徒劳无功让工会的人们怒气冲冲,濒临爆发的边缘。用脚指头算算也知道,1980年左右发生了一场著名的空中交通管制人员罢工,总统里根宣布这场罢工是非法活动,解雇了一大批人,之后雇用的那批空中交管员就是目前最有经验的了。大多数人现在年过半百,而他们的法定退休年龄是五十六岁,所以几乎都已经告老还乡或处在这个当口。于是,我们迎来了空中交通管制员的退休潮:在未来三年，全国将近一半的交管员都将达到法定退休年龄。"我们需要更多的交管员！"工会振臂高呼了多年。"大伙儿快要撑不住了！要是不让他们好好休息，他们就要犯错误了！为什么不多雇点交管员呢？"这也不是非常简单的要求，一个交管员需要接受多年严格的培训才能上岗。"我们需要更多的储备交管员！"

到2006年，联邦航空局终于采取了行动。但在这之前，一次针对合同的协商行动刚刚才以失败告终。"别惦记了，"航空局说，"你们的新合同就是这样。要么拿着，要么走人。"工会不情不愿地接受了。但他们不愿意称之为合同，而叫做"强制性工作条例"，也就是现在空中交管员们遵守的规定。2006年航空局做出的改变是实行薪金冻结①和双频段薪酬级别。以"强制性工作条例"为节点，所有新进的空中交管员的薪资水平都比之前的雇员低30%。比如，拉瓜迪亚机场一名完全合格正式上岗的新空中交管员的年薪大概在63 000美元左右，如果没有实行新的条例，那他的年薪应该在93 000美元上下。

联邦航空局讨价还价成功，终于在2006年开始大规模招聘，那阵仗就跟大规模扫荡执法似的。按照他们的计划，未来的十年总共要引进一万七千名空中交管员。最要紧就是凑够人手。空中交管员要有大学文凭？这些过高的要求都要变成老黄历。现在随便都能从街上抓个路人来做航空局的"壮丁"，无论你之前是在吃快餐、买珠宝还是参加嘉年华，随便来应个聘就行。拿到聘书之后，"新丁"就要去俄克拉何马州的"联邦航空局学院"参加为期三个月的培训，接着就被派到机场控制塔、终端雷达管制区或是某个管控中心。这时候已经超负荷工作的空中交管员们还要抽时间对他们进行具体岗位的实地培训。过去，这些新人都要去全国最难应付的空管处进行长达五年的培训和演练，之后才能拿到允

---

① 薪金冻结，由政府以法令宣布将工资标准固定在某一特定的日期的水平上，不得任意变动，工人要求增加工资就成为"违法"的行动。——译者

许上岗的证书。如今这也是老黄历了。在全国各地边工作边培训的新人们只需两年，就能成为一名正式的空中交管员。

工会忧心忡忡，害怕出现最坏的情况，就差没站出来大喊："有人听我说说话吗?!"工会说，如果空中交管员们筋疲力尽、心情压抑、脑力体力透支、心生不满或者缺乏专业培训，那么美国的天空就会布满隐忧，危机四伏。工会苦苦哀求："请大家好好想想，我们是在拿什么冒风险。"工会说，出大问题不过是迟早的事情。

"哎哟，放轻松啦!"联邦航空局不以为然，摆出第一手的安全记录，指责工会是要制造紧张气氛，让在空中飞来飞去的公众们莫名恐慌，好争取他们的支持，"一哭二闹三上吊"，达到逼迫航空局签订新合同、涨工资、提待遇的目的。

工会强调说，出大问题不过是迟早的事情：跑道上你争我抢的现象日益严重，正是两机或多机碰撞最可能的先兆，这一切都处在爆发的边缘。

"啥啥啥可以说，啥啥啥可千万提不得。"

"这个可以试试，那个就别做了……"

"你跟谁谈过，都说了些什么？"

深思熟虑了好几个月，联邦航空局终于松了口。我可以去他们治下的一个空管设施采访，地方当然是他们来挑。工会的人很高兴——终于能有人来报道报道真实情况了，也许能得到点外界的关注吧。不过，他们又说，航空局可能会派我去个偏僻的小地方，工作不忙，交管员的心情也挺好，指不定气氛特别轻松欢乐，让航空局的形象显得特别伟大光荣正确。

最后，航空局让我去拉瓜迪亚机场的控制塔。工会说："真的吗？"又说："那个地儿还不错呢。"接着斩钉截铁地告诉我，那里的空中交管员要是跟我说了实话，抱怨他们过得多不开心，一准儿得被开除，所以我自己得好好留意。等我到拉瓜迪亚的时候，满脑子都想着，那儿的交管员肯定跟一群老鼠似的，瑟缩在笼子一角，垂头丧气，死气沉沉。

当然，事实和我的过度想象大相径庭。我遇到了加里和布莱恩，拉尔斯和埃里克，蒂姆、安迪、乔、弗兰克林、卡米尔和C组的其他工作人员。值守这个控制塔的一共有三组人，每组十二个，一年三百六十五天每天二十四小时轮流在岗。他们其实根本没多少时间能好好抱怨。布莱恩是上面指派给我的向导，他长得很精干，肤色红润，一双敏锐的蓝眼睛，做起事来认真严谨，带着一种父亲般的威严。他每天都带不同的咖啡杯来上班，每个杯子上都印着一张他四个孩子的合照。"我用这个来提醒自己，要做好这份工作。"他说。他看上去一点也不低迷或沮丧，C组的大部分人也是一样。乔是（没加入工会的）全组主管，他和其他（加入了工会的）组员唯一的区别就是脖子上的领带。他随时戴着一根挂绳，上面全是徽章：小狗史努比、70年代"YES"乐队的标志、三叶草……自从有个组员妻子被查出乳腺癌之后，他又加了一个号召关注乳腺癌的粉红色缎带徽章。

准确地说，控制塔的种种情况是很可笑的。管道问题、四处泄露、老掉牙的设备和器械等。大多数人看到眼前的情况，大概是不太容易热情得起来的。

这里的空中交管员和很多控制塔的工作人员一样，日常工作离不开飞行进程单，就是一摞摞淡绿色的纸，上面写着一串串飞行数据——每次离港和进港都要用掉一张单独的进程单。弗兰克林年纪大了，脸上堆满笑容，像个可爱的老木匠那样坐在角落，不断打印这些进程单。他旁边是一个巨大的白色塑料桶，就是那种家里装修之后剩下的涂料桶，里面装满了塑料的进程单夹。这些单夹看上去就像玩拼字游戏的拼盘。弗兰克林仔仔细细地将每一张进程单放进相应的小夹子里,然后递给负责交通管控的人。这些人就在单夹上把进程单移来移去,表示不同的意思:移到三分之一(左右)处表示联系了一个飞行员,二分之一(左右)处表示飞机做好了起飞准备。在操纵台上摆得像一块块跳水板的进程单则有其他的意思。等飞机成功起飞了,交管员们就把相应的进程单直接取下来,用老式的时间章盖上印记——砰!接着把空的进程单夹扔进另一个白色大桶里——砰!砰!砰!砰!多听一会儿这单调的旋律,人很容易就昏昏欲睡。如果你闭上眼睛,单凭"砰!砰!"的频率,你也能够判断拉瓜迪亚机场有多么繁忙。听着这声音,你还可能情不自禁地怀疑,自己究竟处在哪个世纪,是不是一不小心穿越回了遥远的过去。

"不知道该怎么跟你说,"一天,我终于忍不住对布莱恩说,"世界上有电脑这种东西,可以帮你做这些事情的。"他看着我,眼里布满信任和无辜。我说,就连当地的图书馆也在很久以前就抛弃了纸质的分类卡片,改用数字化管理了。他点点头,但接着又说:"我们喜欢用进程单啊。"

这种看似多此一举其实是空中交管员的好朋友和好帮手。他们的脑力劳动太频繁,短期记忆常常被透支。如果你记不住六个命令之前跟这个飞行员说了什么,或者三个命令之前跟那个飞行员说了什么,只要扫一眼进程单,就马上能回忆起来。

至于其他设备,布莱恩让拉尔斯跟我谈谈。拉尔斯有种电脑"极客"的倔强和决心,他一直觉得控制塔马上就要崩溃了,所以无时无刻不在努力阻止这种崩溃。

"嗨,你就别提了,说多了都是泪。"我跟拉尔斯说起奇怪的电脑设备,说有种来自"Commodore 64"[①] 时代的感觉,结果他这么回答我。

[①] 1982年发行的一种著名电脑机型。——译者

看不见的美国

拉尔斯身材瘦长，脸也长长的，有着坚毅的线条，再加上一头沙褐色的头发。他不停地叹气摇头，最后说了一句："简直乱了套了。"他说控制塔里的电脑最大的问题就在于，没有什么东西是配套的，没有完整的设备，每一个软件都需要专门的显示器。"这里就他妈是个显示器农场。这边是 Unix 的操作系统，那边又是 Windows，看这个又不知道是什么山寨牌子。合同商说服了政府的人，东买一点，西买一点，你懂的。你看看眼前这一切，就是暗箱操作和内幕交易的缩影。他们就是……不顾大局。完全不顾大局。简直让我气得发疯。"

我问他为啥红色电话上贴着"黑色电话"的标签。

"标准操作程序，"拉尔斯说，"指南上写的是'使用黑色电话'，但是——"

"对了，那电话没法用，坏的。"一个空中交管员对他说。

"没法用吗？"

"我开始培训的时候就是坏的。"

"黑色电话吗？"

"不是应该叫'黑色红色电话'吗？"

"不，就是'黑色电话'。"

"不是那个贴有'黑色'标签的红色电话吗？"

"本来有一架黑色电话的，是坏的。"

我站起来，看着七嘴八舌的他们，困惑而担忧地眨着眼。

"我来跟你解释，"乔起了好心，"这部红色的黑色电话是打给警察那边的，比如需要紧急救治啊、登机口那边有人犯病了什么的。另外一部没有标签的红色电话是发送警告的，比如进港的飞机快没油了，可能会坠毁之类的——我们称之为'真正的红色电话'。棕褐色的那部电话接的是皇后区消防队。"

"就是那部电话没法用。那个棕褐色电话。"

"坏的吗?"

"我的个天。"

大家偶尔也想放纵发泄一下,布莱恩问组里的人下班后想不想出去喝点酒,享受享受。于是下班后我们就一起去了。布莱恩特别指派菲尔当司机,七个人坐在布莱恩的银色小型货车里,去往皇后区的一个假日酒店。

"这么说,空中交管员就是这么娱乐的?"在车里,我忍不住问道。我们七个全坐得直直的,人人都系着安全带。

"我们都他妈的太负责任了。"加里说。

我告诉他,看到眼前这些负责阻止飞机相撞的人们都对自己很负责任,而心态也挺好,其实是件让人很安心的事情。"总部那边好多人都说你们这些家伙不怎么开心。"我说。

"哦,应该是委员会的人跟你说的吧。"拉尔斯说。货车里爆发出一阵大笑。他们自己也是工会的成员,但不是委员会的"那种人"。"那种人"太顽固了,总是抱怨个不停,搬起石头砸自己的脚,自讨苦吃。他们给我讲的故事里,管理层和工会的形象都不怎么光辉,双方都不肯让步,你争一口气,我要一张皮,僵持不下,特别是在雷控中心。他们讲起一个工会的人在酒吧和管理人员一起喝酒,另一个"工会人"走进来看到了,就特别严肃地说:"不能跟管理人员一起喝酒!"双方最后闹得脸红脖子粗。要是工会的人被提拔到了管理层,那简直是越了界,太过分了!工会的其他人就会在停车场里别住他的车。管理层想在雷控中心张罗一顿感恩节大餐,结果被工会听到了风声,立刻强烈反对:"不能那么做!没人想和管理层一起吃火鸡。"

"在纽约雷控中心吃感恩节火鸡大餐?你他妈的在逗我吧?"

"反正我是听人这么说的。"

"就跟清教徒和印第安人一起坐下来吃火鸡一样?你他妈在玩儿

我吧！"

"反正我是听人这么说的嘛！"

如果说美国还是有地方的空中交管员相当闷闷不乐，那么，"传说中的"纽约雷控中心就是这种情绪最严重的地方。眼前这群人非常了解情况，因为很多人都在那儿干过。

"我在那儿耗了两年半，真是，宝贵的两年半啊，耗在那儿了。"

"我出来了，我逃走了，我活下来了。"

"在那儿工作简直是出卖灵魂。"

"要是有人愿意在那儿工作，他们就有额外奖金，挺多的呢，75 000美元！但还是招不够人。"

"太残酷了，太恐怖了。"

"简直是个大黑洞。"

"龙潭虎穴啊。"

"进去就困死在那儿了，出不来。"

"简直是个茅坑。"

身处其中，你找不到任何写有"纽约雷控中心"的标志。只见一座塔上四处都是胡须一般张牙舞爪的天线和卫星"锅盖"，塔下面是一栋两层楼的灰白色仓库建筑。楼的周围环绕着高高的铁丝网，一天二十四小时都有警察值守在进门处的保安室里，每天轮班的警察里，通常有一个或多个看上去郁郁寡欢，挂着一张苦瓜脸。这个地方不欢迎记者，很长时间都没有人进去采访了。我能进得去，还得多亏布莱恩打了几个电话。我手足无措，万分谨慎，调动了从小到大所有的修养和礼貌，不敢多说一句话，不敢多走一步路。这感觉就像布莱恩要带我去他那脾气古怪、疯疯癫癫的舅舅家做客，而我也没有熟到能随便评价一句"哎呀，真诡异"的地步。布莱恩略有些惭愧地说自己是被雷控中心扫地出门的。两年前他试图做雷达监控，结果应付不下来。和我见过的其他被雷控中心扫地出门的人不同，布莱恩对于自己没能在这里成功干下去耿耿于怀，甚至觉得是人生的耻辱。他本来很想干下去的。用他的话来说，在纽约雷控中心干下去，是对一个空中交管员胆量与能力的终极考验。"不过，其他人都说他们是削尖了脑袋才逃出那个地方的，我想换个角度来说，我还是很幸运的吧。"

上了楼，就能目睹这个地方的繁杂和忙碌：一个没有窗户的房间，大概有一个健身房大小，永远暗如黑夜。里面被分为很多不同的区域，每个区域都有一排排闪烁的雷达示波器。（非工会成员）主管们坐在中间高台的椅子上，看着下面（属于工会）的一排排空中交管员们，每排大概五十个，每个都蜷在工作椅中，像一块块正在融化的奶酪。主管们当起导游，带我四处参观。

"我们每天要管理大概六千五百架航班，"其中一个主管自豪地介绍道，"肯尼迪、拉瓜迪亚和纽瓦克机场的离港和到港都归我们管，还有四十六个相对较小的机场，只要航程半径在一百五十英里以内的，都交给这儿处理。"

"这是很棒的职责，"他说，"怎么说呢，你能获得一种——可能不应该说救世主或者上帝情结吧，做心脏手术的医生更适合这些字眼。但在这个岗位上，你能好好审视自我。想在这儿工作，就得好好控制一下自己，熟悉内心的自我。"

雷控中心的空中交管员，每天的工作就是组织协调飞离和接近各个机场的航班流动。你可以把这想象成一条高速公路，雷控中心的交管员们既要管理来往的车流，也要顾及高速公路本身。在好几十个不同的高度还有好几十条高速公路，他们也要负起同样的责任。随便拿某个时刻举例，在不同高度有十架飞机正在接近，它们都想使用同一个出口：拉瓜迪亚机场。雷控中心的交管员负责疏散和引导，避免混乱。他们让每一架飞机排好队,一架一架地出去,然后将组织协调过的情况转交给机场控制塔的交管员。时间至关重要,空间不可忽视,每架飞机之间至少要相隔将近五公里,但又不能浪费天上的空间,也不能有太大的时间间隔。快快快,行动起来,让十架各自为政的飞机变成一串有序排列的"项链",依次往拉瓜迪亚降落,每架飞机每十一秒就往机场推进一英里。遇到什么事都爱深思熟虑的人可干不了这工作。根本没时间让你靠在椅背上说:"嗯,等我好好想想。"你千万别仔细分析情况,想好一切可能发生的问题,推测每种现象背后的原因。一名成功的雷控中心交管员的秘诀在于,直觉敏锐,富有勇气,雷厉风行,熟能生巧并且感觉准确。

"你必须学会跳跃思维,"那位跟我谈自我的主管对我说,"你必须在看到情况的那一刻马上产生一系列的联想。你可不能说'这样不行——我现在要怎么办呢?',你要说的是'这样不行——那就换这个办法!'。你要随时准备好一套计划,也要清楚什么时候灵活变通。随时都要有备用方案。有时候你还得疯狂些,临场发挥。万一那个人坏了个引擎怎么办?你得有解决办法。你得随时都有主意。你得学会跳跃思维。在家里我老婆就经常跟我讲:'别把我当架飞机似的使唤来使唤去!'真的!在这里,你说的话都会变成现实,有人照着你的指示去做,在家里就不一样了,'你不能那样跟我说话!闭嘴'。这是我最大的问题。我习惯这种工作的状态了。说是救世主或者上帝情结可能不大合适,就是一种……自由精神。我们很多人都有这个问题,思维太跳跃了,工作生活分不清。但这又是必须的。"

等和主管们有了初步的接触和了解,在我的强烈要求之下,一名主管同意陪我到忙碌工作的空中交管员之中去走走。我想和他们聊聊,多问几个人,要么拉到一边来采访,要么一起去酒吧喝杯苏打水,问问雷控中心究竟是不是个臭名昭著的"茅坑",这里的工作人员是不是都郁郁寡欢，聚在一起就开始发泄对工作的不满。毕竟，这份工作关系着成千上万人的生命，他们飞过天空的时候，对自己的生死是毫无办法的，天大的责任落在这群人身上，他们的情绪至关重要。我走过一个个交管员的身边，当然，他们都很忙。但就算是那些拔掉耳机在休息，或是休息完刚刚才进入"插电"状态的人们，都刻意躲避着我的目光。他们就像一群谨小慎微的村民，而前来"视察"的这个女人后面跟着一个大独裁者。

"你说不清楚情况是在开玩笑呢，是不是？"后来我在酒吧见了一个下了班的雷控中心交管员。"要是有管事儿的人在，就不会有人说话，不会有人抬头。这事儿吧，不好说。"

后来我成功地跟一些交管员说上了话，有的是以前在雷控中心干过的，有的现在还在那里。他们无一例外，全都会压低声音向我请求，千万千万别说出他们的真名。不能让航空局知道他们在背后说坏话，也不能让工会知道他们在背后抱怨（针对工会的抱怨可能没那么多，但也不算少）。他们被困在双方的交火之中不能动弹，就像两拨大孩子打架，互相扔石头，结果小个的孩子困在中间，忙不迭地躲着石头。但没有人抱怨工作本身。他们对自己做的事情无比骄傲。（他们言谈中总是提到"上帝"或"心胸外科医生"之类的，"但我们每分钟手里可是握着成千上万条人命啊，心胸外科医生可能一天也就掌握一两条吧"。）除了工作本身，他们厌恶与之有关的一切。他们讨厌航空局像狗一样对待他们，强制加班，一周工作六天，还不能提出任何质疑；他们讨厌每天累得筋疲力竭；他们讨厌花大量时间训练新丁，其中有些人看上去是注定做不来这份工作的，能力简直是渣。"现在招进来的有些人，是干不了其他工作迫不得已才来的。看看那些来参加培训的人，再想想我们手里每天掌握的那些人命，哎呀，真恐怖。"他们讨厌天花板的通风口常常喷出来的黑色物体，不知道是什么鬼。他们怀疑很多同事就是因为这个才得

看不见的美国　　119

了哮喘。这里几乎人手一个（哮喘专用的）吸入器。他们讨厌只能在楼里吃午餐。"我又不是吃什么大餐，就想开车去街对面吃个麦当劳而已。结果他们还是害怕我不能及时赶回来。说实在的，哥手里每秒钟握着几百条人命，我把他们安安全全地送到该去的地方。结果你跟我说我去趟麦当劳都不能及时赶回来？"他们讨厌得不到应有的尊重。他们讨厌那些胆小又畏缩的经理们。"我的经理整天都不出来，根本不来我们这儿看看，面都不露一个，我都不太清楚他长啥样。"他们讨厌发下来的那些文件，每隔一段时间就要发好几次，不停让他们签名，内容无非就是"你不能罢工，这是违法的。你会丢掉工作，这是违法的"。他们也讨厌工会处理目前这种状况的很多方法。比如，工会希望他们不要给管理层留下什么好印象，不要干什么分外的工作。"从小长辈就教育我，工作就要全力以赴，这是我的价值观。结果到了工作岗位才发现完全不是这么回事，我们不能给经理们留下努力工作的好印象，只能说同事之间有个好印象罢了。"想象一下，这就好像一个棒球队员，有意识地站在那儿，懒懒散散，故意不击球，只求把教练气得吹胡子瞪眼，而队友们还一直在旁边欢呼雀跃。

也许他们最讨厌的，是这种没法挪窝的状态，走不了，动不得。想甩掉这个烂摊子，他们就得彻底从这儿辞职，干净利落地走人。任何隶属于航空局的空中交管员都可以申请另一处航空局管辖的工作，但必须要现任经理放人，你才能应聘那份新工作。在纽约雷控中心人手严重不足的情况下，经理是不会放走任何人的。"你困在这儿动不了。他们会直截了当地告诉你。你走不了。那天他们告诉我说，也许，只是也许，我五年内能走得了吧。"

他们一抱怨起来简直没完没了，于是大家就不停抱怨。

他们讨厌目前这种心存愧疚的状态。"本来是一份特别好的工作。很有乐趣。但航空局把所有的希望和乐趣都榨干了。他们毁了这个行业。我刚入行的时候,大家多热情啊,尽一切努力,让尽可能多的飞机节约时间,按时到达。这么多年过去了,航空局给我们施加越来越多的压力,让我们加了太多的班,条件却一年不如一年,所以现在大家的态度是'无所谓啦'。飞机等着就等着吧,等几小时;改道就改道吧,随便,我们不在乎。我们现在工作就是'做一天和尚撞一天钟',差不多就行了,不会额外奉献什么。心态跟过去完全不一样了。不信你去看看五年前到现在的晚点记录,现在的晚点情况绝对要严重得多。我们早就不在乎了。"

当然,影响飞机晚点的因素有很多很多。有整条航线的问题,比如飞行员的短缺、机械上的问题、天气原因等,都能引起蝴蝶效应,影响全国甚至全世界。很多针对联邦航空局的批评都把矛头指向没能及时更新的技术和设备,对此,联邦航空局做出了回应,承诺会斥资220亿美元建立一个卫星监控系统(目前宣布的计划完成年限:2025年)。

飞机晚点中的人为因素是很难量化的,其中包括超负荷工作的团队;满腔怨气,毫无动力的空中交通管员以及在他们看来如同监狱一样的雷控中心。很难说清这些人为因素是否真正造成了安全隐患,不过交通部的总监察办公室已经一再就这个问题发出警告。最近,总监察办公室在国会举证,提醒和告诫每个人,2003年的安全报告中提到"将近90%的地面控制失误(指空中交通管控员让两架飞机离得太近的情况)都是人为因素引起的",人为因素包括了劳累和"情境的影响"等。2007年5月,总监察办公室报告说,联邦航空局"针对这种情况做出的改进甚少"。根据最近国会的报告来看,还是有了一点点所谓的改进,就是开展了一个名为"国家空中交通管控培训"(NATPRO)的项目,旨在"训练空中交管员的智力技能,特别是视觉注意力及扫视能力"。

视觉注意力和扫视能力当然很重要,然而即便如此,还是很容易想到另一个人为因素：管控员们的心情不好。

这个因素重要吗？哎，美国的烦心事已经够多了。对，有的雷达监测员脾气暴躁；对，有的空中交管员早已破罐子破摔。那又怎么样呢？

2009年2月24日，一名空中交管员在国会举证，讲述了最近工作中一天遇到的状况，想向大家说明，一个空中交管员的工作是多么五味杂陈，其间充满了各种各样的冷漠轻视、死气沉沉，以及每天都在进行的思想斗争：大家心里都清楚，他们应该全神贯注；然而很多事情让他们愤愤不平，根本没办法去关注性命攸关的大事。就在此前的一个月，发生了一件闻名全球的英雄事迹，全美航空公司机长萨伦伯格驾驶该公司的1549号航班，在遭遇紧急事故的情况下迫降在纽约哈得孙河上，挽救了机上一百五十五名乘客的性命。

上午好，科斯特罗主席和高级成员佩特里先生。我叫帕特里克·哈顿。在纽约雷控中心做空中交管员已经十年了，从参加工作之初，就一直是美国国家空中交通管制员协会的成员，对此我感到非常自豪。

2009年1月15日成为永远铭刻在我脑海中的日子。这一天的开始相当稀松平常。我于下午12点30分到岗，开始八小时的轮班。下午3点12分，我被派往拉瓜迪亚机场离港的雷达监控点。这个监控点负责处理所有拉瓜迪亚机场的离港飞机。下午3点25分，拉瓜迪亚控制塔的空中交管员告诉我，下一班要起飞离港的，就是"仙人掌1549"①。

这是一次常规起飞，先往西去到第四跑道，往正北，飞行方向角为三百六十度，爬升到五千英尺。而我告诉"仙人掌"爬升一万五千英尺，接着就将注意力转移到自己管控范围内等待指示的另一架飞机了。

---

① 即迫降飞机的代号。"仙人掌（Cactus）"是当时全美航空公司航班的通讯代码。——译者

做完指示后，我又开始监控"仙人掌1549"，指示其左转航向二百七十度，往目的地的方向飞。就在此时，机长向我报告，飞机与飞鸟相撞，导致两个引擎都失去推力，需要飞回拉瓜迪亚机场紧急迫降。

我在瞬间做出决定，为他让出第十三号跑道，这条跑道离飞机目前的位置最近。我指示飞机航向二百二十度左转，以便回到机场。接着我立刻联系了拉瓜迪亚机场地面控制塔，请他们停止一切离港，为紧急迫降的飞机让出跑道。

在我的职业生涯中，一共处理过十个到十二个左右的紧急事件，但从来没遇到过零推力的飞机紧急迫降的状况。我知道这样的情况是多么紧急和致命。

我给出指示后，机长非常冷静地回复说："我们做不到。"

在此期间我很快指示了一架还在监控范围内的飞机，接着又给了1549另一个选择：在拉瓜迪亚机场的第三十一号跑道降落。

机长再次回复："做不到。"

于是我问机长，怎样才能安全降落。此时此刻，我的工作就是积极配合与安排，让飞行员能够尽一切努力保证飞机的安全。

飞行员告诉我，他无法在拉瓜迪亚的任何跑道上降落，但想知道能不能在新泽西降落，比如泰特波罗机场。

之前我分管纽瓦克的区域，所以对于指示飞机进入泰特波罗还是有点经验的，于是我跟泰特波罗机场的空中交管员联系了，我们共同决定，第一号跑道是最好的选择。那是进港跑道，清空跑道进行紧急迫降应该是非常容易和迅速的。同时这也意味着1549将在顺风向进港，这有助于飞行员安全着陆。我给泰特波罗机场负责人打了电话，解释了目前的情况，泰特波罗的空中交管员迅速做出了反应，为紧急迫降清空了一号跑道。

接着我指示机长右转航向二百八十度，朝一号跑道所在地降落。

机长回复："我们做不到。"

我立刻回复："你们觉得泰特波罗机场哪条跑道比较合适？"

机长回复："我们要在哈得孙河上降落。"

我听得很清楚，但还是难以置信地让他再重复了一遍。这些话让我的脑子暂时停止了运转。当时我想，机上那些人有生之年对话的最后一个人可能就是我了。

接着我失去了1549的信号。目标也从雷达监测屏幕上消失了，飞机迅速下坠到纽约的天际线之下。我惊呆了。我当时很肯定飞机坠毁了。

不到一分钟，1549的信号重新在我的雷达监测屏上闪烁。飞机的位置很低，但还是有了雷达信号，这说明1549的某个引擎很可能已经恢复正常了。这点微弱的希望就像救命稻草，我告诉1549可以在七英里外的纽瓦克机场第二十九号跑道降落，但没有人回复我。接着我又失去了雷达信号，这次再也没找回来。

我一生中从未感到如此绝望和沮丧。我想听听老婆的声音，让她安慰安慰我。但我很清楚，如果我一开口说话，或只是听到她的声音，就会彻底崩溃。

最后我匆匆发了一条手机短信："有架飞机坠毁了。感觉很不好。现在没法说话。"

我的向导布莱恩邀请我到他家吃晚饭。他家位于长岛的蓝点（Blue Point），每天上班要花一个小时，不过他并不介意。驱车前往的路上，他告诉我，小时候参加少年棒球联合会的时候，教练就是个空中交管员。他总是仰望着他，心想："真是帅爆了！"到了1980年代，《壮志凌云》这部电影家喻户晓，布莱恩就觉得自己应该做电影里那样的英雄飞行员。于是他去上飞行课，幻想有一天能够带着一身荣耀翱翔蓝天。但现实往往与想象差距甚远，就像所有负责任的男人一样，他最终被选入了联邦航空局空管学院。还有很多跟我聊过天的空中交管员告诉我，这份工作是退而求其次的选择，是梦想被无情打破之后的无奈之选。乔学的是历史，希望做个历史老师；拉尔斯大学时的专业是地理和化学；安迪曾主修过平面艺术；加里也梦想过做一名艺术家。他是在长岛长大的，小时候经常经过拉瓜迪亚的地面控制塔，从路上望过去，那座建筑就像一个花瓶，中间有点微微的凹陷。加里回忆说，他有想过要在这座塔里工作，因为它的形状是如此美妙。

　　回了家，布莱恩的老婆凯西做了意大利面来招待我。布莱恩迫不及待地摘下领带，不断活动着脖子。他还没习惯脖子上绑这么个东西。"跟狗绳似的。"几天前，他升了职，成了拉瓜迪亚地面控制C组的主管。当然，伙计们都会拿他的领带开玩笑。然而，这条领带意味着布莱恩已经脱离了工会的阶层，升入了管理层。嗯，"升"了。不过加里、拉尔斯、蒂姆以及队里的其他人对这个事实一点也不在意。他们觉得对布莱恩来说这是件好事，那就够了。此时此刻，布莱恩正在清洗他今天带去上班的马克杯。杯子上刻着"爸爸，我们爱你"。布莱恩的爸爸在他五岁时不幸去世。所以布莱恩做爸爸的时候，好像把自己爸爸没来得及做的那一份也补上了。他努力为家里挣钱，是一个非常负责任的男人，现在又升了官，能给老婆更好的生活，给孩子们更好的未来。

　　凯西做的意面分量大得惊人，因为她最近才知道，吃不完的还可以冻起来。布莱恩经常对"乐鲜"牌酱汁的美味赞不绝口，但凯西还是坚持自己做酱汁。饭后甜点也是凯西自制的苹果派。孩子们常常把礼貌用语挂在嘴边，"请"和"谢谢"简直成了口头禅。不过他们也承认有点过了，因为"爸爸要我们做非常非常懂礼貌的孩子"。我们坐下来一起

看不见的美国

吃饭,结果我的电话响了。我没接,但又响了两次。我只好道歉,查了语音信箱。原来是个怒气冲冲的工会代表,他在雷控中心工作。之前我们约好晚点见面来着。他要跟我说说雷达控制中心的情况,而且我可以据实报道。结果他在语音信箱的留言让我大失所望,"我不干了",他说他知道我在"和管理层对话",所以不想见我了。

"管理层?"他说的是布莱恩吗?真的吗,布莱恩?!还有,这个工会代表怎么知道我在跟布莱恩吃饭呢?他说的到底是不是布莱恩呢?会是谁背后捅了我一刀呢?我挂了电话,回到餐桌,跟布莱恩只字未提。我可不想倒了谁的胃口。

第二天天亮前,我在诺斯伯特东边的"家用商品一元店"跟拉尔斯、加里、蒂姆和埃里克碰了头,跟他们拼车去了拉瓜迪亚机场。埃里克昨晚去了蟑螂老爸乐队的摇滚演唱会,导致现在双耳还处在休眠状态。蒂姆玩 Xbox 战果不佳,这时候正气鼓鼓的。加里则在回味让他手不释卷的《厨房秘事》。开车的是拉尔斯。我跟他们讲了语音留言的事。

"不可能吧!干得漂亮啊,真他妈的漂亮!"

"简直忍不了啊!"

"雷控中心就这德行,宝贝儿!你得跟工会那帮人跪下才行!"

"哎呀,他们真热情,张开双臂要拥抱你啊,我真是爱他们,爱得受不了!"

"所以我们还没签合同。就因为这个。就是这个原因!"

"胡说八道。国家空交管委会原来是老大。但现在不是了。所以他们特别生气,要找点存在感。"

"他们做老大的时候也没见高兴到哪儿去。整天一副苦瓜脸,好像大家都欠他们似的。"

"哈哈,兄弟,说得好啊!"

并不是说这些人就更同情管理层了。不如这么说,他们既不靠拢管理层,也不偏向工会。他们只是厌倦了这场毫无意义的拉锯战。

我们行驶在繁忙的白石高速公路上,车一辆接一辆在身边呼啸而过。大家绞尽脑汁也想不明白,为啥拉瓜迪亚机场控制塔的气氛和雷控中心的感觉是那么的大相径庭。

拉尔斯大胆推测说,也许,拉瓜迪亚还没雷控中心那么像"人间地狱",要部分归功于里奥,在九楼办公的拉瓜迪亚控制塔经理。"不管他看上去怎么样,这人心眼儿还是挺实诚的。"你可以和里奥畅所欲言,可以跟他请一天假去为踢足球赛的孩子加油,他不会因为这些要求把你嘲笑一番赶出办公室。里奥不是联邦航空局的喉舌。楼下有个狭窄拥挤的会议室,射进窗户的阳光过于刺眼,于是有人把印制板嵌在窗棂上权作挡光用。里奥每个月都要在这个会议室里进行几番鼓舞士气的讲话。他热爱自己与生俱来的力量,将这种爱和力量内在消化之后,再喷涌而出传递和分享给他人。"我全心全意地信任你们。每天都是如此。我拥有的就这么简单,就是信任。因为你很有可能会问自己'我到底在这里做什么'。晚上睡觉和早上起床时,你有没有这个自信说自己没有做错一件事情?这事儿我可帮不了忙。这不是我该背负的担子。这副担子是挑在你们自己肩上的。这关乎公众的交通安全。所以你们要全神贯注!你们全神贯注了吗?我要看的是会不会有事故。千钧一发之际,你的目光落在哪里?你在想什么?为什么你花了X、Y甚至Z秒才反应过来?你要么跟我解释,要么我给你个机会,顺着航道走下去,跑到挤满乘客的地方,举起你的手告诉他们:'你们好,我就是要控制你们航班的空管员,哦,差点忘了说,我不太能集中注意力。'听我说,要是你觉得你的行为和他们的生命之间并没有那么紧密的联系,你是在自欺欺人。你在骗自己。对,你在欺骗自己。"

这些听起来可能都是老生常谈,能让耳朵起茧子。但可怕的是,字字句句都是真理。

看不见的美国

一般这样的演讲一月一次，员工们要定期接受培训，进行技能更新。接着看一些影片，都是其他控制塔的"跑道入侵"① 事件，然后想想自己可以怎么避免类似的情况。接着要观看联邦航空局制作的影片。都是关于航空科技的各种发展和演示。在"上天入地大冲击"的一番视觉体验之后，开始播放 GPS 定位之类酷炫的科技。以前，影片放完大家就可以回家了。但现在航空局规定，培训一定要满八个小时。所以看完电影之后大家必须还得坐在那儿，要么看看报纸，要么吃点饼干，聊聊昨天晚饭的鸡翅有多难吃。不管做什么，一定要呆满八个小时。其实没那么糟糕啦。没必要不守规矩，惊动工会代表"大人"们。

关键在于，你跟谁一起干坐，跟谁一起聊天？

大家把加里、拉尔斯、埃里克和蒂姆统称为"拼车队"。他们每天同进同出，拼车前来。轮到用埃里克那辆小破卡车的时候，大家都不高兴，不过也忍了。下了车，他们就融入控制塔上其他的 C 组队员中。大家都在和高峰期作战，一遍又一遍，一遍又一遍，一个上午就跟打仗似的过去了。加里一边把脖子扭得咔嗒咔嗒响，一边看着他刚刚指挥到四号跑道的 MD-80。这混蛋到底走不走啊。这是一架美联航空的 MD-80，在空管员的词典里，这等同于"老不死"。"兄弟，你还在等什么？"没人能理解为啥 MD-80 的那些飞行员动作这么慢，要花那么长的时间在跑道上。加里只能静静看着，祈祷它跑快点。天上还有架 RJ 等着降落在三十一号跑道上；他告诉飞行员不要呈锐角俯冲，尽量平缓地在天空中转弯。"老兄，你还得等一段时间。我这边还有一架 MD-80 要起飞。你他妈的先转着弯等等哈。"

"我觉得你可能应付不过来了吧。"卡米尔说。她回到出租车协调员

---

① 国际民用航空组织（ICAO）于 2006 年 4 月 27 日规定了"跑道入侵"的定义：在机场中发生的任何涉及错误地出现在用于飞机起飞和降落的保护区表面的飞机、车辆以及行人的事件。——译者

的岗位上，监控着眼前的一切。她那个位置可以说是外场。出租车协调员会帮助负责地面和局部控制的人，成为他们的另一双眼睛。

MD-80就像一个年迈的老太婆缓缓从椅子里站起来似的懒洋洋地移动着，沿着四号跑道滑行。空中的那架RJ出现了，一开始不过是希叶体育场那边的一个小点，接着越来越大，终于完全进入了视线。两架飞机正朝着彼此的方向前进，跑道也是互相交叉的。太快了，时间太短了。就快出事了。MD-80还没滑出交叉点之外呢……他妈的。"让着点！"加里往话筒里吼了一声，让RJ暂时停止降落。离MD-80太近了，真的太近了……飞机俯冲而下，接着又突然间上升，好像干净利落逮到鱼吃的海鸥。

"复飞①！"卡米尔喊道，让所有人提高警惕。"有架飞机复飞了！"

加里问埃里克是谁在管那些越来越接近机场的小直升机和私人飞机。要是有哪一架在两千英尺之内，那么很有可能会妨碍到这架复飞的飞机。埃里克说他手上一架都没有。于是加里指挥RJ上升两千英尺，飞到雷克斯岛上空；卡米尔发无线电报给雷控中心，说我们这边有架飞机复飞了，你们要重新排序。

"嗯，我知道刚才是有点险。"加里对其他组里的成员说道，语气里满含抱歉。拉瓜迪亚每年能碰到成千上万复飞的情况。在这样一个机场，随时都有千钧一发的险情；任何事情都要在转瞬间做出决定；一切都是由这些"草率决定"来决定的。两架飞机经常头对头地冲向对方。而用钢铁般坚强紧张的神经和不同寻常的勇气防止这些飞机相撞的，是人，仅仅是人。

"我知道刚才有点险。"加里又重复了一次。

"要是那堆屎一样的东西被撞坏了，没人会觉得可惜。"拉尔斯说。

---

① 指飞机着陆不成重新飞起。——译者

看不见的美国

"要是那群人稍微听点儿话,就不会有什么问题了。"乔说。要是美联那边的飞行员滑行快点,就不会有问题了。要是 RJ 听话地转了大弯,就不会有什么问题了。要是雷控中心在到港飞机之间多他妈的间插一些空隙,就不会有什么问题了。要是肯尼迪那些该死的晚点没那么……嗯,好吧,先不说肯尼迪了,今天到现在为止肯尼迪机场还没给拉瓜迪亚找什么麻烦。不过等着吧,肯定会来的。

"我们"和"他们"。全取决于你在哪个团队。这里就是你的团队。这里是 C 组,这里就是家。这里的人们都棒极了。

乔站在一台电脑显示器前,不断戳着屏幕,好像想唤醒一只死猫。"嘿,蒂姆,过来一下,"他说,"我这触屏好像不大管用了。你能把那架'仙人掌 RJ'安到舰艇前面吗?"他把拉尔斯也叫了来。"我们这触屏又不好使了。"他跟拉尔斯说。

"我的个天——"

有一天,正能量爆棚的控制塔经理里奥邀请我出去抽支烟。我们穿过十楼的一扇灰色小门,来到控制塔上的观景台。里奥晒得皮肤黝黑,脸上棱角分明,身高不算出众,带着点小小的邪气。"以前那些日子,"他怀旧起来,"大家付钱跑到这个观景台上来看飞机。你知道不?曾经有那么一段时候,一切都很有趣,很重要,是个值得来的地方。"

风有些大,打火机很难打起火来。天空湛蓝,点缀着白云。从这里看,曼哈顿也大得有限,建筑井井有条,排布横平竖直,仿佛一伸手就能给这片"田地"除除草。

"我们可不是菲尼克斯机场[①],你懂吗?"里奥张了口,可是一架波音 757 正好轰鸣着起飞,他不得不用吼的。他可是个大人物。他负责管

---

① 亚利桑那州最大机场,全美第八繁忙的机场。——译者

理这片区域的二十四座控制塔，其中包括纽瓦克和肯尼迪机场。但拉瓜迪亚机场的控制塔虽然小而忙乱，却是他最宝贝的"小亲亲"。

"不是说菲尼克斯的人就不好，他们很好。"他说，"但这里是有历史的呀。他们可是在 1964 年的世界博览会展示了这个控制塔哦！阿梅莉亚·埃尔哈特①还在这个机场降落过呢……还有很多人都光临过这里，早期的那些飞机制造者。这些人不仅仅提出了飞行的概念，还亲手制造飞机。他们就降落在这块地上。"

他颇富戏剧性地停顿了一下，斜着眼不知道在看什么，也许那是一个只有他才能看到的世界。"我会让这些新来的空管员们明白，他们所处的地方有着什么样的历史。"他说，"这个地方有生命，有灵魂。伟大的人物曾经光临此地，写下他们的故事。这些故事能够永远地萦绕在大家的灵魂之中。我努力想让大家明白，这个地方毫无宽恕可言；在这儿犯一个错误，你会歉疚一辈子。"

我想，管理层有个这么富有浪漫情怀、道德良心和骑士精神的人，应该是件好事吧。有时候这个家伙看上去真是无可救药，你抿抿嘴，甩甩头，简直想一拳打在他下巴上让他醒醒。但我告诉里奥，他真是太棒了。我并没有真的用"棒"这个词。这个词最近成了我的口头禅，让我觉得自己词汇匮乏。不过只有在这儿，在拉瓜迪亚机场控制塔，才会让我停不了口地说。我们转身面向南方，看着逐渐隐没在阴影中的希叶体育场，小型直升机盘旋在上空。我们大赞"明年就修得好"的拉瓜迪亚机场新控制塔；拔地而起的建筑已经在这里存了将近一年，这是个看得见摸得着的空欢喜。这是个巨大的建筑，当然有那么点像男性生殖

---

① Amelia Earhart，是一位著名的美国女飞行员和女权运动者。是第一位获得十字飞行荣誉勋章的女飞行员，第一位独自飞越大西洋的女飞行员。她还创造了许多其他纪录。她把自己的飞行经历写成书，非常畅销。还帮助建立了一个女飞行员组织。1937 年，她尝试首次环球飞行，在飞越太平洋期间神秘失踪。1939 年 1 月 5 日被宣布逝世，至今她的生活、经历一直令人神往。——译者

器，七十多米，高耸入云。最近建筑四周都被搭上了脚手架，这是个很鼓舞人心的现象。顶上伸着巨大的红色吊臂，一动不动，像是被谁画上去的。

"你面前可是 6 300 万美元啊，"里奥说，"那是咱的新控制塔。我们明年就要搬进去了。真的，他们这次是来真的了，不是哄咱们。"

2010 年 10 月 9 日，新控制塔投入使用了。这次大家真的能搬进去了。旧的控制塔有点挡视线，不能看到跑道全景。因此上面计划把旧塔拆到只剩四层，用作储存仓库。

在接下来的半年里，全国有九个空管员被发现值班时打瞌睡，其中包括一个控制塔主管。那是他连续第四天午夜值班了。于是在午夜时分的里根国家机场，他闭了闭眼。结果两架喷气式客机的飞行员没法通过无线电联系到里根国家机场的空管员，只好自行降落。

针对这种情况，联邦航空局进行了一系列"防止疲劳推荐措施"。科学家、美国宇航局研究院、国家空中交通管制员协会和属于联邦航空局的一些专家都说，休息时间短暂打个盹对保障公众安全至关重要（日本和德国的控制塔里面都有比较舒适的睡眠空间）。

"在我手上，空管员们可不能拿钱去睡觉啊。"运输部长雷·拉胡德却言之凿凿地回绝了。

2010 年，全国的空管员错误率上升了 53%。

联邦航空局继续开足马力推进它的"新一代，现代化"项目，也就是所谓的"自 1950 年代发明雷达以来空中交通管制的最大变化"。由于软件故障层出不穷，目前为止这个项目的花费已经超过了 33 000 万美金。而这个系统的目标是，让飞机能够彼此飞得更近，再增加三分之二的飞机数量让空管员们去管理，让各个机场达到空前的繁忙。

枪支"保佑"美国

亚利桑那州,尤马市①,斯普瑞格体育用品商店

"州外居民可在亚利桑那州购买枪支!"斯普瑞格体育用品商店的柜台后面,大大的标牌在招揽着生意。"立即询问店员。"于是我找了个名叫罗恩的店员想问个究竟。罗恩个子矮矮的,敦实得像块火腿,理着平头,看上去很是亲切友好。他靠在一个玻璃柜边,里面装了几百支锃光瓦亮的手枪。"你买这些的话,情况要特殊一些。"他解释说要是我想买手枪的话,他得送到我定居的州,然后我在那里再进行登记,成为枪主。"这是联邦的法律,亚利桑那州就做不了主了。"接着他又指着身后那面墙,一排狩猎步枪如等待检阅的士兵,整整齐齐地挂在墙上。"如果买这些,那今天就能拿到——那边那些也是。"他边说边把我带到商店的另一个角落,两个戴着鸭舌帽的年轻男子和一个拿着亮片钱包的女人正在一排 AK‐47 突击步枪前徘徊。

"这些看着可真强悍啊,你也觉得吧。"一个男人说道。他后袋上还插着一支缩短型卡宾枪②,插枪的方式很像史泰龙。

"说不好,"女的说,"我觉得看起来有点太吓人了。"

"本来就要吓人啊。"

"他们应该做成粉红色的,"她说,"肯定会很可爱,是不是!"

"你他妈的在逗我?"

"他们应该弄点 Hello Kitty 什么的!"她说,"如果有 Hello Kitty,我

看不见的美国　　133

二话不说就买了！"

"我的老天爷啊，"另一个男的说，"谁要被你一枪崩了肯定死得特别惨特别怂。你自己想想，居然是被一把 Hello Kitty 枪给打死的！"

看不出来罗恩是不是有意在听这番对话。我们两人紧闭着嘴唇，露出一个礼貌的微笑。"你要看些什么呢？"他问我。这时候那个男人继续演示自己被 Hello Kitty 枪打死的怂样，而那个女人则继续折磨他，说什么子弹应该弄成七彩的。

我并不想买什么突击步枪，手枪更不在考虑范围之内。但我满怀好奇，很想知道买枪是一种什么感觉。购买流程是什么样的，都会有什么交流往来。我承认，这完全是我的知识盲区。在我定居的地方，要是谁说一句"嘿，我想买支枪"，肯定立马全场沉默，大家都不知道这话怎么接。他们要么觉得你在开玩笑，要么会想你是不是遭到什么威胁想要寻求帮助。我居住在东部，交际圈里找不到有枪的人。没人想买枪，要是偶尔有人说起枪，也跟卡通片里一样爱憎分明：枪是个坏东西，是想做坏事的坏人才有的东西。只有糟糕的事件发生时，我那边的人们才会考虑枪支的问题，比如一个疯子闯进人群扫射，之后我们就会一遍遍地进行同样的谈话：这些该死的枪，该死的人啊，居然还有混蛋坚持认为持枪是对的。

而现在我来到亚利桑那，最支持持枪的一个大州，听听除我们之外其他美国人对于这件事情的看法。47%的美国人上报说自己至少拥有一支枪；美国是全世界持枪人数比例最高的国家。如果说持枪的公民是我们国家的标志之一，怎么我就从来没遇到过呢。

在亚利桑那，任何年满十八周岁的人都能购买突击步枪，年满二十

---

① Yuma，位于亚利桑那州西南部的城市。——译者
② Carbine，即马枪、骑枪。它是枪管比普通步枪短，子弹初速略低，射程略近的较轻便的步枪。——译者

一岁就可以购买一把手枪。你可以带着你的枪,上膛也行,不上膛也可以;藏起来没事,明目张胆也没人管你;你可以去州内的任何一个地方。就我所知,IHOP松饼店①是尤马唯一明文禁止带枪进店用餐的地方。"不用说啦,很多人都不会去那里吃饭。"罗恩说。在他身后的货架上,突击步枪们以千篇一律的呆板样子站立着,像一根根台球杆。黑亮的颜色,看上去很结实。弹药盒一个比一个长,嚣张地伸展着,颇有点性暗示的意味。在我这门外汉眼里,这是一个杀手在黑市上才能买到的东西,而我现在是在一个居民区对面,一个人来人往热热闹闹的生活区啊,这是怎么回事?

"想不到你也有把突击步枪呢。"我对罗恩说。

"突击步枪这东西不存在好吗,"他反驳,"这些应该叫做军旅式步枪,或者现代运动步枪。"

"但这些就是突击步枪啊。"我强调了"突击"两个字,电视上放得也太多了。

"媒体用'突击'这个词真的是太没脸没皮了,"他说,"这些步枪什么时候'突击'到什么人了吗?"

接着他又说这些步枪我想买多少就买多少,今天就能抱个军火库出去。"这些枪对我们的产业发展帮助很大的,"他说,"吸引了新的一代,整整一代。"斯普瑞格出售的武器种类很多,很多在其他商店根本没货。名声在外,店员们深以为荣。斯普瑞格连锁店的网站上高调地宣称:"我们专门销售很多高档枪,还有那种'政治不正确'的枪,有加长弹盒。"附近的加利福尼亚是美国禁止使用袭击式武器的七个州之一,很多加州人慕名而来,就为了亲自看看这些枪。"有没有看中哪一把想试试的?"罗恩问道,"隔壁就有射击场。"

---

① International House of Pancake,美国最知名的早餐馆,以美味松饼著称。——译者

我让他帮我选。

"这要看个人口味的,"他说,"看你想有多强大了。"

他取下一把柯尔特式 AR15－A3 战术卡宾枪,咔嗒咔嗒地检查一番,确保没有子弹,然后塞了个空弹盒进去,递给我。手感很假,真令人失望。如果是水枪或万圣节的道具,那手感还算不错。我别扭地拿着这把枪,笨拙得好像一个婴儿努力想用叉子吃饭。罗恩一眼就看出我不适合这把枪。

"要是你比较激进,比较有军旅范儿,那 AR 就是为你量身定做的,"他说,"不过看得出来,你不是那样的人。"

我问他,要买这把枪的话,需不需要告诉他我为什么要买,或者准备用这枪干什么。他斜眼瞥着我,无奈地一笑,虽然还是很礼貌,但一副对我很无语的样子。"你说,你需要干什么?"

"就是,我为什么需要一把这样的枪呢?"我问,"来买枪的原因是什么?"

"哦,我觉得,要是有人问起,那就说《第二修正案》[①] 赋予了你这个权利,但除此之外嘛……"

有一件事我特别想跟罗恩和斯普瑞格店里的人们谈谈,那就是令整个亚利桑那为之蒙羞的"2011 图森大屠杀"。我一直在犹豫,什么时机提出来会比较合适。那次大屠杀很……好吧,找不到形容词,但就是大屠杀啊。我当然担心提这个会扫大家的兴。

那是令人恐惧的一天,其中的一个小细节总是让我难以释怀。那天早上,贾里德·洛克耐尔开着父亲的车去射杀加布里埃尔·吉福兹之前,先干了些很琐碎的事情。他在伊娜路边的 OK 便利店停下买了点吃的,接着跑去沃尔格林连锁店取了一些洗好的照片,然后来到附近购物

[①] 美国宪法《第二修正案》为美国《权利法案》的一部分,于1791 年 12 月 15 日被批准。本修正案保障人民有备有及佩带武器之权利。——译者

中心的沃尔玛超市，想给自己的格洛克手枪补充点弹药。所有报道都提到了这一点，这是整个计划中至关重要的一环。后来，沃尔玛公司高层接受采访时一直拒绝谈论当时接待他的收银员，我们也无从得知其姓甚名谁，这个人（也不知是男是女）当时拒绝向洛克耐尔出售弹药。于是洛克耐尔扬长而去，去了六英里外的另一家沃尔玛，买了足够的弹药，装满了两个十五发和一个三十三发的加长弹药盒。几个小时后，他向喜互惠食品超市的人群发射了这些子弹，造成六人死亡，十三人受伤，议员吉福兹也在其中。

为什么第一个沃尔玛的收银员拒绝出售子弹呢？又是怎么成功拒绝的呢？这个人发现洛克耐尔有什么蹊跷吗？作为一个普通公民，他怎么有权力或是气魄拒绝出售子弹呢？这些问题至今也没有答案，甚至当时在媒体日夜不停铺天盖地地报道这场血腥事件时，都很少有人问起。这位神秘的沃尔玛收银员在报纸头版出现得快，消失得也快。之后，可能有些人，至少我自己，心中萦绕着一种未完成的不甘，挥之不去。这么说，站在前沿保护美国免遭疯狂杀人魔扫射的就是这些人吗？沃尔玛的收银员。运动商店店员。拿着最低工资，忙碌地扫着条码，出售足球、鱼竿和一盒盒洗衣粉的人们。

罗恩是土生土长的尤马人，在斯普瑞格已经工作二十七年了。他有好几个同事也在这儿干了至少二十年。在店里转来转去的所有员工个个轮廓分明，制服衬衫的扣子扣得一丝不苟，口袋上绣着各自的名字。他们对这份工作展现出极大的尊重，让我想起旧日里那些百货商店的鞋类售货员，总是西装笔挺，拿着上档次的鞋拔。店里灯火通明，一尘不染，数百个山猫、土狼和驼鹿标本上几乎纤尘不染，找不到一点蜘蛛网；它们立在高高的柜子上，而柜子一类的家具上也没有一点指纹或污迹。"动作要快，要画圈打转，都是依靠摩擦力和热气。"一个店员正在

看不见的美国

给另一个解释怎么把玻璃擦得干净亮堂。废纸和碎屑一产生，就被扫干净了，跟迪士尼乐园的标准是一样的。时刻待命的店员人数很充足，任何顾客都不用等，一定有专人接待。店里的布置比较像精品店：装满子弹的彩色盒子像糖盒一样堆在收银处，卫生间附近是一大柜子和枪械有关的书和杂志。专门设有手枪皮套区，手枪保险柜区和光学设备区。那里的广告牌上写着："超过七十五种双筒望远镜！一百多种步枪瞄准镜！"刀具区的上方是一盏盏闪亮的碘钨灯，强光聚焦之下，每一片刀尖都闪着霍霍寒光。另外还有执法工具区：手铐、指铐、脚镣、电棍和电击枪等。商店的每个角落都安装着光滑的纯平彩电，无声地播放着惊心动魄的追逃场景，背景音乐则来自认真卖力的乡村歌手，整个商场飘满了阳光向上的歌声，宣扬着不求回报的爱、勤奋努力的工作以及喝杯威士忌解解乏的清爽。

　　枪支被安置在商店后方，店里的客人基本上都集中在这里。

　　"我有六把手枪，五把都是在这儿买的。"一位老人告诉我。我在等罗恩，他去后屋找我可能会喜欢的枪。"我有五把步枪，全是在这儿买的，"老人继续说道，"我花了很多时间重装弹药。我的朋友们都去世了。"他顶着一头稀薄的银发，瘦长的脸上肌肉松弛，长了几块老人斑。"你知道离婚最大的难题是什么吗？就是卧室。很多时候都是男方的过错。就跟该死的兔子似的，忍不住，总是出去'偷吃'。"

　　听他这语气好像我俩舒舒服服坐在摇椅上，中间摆着一盘可有可无的西洋棋。我很喜欢斯普瑞格这一点，这里有种百货商店的感觉。大家会因为买东西形成小团体，陌生人成为朋友和邻居，讨论这把枪怎么好，那把枪行不行，并彼此分享自己的故事。"11月，我妻子离开了我，"老人说道，"结婚都六十年了。现在我的孩子一直劝我去加利福尼亚跟他们住。我的医生问我：'你的生活方式是什么？'我说就是玩枪。他说：'那你就呆在尤马哪儿也别去。'"

罗恩回来了，手里拿着两把突击步枪。"你好啊，"他向老人打招呼，"今天又是什么风把你吹来啦？"

"和昨天一样。"

罗恩将突击步枪轻轻放在柜台上。他告诉我两把枪的型号不同，一把是史密斯-威森 M&P15，另一把是赫克勒-科赫 416。它们看上去和 AR 一样威风凛凛，但是小口径步枪，罗恩说比较容易操作。

"所以这就是新手适用的突击步枪吗？"我问道。

"根本没'突击步枪'这回事。"罗恩一字一顿地说。

史密斯-威森 M&P15 售价 425 美元，厚厚的枪管上包着亮橙色的硬纸板，上面写着"大威力"。而赫克勒-科赫 416 是德国制造，上面刻着白色的字母。可能因为外形更经典上档次些，卖得也比较贵，529 美元一把。但史密斯比较轻，拿着方便，亮橙色的包装看上去很让人兴奋。"就这把吧。"我说。

"好，那你来填下这些表格。"他递给我一式六页的政府表格，叫我不要写错字，不然就要全部重来。"不能涂改。"他说。

在美国买枪的都需要填写酒精、烟草、火药与爆炸物管理局（ATF）[①] 发放的 4437 号表格，一共有三十六个问题，填好后交给枪支零售商。店员用表格上的信息和 NICS 联系，这是联邦调查局的全国犯罪背景速查系统（全年除圣诞节外每天开放查询）。会有一名检测员运用一系列数据库认真核对你的回答，确定没有填写不实信息。几分钟后，店员就能知道结果，要么继续售卖流程，要么拒绝，或者延迟两三天，让 NICS 进行更深层次的调查，做出比较稳当的决定。

请打印表格

[①] 英文全称为 Bureau of Alcohol, Tobacco, Firearms and Explosives，以下采用简称 ATF。——译者

你是在逃人员吗？

你曾经被权威机构鉴定为"心智不健全"吗？

你是否得到法庭限制令，限制你骚扰、跟踪或是威胁你的孩子，你的亲密伙伴或是这位亲密伙伴的孩子？

你是否曾在法庭上被判刑事重罪，或被法官判处一年以上徒刑的其他罪名？（包括实际服刑期较短和缓刑的情况）？

……

我站在那儿面对这份令人困惑不已的表格，一个男人走上前来，代替了身边那位健谈的老人，开始跟我攀谈起来。这个男人相当壮实，穿着红色的T恤，脖子后面挂着太阳镜，这是尤马流行的穿戴。"你说你是新手啊？"他说，"这把枪选得不错。赫克勒-科赫耗材太多，你多付的钱其实就是多买了一堆铁。"

"我就是这么想的。"我撒了个谎。

"我也给我孩子配了把一样的，史密斯的。"他说。

我看着眼前这个人，他太年轻了，孩子肯定未成年。

"慢着，你孩子多大了？"我问道。

"六岁。"他说。

理查德·斯普瑞格是斯普瑞格的主人。瘦高个子，五十来岁，脸上好像被凿子雕琢过一般棱角分明。灰白的头发乱糟糟的，一身户外运动装却干干净净，熨得很平整。亚利桑那州其他的枪支店一听说我要进店采访，问关于枪支弹药售卖的问题，几乎都是一副不高兴不欢迎的样子。只有理查德毫不犹豫地答应了，让我在斯普瑞格想呆多久呆多久，还可以去柜台后面和后屋，包括隔壁的射击场，想去哪儿都行。我觉得他这么做需要很大的勇气，特别是2010年《华盛顿邮报》公布了一项调查结果指出，在墨西哥的很多犯罪现场中发现从美国售出的枪支，按照数量，斯普瑞格榜上有名，排在第十一位。我们聊起这颇富争议的话题，理查德说他和员工们警惕性总是很高的，提防着那些所谓的"稻草买主"，他们会帮没通过背景审查的人买枪。"遗憾的是，"他说，"有些人的确是在走出我们店之后才第一次犯罪的。"

墨西哥边境距离尤马不过短短十三公里。因此，这个排名可能只是因为地理位置，而并非不计后果的疯狂出售。不过，这样一来就一点也不劲爆了。而且那份调查醒目大标题后面的数字也很容易让人误会，其实，走私到墨西哥的枪有六万把之多，令人惊叹；但查到从斯普瑞格卖出的不过五十五把。

理查德的办公室正好能俯瞰枪支陈列室。里面有张海报尺寸的黑白老照片，八十多年前拍的。当时他的祖父来到尤马，居然买下了沙漠里寸草不生的一块地，盖了一个旅馆，也就是现在的商店所在地。周围则逐渐发展成了拥挤的城郊居民区，人口和设施都不断老龄化。1950年代，理查德的父亲在旅店生意之外发展起了枪支售卖，接着枪支店就有了自己的地盘。多年以来，理查德一直在翻修扩建。2005年终于修建了一栋全新的楼，除了超市，还有十条射击道和二十五码空调开放的射击场，设有咖啡卡座，单独的射击场，配备了课桌椅和写字板的教室。当然还有办公空间，员工休息区和面积约五百九十二平方米的展示厅，前面设有稳稳当当的金属长椅供大家伙休息。小"童子军"们可以趁机兜售他们的彩票和饼干。

他是个忙碌的男人，眼神很敏锐。说起武器和武器产业，他语气平缓，有坚定的责任感，就像在说"洪水保险"之类的事情。但他对枪支说得不算多，反而时时刻刻把家人挂在嘴边。他跟我讲起自己的哥哥，因为心脏问题英年早逝，曾在好莱坞工作，教史泰龙、施瓦辛格和其他动作明星们如何酷炫帅气地摆弄大型枪支。他骄傲地说起斯普瑞格家族的奋斗史,但也有点伤感自己是平辈中唯一在世的了。我都没问,他就和盘托出自己离过婚又再婚,终于找到了艾莉森,那个对的人。他带我回家做客,逗弄家里的杜宾犬;还担任起我在尤马的导游。这里生活舒适,人口只有九万三千左右,市中心完好地保存了土砖建筑的风貌,十分亲切可爱。河岸边是舒适的公园,孩子们在戏水,家人们则在铁树下快乐地野餐。这是一片肥沃的土地,吉拉河在这里将自己的波涛全情汇入科罗拉多河。这里绿树成荫,阳光灿烂,温暖如春。每逢冬天,怕冷的人们总会驱车前来,白闪闪的出游车排成一排,达数英里之长,可与天际线相接,蔚为壮观。

理查德和艾莉森带我去了"尤马大集市",那里有个VIP专用的家庭拖车,里头的墙上挂着历届集市主席的照片,理查德也在其中。我们和街坊邻里在露天的地方享用了猪排、土豆和玉米;《西部地下》专辑里的乡村音乐曲调在空气中悠扬地飘荡着,我们也不自觉地跺着脚打着节拍。附近的尤马海军陆战队军用飞机场起飞了两架战斗机,从我们头上呼啸而过,那一瞬间,我出于本能缩起了身子。理查德却一动不动,望着飞机划过的天空说:"这是自由的声音。"

他很为尤马自豪。希望我也能有一样的感觉。我告诉他我的确很喜欢这里。他也很为这里的武器产业自豪,也希望我能和他感觉一致,这一点我只能努力试试。前面说到,在我来的地方,你一提起要买枪,四周都会变得静悄悄。但在尤马,你说"嘿,我想买把枪",那不过是司空见惯的事情,就像去取干洗的衣服,或者剪个头发什么的。

枪支也能带来乐趣。艾莉森喜欢抛靶和双向飞碟射击,于是有天她带我去玩射击。我们驱车十五英里来到沙漠地带,这里有个斯普瑞格经营的露天射击场。我们轮流举着长枪瞄准天空中飞旋而过的橙色泥鸽,每只大概有冰球那么大。抛靶(飞向远处的圆盘)和双向飞碟(它们会呈现弧度地从空中划过)这样的射击游戏不会伤及任何生命。如果你瞄得准,泥鸽子就在空气中砰一声四散开。我一般要打二十五枪左右才能听到一次这样的声音。玩这种游戏没有杀生的负罪感,我也觉得射击真的特别好玩。"开枪!"我大叫,之后就是一声"哎呀,没中"。这不断重复发生的场景让我想起在高尔夫练球场度过的夏夜,或是在棒球场不断跑圈圈的场景。

"目前这趟旅行让你最吃惊的是什么?"一天早上,理查德问我。当时我们刚赶了个大早去那个户外射击场玩了射击游戏,正在返回的途中。玩的时候他教了我一些窍门,让我这个菜鸟快点适应新买的M&P15,并不难。和罗恩承诺的一样,这把枪手感很好,几乎没有后坐力。从这个角度来说,我对自己买的这把枪很满意,但另一方面心中又充斥着挥之不去的失望和复杂纠结的羞耻感。这种感觉和玩枪或者拥有枪没有一点关系,而是觉得自己特别无能,居然买了把六岁小孩都能使的枪。我马上萌生了再买一把枪的想法。我想着那把自己没有体验的奥林匹克武器公司出品的普林克加强型,想象自己说"普林克加强型"的时候该有多酷;或者多花点钱买把经典样式的乌兹冲锋枪,你想想,"哥们儿,我有一把乌兹",说这话感觉得有多爽。

亚利桑那弥漫着自由的气息,不顾一切的放纵感觉如甜美的毒药般让人不能自拔。

"最让我吃惊的吗?"我重复着理查德的问题。他背后的天空有着灿烂的朝霞,红色粉色橙色的光芒交织在一起,给他镀上了一层淡淡的光辉。"一两句话很难说得清。"

"肯定有的吧。"他说。

"我想最让我吃惊的应该是这里的每个人都觉得枪是很平常的东西。"我说。我告诉他,在我的家乡,情况不是这样的,或者说刚好相反。

他若有所思地点点头,我不知道他到底理不理解。我递给他一片口

看不见的美国 143

香糖,他伸手接过。有那么一会儿,我们俩只是沉默地嚼着口香糖,看着窗外掠过一排排矮矮的牧豆树。终于他开了口:"想想猎人们吧,这个国家有一千三百万猎人。也就是说,至少一千三百万美国人都能训练有素地使用枪支。这可以说是世界上最大的一支军队了。"他放下遮光板遮住越来越强烈的朝阳,身上的光也消失了。"任何想入侵这个国家的人都得顾虑到这一层。"

哇塞。真没想过。猎人们?猎人们揭竿而起?我好一会儿才在脑海中想象出那样的画面。我想知道,在理查德的想象中,这群穿着橙色荧光外衣和钓鱼裤的人揭竿而起是为了和谁对打,基地组织吗?中国军队吗?

我问他敌人是谁,到底是谁呢?

他耸耸肩,说谁都有可能。就是另一个国家喽,哪个都行。他说持枪的全部意义就在于负担起自己的责任,保护自己、家人、邻里和国家。持枪的人越多,这个社会就越安全。"这是这个国家的伟大之处,"他说,"我们有确保自己人生安全的自由,我们有保护自己的办法,我们能够做好准备,对抗任何突发情况,防范哪怕是一点点小小的乱子。"

我来尤马并不是想跟谁讨论《宪法第二修正案》,但所到之处,这个词被不断提起,如同持续不断的炽热阳光,令你不得不服。人们喜欢提起这条修正案,为其辩护,并耐心解释其意义。我不是要去提出挑战或发动辩论,但我的确觉得自己像个完完全全的外国人,从另一个八竿子打不着的遥远社会带来陌生的信息:我们那里,大家不会把携带武器的权利挂在嘴边。就是不会。

"世界上规模最大的军队,"理查德重复了一遍,"比中国的还大。你要是觉得阿富汗人武装得不错,那就等着瞧,看他们能不能打到这个国家来。这样想想你应该会安心很多吧。"

他看着我。我把头往前伸了伸,装作专注地啃指甲。

"这只是我的看法而已。"他继续开车。地平线那边,太阳高高升起,滚滚热浪形成光晕,仿佛就要席卷而来。

尤马高中的橄榄球队叫做"罪犯队"。该高中举行橄榄球赛时,主场作战的球员们在场上叱咤风云的同时,四周疯狂地围满了警车,警笛持续长鸣,声音刺耳极了。而球队的吉祥物,一个膀大腰圆,神情沮丧,低垂着头,穿着条纹球服的人张牙舞爪,毫无章法地在场边乱跑,激起球迷们一阵又一阵的狂潮。很多人都穿着"罪犯服",比如犯罪主题的T恤和学校商店里就能买到的名为"牢房"的套头衫。

这样的主题主要源于著名的尤马地方监狱。自1876年起,这个规模庞大、起伏不平的地标性建筑就高高耸立在尤马城中心的一座山顶上。现在你只要付5美元就能进去参观一趟。整个尤马都为自己的监狱自豪。监狱的照片被印成明信片,还会举行很多活动来庆祝,比如每年4月如期举行的尤马监狱年度(摩托车)行进大会。过去,东边的那些人们觉得被送到尤马地区监狱是对一个罪犯最重的惩罚,而尤马人觉得这是一种光荣,应该加以纪念和强调。

当然,这种囚犯和犯罪的意象不过是个背景,但还是能从一定程度上解释目前的状况:坏人无处不在。你自己要配备武器,才好对抗他们。这事儿没啥好说的,就是一种生活方式,就跟基督徒每周去教堂做礼拜一样稀松平常和理所当然。坏人就在不远处,你要是手无寸铁,不做好准备,那就太傻太天真了。

我在斯普瑞格遇到的每一位顾客几乎都是来买自卫工具的。他们想要买枪放在床头柜上,放在钱包里,放在小卡车上。还要买皮套,好把枪别在腰带上、脚踝上,甚至直接挂在胸前。一个坐轮椅的人想买把手枪放在大腿边。他希望这把枪的扳机很轻松就能够掰动,因为缠绵病榻多年,他的手劲很小。一个眼睛旁有淡淡文身的娇小女人想要买一把

"看起来很有男人味的大枪",带着这把枪能把那些企图侵犯她的人吓跑。一个披着灰白长发的老年妇女则希望买把枪放在厨房抽屉里,以备不时之需。

"我们那边跟你们不一样,没什么人谈论'用枪打坏人'这样的事儿。"有一天,我向店里一群顾客和店员说道。

"你们依靠政府来保护,"一个中年妇女正在试一把没有上膛的鲁格步枪。她觉得扳机扣得很顺,有点后悔买了那把扳机很重的格洛克。"我们是靠自己。"她说。

"东部人的思想和我们完全不一样。"凯文说。他是店员,瘦高个子,一头黑发呈现日渐稀疏的趋势。他卖给我一张"尤马天主教高中125届枪支抽奖活动"的入场券。"在纽约,你要拥有一把枪,需要申请,"他说,"这是问题所在。他们许可或不许可。可是在亚利桑那,没人管。我们的政府没有允许或不允许的权力。我们要自己保护自己,跟政府无关。"

但是,为什么要保护自己呢?没人会袭击我。我也不认识被谁袭击过的人。当然,我每天看新闻,电视上一刻不停地播放着各种各样的暴力事件。但是,我走在路上,也并没有时时刻刻都感到恐惧,觉得会被抢被杀。这仅仅是因为我幼稚天真吗?在斯普瑞格买枪的人们都说是的,是的,重复了几百几千遍。任何不带枪的人都是在坐以待毙,惹祸上身。

我想起自己买的那支突击步枪。买的时候我压根儿就没想到什么自我保护。带着一种半炫耀半开玩笑的戏谑心情,我把枪的照片发给了家乡的朋友们。我保留了写有"大威力"的包装,还专门摆了造型让这把枪看上去威风凛凛。照片里的枪看上去能一枪爆头,但其实没那么大威力,还有个六岁小孩子用着和我一样的枪。当然,这些我都没说。我在哪本书上读到过,黑手党的职业杀手也用这种口径的枪,这让我觉得舒服很多。我很清楚，从社会学的角度来说，觉得自己买的枪是把杀人的利器而且还感觉特好，是很不正常的危险的想法。但这种自觉阻止不了我买枪的行为。

很难说清楚是什么推动了我最终掏钱，也说不清我的思想是否正在向另一端转化。也许，不管你玩玩也好，试验也好，购买突击步枪这个行为都能够让你有种"跨进了门槛"的感觉。或者，这根本就是谁都可能染上的跟风购物病在作祟，周围的人都在买这个东西，时间一久，你也跟着买了。我很清楚的一点是，自己很容易被那些枪支小配件吸引。拉动枪栓的那种咔嗒咔嗒的声音，能够加到枪身上的激光小附件，还有制作精良十分趁手的枪把，握在手里有种妙不可言的金属感。

我和凯文一起站在柜台边，让他给我拿几把能装进手包的小枪看看。

"女的进店来一般都想要把小的，"他说，"结果发现要用好一把小枪其实困难很多。别浪费时间了，还是买把大的吧。"

他打开一块毛毡垫子，放在玻璃展示柜上面，接着拿出一把格洛克9毫米半自动手枪。这把枪看上去很结实，很严肃。他给我示范了一下怎么拿枪，怎么装子弹，怎么摆弄枪膛。这动作可真有点难，似乎要同时进行推和拉的动作。我没怎么看懂，就说想看看展示柜最上一格的史密斯-威森合金手枪。枪身上贴着一个小小的标签，保证拿起来就像羽毛一样轻盈。凯文说那把枪对于我来说太小了，那种口径完全没用。

".22口径的枪谁都阻止不了。那人身上最多像被戳了几个小眼儿。"

"但他就会被吓跑呀，"我说，"谁都会被吓跑的。"

"他可能嗑了药，"凯文说，"他可能正掐着你孩子的喉咙。可能是在深夜，他要把你们全家都干掉。他就是冲着你来的。他拽着你的孩子，还嗑了药！他根本感觉不到你那小小的.22，我敢打包票。这些子

看不见的美国　　147

弹从身上穿过,毫无感觉。那些没有打中他的还直接穿过墙壁进了婴儿房……"

我把那把史密斯放在柜台上,重新权衡了一下。如果我真遇到他说的这种情况,当然希望手里能有把可以将这个恶棍一枪爆头的利器。

我花 450 美元买下了那把格洛克,是把二手枪,所以便宜一点。一般这样的一把枪得多出 100 美元左右。

凯文说要遵守联邦法律,他会把这把枪送到宾夕法尼亚我家附近一家有执照的交易商那里,我可以去那里取货。接着我要去当地的警长办公室,照张相,打印出来,过塑,然后得到一张执照,这样就可以持有我的新格洛克了,但需要小心遮掩不被别人看到。

一切都很简单。这也是购买枪支中唯一让我困惑的地方。为何一切都如此简单?不过,话说回来,为什么买一把枪非得很难呢?我不是什么罪犯,也做不出什么穷凶极恶的事情,只有逼急了要保护自己或家人时可能会极端一些。保护自己和家人是好人做的事情。所以,应该这样规定,好人很容易就能得到一把枪,而坏人不可能得到枪。唯一的要点在于,你要分辨出眼前的顾客是好是坏。

斯普瑞格提供枪支安全课程。每堂课学费 5 美元。柜台边的伙计们总是急切地向第一次买枪的新手推荐安全课程,并且说因为店里赠送 5 美元的现金优惠券,所以其实是免费的。我也上了"第一枪"安全课程,内容全是关于手枪的。十五个学生坐在射击场旁边一个安静的小教室中,理查德准备好了新鲜的咖啡和饼干。我们惊叹于各种手枪和半自动手枪的重量,像做科学实验那样把各种枪传来传去。讲解员尼克让我们戴上碍事的护目和护耳装备,结果一到射击场这些装备就变成必要的了。我们开始射击,黄铜子弹壳时不时像干草种子一样噼里啪啦从半自动手枪中蹦跶出来,每一声"砰!"都让你心肝颤动,牙齿打架,手脚发凉。斯普瑞格里年纪比较大的店员抱怨说，多年的射击生涯让他们的耳朵几乎半聋。

尼克递给我一把鲁格.22打靶手枪，让我稳站如松，身子往前倾，轻轻握住手枪。然后我对着将近八米开外的一个红圈噼里啪啦打了十发子弹。他按动墙上的一个按钮，靶子就像被挂在晾衣绳上似的朝我们移动过来。"真棒！"他表扬道，反正看口型说的是这个，因为我什么也听不见。在我的靶子上，无数人梦寐以求的红色区域有四个漂亮的圆洞，算是正中靶心，另外六个也在附近。我跟尼克说还想多打几发，他就又拿子弹上了膛。

第二次我打中的地方太高了，比红心高了许多。"你就想着那'砰'的一声，"他吼道，"一直等着那'砰'的一声，这样会好很多。"我找他要了更多的子弹。

第三轮的成绩非常糟糕。你知道会有"砰"的一声，但要只想着那"砰"的一声，全神贯注，显然这么高度集中的精神境界我暂时还达不到。我又要了更多的子弹。想想吧，当你决定给自己的生活添一把枪，那一瞬间肩上就扛上了一份很重的责任。你必须知道如何使用它。如果你是用来自卫，那么就得勤加练习，不断进步，直到熟能生巧，宛若本能。你可不想面对危险，肾上腺素激增，心想"妈的，老子要死了啊！"的时候，还要花时间去慌里慌张地找格洛克手枪的弹匣或者鲁格手枪上的保险。

尼克调整了一下我的手部动作，动了动我的小指和拇指，使劲把我的上身往前推，我的身子前倾得有些不自然。不过，任何刚开始使用一种工具的人都是这样，我得把这该死的东西练好。我又要了更多的子弹。

我开始胡思乱想。如果暴徒把刀架在我孩子的脖子上朝我走来，我怎么能逮住机会阻止他毁掉我热爱的一切。结果射击成绩更加糟糕。玩

看不见的美国　　149

这个的时候不胡思乱想实在太难了。我又要了更多的子弹。尼克教我自己将子弹上膛。按下弹簧，放进小小的黄铜子弹，重复动作，拉枪栓，放子弹，重复，重复，重复。真是烦死人了。就好像在打电玩，还得每两分钟就停下换电池一样。"我们能不能开始打靶了啊！"我觉得应该给我的格洛克买三十三发的弹匣，或者五十发的？在家里一边看电视一边上子弹，就跟织毛衣似的。这样下一次万事俱备，拿起枪就能打了。图森枪击事件之后，很多人争论说，三十三发的弹匣应该被纳入不合法的范畴。正是这样的弹匣让洛克耐尔能够一次打个爽，迅速地伤及很多无辜。1994年到2004年间，大容量的弹匣被停止生产和销售。当时联邦对攻击性武器的禁令已经过期，而高层未能成功将这项法令延续下去。

此时此刻，我无法理解，为什么仅凭某个参议员、国会议员或者任何人，就可以决定我能不能一边看电视一边给大容量或超大容量的弹匣上子弹。

我稳稳当当地站住，闭上一只眼睛，再次扣动鲁格手枪的扳机，打中红色区域两次。我觉得自己像个英雄，又要了更多的子弹。

在枪支贩卖店工作对腿脚和背部都不太好。斯普瑞格的柜台后面有一张凳子，我努力克制住想将其一直据为己有的冲动。坐在凳子上，看来来往往的顾客感觉和抚摸各式各样的枪支，饶有兴趣地开着空枪，想着那些负责弹药专柜的店员们。他们身上的重担应该难以想象，比如练就火眼金睛，只能卖给好人，不能卖给杀人犯或失心疯。

我目睹一些想买弹药的顾客遭到拒绝。很多都是十几岁的少年。一般他们想买子弹的话，不但买不到，反而会被教育一番。要是想买来复枪或霰弹枪的弹药，至少得年满十八岁。要买手枪的那种连发弹药，就得二十一岁。"不好意思啦，兄弟。"店员会礼貌地拒绝不达要求的人。有个店员跟我讲，常有醉汉跑进店里来想买枪，还嚷嚷说想买刀，只要他们一进店，他闻到那股子酒味，就会说"不好意思啦，哥们儿"。还有个店员跟我说，ATF 的特派员会埋伏在停车场，等着把那些做枪支代购的人抓个正着。这是店里司空见惯的事情，因为这里离墨西哥边境太近了，而那里是严格禁止个人私自持有枪支的。

斯普瑞格的店员塞尔吉奥在这方面很有经验，站在柜台后面的他能一眼挑出贾里德·洛克耐尔这样的人。塞尔吉奥是个沉默安静的小个子男人，宽脸盘，黑皮肤，大鼻子长得有点歪。他干这行已经二十五年了，其中有十七年都贡献给了斯普瑞格。那张凳子的"凳长"就是他。

"你自然而然就会起疑心，"他说，"比如昨天来了个女的。她身边的男人怀里抱着个奶娃儿。她说想买三把枪，接下来都是那个男人在说话。他一直说什么'我'、'我的'、'我的钱'之类的。这两个人演技还不行。并不一定说他们就是坏人，但这两个人演技不好啊。我对那男人说：'你应该是让她帮你买枪吧。'他结巴了，嗯嗯啊啊地说不清楚。结果他把小孩儿扔到她怀里，急匆匆跑走了。"

提防洛克耐尔和其他杀人狂魔是工作的一部分，塞尔吉奥说。但他很不喜欢这个部分。"我还记得很多年前去一个 ATF 的研讨会，有个特派员跟我们这些站柜台的人说：'我需要你们形成一道防护前线。小心那些杀人犯。'当时我心里就想，这人有病吧，我怎么知道谁是杀人犯啊？而且我又没有什么权力去强制谁不买枪，又没给我发警徽，我能做什么？"

他可以拒绝出售。我跟一些 ATF 的特派员谈过，他们说枪支店的店员就应该这样做。在 YouTube 的 ATF 频道上也能找到相关说法。点开这个频道，就可以收看很多说明性的短剧，里面的店员正义凛然，拒绝了可疑的顾客。要是店员对某个顾客拿不准，应该简洁明了地说"不"。

除此之外，ATF 对这事儿没什么好说的，因为他们很忙。他们派到现场巡查的人力可谓微不足道，增加人力的可能性也一样微乎其微：从1970年代开始，调查人员的人数就没再增长过（评论家们都将这归咎于那些支持枪支的人，说他们使尽浑身解数，要让政府机构不插手枪支管理）。ATF的二十五个监管区网络，需要涵盖全美五万六千名持证枪支经销商，基本上就是一个监管区管两个大州。大概有六百五十名观察员负责监控斯普瑞格和沃尔玛这一类大型枪支经销商的相关运营。按照规定，观察员应该每三年就将负责的每个枪支店实地巡查一遍，但从目前人力分配来看，六七年能去一次就不错了。

为了让店员们不要那么费神费力地区别犯罪分子和杀人狂，NICS（全美犯罪记录即时检查系统）应运而生。塞尔吉奥也对此表示赞赏，他说这个始于1998年的背景速查系统与旧时罪犯监控方式相比，简直就是质的飞跃。从诞生之日起，NICS已经进行过一亿两千五百万次背景速查，并由此取消了八十二万五千次枪支售卖。被拒绝的买主中一大半都是有犯罪前科的人，8%是瘾君子；4%由于家庭暴力身有"限制令"，还有不到1%的人因为被权威机构认定为有精神疾病，也与枪支无缘。

但在2009年，NICS并没有为贾里德·洛克耐尔买枪这事儿亮起红灯：没有专业人士认定过他精神有问题，所以官方记录并未显示他是个疯子。

NICS也没有对赵承熙上交的文件提出任何异议。他是2007年弗吉尼亚理工大学校园枪击案的凶犯。2005年，此人曾被法院强制接受门诊心理诊疗，但官方记录上也没有显示他的癫狂。弗吉尼亚联邦没有将赵承熙的诊疗记录报备给NICS登记在案。因为弗吉尼亚和其他州不太一样，它的说法是，只有接受住院治疗的心理病人才需要加以记录和警戒。话说回来，没有谁必须向任何人上报任何事情，因为NICS本来就是个民间自发兴起的系统,向其上报信息不是相关机构必须履行的义务。

一个系统好不好,关键取决于其数据库。而评论家们说,NICS 的数据库烂到家了。

和塞尔吉奥谈到后来,气氛稍微轻松了些。我把凳子递给他,他又递回来。站柜台站到腿脚酸痛这事儿成了两人滔滔不绝的共同话题。我看到店里来了个男人,正掂量一把 AK-47。男人身上文着一排字:"唯有死神才是神。"我在想是不是该走出去对他说"不卖给你"。

坐久了,我站起来舒展下腿脚。一个男人走了过来。他剪着军人头,壮得像个摔跤手,朝我扬了扬手里的九毫米西格-绍尔 P226,一把铝制战术半自动手枪,显然准备掏钱了。"终于找到了,"他说,"我一直都想要把好枪来练练。"他把枪举到与视线齐平的高度,指着我背后那堵墙,眯起一只眼瞄准。

"你知道有种人叫做'高压锅'吗?"他说,"说的就是我。谁有困难我就去帮忙,但从没为自己做过什么。我也不知道为什么这么做,因为我会愤恨所有人占了我的便宜。"他把枪放在柜台上,我感觉自己长出了一口气。接着他回忆起有一次在医院里,一个护士想给他打镇静剂,却被他撂倒了,结果他被铐了起来。"不过这把西格只是用来练习的。"他说,"我家里还有把.38 自动手枪。那把枪可性感了。后来我想要把让人一看就不敢惹的枪,就买了.45 口径的史密斯-威森 1911。我的枪法很不错呢。连发六英寸的弹夹没问题,还能枪枪命中:头部、喉咙、心脏和内脏。要是你离我五十英尺之内,我一枪了结你完全没问题。"

他朝我微微点个头,走到前台付钱买下新的西格枪,走出店门扬长而去。

我有点事得回趟家,还带上了我的突击步枪,同时心里想着回家就能拿到我的格洛克了。罗恩卖给我一个大黑箱子来装步枪。他叮嘱我，全美航空公司的负责人会开箱检查并上报，我要按照他交代的来说。

"你这么说：'我要上报一把枪'。"他煞有介事地对我面授机宜。

"然后她就会打开箱子，是吗？"

"很有可能。"

"然后我怎么说？"

"你什么也别说。"

"我跟你打包票，她肯定想知道我这副德行带把突击步枪要干吗。"我说。

"你就跟她说，根本没有'突击'步枪这回事。"他说。

我做出一个"你无不无聊"的表情。

"你说，'这是《宪法第二修正案》赋予我的权利。'"他说。

"我不会这么说的——"

"哎哟，你就跟她说这枪是买来好玩的。"

好的，记住了，"我要上报一把枪"、"这枪是买来好玩的"。驱车赶往凤凰城机场的四个小时，我反复练习这两句话。箱子就摆在后座上，长得不像话，晃眼看好像哪个十几岁的小年轻在打盹。我开到阿维斯汽车出租公司的还车点，往外拿箱子。真的是……太长了。我费了老大劲儿才完全把它给弄出来。阿维斯的工作人员拿着小小的便携式收据打印机目不转睛地盯着它。我也看着它。我们互相望了望。我没头没脑地来了句："这是一管萨克斯。"

什么鬼，应该说长号的。我一边懊恼地想，一边走向卫生间。结果又费了老大劲儿，才把那该死的箱子搬进了隔间。肩膀上勒着一把突击步枪来方便实在是太奇怪了，只能用奇怪来形容。解决完之后去洗手，周围人齐刷刷投来的异样目光也让我一阵不舒服。

持有一把突击步枪真是令人尴尬。我离自己的真实世界越近，这种感觉就越明显。(从这个角度上来说,全美航空的代表倒是很专业。)回家后我没有如预计般四处炫耀我的突击步枪,我一言不发,把它放进地下室,上了好几道锁,让它乖乖呆在箱子里。它就好像你在某个遥远异域买的一件毫无用处的纪念品。比如在祖鲁买的一条花头巾,当时当地无比适宜,回来后只能藏起来免得别人笑话。

格洛克手枪就不一样。我回家后几天内就收到了,同时拿到了我的持枪证。于是格洛克就进了我的手包。我带着它去买吃的,去书店,去各种各样的地方。一开始,包里有把枪让我感到危险,好像藏匿着什么不为人知的秘密。但又有种隐秘的开心,就像一边上着枯燥的代数课,一边想着后口袋里有能让人身心俱爽的大麻。但我带的是一支枪,很重,装在小小的尼龙枪套中,在手包底部不断触碰我的身体,刚才还不小心粘上了我慌乱扔进去的薄荷味口香糖。我无时无刻不在担心会弄丢,或被人偷走,于是乎像个神经病似的紧紧抱着我的手包。我带着鳄梨沙拉酱去参加家庭聚餐,和父母聊天,努力装出谈笑风生的样子,但脑子里一直在想:"我的天哪,我包里放着一把枪啊!"一切都变得复杂起来。我应该告诉孩子我有一把枪吗?以前我跟他们说起枪,都会说,枪是坏东西,人们不应该用暴力去解决问题。枪是个坏东西,坏东西,坏东西。现在他们的妈妈手包里竟然携带着一支坏东西。"别碰妈妈的包包哦,里面有支枪。"我没有说出这句话的勇气。所以我什么也没说。只是每到晚上就把装枪的包包锁在车里,后来直接买了一个装枪的保险箱,生物识别系统,只认我的指纹。我鬼鬼祟祟地拿着枪在城里四处转悠,还去了社区的游泳池。但包里有枪啊,不能下去游泳。你不能随便把包放在休息室的椅子上让邻居的孩子帮你看着。我常常担心自己不懂得如何使用这把枪,打不准目标。我在住的那一片儿寻找射击训练场,结果开放时间与工作、钢琴课和晚餐都有冲突。我需要购买练习用的弹药、有杀伤性的弹药。持枪手册上还说,每隔几个月就需要把和枪

看不见的美国

配套的弹匣放空重新上弹药。要是不做的话，弹簧之类的东西就会失灵。

我在一所大学工作，停车场在地下，晚上走去取车的时候，那里几乎空无一人。多年来，我不止一次地考虑过要带一根狼牙棒防身。就要开学返校了，现在我有了把枪。等我走过那个停车场时，可以随时用手握枪，应对最坏的情况。我想象自己到底能不能向攻击者开枪。我可以吗？我认为我可以，就算只是打在腿上或脚上。而就是这么一个有些吓人的停车场，这么一个存在隐患的威胁，就让我认为，持枪是正确的选择。"晚上上完课之后我能带着枪去取车。"我跟一个朋友谈起这事，为自己辩护。

"上课？"他说，"你把枪带去上课？"

哦，是啊，听起来好像不太对。于是我去查了相关的规章制度。

学校里禁止携带枪支。所以我要是把枪带到我唯一认为有用的地方，那就是违法行为。全美国只有犹他州明确规定，大学校园里可以持枪。不过，从 2007 年赵承熙在弗吉尼亚理工大学持枪大开杀戒以来，允许校园持枪的立法就在至少十八个州进行过激烈辩论。总有一天，手中持有武器的老师和学生能够阻止类似大屠杀的再次发生。

第二次去尤马的时候，我和一些店员与客户就疯狂枪击案展开了颇有建设性的讨论。一个宁静的周四早上，我们聚集在店里，头上是售价 4 500 美元的巴雷特 M99 大威力狙击步枪，耳边则是乡村歌手科林特·布莱克关于在天堂中找到故乡的浅唱低吟。刚才说的巴雷特就是店里最牛的枪了，可以装口径.50 的子弹。巨大的子弹每一颗和人的手一样长，火力强劲，能穿透盔甲、厚墙，还能在两公里外锁定目标。（这个系列还有半自动型的，售价 1 万美元，但这些都要延期交货。）这把枪被放在展示架上，比其他的枪位置要高很多，你可以从各个角度去看它,像评鉴艺术品一样去欣赏它、膜拜它。

"那图森枪击案呢?"我问面前的讨论小组,两个店员,四个顾客,一共六个男性。"那件事情对这边或多或少会有些影响吧?"我说道。我觉得话已经说得很明显了,意思就是,洛克耐尔的枪杀案肯定让你们有点犹豫,被迫去面对美国允许公民持枪的阴暗面。但好像没人明白我的意思。

"排队买枪的人店里都站不下了。"

"没有那么夸张啦,不过我记得当时店里的确很热闹。"

"但不如选举之后的第二天那么吵,对吧。"

"哦,天哪,提起那天就头疼,别别别。"

"哈!哈!哈!"

"哈!哈!哈!"

事实上,在图森枪击案发生的第二天,亚利桑那州手枪的日销量上升了六十个百分点。大家没时间去反思对任何事情都不设防的态度,而是抓紧时间冲进枪支贩卖店囤货,以免政府又颁布什么命令禁止私人持枪,让遵纪守法的市民们手无寸铁,无力抵抗罪犯和杀人狂。

"很多人都想买格洛克,就是洛克耐尔拿的那种。都是格洛克。"

"真是太荒谬了,其实听上去有点可悲。"

"这样的事又会让自由派捡到宝似的,他们可以尽情地火上浇油了。"

"真是有点恐怖。"

大家轻轻松松表明观点,达成了共识,好像一群人在某个杂货店里讨论牛肉涨价一样。接着我提起更近一点的事情,就发生在尤马。七十三岁的凯里·戴耶斯,开着银色的马自达,敲开前妻最好朋友琳达·克雷顿的门,让她当面吃了一枪。紧接着他杀掉了特蕾莎·西格尔森,也就是他的前妻。然后,他开车去了其他地方,杀了更多的朋友:辛迪和

看不见的美国　　157

亨利·斯科特·芬尼以及詹姆斯·辛普森。三个人全都不幸丧生。接着他开车来到尤马市中心，走进离婚时西格尔森的代理律师杰罗德·雪利的办公室，一枪结果了他。最后他驱车来到沙漠深处，饮弹自尽。

"我的天哪，这样一个人在四处转悠，当时我店里连一把枪都没有！"讨论组中有个人后怕起来。"我特别害怕，赶紧跑回家拿了手枪。有些事情料都料不到。他一句话都不说，进门就开枪，杀了人就走。他用的子弹肯定很小——你看到她脖子上的伤口了吗？"

"应该是.38口径的。"

"那件事情之后，好多'雪鸟'跑到店里来买手枪。就是以前没摸过枪的老太太。"

"你们听说过没，有一次东边的某个人在药店里乱开枪？所以我才想买那种小型手枪，放在卡车里以备不时之需。那人就是想要点药而已，弄点药来治病。"

"是给他老婆的，她需要止痛药。"

"反正差不多。我记得是纽约的事吧。那儿枪还管得挺严的。结果他杀了大概……四个人。"

"问题是那些自由派不会思考，只会谈什么感觉。他们不懂逻辑这回事，你他妈的还能做什么呢？"

"真是太可怕了。"

听到他们用"可怕"这个词来形容有枪支管制的人们，我很惊讶，因为在那边，这个词是用来形容他们这些持枪者的。

没人提起图森枪击案中那些不幸中枪的人，而戴耶斯案中唯一提到关于受害者的事情，就是那个女邻居脖子上的弹孔。当然，讨论里也特别提到了一些"受害者"，那就是这里的人们。持枪政策越来越紧，政府铁了心要执行，于是他们的安全受到了极大的威胁。

"反对枪支的那些白痴说他们的动机是打击犯罪。他们每次都这么说。我才不相信这些屁话呢。这么说吧,'你怎么控制得了人呢?'"

"皇帝、暴君、独裁者,就他们能控制得了别人。这些人肯定没一个幼稚的。你读过马克思写的东西吗?"

"这不是在控制枪支,是在控制人民。要是能控制好武器,就不会有人站起来革命了。"

我脑海里浮现出美国政府镇压人民的情景,又幻想着一千三百万猎人揭竿而起,保卫美国,赶走入侵者,竟然觉得相比起来,后者是那么悲壮迷人,充满了浪漫的英雄主义色彩。

"要是有军队来欺负咱们,怎么办呢?拿木棍去鸡蛋碰石头?"

"现在到处都是反对枪支的行动。这些自由派的傻瓜心想:'要是我们把枪消灭了,就不会有犯罪了,没人会被枪杀,大家都生活得歌舞升平,欢乐祥和。'他们就这么蠢!"

走进来一个顾客,大家的谈话就此中断。来人是个年轻小伙,穿着百慕大式短裤,说他想看看那把巴雷特。

"巴雷特!"一个店员惊讶地说。其他人则默然不语,好像在感受这几个字的分量。大家抬起头,望着那把高高在上美妙绝伦的黑色狙击枪。

我跑到射击场,想打几枪,换换脑子,支持枪支和反对枪支的两种声音不停纠缠,把我的心都给扰乱了。

射击场看上去和保龄球场差不多,不过在保龄球场你租的是鞋,在这里是枪。你必须要和朋友一起,防止想不开一枪崩了自己。有个朋友,好歹还能劝劝你。你也可以带自己的枪去,这样就不是非要有朋友陪同。有时候,有一大家子一起来射击的;周五可以看到好多女人跑来找乐子;甚至还有人在这里办生日派对。

一个年轻男子走出射击道,手里拿着自己的靶子。"啊哈哈,这样好多了。"他边说边解下自己的防护耳罩和眼镜。"呼,真放松!"他的

看不见的美国

眉毛上挂着一颗颗汗珠,把人形僵尸图案的靶子挂在墙上,咧开嘴笑了。我暗自欣赏他的靶子,十分钦羡。这种靶子是需要买的,不然你就得对着特别没意思的圆环形靶子或是经典的"坏人轮廓"靶子来练习。

"哦,天哪,太棒啦!"他说,"我和我的小子们跑到这儿来,把个帕丽斯·希尔顿①的僵尸靶子打得稀巴烂!"靶子上的希尔顿戴着巨大的白色太阳镜,穿一条粉色迷你裙,手里还抱着一条吉娃娃。"我的一个小子把她的手机打掉了。"男子兴致不减。"他说:'哈哈,她现在没法电话求助啦!'我们太开心了。把她的耳环打掉了,把那条狗给打中了。我和我的小子们这个周六晚上真是过得太棒了!"

"小子们?"我重复了一遍,"你有儿子?"他看起来不像到了有孩子的年龄。我做好心理准备,可能会再看到一个持枪的六岁小孩。

"我的小子们!"他说,"就是我的哥们儿!"

"哦,好吧。"我说。

我想起邻居间常出现的情况。你隔壁住着疯狂一家人。有一天你吃了点东西,突然想通了,只要去直面疯狂,就能更进一步地了解和接受他们,解除你的困扰。于是你去找他们,结果发现他们反而一直觉得你这边才是疯狂一家人。你解释得越多,他们越觉得你是个疯子,而你在这样的环境下呆久一点,可能就真的要疯了。

这样的想法让人心理负担骤然加重。我可不想这么累。于是租了一把乌兹半自动机关枪,选了一个男性僵尸靶子,这人提着公文包,可能是个律师。我瞄准他的左眼,扣动扳机。三十二发子弹在短短三秒内就打完了。他的左眼球只剩下一个空洞。这放松的感觉就像打了个大大的喷嚏,而爽快的满足感则像一大杯冰啤酒,涌遍全身。

---

① 帕丽斯·希尔顿(Paris Hilton),美国模特、演员、歌手、作家、商人,希尔顿集团继承人,有着挪威、德国、爱尔兰、意大利四国血统。——译者

谁知盘中肉，块块皆辛苦

得克萨斯州，斯洛克莫顿，布朗牧场

曾经，有这样一头令人叹为观止的公牛：宽阔的口鼻看上去帅气又威风，阴囊大得惊人，魁梧四方的身材结实得好像一棵美国梧桐。它的父亲诨名"彻罗斯大峡谷"，祖父诨名"开心果"，都是鼎鼎大名的高贵血统。一手创造出这头公牛的是一名牛仔，他精心挑选了父亲和母亲，并且仔细地完成了受精。这头牛出生后，他取名为"天启"。"我们并非想给这头牛赋予什么神圣的含义，"牛仔在 2005 年的销售目录中写道，"但能够见证它的出生和成长实在是我们的福气。"这牛仔有很好的销售天赋，但他没吹牛。他发自内心地相信一岁半的天启能够成为红安格斯牛[①]繁殖史上最引人注目的传奇。经过多年的进化，血统的精纯，终于有了天启，它会成为顶级的牛吗？

10 月，牧场一年一度开门迎客，招揽买主。人们从美国的四面八方来到得克萨斯州北部偏中的斯洛克莫顿县。布朗牧场在这里售卖牲口长达约一个世纪。一天之内，就能叫价拍卖将近八百多头牲口。从父亲到儿子再到孙子，这座牧场已经传了五代人，世世代代都是牛仔。现在掌管着牧场的牛仔是四十一岁的多内尔·布朗。在 2005 年的布朗牧场公牛、母牛和夸特马售卖会上，他以 12 000 美元的价格，将天启卖给了休斯敦的一个生意人。这人也有个牧场，不过只是每个周末去那儿看看。

假以时日，这头公牛的价值可能会更大，大得多。对于顶级的种牛来说，只要它们的精液创造出了上等小牛，身价可能远远高过10万美金。多内尔保留了获取天启一半精液的权利。在牲口繁育这个行当，买家虽然买走了牲口，但卖家一般都对牲口的基因恋恋不舍，因为那才是真正的宝藏。天启的子孙后代如今还只是选中的奶牛肚中的胚胎，究竟质量如何，要到两年后才能见分晓。

多内尔·布朗穿着"牧马人"牛仔裤，上面有熨烫之后的浅浅皱痕；上身是一件浆洗得硬挺的长袖格子衬衫；头上一顶白帽子，帽子边缘特别整齐地翘了上来。这可一点都不像得克萨斯州东部那些邋遢随性、不修边幅的牛仔。（可悲的是，这些牛仔压根儿意识不到自己的形象问题。）多内尔脚上的靴子装饰着马刺②，上面有他的名字缩写。带流苏的靴子是上不了他的脚的，那种四面都有银色流苏的浮夸打扮属于亚利桑那州的牛仔们。（这些人浑身闪闪发光，精力过剩，故作潇洒，看着都让人脸红。）斯洛克莫顿的牛仔们以得克萨斯西部真正的牛仔自居：衣服要洗得硬挺，熨得平整，展现牛仔应有的风采。多内尔长身玉立，身材精干，骨架子像橄榄球场上的四分卫，一双深蓝色的眼睛带着坚毅的神色，似乎总是在全速前进。他不作恶，不骄傲，也从不轻言放弃，心中总是不断重复着二十三岁时定下的四个人生目标：去天堂；尽自己所能做个好丈夫和好父亲；健康快乐地生活；生产世界上最好的肉牛，将上帝赐予的草料变为安全又富有营养的美味食物，奉还给他的子民。

卖掉天启后的两年，多内尔好像梦想成真了：天启的后代们全都出类拔萃，各项指标一路领先。多内尔明白，那个休斯敦的"周末牧人"肯定不了解自己买下了一头什么样的宝贝，所以他专门打了个电话去

---

① 红安格斯牛，世界优良牛种之一，因产于苏格兰东北部的安格斯而得名。该牛纯种为黑色，适应能力强，适宜于热带、温带降雨丰富的牧场、山地饲养。——译者
② 一种较短的尖状物或者带刺的轮，连在骑马者的靴后根上，用来刺激马快跑。——译者

解释。

"这是一颗巨星。"多内尔告诉对方。对买主进行必要的教育和说明是他常常不得不做的事情。他说,在今天的牲口市场上,一头公牛就像NFL选秀会上的橄榄球运动员,花名册上写满了相关数据。而天启的后代得到的牛排大理石纹路①积分简直爆表;肋眼②部分让人惊叹不已;肋排的脂肪厚度是肉牛的骄傲。一头牛要是能在以上三项中任何一项得到超级评分,就算是奇迹了,但是三项全都超群?也太惊人了。

"你应该用辛迪加③的方法,重点经营天启。"多内尔建议道。他提出将这头百年难遇的公牛带回牧场上,这样它就会更引人注目,还能享受运动健将一般的待遇。多内尔会帮忙出售相关份额,而购买份额进行投资的人又可以从天启的精液和后代的售卖收益中获利。这么值当的营生一传十,十传百,多内尔和天启的买主以1 650美元每份的价格卖出了七份天启股,还有十四个人等着掏钱。很快,天启一定会成为历史上身价最高的红安格斯牛。

所以,2007年一个温暖的10月清晨,当多内尔来到牧场上,发出例行的信号呼唤牛群集合,环顾广袤的牧场时,心里当然会有萦绕不去的骄傲。也不能说是骄傲,因为天启很显然是上帝的作品,并不是多内尔的功劳。他觉得这是天大的恩赐。对,恩赐,他觉得上帝选中了他,让他将天启这样一头完美的公牛带到世上,真是天大、天大、天大的恩赐。

---

① 这是牛排品质等级评鉴的重要标准之一。就是我们所谓的雪花效果,反式脂肪越密集的等级越高。——译者
② 靠近胸部的肋肌。跟人不一样,牛的胸部极少活动,所以肋眼牛排的肉质也比较嫩。这块肉的特点是大理石纹分布均匀,中间有一块大油花,旁边一点一点的小油花,就像眼睛一样,故名肋眼。——译者
③ 垄断组织形式之一。参加辛迪加的企业,在生产上和法律上仍然保持自己的独立性,但是丧失了商业上的独立性,销售商品和采购原料由辛迪加总办事处统一办理。其内部各企业间存在着争夺销售份额的竞争。——译者

"来啊,牛儿们!"多内尔大喊一声。他将甜丝丝的稻谷撒在翠绿的草原上,牛儿们全都带着一股牛劲儿聚集过来,好像一群小孩,看见糖罐漏了就争先恐后地蜂拥而来。但有一头却不为所动。"来啊,牛儿,来啊,兄弟!"多内尔热情招呼着躺在二十码之外的那个懒鬼。那是天启。"嘿!"他走近它,再走近一些,结果发现天启一动不动地躺在那里,仿佛一团毫无生气的烂泥。"起来啊,哥们儿!"天启听到熟悉的声音,勉强抬起头,但完全站不起来。多内尔弯下腰,发现它的右后腿断了。很有可能刚才跟另一头公牛打架来着,要么是争吃草的地盘,或者不过是孩子气的打闹。天启就这样变成了瘸子,瘸掉的公牛一文不值,马上就会被送往屠宰加工厂。

"不,"多内尔说,"上帝,求你不要这样。"

很多美国人常常坐在后院的烤肉架旁,面对眼前滋滋冒油的美味牛排垂涎三尺,但很少有人会思考它的来历。即使偶尔想到,也只会简单联想起割肉和进行压缩包装的屠宰加工厂,或者还有饲养场,那里的肉牛们猛吃玉米,浑身横肉,等待上市。但这不过是整个过程中相对短暂的两个高度工业化的步骤而已。还没被送到饲养场的时候,小牛们就在一望无垠的专业牧场上生活,偎依在牛妈妈身边吃草。这些专业牧场分布在俄亥俄平坦的土地上,衣阿华温柔起伏的丘陵间,内布拉斯加的大草原中,还有南北达科他州,犹他州,新墨西哥州和蒙大拿州。度假的人们驱车行驶在高速公路上,转头就能看到这些牧场上的景象。牛!全是牛!牛肉生产是美国农业规模最大的一个分支,这可是价值720亿美元的产业啊,和猪肉以及禽肉的生产完全不同。食用的猪和鸡,一生都是在大型的工业化饲养场度过的。而肉牛呢,至少在一开始绝不会有那样的遭遇。原因很简单,所有的牛都以草为食。要将小牛养大,土地是必不可少的,需要大片大片的土地。还需要能完全接受和投入这种生活方式的人。牛肉生产和其他任何农业生产都不同,因为直到现在,这项产业还完全依赖着家庭牧场。全美有一百多万家庭牧场,其中大部分规模都很小,饲养的肉牛不足五十头。养牛的人平时还要参加教堂唱诗班,运营学校董事会,管理橄榄球联盟……像斯洛克莫顿这样的小镇就是由这些人组成的。很多人平时都有正职,周末才去农场看看,他们和那片土地有深厚的感情,所以需要这些食草动物来帮他们给牧场"除草"。只有很少一部分人是真正靠这个来赚钱的:牧牛的平均年收入是62 000美元,在所有农场生意中收入最低。

布朗牧场属于一个专业饲养集团,他们是所谓的种畜提供商。一块牛排好不好吃,大理石纹路美不美,脂肪含量合不合适,这些问题看似与肉牛本身有关,实际上更多地取决于他们的饲养者。特选牛排最终是由它们的"设计者"决定的。布朗牧场的牛仔们就拥有这样的能力。这些人就是牛肉生产链的开端。是他们,去创造、去弥补、去挑选良好的基因,最终决定了美国人可以尝到什么样的牛里脊、肋眼、沙朗、菲力和牛肉汉堡。

4月,一头肉牛开始了人生最初也是最快乐的旅程。布朗牧场的初生牛犊们才六到八周大,就被烙上牧场的烙印,自由自在地在连绵起伏的小山之间奔跑。初升的旭日用浓烈的鲜红与它们的活力唱和,天上布满一道道深红的霞光,将所有牛仔的帽子都染成美好的粉红。年轻的杰夫有少白头的毛病,但一副金丝边眼镜平添了几分面相上的斯文,他脸上总是挂着笑。赶牛的时候他是负责押后的。而凯西和卡梅隆则在两个侧翼包抄。杰夫唱起歌来,这是今天早上的第四次了,每次都是没头没脑的:"我们东方三王,携礼来自远方,跋山涉水走四方,跟随天边明星,要把圣人寻访……哦,哦!"[1]

---

[1] 这首歌唱的是东方三博士在耶稣出生时循着天边的星来献礼的故事。——译者

"我说大哥啊,"凯西回头向他吼道,"别唱了,拜托你……别唱了!"凯西身材瘦削,穿着整齐,形容严肃。他是这次赶牛行动的负责人。他们需要把大约两百头小牛和牛妈妈乱中有序地赶出丘陵地带,送它们安然回到牧场,接受例行的健康检查。整个路程大概在十三公里左右。

那首歌对于杰夫来说,简直就是魔音上脑,在脑海里徘徊着挥之不去。他人有点呆呆的,对于牛仔这个职业,有种不自知的热情。从他身上,你完全看不出来做一名牛仔得承受多少风吹日晒雨淋,又有多少次要在牛群中摸爬滚打。

"你可真是谈上恋爱了啊。"卡梅隆自顾自地说。这个牛仔帅得像个电影明星:乌黑的头发,运动员般宽宽的肩膀,脸上的酒窝可爱得让人挪不开眼。

"我可没说我爱上她了。"杰夫嘴硬。他想讨一个老婆,这事儿他对谁都不愿意多说。他和一只名叫"老板"的狗一起住在牧场的棚屋里,是这里的牛仔中唯一的单身汉。三个牛仔穿得差不多:三顶白帽子的帽檐无一例外地向上翘着,连角度都一模一样。直挺的皮裤油亮亮的,盘得里三圈外三圈的绳子硬硬地敲击着马鞍,马刺上沾满了泥。三个人合在一起看,还真是有点稀奇古怪,堪称一道风景呢。牛仔?这里可不是什么观光牧场,大人带着孩子呼啦啦地来,怀个旧,讲讲过去的事情,再呼啦啦地离开。这是一种未受外界影响的牛仔文化,你可能见所未见,但却遍布全美。有心去找,会发现他们就在你身旁。这是美国的一部分,从上个世纪起,就没有任何改变。他们坚定地维护着崇尚力量与荣耀的传统,这一点和阿米什人[①]坚持朴素生活没什么两样。美国有些

[①] 美国和加拿大安大略省的一群基督新教再洗礼派门诺会信徒(又称"亚米胥派"),以拒绝汽车及电力等现代设施,过着简朴的生活而闻名。——译者

地方用四轮驱动车、小卡车甚至直升机代替了忠诚的夸特马①,作为赶牛的工具,但这里绝不会发生那种事情。得克萨斯的牛仔们坚定地跨在马背上,绝不开车。这事儿听起来充满了浪漫情怀,但主因并不在此,而是出于现实需要。崎岖的山路上岩石遍布,岩石之间的豆科灌木和仙人掌注定了笨重的卡车和任何带轮子的东西都无用武之地,而马蹄则如履平地。牛仔的服装也是同样的道理,要是你不穿皮裤和长袖在灌木荆棘之中骑上一圈马,可以想象会被蜇成什么鬼样子。长袖还能防止晒伤,而帽子的作用很大:炎热的时候遮阳,下雨的时候就是雨伞。

站在此处听之看之,风景简单而开阔:牛、马、绳子、牛仔的歌、辽远的天空和仙人掌、野牛草、大须芒草、得州冬草。所以身处其中,牛仔们很容易产生"不知今夕何夕"的年代疏离感。

赶动一群牛并非难事,特别是以极度温柔和礼貌著称的红安格斯牛。(要是你自觉状态甚佳,还可以去跟有点儿猛的婆罗门牛较较劲。)杰夫、凯西和卡梅隆保持着牛儿们抱团的队形,偶尔挥挥手臂,发出"呜——呜——"的喊声,或者声如洪钟地大吼一声:"来吧,孩子们!"

杰夫继续刚才的谈话:"我从没说过什么爱不爱的。"

凯西:"哦,那就闭嘴,别说了。"

卡梅隆:"你们可认识整整六天了啊。"

杰夫:"八天了呢。她人超棒的。"

牛仔们吹出嘹亮的口哨,把皮裤拍得啪啪响。牛群非常默契地一致行动,仿佛一块厚厚的毯子,点缀着深深浅浅的琥珀色。牛群发出轰隆隆的喘息声,那是一曲慵懒的歌:"哞——哞——哞。"

即使是在仿佛一切都现代化规模化了的今天,牛肉的生产,仍是一件十分个人化的事情。这事关一种文化,以牛和牛仔为主体的文化。要

---

① 美国马种,以赛马、西部牛仔运动马、马展、役用牧牛马而闻名。——译者

拉去市场上的牛（公牛）出生后半年都呆在这样的牧场，和母亲一起休闲地吃草，慢慢长大。之后就被送上拖车，带去拍卖。从拍卖场的牛棚出来以后，它们就要进饲养场了，那可真是牛儿们的地狱。十多万头牛在狭小的空间里挨挨挤挤，吃着谷物和抗生素混合的饲料。这种食物只有一个目标，让它们长膘。这是现代工业社会心知肚明的流程：大家都吃得起的牛肉，就只能这样生产。让牛儿年复一年地吃草，慢慢长大，这也太久了，成本太高。美国也没有那么多的草能吃。成本低廉的谷物，才能造就价格合理的牛肉。

基本长成的牛犊会在条件恶劣的饲养场再呆上半年，每天能长一点五公斤的肉。进来之前只有三百六十多公斤左右，而半年的暴饮暴食之后，才一岁多的牛儿就有五百四十多公斤了。不过中间的差价少得惊人，饲养场每卖出一头牛，只能赚3美元。从饲养场到屠宰场，那里每天都发生着每个老饕虽未曾得见却奉为神圣的仪式：动物变成肉食。屠宰场的人带着一脸坚定的冷漠，机械地重复着压缩包装的动作。没有感情，没有温度。吃肉，是人类诞生以来就久远流传的传统；这里，既继承着传统，又随着时代变迁不断改变，将利益最大化。从这里，牛肉终于要进入各个公司，变成那些鼎鼎大名的品牌。号称美国食品"四巨头"的泰森食品（Tyson）、嘉吉公司（Cargill）、斯威夫特（JBS Swift）和国家食品（National）几乎包揽了全美所有屠宰好的牛肉。

每年，美国人会吃掉将近一百二十二亿公斤牛肉。平均下来每人约二十八公斤，每天约零点一公斤。这个势头有增无减。仅仅在过去十年间，对牛肉的需求就增加了20%。个中原因，一是人口增长，二是在食品科学家与种牛提供者的努力下，我们的牛排越来越好吃了。

生产牛肉的科技含量，说高也高，说低也低。传统的方法与先进的技术交织其中。而这一现象的载体，有科学的发展，也有热情的牛仔。

那噩梦般的一天，多内尔在东边的牧场上，眼睁睁看着受伤的天启。他面色苍白，恶心想吐，对他来说，这痛苦无异于自己的房子被燃烧的火舌吞没，更不亚于大婚之日新娘突然反悔，消失得无影无踪。牧场的人工授精中心有一个银色的液氮槽，里面保存着大约一百管（他常把那种试管容器戏称为"稻草"）天启的精液，这不算多。他精心繁育的天启啊，是全世界身价最高的红安格斯牛，现在却有气无力地躺在他的脚边，一文不值。

就算是世上最勇敢、最熟练的牛仔，也不可能从一头瘸牛那儿取得好的精液。受伤之后，牛承受的压力增大，精液的数量和质量都会大打折扣。（取精液的方法比较简单直接。先把牛赶到围栏里，里面有一头"勾引"它的母牛。马也可以。公牛嘛，看到什么东西都想"上一上"的。牛仔站在旁边等几分钟就好。手里拿着一个人造的阴道，说明白点就是暖和的水球。公牛开始射精时，牛仔就赶快伸手，把公牛的阴茎放进人造的阴道。一般来说，上等的公牛一次射精可以达到两百管，都能用于牛种繁育。所以就算这活儿又脏又累，也值了。）

呆了一会儿，多内尔从腰带上取下手机，给老婆凯莉打过去。凯莉在牧场的总部，就是远处那个山羊圈旁边的小红房子。多内尔就在那里长大。现在一家人都住在那里：他、妻子凯莉、两个儿子塔克尔和兰汉姆，都是十几岁的年纪。

"哎，多内尔。"凯莉也一时无法接受这个晴天霹雳。这女人也是十分狂热的优质牛繁育者，还是美国安格斯牛协会的会长，对此她一直倍感自豪。她不仅仅是个贤内助，更是牧场的营销专家和智囊核心，说话绝对算数。她转身把这个消息告诉了多内尔的妹妹贝琪，她也在牧场的办公室工作。很快，这一家兄弟、姐妹和子女全都知道了，痛苦忧愁的阴云笼罩在整个牧场上空。

最后，多内尔做了决定。他不会就此放弃天启，绝不。他要想办法救它。于是他费力地把天启弄上拖车，开了五个小时，来到奥斯汀①附近的兽医院。一番检查之后，医生告诉它，天启右后腿的膝关节有两条韧带撕裂，分别是前十字韧带和内侧副韧带。"我们这里做不了什么。"兽医说，接着给多内尔介绍了堪萨斯州立大学的有关专家。开车去那里要整整十一个小时。多内尔二话没说，马上跳进车里，风驰电掣，一路向东。曾经有一匹闻名于世的赛马"巴尔巴罗"，也经历了伤痛与坎坷。如果还有动物像这匹赛马一样，值得为之跋山涉水、竭尽全力地求医问药，那就是天启了。

"我们可以给它做个新的膝盖，"堪萨斯的兽医的语气听上去没有多少信心，"只能试一试。"

多内尔的父母罗伯和佩吉以前也住在牧场上的红色小屋里。1998年，两人双双退休，搬到城里去了。用于养老的房子门前有高高的石柱，很是豪华。罗伯父母的人生历程如出一辙。不过，佩吉总会想起牧场的生活，有些伤感。她想念牛仔们，想念他们高亢快乐的歌声与没有恶意的恶作剧。嫁给罗伯之前，佩吉的全名是佩吉·多内尔。多内尔的名字就是这么来的。

罗伯七十四岁高龄，在饲养肉牛的圈子里，他可是个响当当的头面人物。今天美国人的餐盘中能有上乘的美味牛肉，罗伯的作用不可忽视。他还是血气方刚的愣头青时，美国的牛肉产业非常青睐赫里福食用牛。这种牛产量稳定，肉质细嫩，腱子肉比起得克萨斯长角牛要多得多，理所当然地成为美国人餐桌上的不二之选。

年轻的罗伯人读得州理工大学，发现了一个美丽新世界。"配种！" 1958年，他拿到农业方面的学位，回到家，对父亲说了这两个字。可

---

① 得克萨斯州首府。——译者

以拿赫里福牛跟瑞士褐牛交配，得到的新品种个子比较大，肉质也一样好，不，也许还能更好呢！除此之外，罗伯还有其他想法，他的繁育方法，他的梦想，多得数不清。然而，R. A. 是个恪守传统的老牛仔，对儿子这些天马行空的东西全盘否定。直到 1965 年弥留之际，才不情不愿地给了儿子吝啬的祝福，允许他搞异种交配。短短几天内，他就因心脏病撒手人寰。这事也成了牧场的一个传奇：要是 R. A. 没有放权，那这个家族就不会有今后巨大的成功，不会生产出越来越好的肉牛。

年轻的罗伯开始奋发图强。他将一头赫里福牛与瑞士褐牛交配，非常顺利地产出了大个子牛犊，断奶的时候重达整整四十五公斤，肉质与赫里福牛一样，让人一吃倾心。"太棒了！"罗伯大喜望。但市场的反应却远远达不到他的预期。原因是杂交出来的牛样子很丑。传统的赫里福牛颜色很正，周身琥珀色，看着非常舒服。而新品种呢，居然全身杂毛，有的灰扑扑的，有的身上还……布满斑点。虽然皮毛颜色和肉质没有什么关系，罗伯的牛还是遭遇了滑铁卢，拍卖会上只能贱价出售。因为它们看起来就是一群怪胎。

罗伯开始了新一轮的奋发图强。不断配种，不断改进，不断试验。1975 年，他用一头西门塔尔牛和赫里福牛交配，颜色的问题解决了。一年后，又将杂交种和婆罗牛再次配种，产出的牛犊非常耐热。为了增加牛排的大理石纹路效果，他又加入了红安格斯牛。再从维尔京群岛①运了一飞机的塞内普尔牛回来，让牛儿们举止更大方，性格更温和。肉质细嫩、上乘，十分耐热而性格温和的牛，市场能不喜欢吗？

1989 年，他为自己独一无二的配种申请了商标，"热地"。这种牛到现在还广受业内欢迎。

这时候多内尔也长大成人了，在大学里学遗传学，也入读得州理

---

① 位于加勒比海地区，波多黎各以东。——译者

看不见的美国

工,成了爸爸的校友。斯洛克莫顿和周边地区的牛仔几乎都是这样:大多数人生于斯长于斯,到了年龄就为斯洛克莫顿橄榄球队打六人橄榄球赛(这支队伍可是2005年和2011年的州冠军哦!)。球队名叫"灰狗"。用当地的话说:"灰狗一出手,球场抖三抖。"只要自己愿意,多内尔这样的人大学毕业后的去向早就定了——回到家族世代相传的牧场,发挥自己的价值。不过,墨守成规可没有出路,多内尔得有所创新,制订个商业计划什么的,好对牧场的发展有所贡献,也作为自己崭露头角的资本。

1993年大学毕业后,他回到家,说:"爸爸,稳中求进,好过以身犯险。"多内尔觉得,从某种程度上说,父亲也算是走在时代前面了。他生产着绝对高级的牛肉,不过呢,市场不一定完全懂得这种牛肉的真正价值和可贵之处。多内尔从大学里带回的,除了最新的科学技术,还有跟随时代的营销之道。

市场营销这东西,缩手缩脚,太过含蓄可做不好。而在多内尔的努力下,市场很快接受了安格斯牛。在过去的二十五年,美国安格斯牛协会进行了铺天盖地的强势宣传,安格斯牛在大家眼里已经等同于"世界上最好的牛排"。这里特指的是黑安格斯牛。不过,除非行家里手,一般人是看不出红安格斯和黑安格斯的区别。但协会着重推广的是黑安格斯。因此,在今天的市场上,健美壮硕的黑色牛犊最值钱。不过,两者肉质无甚区别,只是黑牛看上去更养眼一些。

"我们的牛肉,得让人们情不自禁地掏钱!"这是多内尔从开始到现在一直坚持的理念。对于儿子的想法,罗伯当然是首肯的。但年迈的他身体里仍然流淌着发明家的血液,时时刻刻都想尝试新的想法。两人的父子关系是反过来的。多内尔一本正经,做着各种脚踏实地的事情;天天点头哈腰,迎来送往,推销产品。而罗伯则玩心大发,东搞搞西搞搞,把牛的品种玩了个遍。

多内尔像个船长，将布朗牧场整个转了向。虽然仍然提供"热地"，牧场的重心已经从这种高等杂交种转移到了安格斯牛，但不是黑牛，而是红安格斯。牧场致力于利用先进的遗传学技术，成为名副其实的红安格斯牛繁育引领者。

先进遗传学的基因，就在天启身上。他实现了。

负责为天启治腿的兽医努力了整整一年半。手术，复健；再手术，再复健；再手术……终于，2008年8月，兽医无奈地摇头："我已经尽力了。"

"那好吧，"多内尔说，"就这样吧。"

"就像陪伴一个患了癌症的好朋友，"现在回想起来，那感觉仍然十分鲜明，"最终时刻到来的时候，你甚至有点儿解脱的感觉。仅仅是有点儿。"

多内尔不是个情感丰富的人，他没有特别举行什么告别仪式，很直接地把天启送去了屠宰加工场，变成了五百多公斤的汉堡牛排。不过，偶尔回想起来，他有点后悔没留下天启的头，做成标本，像猎人家常挂的鹿头那样留作纪念。是啊，偶尔是有点后悔的。

但他想得最多的还是天启的耳朵。他保留了这头牛左耳的一小片，送到奥斯汀的基因通（ViaGen）克隆实验室，冷冻起来。

现在来说说杰夫吧。杰夫以前在屠宰场干活，简直烦透了那里的工作。"一大群疯子一样的家伙，拿着尖刀颠来跑去的。"杰夫和多内尔不同，他孑然一身，十分自由，没有与生俱来的家族使命，没有早就注定的终身目标。"我就是一直想当牛仔，还是小屁孩的时候就想。"杰夫说。家里没有牧场让他继承。杰夫的父亲是个保险推销员，很久以前就逃离了祖上传下来的牧场，也一直苦苦哀求儿子快点放弃孩提时代不切

看不见的美国

实际的牛仔梦。但所有的规劝和恐吓都无济于事。男人嘛，总是不撞南墙不回头的。杰夫进大学学农业，整个大学时代都在兼职做牛仔。两年前，他得到布朗牧场的工作，正逐渐积累做牛仔的资历，以期在业内扬名。

杰夫："不好意思，整天都在说她。对不起了哥儿几个。但我遇到个妹子多不容易啊，我们这儿女人还能更少点儿吗……"

卡梅隆："才认识八天啊大哥，八天而已！"

杰夫："我又不是不会数数……"

不讨老婆的话，生活总感觉缺点儿什么。杰夫在教堂遇见了"新生活的希望"。他去那个教堂做礼拜将近一年，本来准备退出的。（"我就想，这教堂里怎么没啥女的啊？"）遇见的这个女孩人很好，也很漂亮。不过关键是她住得不远，也就往北五十七公里而已。要讨老婆的话，得选住得近的，他可不想搬到不想去的地方。身边的朋友很多都结婚了，杰夫看过很多。和牛仔结了婚之后，老婆们就不让老公做牛仔了。杰夫是要做一辈子牛仔的。凯西、卡梅隆和布朗牧场上其他十几个牛仔也是。对此，有很多"格局太小"的人表示不解。一个男人怎么会选择这样一份工作啊，穿着长袖衬衫，厚厚的皮套裤，骑着一匹汗涔涔的马，每天在得克萨斯州飞扬的尘土中工作十二个小时。每个月还只能拿两千美元左右的薪水。在得克萨斯，这样的行为尤其令人不解。毕竟，脚下就是一片巨大的油田，大字不识、毫无经验的人去哪儿随便捞一把，薪水也是牛仔的四倍呢。

但对于牛仔来说，这算什么鬼问题。就跟问一条响尾蛇为啥不变身做土狼似的，毫无逻辑，愚蠢透顶。我们就是牛仔啊，生来就是。钱不钱的，不重要。（还有，听清楚了，牛仔才不去开采什么油田，整那些破机器呢。）牛仔更像诗人，身上永远洋溢着涌动的激情，如起伏的群山、飞扬的尘土一般古老的激情，和世界经济什么的半点关系也没有。

无论萧条繁荣，牛仔都能找到自己的生活之道。他关心和谈论的永远是自由与自主的灵魂和美国精神。他明白一个男人的精气神来自他策马奔腾的这片大地（不管是否能驾驭这片大地）。他嗅闻泥土的气息，心旌摇曳摆荡，灵魂天马行空。他极目远眺，高远无尽的天空下，黄褐色的山脊连绵起伏，让人叩问与思考人生的无穷。他聆听广播里牛仔的自由之歌，由衷地感谢美国。他热切盼望着灵魂升华，上天堂，见上帝的那一天。他遵从《圣经》中的教诲，黎明起身，挂上马鞍，策马飞奔。

"来啊，孩子们！"卡梅隆喊道。他胯下的马走得很慢，慢得他都快睡着了。按照这个速度，把牛群赶回主牧场还得两个小时。那这一路上就跟这群牛儿马儿们玩一玩儿吧。凯西先来活跃气氛，用杰夫的马"獾儿"展示了自己的套索技术。具体点说，他把獾儿的后腿做了套绳的靶子。很快卡梅隆也加入这场炫技中。两人把套索挥得高高的，手腕发力，啪的一声打下来。杰夫和獾儿呢，一点儿也不介意。要是腿被套住了，獾儿就淡定地抬起腿，晃一晃。杰夫不知怎么唱起了"一闪一闪亮晶晶"，凯西简直想把套索往他脖子上扔。

"野猪！"卡梅隆突然大吼一声。灌木丛那边大概有十头左右的野猪蹿跶过来。这些黑黢黢的丑家伙，别看个子小，凶起来可不得了。卡梅隆赶紧伸手拿马鞍上的来复枪，但野猪们太快了。得州这片儿的野猪特别猖獗，是牛仔们的一块心病。卡梅隆是这片儿最棒的野猪杀手，至少他自己嘴上经常这么说。他们放马鞍的房子里有块白板，上面是牛仔们射击野猪的纪录。每年卡梅隆的成绩都遥遥领先。

"今年你的野猪都不算，除非你带点儿什么回来，哪怕一条尾巴也好，"凯西严肃地说，"至少一条尾巴。你得有证据啊。"

"你们这些人真是的，输不起。"

回到牧场，把牛群赶到圈里，时间已近正午。接着他们又马不停蹄，吹着口哨，挥着皮鞭，乖巧的马儿全速跑来跑去，把母牛和牛犊子们分开来。

为了保持牛儿们外观的统一，同时也把控质量，多内尔设法把所有母牛的发情期都调节到同一时段。母牛们一个挨一个地通过金属槽，杰夫拿着棍子在后面戳，卡梅隆和凯西则依次给它们装上"播种机"。这是带有孕酮的阴道管，每个上面都系着蓝色的细绳。绳子露在母牛体外，以便几天后取出。孕酮可以防止母牛体温过高。多内尔做好准备，牛仔们就把管子取出来，给每头牛来一针促进排卵的前列腺素。比如，要是周二打了前列腺素，每头牛在周三的凌晨两点到下午两点，体温就会一直很高。一位牛仔戴上胳膊那么长的手套，拿着人工授精"枪"（注射器），把含有两千万左右精子细胞的管子射入母牛体内。

乔治是个老牛仔，在这个牧场上一呆就是五十七年。他是干这活计最专业的行家里手。"他的手特别灵巧，能非常顺利地在母牛体内找对路。大多数人都做不到。"多内尔说。乔治会伸出手臂摸索牛的生殖道，另一只胳膊则推动注射器，经过子宫颈环（这一步很考验技术），在子宫颈的入口把精子打进去。给一头牛注射大概需要六十秒。牧场上一千三百头牛都是通过这种方法进行授精的。每天需要注射四百头。

有着上等遗传基因的巨星母牛们待遇自然也"高牛一等"。"小雅"就是布朗牧场这群牛中比较亮眼的一头，她会受到特殊的刺激，以达到最大的排卵量。给她注射的精子也经过了专门挑选。排出的卵子大概十几枚，会进行冲洗并速冻起来。要是多内尔愿意，可以在网上以 1 000 美元一枚的价格出售。不过，他一般都是将卵子植入代孕的母牛体内。这些可怜的牛妈妈们，因为基因一般，没有繁育自己后代的资格。接着，牛仔们又对"小雅"进行刺激，让她排出更多更多的卵子。

要是没有这些科学手段辅助，一头成年母牛每年只能生一头小牛。但通过上面这种代孕的方法，"小雅"的卵子每年能产出多达二十五头牛犊。

一周之内，布朗牧场上经过人工授精的母牛们，大概有65%都会身怀六甲。那些没怀上的，就得放一头公牛出来让她们自然受孕了。九个月后，新生的牛犊呱呱坠地。这个过程周而复始，生生不息。

总的说来，杰夫对这份牛仔的工作还是很满意的，赶赶牛群，帮她们生生孩子。但对里头这些科学的东西，却不怎么感冒。也不是说伸手到母牛体内就怎么恶心了。那些黏糊糊的脏活累活也没啥。他不喜欢的是试管啊、电脑啊、注射啊、记录啊这些东西。"这有啥用啊？"他的梦想比这远大多了。他梦想着能在一百万公顷的广阔牧场上工作。内布拉斯加、蒙大拿……什么地方都行。那些地方每年只召集两次牛群。牧场主交给牛仔每人一罐豆子加一千二百头牛，走得越远越好，除了带回来进行身体检查，其他时候就在外面撒着欢地跑吧，吃草吧。

真难想象，有着这样一种梦想的男人，怎么娶老婆。真难想象。

要不要克隆天启呢？这真是件大事。多内尔举棋不定。以前他从没干过这样的事情，也没想到自己会如此进退两难，犹豫不决。花上大概2万美元，实验室就能创造基因与天启一模一样的牛儿，它很快就能来到那一片蓝绿茫茫的草地上吃草，好像天启从未离开过。从技术上来说，多内尔实际上可以要求克隆两头天启、二十头天启，甚至更多。

他常常极目远眺，出神地望着地平线。多内尔喜欢开着卡车，一开就是一整天，有时候一天能开出数百英里，一路看看有没有中意的公牛和母牛。"这件事情，一定程度上是对上帝的亵渎，"多内尔谈起克隆的决定，"还得考虑我们的商业模式。"他的头发剪得很短，因为多年戴着牛仔帽，就被压得更平。脖子上的草绳挂着随身携带的墨镜。"就像我对我父亲说的：'稳中求进，好过以身犯险。'"

他刚刚从得州科尔曼的一个农场回来，在那儿把七十个特别金贵的

看不见的美国　　177

红安格斯牛胚胎植入了代孕母牛体内。回到牧场,他径直来到人工授精中心,看看那儿的活进行得怎么样了。今天的事儿很多。春天的牧场总是特别忙碌。他把卡车停好,发现浆洗过的牛仔裤脚沾上了些泥土,已经干掉了。他拿出一把总是别在腰带上的折叠刀,展开,仔细地把泥土都刮掉了。

人工授精中心很简陋,白色锡皮围成的牛圈周围有一圈围栏和红色的门,一推一拉,吱呀作响。这里是牧场的尽头,两翼的山间林木幽深,是成百上千头黑安格斯公牛纳凉休闲的好地方。山顶上孤耸着一座钻油塔,上面的装备发了疯似的,一上一下,一上一下,仿佛是过分狂热的信徒在祈祷。中心的主场里面,最引人注目的就是那"万能"的灰色金属槽。大得吓人,设计却精巧。在液压、挤压和阻力的作用下,能稳稳地托住牛儿们。固定好之后,牛仔们就能随心所欲地授精、阉割、烙印或触摸牛儿,进行疾病诊断了。

今天,牧场来了个精通超声波技术的牛仔。他是自由职业者,没有特定的牧场。随身的仪器和电脑相连,电脑上则插着 U 盘,里面的信息最终会被传到衣阿华州的一个实验室。牛仔们将图像转为数字传过去,实验室的技术人员再运行一个特定的程序,对这些数字进行破解和转换。

"好啊,先生!"多内尔露出热情的笑容。

"你儿子还好吗?"牛仔问道,"明年该去打球了吧?"

"是的,先生,塔克尔要打四分卫[①]。"多内尔说,"我们很为他骄傲。"

"我来搞定这些牛吧。"牛仔边说边拿起一个电动剃须刀,"还剩下大概六头,有些品质挺不错的。"他从一头四百二十公斤重的青壮年公

[①] 橄榄球赛的得分主力。——译者

牛背上剃了些毛，又喷了点儿润滑油，接着准确找到第十二根和十三根肋骨之间的位置，把超声仪轻轻放上去。电脑屏幕上准确无误地出现了一块肋眼牛排，虽然图像有点抖动，但还是像放在牛排馆的餐盘上一样清晰。

"不错的大理石纹，"多内尔说，"嗯，真的很不错呢。"

牛仔给肋眼拍了张照，又检查了背部脂肪。所有的动物在屠宰后，脂肪都会被切割到一英寸厚，这是肉食行业的标准。所以脂肪含量要低，大理石纹路指数要高。整个超声检查耗时不到五分钟，大功告成后，牛仔会抬起控制杠，被松绑的牛儿嚎叫着跑了出去，另一头则哼哧哼哧地跑进来，弄出很大动静。图像被转换为数字后，就会传送到美国红安格斯牛协会。只要有电脑，就能查看所有注册动物的相关数据。以前要给一头牛定价可没这么透明。也就是几十年前吧，一切都只是跟着感觉走。牛的主人们在集市的牲口展示会上，来点噱头，炒点气氛，传点谣言，让人群兴奋起来，一般都能卖个好价钱。卖主把牛喂得肥壮结实，洗得干干净净，把毛皮擦得顺滑锃亮，还要在必要的地方染染毛色，喷点发胶；接着牵着它在人们面前绕圈圈，希望能在众牛之中拔得头筹，赢得买主的青睐。胜出的牛声名远扬，那一整年的配种费都会很高。这项传统一直延续到今天，但很多时候不过是走个快乐的形式。哪个牛仔不想在沃斯堡牲口展示会上所向披靡，在厚厚的绿天鹅绒帘子前，和自己的爱牛合张影呢？

至于给牛定价，如今都在电子表格上完成了。多内尔这样的牛仔在自己的黑莓手机上就能完成。公牛与公牛、母牛与母牛之间的差异很大，主要的指数是后代预测差异（EPDs）。一头牛的完整 EPDs 数据就像纳斯达克无穷无尽的报表，令人头昏眼花的数字标明了体重、大理石纹路、肋眼区域面积、脂肪厚度、母乳量、能量值、分娩难易度、出生体重、断奶时体重、周岁体重和阴囊围……一共有十四项指标，都以相

看不见的美国

对值的形式出现，这就是对牛儿后代的预测数据。

那些周末才做做牛仔，仅仅以此为乐的人是很难读懂 EPDs 数据的。然而对于走在时代前沿的种牛生产商多内尔，这些信息简直比黄金还珍贵。来，一起来"制造"一头更好的牛吧。把能量值和分娩难易度指数最佳的母牛与大理石纹路和肋眼区面积得分最高的公牛交配（网上的EPD 配种计算器能在这项工作中发挥辅助作用），要是没能达到完美的结果，那么就接着跟两头牛的下一代耗下去，一试再试，总能"守得云开见月明"。

那荣耀的一天终于到来，你制造出前无古人的完美肉牛，超越了所有牛仔。你当然会给它一个光芒无限的名字，天启。如果这头牛不幸残废了，你当然会尽一切所能来挽救它。那么，如果没能挽救，必须把它送去宰杀，你就应该……克隆它吗？

迄今为止，美国成功克隆的牛不超过一千头。市场的反应比较混杂。很多人不清楚自己愿不愿意吃克隆牛肉。这是消费者惯有的举棋不定。

但这可是天启啊。是一头开了先河的牛，是应该载入史册的牛。如果要克隆它，多内尔需要七名联合投资者的认可。

一个夏日的深夜，他坐在电脑前，给所有投资者写了一封邮件。写完又认真读了一遍，确保措辞得体。接着他发了一会儿呆。把问题放到明面上说，没事的。就是问问而已，没事的。

10 月，湿润的天气把一切氤氲得格外美丽。斯洛克莫顿的年平均降雨量仅为约六十六厘米，所以干旱是常常笼罩在人们心头的阴云。一有喜雨降临，就像上帝降下天大的福祉，麦田得到滋润，如绿毯铺展；水坑全部填满，处处雨水充盈。这是个丰年。去年 4 月，杰夫、卡梅隆、凯西和乔治经手授精的所有母牛刚刚经过了验孕，从结果可以预见来年春天大量牛犊呱呱坠地的场景。布朗牧场第三十五届公母牛与夸特马拍卖会将在几周后举行。目前标价最高的是"涡轮"、"目的地"的儿子,"切诺基峡谷"的曾孙,"天启"的侄孙。它的 EPDs 数据极佳,肌肉内脂肪得分更是高居所有在售公牛的榜首。

"涡轮引领您乘风破浪,"在 2009 年销售目录的第六十七页,多内尔这样写道,"美国育种业正以前所未有的速度发展,选择涡轮,您将迅速成为该行业的领军人物。"他对这头牛的估价是 25 000 美元,而另外五百头牛的估价是平均每头 3 000 美元。

仿佛要为这大好形势锦上添花,斯洛克莫顿灰狗队在区域性橄榄球赛中再次领先,四分卫塔克尔·布朗率领球队保持了七场连胜的战绩。

多内尔、凯莉,还有斯洛克莫顿的每一个人,几乎全都欣喜若狂,对这些捷报频传的"狗儿"们着了魔。每到星期五晚上的赛场,就会看见他们穿着象征灰狗的金色与紫色,摇旗呐喊,还一边给遥远城镇的亲戚们发短信,对赛况进行实时播报。餐馆的墙上贴着球员们的单人海报;人们到教堂祈祷,都会虔诚地请求上帝再赐予一场胜利,再一场,再一场。凯莉会疯狂地为儿子加油,但从来不会计算他得了多少分。"我会计算他做了多少次助攻。比赛结束下场的时候,我会告诉他帮别的小伙子得了多少分。"

喜上加喜,杰夫交了新女友。对了,还是两个呢。之前那段八天情无疾而终。管他的呢。现在他的生命中出现了一个汉娜和一个萨拉。两个女孩竟然都知道对方的存在。因为杰夫可是个实诚的小伙子。特别实诚。汉娜这个女孩,各方面都可以说是完美的,住得也不远。但她每天忙疯啦,跟上了发条似的。而萨拉就有点儿让人看不懂了。她和杰夫毫无共同点。她住在城里,看电影、去酒吧是常事。在杰夫之前,她连一个牛仔都没遇到过。真是看不懂!这样两个人,怎么能天天煲那么长的电话粥？这锅粥煲得，简直都要糊了。两人经常在电话里哈哈大笑，都不愿意先挂电话。萨拉还来看杰夫。他对她特别坦白。他说："我还有汉娜。"还说："我是基督教徒，你是犹太教徒，这可怎么好？我们的孩子该信什么教呢？"还说："我绝对不会搬到城里去的。"接着又说："我是个牛仔，心怀牛仔梦。"

他自己心里一遍遍地想，真是不懂这事儿怎么成了的。结果又不知不觉拿起电话打给萨拉。

昨晚，萨拉从达拉斯一路开车来看杰夫，还带给他一样礼物。今天早上，在马鞍房，杰夫一边絮絮叨叨地说着这事儿，凯西和卡梅隆一边听着。三个人都给马上好了鞍，飞身上马，踩好脚蹬，满怀关爱地拍拍马儿的身侧。

杰夫："我不是不喜欢！我只是想说，一个大城市的女孩子，根本不懂牛仔要穿什么样的衣服。"

卡梅隆："你不会对她说句'谢谢'就好了吗？"

杰夫："但是我不明白啊。特别不明白。看见那衣服，我简直一愣。'哈？'肩膀上有两块皮。我就说：'这个有啥用啊？'"

凯西："你就该说句谢谢，然后闭嘴。"

杰夫："我跟她说了啊，我说衣服很柔软，料子摸起来很棒！说不定是什么设计师品牌呢。她说是从特别高级的店里买的，叫个什么诺伯特斯百货？"

凯西："诺德斯特龙百货！那店里有台大钢琴，随时都有人弹呢！"

杰夫："钢琴？"

卡梅隆："哥们儿，咱能换个话题吗，太无聊了。"

杰夫："反正我可穿不得肩膀上有乱七八糟玩意儿的衣服，感觉不好。她可能是看到有格子花纹，所以觉得这是牛仔的衣服。哎，感觉很不好。"

多内尔走了过来。

"早上好,各位,"他说,"准备好了没,咱们走吧?"

"好了,先生,"卡梅隆说,"马上就出发。"

不管卡梅隆、凯西和杰夫这牛仔三兄弟把自己收拾得多干净整洁,多内尔通身的那种简洁干练,始终要比他们高上两三个档次。他穿着质地上乘的深色牛仔裤,一件经过专门浆洗的卡其色衬衫,上面绣着"布朗牧场"几个字和专门的标志。

四人的目的地是五小时车程以外的一个竞技场。只有专门从事牛仔工作的人才能参加比赛。这里可看不到电视上那些穿着闪亮表演服、靠竞技表演为生的选手。参加比赛的牛仔是以牧场组队,所有牛仔在这里展现的技艺都是每天的工作中会运用到的。套索、诊断、挤奶、骑野马等。(这种竞技场里看不到骑公牛的项目,因为任何有自尊的职业牛仔绝不会蠢到自己爬到一头公牛背上去找死。)

今晚杰夫要骑野马。当然啦,做野马骑手是相当有面子的;不过,也只有没老婆没孩子的年轻人才来干这个。就是……以防万一嘛。杰夫很自豪能成为代表布朗牧场的野马骑手。这样他能在业内扬名,写进简历里也是相当有分量的。

四个人分两辆卡车去。多内尔独自一人。其他几个清楚得很,他经常把五个小时的车程变成十个小时。他喜欢中途停车,四处走走看看,跟潜在客户聊聊天。今天他肯定会到处发销售目录,在别人的牲口棚、饲料店或者任何看上去合适的地方张贴涡轮的海报。他车里放着一大卷呢。

很快,多内尔就独自驾车飞驰在183号高速公路上了。一辆小卡车从对面车道开过来,多内尔竖起两根手指头向车里的人挥一挥以表致意。每经过一辆车他就会做这个手势,一遍又一遍,直到抵达一个小镇,那里的人们他很多都认识,都致意不过来了。接着,他又从小镇出

看不见的美国　　**183**

发，一直伸着两个手指头，向擦肩而过的卡车致意。就这样挥手致意，目光锁定地平线，一直驱车前行。

所有的投资者都同意克隆天启。但有时多内尔却暗自希望其中有人表示反对。真的，有时候他真的这么想。有时候上帝把决定权从你手中夺去，反而让事情好办许多。现在则完全取决于多内尔了，要不要打电话给克隆实验室，要不要启动这件大事呢。他心里悬而未决。

他爸爸的回答是"不要"。事实上，他的回答是"不要，千万不要"。翻译一下，就是"到底为什么要花这么多钱做这么荒谬的事情呢？"挺好笑的。因为过去一直是爸爸特别喜欢创新，什么事都要去尝尝鲜，而多内尔是循规蹈矩、墨守成规的人。现在出了这件事，父子关系仿佛才正常了些。

不过爸爸还是那个思想更开放的人。他觉得，很快就会有更好的牛出现。比天启更优秀，更让人惊喜。所以，请把你的信念和精力都用在这上面，祈祷这头新牛的出现。向前看，别纠结于过去了。

多内尔很难做到这么洒脱。他是个牛仔，一个恪守传统、不忘过去、尊重前人优良经验的牛仔。向前看固然是很好的，但过去是如此完美，要他怎么割舍呢？

克隆与否，他还没决定。也许会，也许不会。但他没有因此而忧心忡忡，徘徊不前，而是积极思考，准备让天启和小雅杂交。一头是顶级的红安格斯公牛，他有精子；一头是顶级的红安格斯母牛，他有卵子。现在，十六头代孕母牛的子宫中都有了结合的胚胎。明年春天，牛犊们落地的时候，他再来看结果如何。他会耐心等待。

无论如何，此时此刻，他最希望的是自己带了把钉枪。真笨，怎么没提前想到呢。这家饲料店只许他把涡轮的海报贴在店门口的软木板上，但胶带不起作用，也没有多余的图钉了。他也不愿意取下别人的海报把自己的钉上去，这种事儿他多内尔可干不出来。

他需要一把钉枪。所以一看见沃尔玛，马上就开了进去，停好车。他的靴子后跟上连着漂亮的马刺，这是他在1989年得州牧场牛仔竞技比赛中骑野马赢来的，当时那叫一个威风。他身上穿着那件上好的衬衫，绣着布朗牧场的标志。一低头，发现自己精心浆洗过的牛仔裤上沾了一点泥土，已经风干了，他马上抽出别在皮带上的小刀，展开，把泥刮掉。接着伸手到车后座上，拿上自己帅气的黑色牛仔帽。每年秋天这都是他最爱戴出来的帽子。戴好帽子，压低帽檐，下了车，他昂首阔步地向前走着，靴子后面的马刺碰撞着，发出清脆的叮当响。

　　于是，这个10月的下午，一个牛仔带着通身优雅又充满男子气概的尊严气派，走进了沃尔玛。他大步流星，浑身散发着光芒，如同雨后那轮炫目的太阳。

油井风云

阿拉斯加北坡，欧古鲁克岛，先锋自然资源公司海上油井

"土狗"总是风风火火跑个不停。"稍后再找我。"每次我试图接近他，他就甩来这么一句，然后一整天无影无踪。这里要找个藏身之处可不是那么容易的。总面积三十六亩的小岛，北极圈以北约四百公里，距离阿拉斯加海岸好几公里，位于波弗特海上。一眼望去，视线里全是白茫茫的雪、幽灵一般的雾气和冰冷的钢铁森林。室外的温度是零下38℃，此时刺骨的寒风还有越刮越猛的趋势。

"嘿，你！"我终于在营地二楼的吸烟室找到了"土狗"。他正斜靠窗边，看着远方。窗外雪片横飞，仿佛一幅天然的厚帘，挡住了他的"内伯斯19AC"钻油平台。这个平台位于小岛的另一边，距离这边大概半个橄榄球场。黑暗中仅凭那边射来的一点灯光，只能勉强辨认它的位置。平台上耸立着蓝黄相间的高塔，各种各样的大型成套设备高高地堆叠起来，下面就是深不见底的油井，油钻就从这里深入到海底。"土狗"是钻井技师，这个平台是他亲手建立起来的。钻井技师的工作，就是建立平台，负责钻井作业。我还不太清楚他怎么得到"土狗"这个绰号的。有人说是因为他生气起来就跟疯狗打架似的；有人说是因为他有部分的黑脚族印第安人血统，有个古老笑话里的男孩也是来自这个部族，男孩的名字叫"二土狗杂种"。（当然他只同意叫"土狗"，他说原名真是"像狗屎"。）

不是每个人都有油井专属外号的。不过，无论听上去好坏，这些外号既不代表你臭名昭著，也不代表你福寿绵延，更不代表受不受尊敬。有些人，比如"小龟"，比如"功夫"，比如"脑子"，比如"土狗"，他们好像注定拥有自己的外号似的。

"你听到了吗？""土狗"把头斜靠在窗户上，问道，"呼啦，呼啦，那是扭矩①在作用着呢。"

他身材矮小，但十分敦实，好像一个不倒翁。初见时，你会觉得他跟这儿的很多人是一个模子印出来的：留着小胡子，金丝架的眼镜，戴着帽子，穿着卡尔哈特牌的连裤工作服，脚蹬居家拖鞋。这一片冰海冻浪之上生活着大概就十个人，全是男人，有的整天穿着睡衣晃来晃去的。因为油井需要二十四小时值班，也许很多人才刚起床走出房间刷牙。不许穿靴子，这是营地的规矩。所谓营地，就是一连串拖车，外面结了冰，里面却十分舒适，温暖明亮。每周，卡车会开在结冰的路上，送来新鲜的食物。每间房有两张床，还有能好好洗个澡的卫生间。

"你知道时间是用来做什么的吗？""土狗"问我。

"用来做什么的？"我反问。

"防止所有的事情同时发生。"他说。

我看着他，很礼貌地点头表示同意。他狠狠吸了一口香烟。

"你能想象没有时间存在吗？"他说。我之前还没注意过，他双眼的眸子是那种深深的铁锈蓝，两眼之间的山根上爬着一条小蛇般的伤疤。头顶帽子上写着几个字："阿拉斯加，尽情捕猎"。他睁大眼睛，脸色涨红，那条伤疤显得愈加清晰。"要是时间不存在了？"他说，"砰！"

我一动不动地盯着他。

"干吗？"他问道。

---

① 扭矩就是让物体发生转动的一种特殊的力矩。石油钻井中，钻头、转盘、发动机等设备开动时都会产生扭矩。——译者

看不见的美国

"我还从来没这么想过。"

"要是你太乱了,这样想想还挺好的,"他说,"我的意思是,你脑子里太乱,乱成一团浆糊了。"

他说自己现在特别乱。各种各样的考虑纠缠在一起:家庭、金钱、事业……全都堵在脑子里。不过,他又说这不是什么大事。一切都是可以解决的。"有时候就是觉得,这春天太他妈糟糕,说不定要坏事儿。"

他又看向窗外,听着设备工作的声音,发动机低吼着,正努力将钻子送进岩石。"那油井在跟我们说话呢。很多话,很多话。呼啦,呼啦。真是难以置信。"

我请他带我去那边,四处转转,解释一下平台上的各项工作。没有"土狗"的允许,谁也别想擅自到平台上去。"我都求了你好几天了。"我说。

"也许明天可以吧。"他说。

我说跟着他追来追去的,我已经很烦了。

"你要是知道我的'排钩线',就好找我的人了。"他说。

"'排钩线',是油井术语吗?"

"'排钩线'。"他又重复了一遍。

"哦,是钓鱼术语吧。"我大胆猜测。

"'排钩线'!"他说,"就是设陷阱的人,都有自己的'排钩线',懂吗?"

"等等,我们怎么又说到打猎上去了?"

"就是个说法而已!我的天哪,你这女人,真是的!"

"带我去平台上看看。"我说。

"明天吧。"他告诉我必须得走了,跟我说了再见,风风火火地冲出吸烟室。我跟在他身后三步之外,这是我们心照不宣的默契。

他在这个营地断断续续地住了两年。这个岛建立之初他就来了。怎么才能建一个可以搭建钻井平台的岛屿呢？要等到海洋结冰封冻。水是挖不了的，冰却可以挖。挖到底，挖出一个可以填土基的区域，面积将近四万五千平米。找一片碎石和沙砾丰富的地方，建岛需要大量这样的材料。建这个小岛的材料来源于十六公里以外的一个深坑。工人们修建好滑行冰道，开始运送碎石和沙砾。每天就是不停地装载、运送、卸货，一共运了两万卡车，总运程约六十四万公里，能环绕地球十六圈了。动作要快，必须赶在滑行冰道解冻之前完成。碎石和沙砾一车一车地被倒在建筑工地，被堆成一个面积两万四千平米左右的长方形。接着又马不停蹄开始修筑挡土墙。对，这要搬运更多的碎石沙砾，一共八千多袋，每袋重六吨左右，一袋又一袋地堆起来，发出砰！砰！砰！的闷响。就这样筑起一道屏障，遮挡夏日的海浪。动作要快，必须赶快将小岛与十公里以外的海岸连接起来。他们挖了一条沟，长得难以置信，里面安装一根海底管道，用于原油的运输。这座小岛的建设成本是5亿美元，这是数得出来的花费。看不见的成本呢？就是这些工人们的辛勤劳动，六百多人，一直在挥舞着肌肉强健的手臂，在这冷得能冻死人的严寒中，不知疲倦地劳作。

　　有工程师向我详细解释过这一切，整个过程中我一直无法控制地盯着他们，心里想着："我的天哪，美国对石油的需要，竟然到了这个地步。"

　　不过"土狗"倒没什么感觉，"平台嘛，不就是这样的。"他说得轻描淡写。

　　我还是跟在他身后三步之外。根据我的经验，只有这样，他才能分给你一点注意力，哪怕少得可怜。"有时候最好啥都别想，"他说，"不要想，只管做。循规蹈矩，这是最好的生活方式了。下定决心，简简单单地向前看。"

　　通过这种"三步远"的方式，他已经带我看过营地的某些区域了。

看不见的美国

很多时候他都假装我不在。我会向他抛出一连串问题,他有时装作没听见,有时候又耐心解答。还会讲些花边小故事,好像马上要进行高深的宣讲,先来点轻松的东西暖暖场子。"我结婚二十八年了,"他说,"有很多年我们几乎没讲话。可能是因为怨恨吧。不是我怨恨她。那时候我简直就是个混蛋。"他说自己是个独行侠,不爱表达自己内心所想,待人接物最怕麻烦,一切从简。不过,我有点不相信他这一番自我剖析,因为亲眼目睹他在这里多么受爱戴。这么多男人,他是主心骨,统筹全局,把这么多复杂的作业安排得有条不紊。他不无惶恐,却又不得不承认这一点。"我既当爹,"他说,"又当娘。我既是监狱里的看守,又是保释代理人。不过,我想,最重要的角色,还是这群家伙的爹吧。"

我们侧身走下狭窄的楼梯间。这里和营地其他地方差不多,被漆成了淡淡的米色,打扫得极其干净。总的来说,营地有种大学宿舍的感觉,挺舒服的。或者说有点儿太舒服了,跟与世隔绝的潜水艇似的。户外的极端气候让营员们好似置身深海,不得外出。如果想出去走走,你得穿上重约十公斤的极地装备。而外面等着你的,只是一片漆黑。从来都是一片漆黑。我们几乎来到了地球的顶端,这里的冬天如此漫长。每年有整整五十六天,阳光完全不会光顾此地。现在是2月,正是这死寂一片的高峰。营地里的人常常谈起"疯狂"这个话题,互相传授避免发疯的经验,也讨论如何治愈那些已经有点疯癫的同伴。

我跟着"土狗"往食堂走去。路上经过了"功夫"的寝室,门后面传来喧嚣吵闹的音乐,是小提琴演奏的《美丽温柔的姑娘哟你们快快来》。有人喜欢这音乐,有的抱怨说听上去像一只快死的猫在呻吟。不过,几乎所有人都支持"功夫"拉小提琴,这让他整个人变得平静祥和。

"土狗"加快了脚步。他的步伐有点儿鬼鬼祟祟、偷偷摸摸的感觉。我问他多大年纪了。"刚满五十。"他说。

哇，竟然这么直接地回答了，我真是欢欣鼓舞。"这答案真好。"

"闭嘴。"他说。

我们在门厅偶遇"小龟"。还是个孩子呢，胖胖的小个子，永远都是一副没睡醒的样子。"年轻可真不是什么好事，""小龟"一本正经地说，"你知道吗，我的脚居然还在长！"

"不，我不知道。""土狗"回答。

"小龟"有一头耀眼的橘红色头发，发型太非主流了，一边像乱七八糟的拖把被按平了，另一边又竖起来张牙舞爪，而且颜色也太……鲜艳了。他是个码头工，说白了也就是看门的，是钻井平台上级别最低的"小蚂蚁"。

"你收拾房间了吗？""土狗"问他。

"我打算今晚好好干一场呢。""小龟"说。

"小龟啊，你一定要收拾房间，还得洗澡。""土狗"说。

"你知不知道，杰森根本没跟什么叫'黑玛瑙'的黑人脱衣舞娘结婚，""小龟"没理会这语重心长的劝诫，"而且他的车库里也压根儿没有钢管让她练习跳舞！"

"嗯，我知道的，小龟，""土狗"的耐心很好，"这个我知道。"

"他蒙了我一年啊！""小龟"说，"整整一年！我恨死他了。真不知道怎么会交到他这样的朋友。"

"快去收拾房间。""土狗"说。

"年轻真不是什么好事。""小龟"说。

"我要去睡觉了，""土狗"说，"我要进我的房间，把门紧紧关上。"

这座岛名叫欧古鲁克，伊努皮克[①]语，意思是髯海豹，是阿拉斯加

[①] 居住在阿拉斯加北部的因纽特人的一支。——译者

北坡海岸上很常见的一种动物。阿拉斯加输油管道就从这里发端。此地日日进行着开采工作。原油从地壳深处两公里左右的地方被抽取出来，然后开始长达一千三百公里的旅程，向南来到阿拉斯加的瓦尔迪兹市，那里就是输油管道的终点。储油罐汇集在那里，装满原油，顺着海岸来到各地。在华盛顿州北部和加利福尼亚的长滩这类地方，原油经过加工变为燃料，让全世界运转的燃料。不过现在全美很少有人意识到这一点。

数千年来，人们都知道，阿拉斯加北坡是石油丰饶的福佑之地。这片巨大的苔原地带一马平川，看不到一棵树木，只有辽阔的荒野，延绵无尽。从布鲁克斯山脉起伏的丘陵到浩淼的北冰洋，这片总面积超过爱达荷州的土地上，景色没有丝毫改变。数个世纪以来，当地土著爱斯基摩人从自然形成的渗漏泉中挖着一块块被石油浸透的冻土，用作燃料。1920年代，探险家们陆续到来，开始开掘挖洞。1968年，他们发现了普拉德霍湾国家一号油田，北美最大的油田，规模在全世界也是翘楚。一年后又在附近发现了库帕鲁克油田，北美第二大。今天，全美规模前十的油田，有五个都位于阿拉斯加北坡。这里一共有二十四个独立的油田，生产的石油能满足全国总消耗的60%。

要是你以为自己可以随便开车在北坡逛来逛去，和当地人聊聊天，在路边的汉堡店吃点东西歇个脚，那就太天真了。这里没有当地人，没有汉堡店，没有房子，没有城市，没有教堂，没有巨大的广告牌，也没有电台整天放着正打榜的热门嗨歌。油田的大门就是戴德霍斯[①]机场，那儿安保十分严格，能放行的只有三千五百个左右的工人，他们乘飞机降落在这里，坐油田区的专用巴士来到营地，那些地方都是临时搭建的，随到随用，有时呆上两个星期，有时一呆就是半年。

---

① 英文Deadhorse，直译为"死马"。——译者

为了来北坡,我这个外人费了将近一年的周章。这些油田属于英国石油公司(BP)、康菲石油公司(ConocoPhillips)、埃克森美孚(ExxonMobile)等石油业巨擘,他们通常都不愿意对外透露油田中的细节。很少能见到关于阿拉斯加油田的报道,除非是出了什么重大事故,通常是石油泄漏什么的。"碎石铺就的道路附近,阵阵恶臭袭来。"2006年8月的《今日美国》上,一篇文章这样写道,"工人们穿着连体工装,浑身沾满石油。他们手持真空软管和厚毛巾,穿过一片黑黢黢的冻土。远处,一只孤独的北美驯鹿正低头吃草。"那年英国石油公司可谓流年不利,因为某种物质的腐蚀,输油管上破了个硬币大小的洞,相当于五千桶①左右的原油倾泻而出,覆盖在茫茫雪野之上。自然,媒体来了铺天盖地的报道,臭不可闻的原油,忙着抢救现场,干着各种脏活累活的工人们。此情此景,要是出现了一只北美驯鹿,那实在很难不对这美丽的动物产生同情。它身上投射出人类贪婪与掠夺的本性,真是令人灰心。该不该开发石油,争论一经开头,便经久不息。

这座岛上,"土狗"是钻井平台的老大;"功夫"爱咿咿呀呀地拉小提琴;"小龟"总是一副愤愤不平的样子,抱怨杰森对他吹牛说娶了诨名"黑玛瑙"的脱衣舞娘。而修建这座岛屿的是先锋自然资源公司(Pioneer Natural Resources)。正是这个公司,给了我许可,让我来北坡进行不同角度的采访与报道。先锋打破有史以来北坡被前面三家石油巨擘垄断的情形,成为在此地生产石油的第一个独立公司。在很多方面,这家公司都代表着经济的新希望,像一点可以燎原的星星之火。众所周知,这里的石油就要消耗殆尽,产量以每年6%的速度下滑。1988年,石油产量达到历史新高,年产两百万桶;而今天只有可怜的七十万桶。不过,大家心知肚明,其实不是石油在消耗殆尽,而是开采石油越来越

---

① "桶"在这里是石油的计量单位。——译者

难了。管他是煤、石油还是天然气，只要是自然资源产业就有心照不宣的行规，大公司占尽天时地利人和，抢占那些又容易开采规模又大的地方，先赚个够。然后才轮到那些反应敏捷、动作较快的小公司，来锅里翻些残羹冷炙。

那场旷日持久的辩论一直势头不减。我们该不该在阿拉斯加开采石油？该不该在东边的北极国家野生动物保护区附近开采石油？环保人士在发声，大排量汽车的车主们在发声，环境保护的专家们在发声。全社会几乎总动员，讨论如何改变化石燃料的使用。然而，这些辩论一般都忽略了一个因素：不管怎么说，我们一直在阿拉斯加开采着石油啊。过去三十年来，每时每刻都在进行。这里有着地球上最为极端的天气，风寒指数①轻而易举就达到零下72℃。天气太冷，卡车什么的得二十四小时处于运行状态，一熄火就再也发动不起来。每年冬天，有整整两个月都是极夜，天地陷在一片黑暗当中。这里的人们远离家人与故土，很多时候作为一个人的基本生存需求都无法满足。

这些人到底是谁？他们是怎么从地下开采石油的？乍看起来，这两个问题好像三岁小孩都能回答，简单得不好意思问。也许这正是问题的关键所在。原油。石油。我们将它加工成汽油、沥青、塑料与肥料。我们用它给自己的汽车加油，驰骋在用它铺就的道路上。我们用它做成汽水瓶，也做成垃圾袋，里面装着我们吃饭剩下的垃圾；它能变成垫子里柔软的泡沫，跑鞋里的填充材料，还能为我们吃的蔬菜除虫。因为石油，我们才能四处旅游，大吃大喝，安然入眠，穿衣打扮；也因为石油，我们抱怨油价太贵，争论相关的问题，怨恨我们为何如此依赖它，同时又对它爱到疯狂，为此不惜举刀杀戮。它是我们应用最普遍的自然资源，是过去整整一个世纪人类社会进步的源泉。作为这世界上的一个

---

① 在冬季期间，持续的强风天气会令我们对冷的感觉来得更强烈。这个风速与人体对外界温度感觉的关系，称为"风寒效应"。——译者

公民，我们应该了解石油是怎么得来的，这仿佛是最最基础的问题。然而，大多数人对于石油工业和其中文化的了解太过贫乏，好像这些都是天外来客。这个概念太过模糊，不像什么钢铁城、农业社区、渔村什么的，根植在当地人的生活中，代代相传，生生不息。北坡的钻井平台不会在县乡集市上展出，不会评选什么"极地石油皇后"，不会有脍炙人口的乡村音乐金曲歌颂一个在苔原带英勇工作的男人。阿拉斯加的油田文化，无法融入任何与现实生活有关的情境。这里的工人来自全国各地，北至阿拉斯加本地的安克雷奇和费尔班克斯，南至得州达拉斯、亚拉巴马州莫比尔或密西西比州杰克逊。五湖四海的人们在这里工作。一朝返回故乡，和人说起自己的工作经历，妻儿与亲人、友人与邻居全然不知你到底在讲什么。了解你工作的唯一办法，就是自己也找一份那样的工作，成为这无人知晓之地的一员。就连在石油生产占了财政收入百分之九十的阿拉斯加本地，也找不到任何相关的纪念品和明信片。当然更不可能有人跑去脱口秀把北坡的情况说个清楚明白。说起来，我们倒是常常聊起月球那个真正一片死寂的化外之地呢，还常常引经据典，侃侃而谈。然而，在北坡，却有着真正热火朝天的工作，有着滚滚而来的燃料，我们如此渴望、如此需要的燃料。这里的人们与人间最恶劣的环境进行艰难的抗争，只为了获取它，只为了我们。这些人真正与我们的日常生活息息相关，我们怎么会对此一无所知呢？在北坡呆得越久，我心里的问号就越大。

  2007年夏天，我第一次来到这里，那时小岛刚刚完工。先锋公司的达拉斯总部派了很多人去，他们都聚集在一起，惊叹这伟大的工厂。大家一边开着欧古鲁克这个奇怪单词的玩笑，一边感到雄心勃勃，前途无量。我们从海岸边乘船起锚，戴着安全帽，穿着橘红色的救生衣，当然还要架上护目镜。大家正在岛上四处看，一个工人突然拦下大队人马，指给我们看"北极熊笼"，笼子很大，看上去像个小型监狱。营地周围大概安置了十个左右。

"慢着，你们为什么要把北极熊关在笼子里呢？"达拉斯总部的一个人问道。

"笼子是用来关人的。"工人回答，"看到北极熊，赶快拉响警报，跳进笼子里。"

那是美好的夏天，气温能达到32℃左右，成群的北美驯鹿在苔原的湿地中悠闲踱步，有数月的极昼，阳光一天二十四小时普照着这片原野。即便如此，北坡的生活看上去仍然极端恶劣。那样寂寞孤独，没有地方可去，只能呆在营地，每天的盼头不过是几顿饱饭和与家人的一通电话而已。然而，北坡的冬天，却让我始料未及。

2月，我在戴德霍斯机场降落，那天的气温是零下42℃。下飞机之前，我特别担心自己能否忍受那样的严寒。我准备了加厚的连体工装，巨型的皮大衣，超大的手套和超保暖的靴子，但仍然怀疑这些装备不能满足御寒的需要。我全副武装起来，像个宇航员，接着笨拙地跳出飞机，心虚地眯着眼睛，好像有人等在门口要打我一顿似的。结果……根本没那么严重嘛。最初的三四秒钟，我心想，也就是冷了点儿而已，哪有什么惊人。紧接着，我的眼睛仿佛结了冰，冻在脸上。接着我深呼吸一口，肺里一阵刺痛，是不是把冰吸进去了？但愿不是吧。短短几分钟，我的脸颊、下巴和鼻子都开始痛起来，先是表皮疼痛，接着……是肌肉在痛吗？我迅速笼上皮大衣的兜帽，缩着脑袋，让兜帽边缘的毛皮挡住风雪。哪怕是一点点也好。那一刻，我开始崇拜起那些有着浓密皮毛的动物了。

戴德霍斯机场，也就是给你提个醒，算是北坡给你开的一个欢迎仪式。这里没有什么可爱迷人的东西，一切以实用为重。积木一样的铁房子就是办公楼、五金店、旅馆和一个百货商店。百货店外面的墙上画着一匹垂死的马，诡异地伸着舌头。

开往欧古鲁克的两小时车程都在冰道上进行，一路所见仿佛是末日之后的场景。四处是工业化的气息，却没见一丝人烟。倒是看到了一只麝牛。巴士上的暖气很少开动，所以大家都缩进自己的大衣里，瑟瑟发抖，但也没人抱怨。欧古鲁克岛离海岸将近十公里，在北坡的西沿。我们的车穿越北极圈，来到营地，目之所及，没有任何其他的平台与营地。这真是茫茫天地间的一座孤岛，没有任何友邻。

营地也就是一大堆集装箱式住宅，挨挨挤挤，在这样的环境下看上去稍显奢侈。里面有几间会议室，一个健身房，一个电影放映室和一个食堂。负责人告诉我，卧室供不应求，所以我这两周的寻访时间都要住在临时区域。运营组热情的小伙子艾伦主动提出护送我到指定地点。他带我穿过营地，走出后门，刺骨的冷空气立刻将我包围。接着我们进入了一个北极熊笼。

"跟我来。"他说，一边打开厚重的金属门闩。我们从笼子的另一边出去，走进了冰天雪地的夜色里。

"所以我住的地方和营地不挨着啊？"

"哦，很多人都住在这里。"他说。

我们急匆匆地走过一条窄窄的通道，脚下的雪被踩得喀吱作响。眼前是一个长长的建筑物，很像冷冻货车，有一系列的冰柜门。上面用喷枪画着一些彩绘。艾伦猛地一推305号门，门应声而开。房间里有着扑面而来的热气，非常暖和。简单的日光灯下有一张床，上面铺着床单，放着一床毯子。没有水槽，没有卫生间——这些东西都在营地呢。所以，要是我想洗漱或者上厕所，就得出门去，进出北极熊笼，来到主营地。艾伦说他会想办法弄个双向对讲机给我，万一我在路上被困住了呢。他说有时候雪下得太狠，就会堆起来把门给盖住。要是摊上这事儿，就跟他说一声，他来把我"挖出来"。

"跟你说，有些家伙会跑过来吓你，说你是睡在诱饵箱里面，"艾伦叮嘱道,"说你是北极熊的诱饵什么的。你别理他们。这个时节北极熊都出去吃海豹了,那个地方冰都是破的,全是海水。所以不会遇到这个问题的。这个地方还有个好处,特别安静,很舒服。"

说完他就走了。我就站在那儿。一直站在那儿,轻轻跺着脚。房间里有一股强烈的来苏尔清洁剂的味道。一个架子上还放着一罐。有窗户,一块蓝色的毯子死死钉在上面。除此之外别无他物,只有心中突然蹿出的孤独感。我到过十分寂静的地方,也熟悉孤身一人的滋味,但今天这种感觉是全新的。这种孤独感,也许一个青灯古佛的和尚会有?也许一个遭遇单独监禁的罪犯会有?不,两者都还差点意思。我站在那儿,有种完全与世隔绝的感觉,仿佛站在一个温暖的小小泡沫中。泡沫飘浮在茫茫苔原上,一切都失去了意义。咫尺之遥就是那扇门,冰海冻浪的雪野中一扇孤独的门。我想,就连上帝,也已经将这里遗忘了吧。

艾伦说得对,这里很安静,也没有北极熊的踪迹。但我更好奇的是他没说出口的那些话。欧古鲁克岛上似乎没有人将这显而易见的话说出口:这真是疯了。跑到这儿来工作谋生,生活在这样的环境下,不是疯了就是走投无路。

接下来的几天,我一定要怀着一种情同此理的心情,做一个耐心的倾听者,了解这些人究竟是怎样生存下来的。毕竟,他们需要同时忍受严寒、寂寞、艰难的工作环境以及和家人分离的痛苦。我要做好准备,对他们施与体贴的怜悯。我一定要了解,他们为什么跑到这么糟糕的地方来。

然而,我毫无方向,毫无头绪。当我开口问问题时,根本就语无伦次,大家都听不懂我在问什么。

一天晚上在食堂,一个人跑到我身边,说:"你根本不懂。我们愿意来这儿的。我们不是因为'判刑'才被强迫到这里来的。是我们自己选的。我们在这儿挺高兴的。"

"土狗"把这个平台管得挺好。这里的标准很高,但也不会有谁不分青红皂白就把你骂得狗血淋头。"土狗"是经历过很多无端指责的,很多年,很多年。他说了脏话:"妈的真是鬼一样的事情。"但他在成为钻井平台的真汉子之前,就已经经历了很多鬼一样的事情。那还是在他家乡蒙大拿的石油储备基地。他经历过的破事,简直超越了一个正常人能够承受的范围。你看他经常一身一身的鸡皮疙瘩乱起,不是因为过敏之类的问题,而是想起了过去的事情。那些糟糕的回忆起了生理反应,而且只有有人碰他的时候才会发生。所以,平台上的各位经过几次之后都知道,永远别去碰"土狗"。

"土狗"说这些都没事儿,一切都是可以解决的。"你什么都控制不了。以前以为自己特别牛想什么都管吧?是不是最后都弄得一团糟?所以放手吧,随它去。"

我已经不知道今天是星期几了。这里没人数周一周二周三周四的。有什么意义呢?反正生活每十二个小时重复一次。工作、睡觉;睡觉、工作。时间在这里渐渐模糊,甚至完全失去意义。

我在北坡认识的很多人都有一段不想触碰的回忆。他们逃到这儿,远离糟糕的家庭,或者极力挽救却仍然糟糕的家庭;远离对不起他们,或者他们对不起的亲朋好友。"功夫"进出监狱的次数连他自己都记不清了。而正在戒酒的斯塔布斯常常反复,在对上帝的虔诚和灵魂的绝望中矛盾挣扎。威利是岛上比较年轻的一个,很少说话,以前还在家的时候,被母亲暴打是家常便饭。阿拉斯加一直是人们的逃亡之地。逃亡阿拉斯加之后,又继续逃到北坡。这里是最后的机会。对某些人来说,是赎罪;对某些人来说,是拯救。

我在平台上呆的时间也不短了,耳闻目睹:一节节阶梯连接着各个台子;房间里发动机在轰鸣,油泵开足马力,油管不停工作;长长的大道上全是油井眼子。亮蓝、鲜红和明黄——真像世界上最大、最吵又最绚烂多彩的锅炉房。不管是在阿拉斯加、得克萨斯、沙特阿拉伯还是伊拉克，钻井平台最显眼和最著名的标志就是那高耸得仿佛不可侵犯的钻井塔，是用来固定钻头的。这里钻井塔的高度是五十六米左右。为什么这么高呢？随着钻探的深入，工人们可以往上面不停地接管子。管子加得越多，就越深入地壳。钻头为管子开路，按照顺时针方向，旋转而下。（这个规模其实比很多人想象中要小得多。钻头的直径在十五到三十三厘米之间，而管子的横截面直径只有不到八厘米。表面上看，油井也就是个很小的洞而已。）平台上不同岗位的人们配合默契，对钢管的操控工作有条不紊地进行：搬动、放置、连接、螺旋送入塔中。工人们从来没有亲眼见过石油，不知道闻起来什么味道，摸起来什么感觉。只有极少数的例外，就是油井泄漏、爆炸或者其他的灾难性事件。挖石油的人没见过石油，这真是太荒谬了，但同时又充满了神圣的哲学意味：他们一心一意要找到的东西，是不能见天日的。

平台这边产生的扭矩越来越小，情况变得非常糟糕。顶部驱动的装置产生扭矩，好让钻头运转。但钻头没有要动弹的迹象。

"麻烦大了。""土狗"对罗德说。后者是前者的顶头上司，是个典型的上班族，几乎每天都坐办公室，隐藏在电脑后面。他能大驾光临现场，就是因为扭矩的事。

"没什么麻烦，"罗德说。他看上去活像五六十年代情景剧《霍根英雄》里的克林科上校。"我们只是暂缓工程。"

"哥们儿，我们真的麻烦大了。""土狗"说。

两人一起坐在外号"狗窝"的房间里。这里是平台的指挥中心，"核心参谋部"。整间屋子看上去像一艘船的驾驶室，只不过举目望去的不是茫茫大海，而是钻台。那里的钻头本应以每分钟八十转或一百二十转的速度运转，但现在却纹丝不动。"功夫"站在那儿，直愣愣地盯着小小的洞眼，等着下一步行动的命令。他旁边那个家伙绰号"脑子"，因为他是团队里唯一拥有大学学历的人。这个高学历的家伙正在向钻工安迪打手势，后者正坐在"狗窝"的操作台后面。"脑子"打手势的主要意思就是：这他妈的都怎么了？

安迪斜过身子，嘴巴对准麦克风。"我们暂缓工程，先生们。"他对钻台上的人宣布。

"谢谢你，安迪。"罗德说。

"我的乖乖老天爷啊，""土狗"说，"你俩咋不去约个会呢？"

多年以来，"土狗"和罗德在很多平台上共同工作过。两人不可避免地产生了兄弟般的感情。"罗德管油井，我管平台。""土狗"言简意赅地解释两人的分工。钻井队长整日面对钢筋铁架，指挥钻井团队，掌握钻井作业的节奏与调性；公司派来的人只管油井顺利钻探。那下面有着神秘而复杂的世界，深不可测，挑战钻井队长放下去的所有工具。每天早晨会举行电话会议，公司派来的人会把情况报告给安克雷奇和达拉斯的老板们，大家一起讨论新一天的计划。"土狗"也会参加会议，不过通常没什么说话的机会。这时候他最爱做的事情之一，就是看罗德不停玩弄手中的笔，眉毛一挑一挑，脸因为生气而涨得通红。罗德经常被那群坐办公室的"大脑袋"气得够呛，他说跟平台上这些工人比，那些白痴啥都不懂。

进入油井的并不只有钻头。那只是钻柱的尖端，上面装有钻探的关键工具。钻工需要保持整个钻柱的稳定，在它被卡住时想办法解决，还得对岩石的构成进行解读，说不定能借此搞清楚地底下都在发生什么乱七八糟的事情。地底深处的某个凹陷处，石油和天然气就被困在那里，困在那些只有显微镜才能看见的岩石气孔中。石油在自己造成的压力下缓缓流动，倒有点儿像罐子里的苏打水。打开盖子，气跑出来，油也随之喷薄而出。

过去，油井都必须是直直的，就像吸管插进瓶子里。那样的日子早就一去不复返了。有了定向钻井技术，钻子可以直上直下，也可以钻洞爬坡，蜿蜒蛇行在地底任何缝隙里，不断找到最佳位置，最远能到达以平台为中心辐射出去的六公里左右。过去，一口直井中大概能有六十米到九十米的石油储备。现在，钻子能在一口井中钻到六千多米的贮油岩，极大地减少了地上的工作，也同时降低了成本，还减小了对这个地区苔原带的破坏。等欧古鲁克岛上的全部四十口井开凿完毕，要是能从地下望过去，一定会看到一张巨大的蜘蛛网，网洞就是圆圆的油井。

在楼下泥浆池工作的斯塔布斯跑到"狗窝"里问关于力矩的问题。"一号泵绝对遇到鬼了，"他说，"你看到没？"

"我们正在看，"罗德说，"我们也知道你的难处。"

瘦瘦的斯塔布斯已经过了知天命之年，你从他的言行举止看不出什么故事，只能看到岁月简单的流逝留下衰老的痕迹。他脱掉安全帽，挠了挠痒痒。我惊奇地发现他居然和年轻的"小龟"一样，有一头鲜艳的橘红色头发。我还发现焊接工杰森也有一头同样颜色的头发。嗯，这地方，大家的头发里可是大有文章。

"估计一号泵掉了个鼓风机吧，""土狗"对罗德说，"应该就是鼓风机的问题。"

"好吧，那完蛋了，"罗德说，"没有循环，我们他妈的什么都做不了。"

两人并排坐在带垫的长凳上，抬头盯着"狗窝"里的监视器。"小龟"神不知鬼不觉地出现了。

"小龟？""土狗"说，招手把这个年轻的码头工叫到他的"宝座"跟前，"小龟，我有个问题。"

"咋啦？""小龟"说。

"离近一点。""土狗"说。

"小龟"听话地动了动。

"再近一点。"

两人的鼻子都快贴到一起了。"土狗"终于开口了，一字一顿。"你——到——这——里——来——干——吗？"

"我想听听你们都在说啥。""小龟"说。

"你不能听。""土狗"说，"你应该在工作啊，小龟。"

有的平台上，卑微的码头工是永远无法和队长说上话的，更别提高高在上的公司领导了。但这个平台不一样。老资格们有的试着打破"媳妇熬成婆"便欺负下面人的循环，有的则继续作威作福。各行各业都摆脱不了这个怪圈。

"小龟啊，小龟啊，小龟啊。"焊工杰森叹了口气。他正在这里思考如何设计一个支架来支撑监视器，好调整到适合安迪的高度，因为他一直在说脖子很痛很僵。（"那架子要不要做得好看点，也起到装饰作用啊？"敬业的杰森还多问了一句。）接着杰森突然唱起歌来，音量控制得不错，"小龟"刚好可以听到。唱的是杰森自编的"小龟之歌"，因为朗朗上口，大家去戴德霍斯机场坐飞机的一路上，都会情不自禁地哼哼。

"小龟，小龟，摇摇你的小尾巴。

小龟，小龟，摇摇你的小尾巴。

皱皱你的小鼻子吧。拿你的脚趾抓只小蜗牛吧。

小龟，小龟，摇摇你的小尾巴。"

"他又在唱'小龟之歌'了！""小龟"朝"土狗"吼了起来，"我恨死他了！"

"摇摇你的小尾巴——"杰森丝毫没有要停的意思。

"我的老天爷，""土狗"说，"安迪，你能管管这俩吗？"

北坡的钻井作业是一年三百六十五天、一天二十四小时不间断地进行。圣诞节也要开工，新年也要开工。每天，每时，每分，每秒，都有

看不见的美国　　203

机器从地底下攫取石油。常规的换班是工作两周，休息两周。不过很多人一次在这里呆的时间比两周要长很多，说起来还是挺值得夸耀的一件事情，收入也相当可观，多到他们都不知道怎么花。在这里，除了工作，没有其他事可以做。工作日在这里呆着，超过八个小时就算加班，而周末就算是全天加班了。"小龟"这样的小伙子，即使做的是码头工这种没什么技术含量的营生，年薪也能轻轻松松达到7万美元。"一个高中刚毕业的人，挣这么多钱，太吓人了。""小龟"对我说，"太吓人了，太多了。"有那么一阵，他打定主意工作几年，把所有的钱都攒下来，然后去读大学。但接着他就开始买各种各样的摩托车，还有电脑，想买什么就买什么。现在他想着自己的父亲，也是在北坡做钻井队长的，年薪25万美元。"小龟"心想，算了吧，还读什么大学呢。爸爸在佛罗里达州有一栋别墅，游泳池连着巨大的热水浴缸，形状是个米奇头，专门定制的。"赞爆了啊，""小龟"说，"这钱乱花得太值了。"

我还见过一个二十三岁的电工，吹嘘说自己连高中文凭都没有，去年却挣了14万美元。查理，就是修了那些冰道的那个，有一次在北坡一呆就是七个月，传说他把挣到的一分一厘都攒了下来，回到费尔班克斯，买了一栋新别墅，用的还是现钞。

这里工作的很多人面临的难题是，一回家就管不住自己，挥金如土。

北坡的各个地方都严禁喝酒。如果谁被抓住喝了酒，就会被驱逐，永远不许再来。不问喝酒原因，不给第二次机会。这里的所有东西都是易燃物。一个小小的疏忽都有可能导致巨大的爆炸。油田工人在戴德霍斯登上回家的飞机时，很有可能会在空乘人员允许的前提下，点好多好多酒。我采访的很多年轻人告诉我，他们休假的两个星期会一直喝一直喝，喝到登上来北坡的飞机为止。而我采访的许多年长一点的人，总是试图告诉这些年轻人自己的故事，酗酒又戒酒，戒酒又酗酒，这些故事往往很精彩很发人深省，但年轻人们根本不听。

十二个小时的轮班之后，欧古鲁克岛上的大多数人都会吃个饭然后睡觉。"没——地——方——可——去。"他们总是一字一顿地跟我强调。另外，大家都太累了。以前公司在营地里放了个台球桌，过了段时间发现根本没人用，就撤走了。我也没见过谁去电影院。倒是听说有所谓的派对，也就是一群大男人聚集在食堂里，吃吃冰淇淋或者巧克力饼干，通常风卷残云，草草结束。

然而对很多人来说，家里的生活比北坡还要艰难。这样的故事我听了一个又一个。不知道怎么的，我发现了这个痛苦的循环：很多人为了逃离自己的家，来到北坡，结果又吵着要回去；回去之后，又发现自己拼命想逃过来。

当然不是每个人都这样。我在这里还遇到很多人，他们干的是自己喜欢的事业。有工程师、地质学家、医师和电脑技术人员。他们都说能在两周一循环的工作和休息中，找到生活与事业的平衡之道。

但最引人瞩目的还是工作在前线，面朝冰雪背朝天，战斗在钻井平台上的"梗脖子"们。（欧古鲁克岛上几乎所有人都是和分包商签的合同。钻井工人们的老板是阿拉斯加内伯斯钻井公司。）"梗脖子"是钻井工人们的代称，从码头工算起，只要是在这里干下来的，泥浆工、井架工、钻井工、钻探队长和公司派来的人，都可以这么喊。就像一位将军永远会觉得自己是个战士一样，一个梗脖子不管在平台上爬到多高的级别，他仍然是一名梗脖子。"北坡到处都是一样的。"建设组有人告诉我，"梗脖子们觉得自己特别牛逼。到处走，跟游行似的，好像这里就是他们一统天下了似的。我们就忍了，因为他们能挖油啊。要是他们不挖了，那我们全都得喝西北风了。"也许正是因为这样，北坡无意中形成了一种骄纵的气氛，梗脖子们有任性的权利，或者说大家都觉得他们应该任性。要么多次犯事进监狱，要么变身狂飙飞车党。有的则整天做

看不见的美国

出一副不可一世的样子,要让所有人都害怕他。

当然,一方面他们也是为自己宽宽心,壮壮胆。

平台上那冰冷无情的铁架,危机四伏:机器不断转动,一个不小心,手指可能被连根斩断,胳膊也有可能不保。几年前还有人丢过一条腿。就在内伯斯14E钻井平台,那是个晚上,"土狗"正在冰面上进行初探。码头工蒂姆在泥浆室浓重的蒸汽中看不太清楚,踏进了一个螺旋钻的坑,自己被吸了进去。"土狗"伸手进去拼命拉他,但为时已晚。他的两条腿都被吸进去了,臀部以下陷在了机器中。他尖叫着,丝毫不知左腿已经被钻子截断,右腿则缠绕在推运螺旋轴上。救援人员花了整整七个小时才把他给"锯"出来。"土狗"一直守在他身边,扶着他,温柔地为他擦拭额头,像父亲一样跟他说话。他们往蒂姆的嘴巴里插了根棍子,最后锯了一下,用飞机连夜把他送出北坡,送到一千二百多公里以外安克雷奇的医院里。

梗脖子们就生活在这样的条件下,破事儿一桩接着一桩,让大家结下一辈子的情谊。就像那些并肩经历过炮火的战友,完全不管对方有多疯狂,深情依旧。

某天的早饭时间,我跑到"功夫"身边。他每天都带着《圣经》来食堂,临时组织起流动教堂,只要足够的人愿意,可以就地开团契①。

"功夫"的胡子刮得干干净净,酷爱健身的他有强壮的胸肌,在紧身白T恤下面若隐若现。"功夫"对自己这身肌肉可是非常自豪的。两只手臂上全是复杂的文身:眼珠子、十字架、三叶草、骷髅头和孔雀羽毛,真是五花八门。今天他头上缠着一个美国国旗图案的大头巾,正喝着健身前的必备营养饮品,多种维他命的混合物。这饮品是"功夫"的

---

① 基督教特定聚会的名称。——译者

妈妈亲手调的,她在费尔班克斯开了一家自己的健康食品店。

"我们以上帝的名义做事,爱是唯一的动机。"他对刚加入进来的斯塔布斯说。

"你真是个好牧师,"斯塔布斯说,"有一天你真的会去做牧师的。你就记住我这句话,哥们儿——"

"功夫"觉得是自己在照顾斯塔布斯,斯塔布斯又觉得是自己在照顾"功夫"。斯塔布斯在北坡工作二十二年了,戒酒才一年半。这一点他特别感谢"土狗",总是原谅他包容他,在他坐牢之后欢迎他回来。但最感谢的还是安吉拉,生命中第一个不贪他钱的女人。"功夫"戒酒的时间则很短,斯塔布斯在尽力帮助他。"功夫"回安克雷奇休息时,斯塔布斯每天至少给他打一个电话,确定他没喝酒。同时他还要给井架工扎克打电话,也是监督他戒酒。另外还要问问"小龟"按时吃饭没有。因为这愣头青老是不吃饭。他经常把"小龟"拖到他那儿去吃鸡。

《圣经》团契接近尾声,我安静地等着两个人结束他们的祈祷。

"就这么给力,"斯塔布斯说,"你太棒了。"

"阿门。""功夫"说。斯塔布斯转身走了,"功夫"吸了一口自己的健康饮品,咂咂嘴,斜靠着身子,说有秘密要告诉我。"你一定要听我的,"他说,"我可没开玩笑。"他告诉我,千万千万别在家用电脑上登录 www.infowars.com。因为那个网站上有"敌人"的最高机密。要是我用家用电脑登录了,"敌人"就会知道我盯上他们了。

我问他"敌人"到底是谁,他眨了眨眼睛,好像在给自己脑子里的电视换台。接着,"功夫"脸上露出灿烂的笑容,两排白白的牙齿很耀眼。"这可真是最难以置信的事情了,"他说,"我的牙没有一颗补过,全是真牙。"

我问他对北坡的感受,问他为什么来北坡。

"重新做人,"他说,"那时候我花天酒地,挺堕落的,挥金如土。

你看看，我为了整这张脸，整容手术就花了 18 万美元。还加入了一个黑帮。我就不说具体的名字了。我本来是要开一家脱衣舞馆的，店名都想好了，"自由摩托民兵阵线"。主题就是摩托车、枪和脱衣舞娘。舞馆后面我就建一个冰毒实验室。那就是我当时的梦想。"

结果，两年前，他得到来北坡工作的机会。这简直就是天降福祉，给他一个自我救赎的机会。刚来不久，他就得到了"功夫"这个绰号。因为他会时不时地来个回旋踢、前滚翻什么的，好像有很多用不完的精力需要消耗。在营地的大厅里，这样的行为虽然奇怪，但还算可以忍受。但在钻台上居然也这样？把钻油的地方当成了练功场。安迪对此很不满。他压力已经够大了，每天要看好手底下年轻的梗脖子们，顺利作业的同时自己也要安全。一个人整天在你面前晃来晃去，踢着无影脚什么的，怎么受得了？是可忍孰不可忍啊！

"哥们儿，"安迪给身在营地办公室的"土狗"打电话，"我们得管管'功夫'了。"两人进行这样的对话也不是第一次了。"土狗"也去现场亲自看过了，"功夫"跟个忍者似的，打拳踢腿，其他人都在围观，看这个练功达人开启疯狂模式。"土狗"来到钻台上，用那双铁锈蓝的眼睛盯着他。"功夫，"他说，"你过来。""功夫"听话地走了过来。

"你他妈的在干吗啊。""土狗"问。

"我想做蜘蛛侠。""功夫"说。

"你说什么？"

"我做了个关于井架的梦。""功夫"模仿着爱尔兰口音，"我想爬上井架，因为井架工就是我的命运。我可以做井架工吗？"

"土狗"呆呆站了半晌，什么话也说不出来。他深深凝视着"功夫"的眼睛，想从里面看出点东西，好因材施教。"功夫"已经辗转了三个平台，让他从这个平台走人也不是什么难事。

"土狗"的确看出了一点东西。但除了他谁也不知道是什么。如果说这世界上有什么东西在驱使着"土狗"的话,就是对别人深深的同情,像一个深不可测的洞穴,包容一切,永远填不满,让他随时随地都能设身处地地为别人着想。也许这是他寻找宽恕与救赎的一个途径,也许他生性便是如此。

"好吧,兄弟。""土狗"说,"我来管着你。你就是我的重点关注对象。我不知道你到底哪根筋搭错了。但你要是想呆在我的平台上,那就得把那根筋搭回来。"

尽管"功夫"在平台的位置还是岌岌可危,但他在"土狗"的鼓励下,把小提琴带到了北坡。还带来了维他命健康饮品和《圣经》。最近,他试着给自己取了个新名字"布莱恩兄弟",听上去温和很多。

"功夫"和我坐在食堂里天南海北地聊。他终于理清了自己的北坡生活。"两周的时间,你分到一个房间。"他说,"一睁眼,哇,吃的都做好了。哇,还有干净的床单和毛巾。一切都给你准备好了。这里就跟戒毒所似的。也像度假。然后还能拿到支票,钱还不少。我的天,你信吗,他们居然给我们钱让我们来做这个。天哪,谁信啊!"

他大笑起来,但笑声听起来不快乐也不正常。突然间他哭了起来。"布莱恩·马修·雷根,把这一切带走吧。布莱恩·马修·雷根,我忏悔,我忏悔啊![①]"

"土狗"出现了,手里拿着一个空杯子。他只是想来弄点橙汁喝,结果遇到这么一出。

"救命。"我向"土狗"哀求。

"我说哥们儿,"他对"功夫"说,一边抓住他的一边肩膀使劲儿摇起来,"哥们儿!"但"功夫"毫无反应,一直在低声啜泣。

"土狗"坐在他身边。我悄悄离开了。"这是个钻井平台,"我听到

[①] 此处"功夫"有点胡言乱语。——译者

"土狗"自言自语,"这种事情经常有。"

  钻子都卡住了,还怎么操作啊。罗德昨天刚刚赶到,心里对这个油井的命运有不祥的预感。ODS K 33 号油井,简称 33 号。无论在什么地方,钻一口井的成本都在 500 万美元到 2 000 万美元之间。要是时间稍有拖延,成本也会上升。一天的作业至少要花掉 25 万美元。现在卡成这样,要是不得不就此放弃,留下钻柱上价值 300 万的设备,那这成本简直就没法算了。

  目前,钻头已经钻了两千六百米,这个数字更多的是表示距离,但不一定是深度。钻头在地层里会移动,或者说曾经会移动(现在已经卡住了)。移动的角度是 68°。一路往有石油的方向奔去,这是所有人的希望。钻井这件事,最大的难处就是一切只能在未知中进行。钻探队长放到井洞里的工具会将信号传到地上来,都是关于压力、力矩和重量的信息,所有信息都会变成数字显示在电脑屏幕上,"土狗"、罗德和安克雷奇的工程师们看着这些数据,有时欢天喜地,有时伤透脑筋。整个看不见的旅程全都在一根操纵杆上进行。

  "这洞太破了,""狗窝"里,罗德对"土狗"说,"我想来个倒划眼①,彻底清扫一番,如果可以的话。"

  "怎么进去,怎么出来,我们现在要操心这事儿。""土狗"说。

  "你说倒划眼的时候?"

  "这个洞里已经注入了十一磅②钻井泥浆了。"

  "确切地说是 10.7。已经全部注入,涨起来了。"

  "我们要进去把钻杆刮泥器拿出来才知道。"

---

① 划眼就是在已钻井眼内为了修整井壁,清除附在井壁上的杂物,使井眼畅通无阻,边循环边旋转下放或上提钻柱的过程。起钻的时候遇阻,提不起来,所以叫倒划眼。——译者

② 约五公斤。——译者

"但现在，我们什么鬼都不知道。"罗德说。

"没有循环，我们他妈的什么都做不了。""土狗"重复了罗德之前的话。

"我们卡住了。"

没有循环的钻井，就像……就像没有润滑剂就做爱。很难进行。钻井这事儿，感觉很像借鉴了做爱的姿势。不过没人提起过。钻子就像一根巨大的男性生殖器，插入地球体内，顺时针旋转。深入的同时喷射出泥浆。泥浆从钻子中央射出来，进入钻井孔，接着又涌上表面。钻井用的泥浆又叫钻井液，是比例非常讲究的乳化水浆混合物，是钻井作业的关键。钻井液不仅为钻子起到润滑剂的作用，同时还能利用浮力将钻下来的岩石送到洞外。同时，钻井液也产生压力，确保油井不会坍塌。设想一下在大海里潜水，潜得越深，海水的压力和浮力越大。地壳里也是一样：进去越深，压力越大。为了能顶住压力，越挖越深，钻工会增加钻井液的重量，迫使钻井孔一直保持开放状态。保持钻井液压力的平衡十分微妙，要是太重，就会冲开钻井眼的井壁，造成井喷。井喷就意味着爆炸，一旦发生这样的状况，人的性命与整个平台，都难以幸免。

"简单说，我们这个活儿，就是要骗过大自然母亲，"一个人这么向我解释钻井，"你要进入她体内，她却一直把你往外推。你倒着泥浆强迫她张开，然后越进越深。"

他给我画了一张图。这是个很严肃的人，从来不开玩笑，平时连眨眼都很少。

现场又是一阵讨论、焦躁，总是回到原点，"没有循环什么都做不了"。"土狗"来到我身边。"好啦，"他说，"穿上你的行头，我要把你带回营地去。"

我说我不愿意在这个节骨眼儿上走。

"我们要开始震击了，你可不能呆在这儿。就现在，跟我走！"

我穿上大衣，和"土狗"一起走下平台的楼梯。膀大腰圆的他在这些台阶上却异常灵活。他领着我迅速穿过工地，又穿过一个北极熊笼，回到营地。他把我扔在泥浆室。"呆在这儿！""土狗"说。他的脸涨得通红，那条伤痕显得越白，我知道他是认真的。我穿上拖鞋，走到食堂，吃了一些沙拉虾，惊讶地发现特别新鲜，但同时又感到伤心，因为被从平台赶回来了。真不愿意离开那个地方啊。地球正在展开自己的秘密，神秘的画卷一一展开，我竟然不能当场见证，唉。

一些建筑工人走了过来，宣布大新闻一般说焚化炉那边出现了一只北极狐，想逗我开心。

"那倒是挺酷。"我说。

他们又对我说起去年秋天岛上来了好些北极熊，只能开着推土机把它们赶跑，看着这些笨重的动物跳进海里落荒而逃，大家都哈哈大笑。

正说着，平台那边传来遥远的巨响，砰的一声，紧接着又是一声，砰！营地这边听得清清楚楚。

震击就是把液压活塞放进深深的地底，钻子上装上特殊的工具，好震开障碍物，使钻井作业顺利进行。砰！一声震天响。三十秒后，又来，砰！四十五吨重的钻探管被抬起又放下。砰！震击真是完全的暴力，每一声砰之后，整个井架都在颤抖，在呜咽。我直奔吸烟室，以便能看得清楚些。我在那儿等了一个小时，等着工人们回来跟我说震击很成功，说他们成功哄好了任性说"不！"的自然母亲。回答我的只有一声又一声的砰！我又在看电视的房间等了两个小时，接着回到食堂，又跑去吸烟室。直到没地方可去。四个小时后，我放弃等待，回到我那小小的蜗居，辗转反侧，难以入眠。砰！砰！这巨响持续了整整一夜。

我很烦恼，这里的种种情况一目了然，却没有人直说。没人会说："哎呀，这不就像跟女的做爱，人家不愿意配合吗？"同样，也没有人抱怨生活条件，抱怨这个海岛太过偏远，抱怨这冰封千里的刺骨寒冷。在这样的地方，大家怎么能不整天抱怨极低的气温呢？怎么没有人把"老天啊，真他妈冷！"作为口头禅呢？

第二天黎明，我走出门，发现风平浪静。没有了风，寒气也不再刺骨地拍打在脸上，而是在周围紧紧地聚集。平台已经安静下来，仿佛一切都筋疲力竭。我心想，人的能力毕竟还是有限啊，还是要向一些无能为力的事情屈服啊。很快，东方破晓，旭日初升，几道刺眼的光芒透过云层倾泻而下。目之所及，全都被染成了粉色。我心想，这里真是太寂寞了，这强烈而厚重的孤独感啊。地方这么偏远。这么孤寂。二十四小时连续不停地运转。趿拉着拖鞋的男人们。日复一日，年复一年。虾做食材的晚餐。眨眼睛。换来换去的电视频道。时时都会爆发的疯狂。我眺望那一路翻卷着滚滚白涛往地平线奔涌的大海，那么多碎冰浮在海面上。我想象着如果大海突然封冻，海浪就保持现在的样子，会是怎样一幅情景。

一天我把杰森拉到一边，问他橘红色头发到底是怎么回事。他大概是这里最没有思想负担的橘红色头发男子了，第三代北坡工人，今年三十有三。

"本来应该是染成砂石色的。"杰森解释，"喏，就像照片上一样。"他矮胖矮胖的，就连假装怒气冲冲的时候，一双眯缝眼也是笑意难掩。"结果染发剂留的时间不够长，就变成橘红色了。"

"所以你们大家伙儿就是有一天坐下来，染发玩儿？"

"差不多。"他说。他说当时房间里有六七个人。如今，"脑子"已经把自己失败的染发剃掉了，"功夫"也是。

我努力去想象那幅场景，还真想象得出来。我眼前出现这些汉子，都是一群旁人眼中的怪人，却相处甚欢。我看见他们坐在一个房间里，一个个跟青春期的女孩子似的，拿着人生中第一盒染发剂。

看不见的美国

"牌子应该是伊卡璐，"杰森告诉我，"好易染发系列，你知道吧？"他说起自己的老婆，当然不是浑名"黑玛瑙"的脱衣舞娘，而是个美发师。是她拿了染发剂让他带到平台来。他说起老婆时满含爱意，说他是个很顾家的男人，在安克雷奇有一栋不错的房子，周围有白色尖木桩栅栏。他还说起车库里有辆"飞车"，是他十六岁时用一辆64年福特汽车改装的。现在他又在改装，准备换一台九百马力的发动机，等长子乔伊到了驾车年龄，就可以享受爸爸的劳动成果了。他还要改装另一辆55年的福特，是给小儿子贾斯汀的。杰森来北坡纯粹是因为挣得多，能让家人丰衣足食。对于他来说，要在这偏僻的小岛上生存下来，一定要学会找乐子，没事儿拿那些新来的小伙子们寻寻开心，骗骗那些发型和发色都无可挑剔的哥们儿。

"你认识'美王'吧？"杰森问道，"发型特别棒的那个？对了，别当着他的面叫'美王'哦。你知道我在说谁吧？"

是的，我当然知道。有个人经常在平台上出现，那发型简直完美得让人心生疑窦。他头发外层的颜色要淡一些，很有层次感，他承认那是染的，说是老婆逼他这么做的。但这就已经够令人嫉妒的了。不过大家最关注的，是为什么他一脱掉安全帽，头发就自动恢复到那种猫王一样挺拔帅气的发型；而其他人的头发都是软塌塌黏糊糊的，一看就是长期戴安全帽的样子。

"他肯定是抹了什么东西，"杰森说，"肯定的。"

"我觉得也是。"我说，发现杰森这人还真喜欢背后八卦，真没想到。

大家集体染发，其实是在跟'美王'示威呢，是在对他说："你的头发很奇怪。"上次出工的时候，大家一起坐在杰森的房间里，都抹了伊卡璐好易染发膏。第二天，大家排着队从'美王'身边"游行"过去。"一开始他还以为大家是在夸他呢，"杰森对我说，"后来'土狗'

忍不住对他明说了：'哥们儿，他们在笑你呢。'"

"可怜的'美王'。"我说。

"呃，'小龟'更可怜吧，"杰森说，"他现在觉得自己有一头帅气的金发。他觉得自己跟个摇滚明星差不多。"

"这颜色真不怎么好看。"我说。

"这颜色真他妈笑死人了好吗。"杰森说。

"你得跟'小龟'明说一下。"

"知道啦，知道啦。"

"土狗"深爱着自己的妻子。他总是说："我们是灵魂伴侣。""我们经常做同样的梦。""啊，有时候，但最近没有。"于他，她就是游船的锚，是拯救他生命的天使。事实上，天使真的托梦给她，说："你丈夫要死了。"她把这个梦告诉了"土狗"。很快，"土狗"每天在戒毒所的床上醒来。当时他大概三十出头，都不记得自己是怎么进去的，只记得当时他强迫自己来那个地方。那时他严重依赖着海洛因，还吸食少量的可卡因。

"土狗"觉得妻子是世界上唯一真正了解自己的人。但换个角度，她对他也可以说是一无所知。这话真是让人摸不着头脑。他脑子里乱七八糟地纠结成一团。最近他一直在想："这一切值得吗？"每晚给妻子打电话的时候，他都会问这个问题。她一般都会说："你想太多啦，别自寻烦恼了。"

妻子名叫拉娜，但他很少直呼其名。这位贤内助住在距离安克雷奇南边两小时车程的斯特林，料理着那里的一切。这样的女人被称为北坡寡妇。四个孩子基本都是她一个人带大的。他唯一做到的事情，就是每年孩子们生日都能回家一起过。除此之外就没做过什么了。"土狗"觉得自己不是一个好爸爸。他缺席了孩子们的成长，只顾着赚钱，觉得钱才是最重要的。这一点上他追悔莫及。有时候他又会想，孩子们到底希不希望自己常常在家呢？她呢？以前想吗？现在想吗？她有她的生活。他有他的。孩子们都长大了，这一点让他恐惧。同样恐惧的还有她渐渐年老色衰，或者对他完全淡漠。不过转念一想，也没什么好害怕的。他把一切都归在了她名下。房子、财产、一切。所以，一旦两个人离婚，她从他那里也拿不走什么，因为本来就全都是她的。他有时候想起来，觉得，哎，这事儿啊，也是挺奇怪的。

原本不是这样的。一开始去做北坡工人，让他在家里的顶梁柱形象顿时高大极了。每次上工回来，妻子都会在机场迎接他，孩子们也跟着一起来。他喜欢在飞机的窗户前翘首以盼，看孩子们在机场的大窗户前欢呼雀跃。他们爬到他身上，紧紧拥抱他，弄得他喘不过气来。他高兴得身上都起了疙瘩，"真是挺不错的"，"我感觉自己是个摇滚巨星呢"。

那些遥远的从前啊，"土狗"只有二十多岁，与年幼时弃自己而去的父亲重聚，甚至还在同一个钻井平台共事过一段时间。他们给父亲起的诨名神气极了，"旋鹰"。两个男人开始成年人式的相处。也许，当时正是一个机会，能从父亲那里得到一些问题的答案，理解过去一些让他走上歧途的糟心事情。也许当时父亲也有同样的想法。但眼前这个男人回答不了，他酗酒贪杯，毒瘾缠身。一天，"土狗"接了个电话，"我的命走到头了"。"土狗"迅速赶到父亲那里，但为时已晚。"我找到了他，是的。一开门，就感觉有人的魂儿从你的身体穿过。我一下子就知道，他已经去了。当时那种感觉……就是……毛骨悚然。感觉自己的头发都立起来了。他的魂儿就在那里飘来飘去。我在卧室看到他的尸体。他给自己的脑门来了一枪。所以……就这么去了。"

那之后，"土狗"就开始寄情于工作。北坡是他最安全的藏身之处，他觉得这是一个男人最好的生活方式之一，直到现在也是这样认为。东西坏了，你就修。都是需要亲力亲为的事情。都是能找到解决方法的事情。婚姻,很难,需要去感觉,太抽象了。"我有爱的能力,但必须得付出很多努力。因为爱这个东西太抽象。而平台上对工作的爱就容易多了。"他觉得,比起对自己的孩子,他对这些梗脖子的父亲角色可能还扮演得更称职一些。"唉,真后悔过上了这种双重生活。真的很后悔。"

天使托梦以后,他去戒毒所呆了三十天,在那里最糟糕的就是必须拥抱每一个人。每天早上,大家就站在咖啡壶周围,负责人命令他到处去拥抱别人。更奇怪的是,他居然开始喜欢上那种感觉。活了这么多年,他第一次找到触碰别人的勇气。直到今天,他还习惯性地去触摸一切。一切。比如,要是他走过一棵树,就一定会伸手去摸树干。就算只是走过一个信箱,一棵粗壮的向日葵,他都一定要伸手去摸摸。

他正在努力适应被别人触摸。但对这个他没抱什么希望。

戒毒所他是自费的,没用健康保险。他觉得要是别人帮着付钱,就不会管用。他把自己退休金账户里的钱取光了,大概有10万美元,一张张百元大钞装在麻袋里。先去找了自己还欠着钱的那些毒品贩子,数了6万多美元出来。"蠢,蠢,蠢。"每数一张他就说一句。他一定要把这种钱从手里流出去的感觉印在心里,才能坚持住。

从那以后,他就完全戒了。十八年来,他滴酒不沾,也不近毒品。想起那段瘾君子的经历,他仍然隐隐作痛。比起刚从戒毒所出来那会儿,心中的愤怒已经消减了不少。但当过去的阴云异常厚重,他会拿着一把大锤跑到平台上去,狠狠砸在废铁上,一锤又一锤,直到筋疲力尽,才坐下来,陷入沉思。

他从未因为愤怒、疯狂或其他什么纠结的情绪就对无辜的人拳脚相向。他觉得,那些不断对小孩子施暴的人,一定有病。需要原谅,需要遗忘。对,遗忘。

看不见的美国

比如，霍华德·休斯①这个大人物，谁都碰不得。这没什么。其实是有什么的，但大家都接受了，就没什么了。我呢，我所遭受的暴力，让我变成了一个更好的人。所以，我要努力去理解这样的暴力。

不能永远陷在过去。没有什么可以重来。你唯一能做的，就是让自己进步，变成更好的人。他是如此渴望这种进步，急切而热情。这是他最最努力在做的事情，一直都在努力。

多年来，他一直在冰上工作，疯狂地掘井。午餐盒放在雪橇上，在冰上被拽个八十公里，跟着他到处跑。他一手建立起了营地和平台，钻开了勘探井，每年一直到冰开始融化才离开。有时候他离开家，在岛上从头年11月一直呆到次年5月。他爱这种感觉。听起来是很疯狂，但他很喜欢。零下50℃，零下60℃，没什么大不了。他就站在寒天冻地中想：这真是大自然母亲最好的馈赠。要是头发湿漉漉的就来到户外，马上就冻硬了，一伸手就能折断。

在这浩大的天地间，他感到谦卑。这一片雪窖冰天里，他抬头看闪烁的繁星，对自己说："好，我只是这浩淼的冻海中小小一粟，什么也算不上。"

和工作没有系统化时的盲目掘井相比，欧古鲁克岛上的生活简直就像度假。两周工作，两周歇。住的这个营地也是奢侈极了。他在家里呆的时间更多了。这反而让他无所适从。衣柜里有属于他的架子，架子上放着刮胡子用的东西，还有个属于他的抽屉。他买了一辆哈雷摩托，一辆四驱车，一辆机动雪橇，一艘捕鱼船和几辆卡车。回到尘世的生活，做一个正常的人真难。所以他热爱机械的东西。他的一个儿子雷已经开始做梗脖子了。"土狗"给他的建议是，"先把你的'玩具'都买好"，他对儿子说："先想好假期怎么放松。这个要先计划好。"

---

① 美国航空工程师、企业家、电影导演，是个将神话与怪异集结一身的天才人物。——译者

在如今油价的走势下，钻井赚的钱简直可以用疯狂来形容，真是前所未有的暴涨。像"土狗"这样的钻探队长简直可以环游世界，畅行无阻。哈萨克斯坦、加拿大卡尔加里和澳洲悉尼都有油井想挖他走。如果去了任何一个地方，就意味着漫长的上工期又要开始了。一次可能离家好几个月。

说到他老婆呢，要是这人开口说一句："留在家里吧。""土狗"一定会留下来的。他问过她好几次了。他说："你只要点点头就好。"但她没有。每当他在家呆满十四天要去上工时，她都潇洒地一挥手："再见了您嘞。"他知道她只是故作大气。他知道。"挺好玩的。"他心想，"我孤独吗？不孤独。我孤独吗？孤独。这个问题有很多答案。我也许很孤独，但又有家人。还有，我一被碰就起鸡皮疙瘩。这事儿，得好好解决一下。"

冰道是查理修的，现在他又在加宽。暖流来了，温度上升到零下30℃左右，这可能是风暴的前兆。三级风暴是最严重的，面前三米的地方都看不见。刮三级风暴的时候，这儿的人全都不能到户外去。有时候一刮就是一周，甚至更长。不许工作——如果出了事故，完全没法把你弄出来。所以每到这时候，大家就坐在一起，看看电影，骂两句脏话，打发无聊的时光。

"很有可能我们要在这儿困上好几天。""土狗"对我说。

我尖锐地指出，这次掘井的主题好像就是"被困"。

"并不是次次都这样的。"他说。

杰森走了进来，手里拿着终于完成的杰作：一个支架，能把电脑监视器支撑在与安迪视线平行的高度。

"当当当！"他说。这是用一条粗重的铁链子改装的，每个接口都焊接在一起，形成了一个S形。

看不见的美国

"太棒了。"安迪对他说,"我们等到了这个比较好看的版本,真开心。""狗窝"里响起热烈的掌声,杰森马上就开始安装了。"哇哇哇,大哥,你在干吗呢?"杰森差点把显示屏给敲掉了,安迪大喊起来,跑过去扶住监视器。"脑子"说要帮忙弄弄电线。他趴在地上,但够不着。"土狗"一边帮安迪扶住监视器,一边伸出脚往前推了推"脑子"的屁股。杰森站在"脑子"背上,在高处钻了孔,"小龟"也跑过来,撑着"土狗"那只伸出来的胳膊,给杰森递扳子,打下手。

"好,大家都小心,别笑!""土狗"一声令下。

结果大家都笑了起来。杰森是第一个笑得摔倒的,其他人也纷纷边笑边东倒西歪。他们就像大学新生在布置自己的第一间宿舍,又像小男孩在建筑一座属于自己的堡垒;此时随便拿起相机闪一闪,照片里就会充溢着美好的兄弟情、坚定的朋友爱。

不过其他一切好像都乱套了。一般来说,钻一口井大概要三十天左右。现在33号油井的工程已经进行了将近两周,却感觉出油还遥遥无期。那天晚上,钻子没有工作,一连进行了七个小时的震击。我坐在自己的诱饵箱里,竖起耳朵听着。然而,第二天,不知道是晚上还是白天,指示方向的随钻测量仪突然没了音信。这真是令人恐慌的平静,他们又花了三十六个小时去解决这个问题。公司损失了大约30万美元。他们把测量仪从地底数千米的地方拉起来,发现这个工具里面卡了三个小石块,令它失灵。小石块是怎么进去的呢?

罗德很不高兴。他把大家伙儿聚集在会议室,把三个石块放在桌上。"但愿我们钻出来的是油,不是石头!"

负责泥浆池的斯塔布斯觉得可能是自己的错,有些难为情地低下了头。负责斯塔布斯的扎克则气冲冲地坐在那儿。他们的泥浆池干净得很!"土狗"坐在那儿,指节不断敲在桌面上,听着罗德发火,也看着扎克生闷气。这孩子很为自己的工作自豪,这孩子经历得够多了。都是些孩子啊!他们来到这里,毫无经验,又不是他们的错。哪像他那时候,从小就听别人谈论相关的技术要点,耳濡目染,早已烂熟于心。这些孩子们到了这里,从零开始,他们可不知道他妈的钻头往哪儿转啊。"土狗"必须手把手地教,往右紧,往左松。"就像啤酒瓶一样。"他跟他们说。结果有人说:"我又不喝那种螺旋盖的,都是易拉罐。"每到这时,"土狗"心里就会大喊"老天爷",感到崩溃。接着又会讲得更基础。"你的焦点在这儿,"他手脚并用比划着,"这些千万别坏了。"接着他又开始更详细的讲解。他站在一个人,比如架工的位置上,让那个人退后仔细看他的示范,然后让那个人来做一遍。他退后观察,对他做出点评。他真是费了很大功夫来培养这个团队,很大的功夫。

"反正,不管你们在干吗,都不管用啊!"罗德继续在会议室里发火,"显然不管用啊!这些小石子卡在这儿,我们的钱哗哗地流啊!我们的时间耽误不起啊!"他好像一直在重复同样的话,每重复一次,在座的人们信心就更减少一分。

"嘿,大家别丧气,我们不是要拿谁兴师问罪。""土狗"打断了罗德。

罗德看着他。不,他是要拿某人兴师问罪的。正要说到那儿呢。一阵短暂的沉默,两位"爹妈"略略交换了个摆头的动作,协调了一下步调。"吸取教训吧,""土狗"说,"每个人都振作起来,花点时间,把工作做对、做好。开足马力,一路向前。不能有人掉链子,或者偷懒。在座的每个人都听清楚了。"

"吸取教训。"罗德说,走了出去。

第二天他们打到了气。气就有点麻烦了,根本解决不了。井里的气已经超过了 1 500 的峰值,很危险。他们不能继续钻下去了,要先增加钻井液的重量,好把气体封存在里面。但又不能加太多,否则整个地方都会坍塌。不过,又要足够控制气体。要是没控制住,整个岛都会被炸毁。

真是没有一件事是顺利的。不过很快就无所谓了。他们很快就休假去了。要是这岛没爆炸,就会来一个新的钻井队,也许会继续处理相同的问题,也许问题迎刃而解。也许钻头会顺利动起来,也许继续卡在那儿。这个井洞,下一个井洞,再下一个井洞,没成功就废弃这个平台,来到下一片油田,钻新的油井。没有结束,没有尽头,平台永在。

一天晚上,食堂供应了令人垂涎欲滴的顶级牛肋排。这意味着星期天到了。这是整个北坡的规矩,每个营地的每个食堂星期天晚上都要供应这个。这是岛上唯一明确的时间指示。星期天到了,大家都开始打算起星期三的安排,那天是换班日,要回家了。吃着美味的肋排,大家又想起了时间的流逝,想起除了工作之外,要做的事情,要关心的人。

"喝啤酒、喝威士忌、追妹子、去树林里打点儿野味。"一个人说他离开北坡回家以后,就做这些打发时间。

"反正就是,活着呗。"

"就是。"

"好多人都是周末两天疯狂地玩儿,上了班就跟丢了魂儿似的。我们有两周时间,轻松愉快地好好玩儿。"

"这一点上我们蛮幸运的。"

"就是。"

"小龟"计划这次回家要买一辆新的摩托车,这样就有三辆了。(他会在瓦西拉买,买了之后从店里骑着飞奔出来,马上会拿到一张超速罚单。)"功夫"要去萨克拉门托看望父亲。他心里有点发憷。他本来想在那儿开"自由摩托民兵阵线"的,就是那个脱衣舞馆兼毒品实验室。一去肯定会唤起很多回忆。(他又要坐牢了,鼻青脸肿,不过,牙齿倒是保住了。)斯塔布斯没什么重要的计划,就是要帮帮安吉拉,他的未婚妻，也是生命中第一个不图他钱的女人。安吉拉要照顾七个有精神问题的人，斯塔布斯会搭把手。"他们精神有点错乱，"斯塔布斯告诉我，"他们觉得世界一团糟。我们呢，就要逗他们开心。"另外，斯塔布斯还要去个小赌场，那儿不提供酒水，花 14 美元可以玩很久。（八个月以来他都在输钱，这次也不例外。）安迪计划和未婚妻好好享受一下二人世界。那个姑娘对什么都充满兴趣，肯定会跟着他到"高峰酒吧"去跟杰森畅饮。那里有个穿着暴露的女招待，总是拿着果冻饮料。希望她这次还愿意跟杰森打个"嘴炮"。欲火焚身的杰森很吃她这一套，一遍又一遍。"来啊，来啊，跪着给我来！"杰森会喝个烂醉如泥，安迪也会。不过安迪的醉态应该稍微好一些。（安迪会弄个单身派对，安排在周末，大家一起去拉斯维加斯，吃喝嫖赌，调戏不穿上衣的姑娘。杰森会宣布自己很想去这个派对。而他的妻子会突然提出离婚。）

"土狗"还没有计划。他很想赶快离开这里，但又不想回家。只有在北坡，他才觉得一切都在掌握之中。"这种感觉很好，呆在这里，觉得确定，觉得安全。但在这么个鬼地方觉得安全，也是种不幸。"

他喜欢的国王鲑鱼还没到季节，所以他也不会驾船出去钓鱼。最近几次休假他都会在安克雷奇多呆一晚，在开车回家之前舒缓一下情绪。他喜欢购物，可以说是个购物狂。那种融入人群的感觉让他着迷。女儿马上要高中毕业了，他会去参加毕业典礼，热烈鼓掌。很快家里就会空出一个卧室来，他想把那间房改造成专属男人的地方。要不装上那种人字形的地板？弄点比较抽象的图案。再来一张工作台，一套音响。可能还要加上一张沙发。还有他那些小物件，什么动物头骨啦、水晶球啥的。

饱餐一顿牛肋排之后，每个人关心的事情，就是到底会不会爆炸。大家在岛上度过了假期前的最后几天。没有爆炸。换班前夜，泥浆室旁边的门厅堆满了行李包,那是自由的象征。我订的戴德霍斯机场出发的机票比其他人要早一些。接送的司机让我凌晨四点半就准备妥当。

"土狗"特意早起和我道别。"我最好还是出来帮帮你。"他说,主动帮我拿行李。"你自由啦。"他站在泥浆室,对我说。

"你也自由啦。"我说。

他说这没什么大不了的。怎么样都可以。"我是一台机器。"他说,"我就是。"

呆了这么久,我知道跟"土狗"争论是没什么用的。他坐在我身旁,陪我等司机。此时此刻,泥浆室特别安静,没人在这儿砰砰砰开关储物柜的门,也没人在这儿踢掉靴子准备大干一场。只有头上的日光灯发出的嗞嗞声,和"土狗"指节轻轻敲在凳子上的声音。他已经穿好了出行的衣服,干净的大衣,还是戴着那顶写着"尽情捕猎"的帽子。

"一个温暖的家比你在这里创造的任何东西都要好得多,"他终于开了口,"这个问题我是说清楚了,对吧?"

"我想是的。"我告诉他。但又接着说这里也是有爱有温暖的。

"我说的是一个真正的家。"他说,"你听得懂我说的话吧。天哪,你这个女人。"

"好吧好吧。"

"但我能控制的只有这里这个家。"他说,"你明白我的意思吗?这也不算坏。只是有点悲伤而已。哎,也不算悲伤吧。"

我看着他,点点头。相处这么久,还是第一次见他把胡子刮干净。胡茬不见了,反而有些不习惯。那撮小胡子他也精心修剪过了。

"你几点起的床啊?"我问,"收拾得这么干净。"

他说还洗了衣服,看了一个钓鱼节目,听了克林特·布莱克的歌。

"你知不知道一个梗脖子退休以后能活多久吗?我跟你讲过没?"

我说没有,没谈过这个问题。

"没多久。"他说,"我以前的两个老同事都没等到拿第一笔退休金。钱打来之前,他们就死了。"

一阵沉默,两人都在思考这件事。

"我觉得是因为心碎了。"他说。

接着又耸耸肩,继续用手指节敲凳子。他本来还想说那句口头禅,"没什么大不了,一切都无所谓"的。我赶在他开口之前抢白。

"有所谓。"我说。

"无所谓。"他说,"就是这样,无所谓。"

我们互道再见。他后来还打了电话,确认我安全回家了,并为自己的过度担心道歉。"我就是这么个操心的人。"日子一天天过去,又上了好几次工。孩子们送给他一个父亲节礼物。是几个人一起凑的钱,给他买了个直径五米的帐篷,放在后院。这也算是男人的专属空间了,也不算吧。孩子们这片孝心还是让他非常感动的,但又忍不住想,是不是他们都希望他真的能搬到帐篷里去住。

有份特别棒的工作向他伸出了橄榄枝。他有机会成为罗德那样的"公司特派人员"。不过就是要满世界去巡查油井。他又要过上那种一次离家好几个月的生活。他跟安迪讲了这事儿,要是真的接受了这份工作,怎么跟大伙儿说呢。他对安迪说,要真的离开了岛,那就像把孩子们都抛弃在那儿一样。他还试图把这种痛苦解释给妻子听。"你说想更上一层楼,"她回答,"这就是更上一层楼啊。"他给杰森打电话,请他去一个射击场射箭。大约二十米开外,杰森射中了一个移动的假熊靶子。也是这个距离,他又射了一支箭到同样的位置。"土狗"道歉说杰森离婚的时候他没能给予更多的支持。杰森说:"别说啦。""土狗"跟杰森讲了新工作的事情,杰森的反应和所有人一样:"你应该接受这个工作。"

在欧古鲁克岛上工的最后一天,"土狗"把"小龟"拉到一边。"一开始我没把你放在眼里，"他对"小龟"说，"但你现在上手了，活儿干得很好。""小龟"有些沮丧地缩缩身子，差点泣不成声，接着斜过身子要拥抱他。"土狗"犹豫了一下，长吁了一口气，还是张开双臂，抱着"小龟"的头。"这只是个钻井平台啊，""土狗"说，"我的天，本来只是个钻井平台的。"

公司特派员的工作他也做得很好，所以很快节节高升。最后他得以跻身公司高层，成为一名主管。就是那种电话那头的聪明人，对那些白痴梗脖子大吼大叫，要他们赶快把卡住的钻子运转起来，动作快点，不要浪费公司的钱。2010年7月13日，作为管理层的"土狗"新官上任，五十二岁。他走进位于宾夕法尼亚州匹兹堡的办公室，心跳突然停止，离开了这个世界。

噼啪在路上

衣阿华州，沃尔科特，80号州际公路，284号出口

她开的拖车里装着将近两千公斤的温啤酒。踩刹车的时候，能感觉液体在往前晃动。"醒醒，姐们儿！醒醒！"（她一路恍恍惚惚，做梦一般想象着自己被绑架了，被撕票了，出了名，在南希·格里斯的节目上被大张旗鼓地报道。）她扇了自己一耳光，甩甩头。打开收音机，调到19频道。接着打开车窗，又给自己另一边来了一耳光。

突然间她想到脱掉上衣这个主意。哎，这么蠢的主意是怎么来的？谁知道呢。必须得想办法清醒。她一手把着方向盘，控制着这十八个轮子的庞然大物，一手摸摸索索地脱掉了上衣。对对，就是这样。她又解掉了内衣。爽！再把内衣甩到车子后面去。爽！姐们儿！太爽了！她自言自语。炎热的风拂过她的双乳，这种冒险刺激的感觉让她血脉偾张，精神高涨。她的坐标是俄亥俄州哥伦布市北边，71号州际公路，炎炎夏夜，凌晨三点。莎伦·史密斯，外号"噼啪"，又恢复了"公路狂花"的神采。

脱掉衣服之后真是灵感不断。风驰电掣之中，她按了一个开关，啪！驾驶室灯火通明，她那柔软的棕色胴体在夜色中格外显眼。"哥们儿，你们好啊！"（估计这些哥们儿也是需要醒醒神的。）卡车一辆接一辆经过身边，她没有招手，甚至连看都不看，只是笑着，带着点儿小骄傲，带着点儿自命不凡。这样一来更让看到的人血气上涌。19频道上已经有很多人在大喊大叫了,"往北去的,有个妞儿光着身子呢!"诸如此类的惊叹不断上演。一辆擦肩而过的车里,司机朝她大喊:"人间'胸'器啊姐们儿!"哎哟,拜托。对于自己的双峰,她可没什么信心。(所以这哥们儿挺会说话的。)她调整了一下姿势,抬头挺胸,像只骄傲的老母鸡。就这样,她神清气爽地往前开,目的地是两个半小时车程以外的克利夫兰。

"现在能收卫星台了,但我还是喜欢听 19 频道。"讲完这个"光膀子"的故事后,噼啪对我说,好像前面都是铺垫,重点就是为了介绍仪表盘上的广播设备,并不是为了让我像刚才一样浮想联翩,心醉神迷。

"那什么,我才不相信你干得出来呢。"我说。

"哎呀,我们一直都互相帮助的嘛。"她说。好像另一个重点就是要让那些车来车往的男人们清醒。现在是 7 月中旬,正是仲夏炎炎。她用丝带将一头乌黑亮丽的秀发高高系在头顶。"姐们儿,你在这儿陪我一块儿跑,我简直说不出的高兴。"她说,"我们这不是在冒险吗?我觉得我俩已经是姐妹了。你有这种感觉吗?有吗?"她的皮肤像奶油一样光滑。身材短小精悍,很结实。相比之下,卡车的方向盘真是个庞然大物,她把这东西当架子使,双臂的手肘完全放在上面,比较轻松。车的里程累积了五十万英里[1],型号是国际 9400 鹰牌,宝蓝色,500 马力的康明斯 ISX 发动机,十倍变速,真空悬挂系统。

在这个驾驶舱里,她自如得像在家一样,身体轻轻摆动着,附和着整条道路的韵律。她告诉我,二十三岁,一满拿保险的年龄,就开始跑起长途运输了。打小她就看着做机械工的爸爸整天躺在汽车下面修来修去,那时候就萌生了开车的愿望。陪爸爸修车的时候她喜欢用双唇弄出噼啪噼啪的声音,他就附和着哼哼女儿编出来的荒腔走板,时间一长,

---

[1] 约八十点五万公里。——译者

她就有了现在的外号,噼啪。现在,当年的小女孩已经三十五岁了。

"嗯,他现在肯定以你为荣吧。"我说。

她看了我一眼。"他才不想我开个大货车呢。"她说,"哪个爸爸想让自己的小女儿干这种粗活啊?"

"好吧,但是——"

"姐们儿,别想那么多啦,坐舒服了,看风景吧!"

我们大概在芝加哥西边的某个地方。正从某个出口出来,要开到某条高速公路上。中西部到处是四通八达的坦途,路上到处都是加油站、快餐厅和车辆称重站,一个个飞驰而过,让我目不暇接,一开始还想数一数有多少,后来直接放弃了。我们俩这趟拐来倒去的旅程开始于五个小时之前,起点是个废弃的超市停车场。那里位于克利夫兰西部,噼啪的家附近。我们的目的地是衣阿华州的沃尔科特,那里有个地方叫"衣阿华八十",是世界上最大的卡车停靠站,第三十一届沃尔科特卡车年度大聚会将于几天后在那里开始。一路上,我们要先到一个地方,卸掉一卡车刚出厂的农用拖拉机轮圈;再拉上两辆分别装满饲料槽和啤酒的箱型拖车。还要拉什么呢?这就要听罗伯的了,他是守在俄亥俄州卡利达的总指挥,天天呆在输送站的电脑面前,看谁出的价高,就把卡车分配过去。

要去参加卡车大聚会,噼啪兴奋极了。她要把自己这个圈子里最棒的一面展示给我。她跟我讲的那些公路卡车传奇,充满了神秘和浪漫的色彩,听上去太魔幻了,我一点儿都不信。"你会看到一些很传奇的车!"这个女人特别大方,仿佛要邀请全世界进入她最核心的生活圈子,和大多数人一样,我也很快被吸引了。

如果简单说一句,"嗯,我很高兴和她一起跑这一趟",那真是太轻描淡写了。这趟我本来是跑不了的。我差点就取消了行程。我的母亲刚刚去世了,享年八十六岁。之前她病得很重,所以这也是意料之中的事

看不见的美国　　**229**

情。"寿终正寝，死得其所"，我母亲会这样评价自己的仙逝。她去的时候我八十八岁的老父亲抱着她，自己也身染疾病，本来心脏就不好，伴侣的去世更是让他心碎。我的兄弟姊妹和我几个月来一直在处理这事。紧接着父亲也处于弥留。有的人说："啊，真美啊，你的双亲死在彼此怀中。"我们没好气地说："没这种事。"他一直撑了十天。父亲的葬礼推迟了一个星期，一大家子人却早就从各个地方赶过来，我们筋疲力竭，同时花钱如流水。在这个当儿，我要歇口气，就逃了出来，去了克利夫兰，敲开了噼啪的门，把家里的一切抛在脑后。

"真是感谢上帝，世界上有神奇衣挂这种东西。"噼啪这样问候我。为了这次会面和旅程，我们计划了好几个月，她特别激动。"你想看看这些东西给我的衣柜带来什么改变吗？"她手里拿着神奇衣挂说道。她住在一个双层公寓套房里，应该是蛮大的吧，但里面堆满了各种各样的东西，所以不好说。噼啪看上去还有点紧张，不知道该对我说些啥。参观衣柜的时候，我没说什么话。"都是迈克尔弄的，我男朋友。"她说，"他简直比女的还爱逛街……慢点，别踩着那个了。等等！你看，那一大堆，都是他的，都是他的。这些也都是他的。麦克啊，他真是太爱买衣服了！你看看！你看看！这都是些什么啊？这一袋儿花了142美元呢！他估计都不记得自己有这些衣服了！他每天都穿警察的制服上班，我真看不出来买这么多有什么用。他在凯霍加的房管所做事，就是管些工程上的事情。他自己不害怕，我反倒挺担心他的。不过听他讲故事很有意思。有些人报警的理由简直不敢相信。哎，我就是个包打听，爱看热闹。"

"来，我们去看那个卧室吧。把那门儿关上。嗯，这些也基本上都是他的东西。姐们儿，麻烦看着点儿。这些都是！这些全是他的，那些也全是他的。还有衣服篮子。这些收纳的东西都是我买给他的，好节省点空间。"

参观她的公寓,了解她的生活,实在是"跌宕起伏",一切如猛烈的飓风朝我席卷而来。"迈克尔想在海滩上举行婚礼,"她说,"说出来怕你不信,我想在鬼屋办婚礼。因为我超级喜欢万圣节。这个问题上我俩闹得僵着呢。我觉得,啥,海滩?我可不是那种在海滩上举行婚礼,穿得一身白的女人,来的人也穿一身白,没法接受啊。他觉得我是个小女人,但其实我比他想的要更像女汉子。反正我也不知道他为啥觉得我是个小女人。想不通啊想不通。"公寓里面很热,她随身带着一块手帕,不时擦擦额头和脖子。

"你看这个,"她在梳妆台里翻找,"他会给我送贺卡。'献给我爱的女人。'有时候我叫他去药店给我买药,气泡消食片之类的。他回来的时候,就会顺带买点这种东西。哎,这些个没用的东西。一朵玫瑰,音乐玫瑰。音乐贺卡。你看看。他看见这些东西就买了。我以前问过他:'你干吗要买啊?'他说因为以前小时候买不起。好吧,这个可以理解,但是,现在你也稍微实际点啊。哎,我就觉得,能不能别这么幼稚了啊。"

"啊,你一定得见见我的猫。"她领着我来到客厅。一个女人正在看《幸运之轮》①。"这位是伊莱恩,"噼啪介绍说,"我姐。"

"你好。"伊莱恩打了个招呼。

"好啦。这个是'痛痛',"噼啪抱起沙发上那只浑身斑纹的猫,"流浪猫来着。当时跟一群猫打架。想往前走的时候它后腿经常不听使唤地抬起来,结果变成往后走。我带它去看兽医,兽医把它的尾巴给切了。当时留了个大洞。但现在它完全恢复啦!"

"还有个好朋友,是只暹罗猫,地盘在阁楼上。它叫'鬼鬼'。和'痛痛'处不来。所以我就把它俩分开了,不能见面。"

---

① Wheel of Fortune,一档风靡全美的电视节目。——译者

看不见的美国

伊莱恩一直坐在那儿看电视，背影周围有一圈幽幽的光。她举起遥控器，调低了电视音量。"所以你要搭噼啪的车？"她问。我笑着点点头。

"你搭过吗？"我问她。

"搭她的卡车？"伊莱恩相当轻蔑地挥挥手，似乎这是不可思议的事情。"我最喜欢的卡车是皮特比尔特①出的一款。"

"哦，所以你也是卡车司机？"我问。

"不，不，我不是，"伊莱恩说，"我就是特别喜欢皮特比尔特的车型。我喜欢收集这些车的图片。我的电子邮件都是 Peterbiltforyou。"

"皮特比尔特是挺经典的，"噼啪抱着猫坐在沙发上，拉着我的手让我坐她旁边，"但是排不到我的前三名。都是些非常重型的卡车。当然我不是说重型卡车不好，非常好。"

"公路上跑一跑，就知道那是最好的卡车，"伊莱恩说，"我就是一直都喜欢皮特比尔特，小时候就喜欢了。"

我觉得我也应该扯两句相关的话。但我之前根本不知道，还有人有最喜欢的卡车。

"伊莱恩是照顾老人的。"噼啪说。她举起"痛痛"，跟它脸对脸，轻声说着再见。

"照顾老人？"我问。

"得老年痴呆的，坐轮椅的，就是那些老人嘛，"伊莱恩说，"有时候一天八小时，有时候一天要十六小时。"看得出来，她比噼啪要高些，而且行为举止有种冷静的风度。"挺漫长的，特别是天上月亮变圆的时候。"我差点脱口而出。"哦，我俩挺有共同语言的！"但接着就想，哦，其实没有。我父母都去世了，我已经不用照顾老人了。伊莱恩给我讲了

---

① Peterbilt，美国汽车品牌，主要生产重型卡车。——译者

一个垂死的老太太,她帮她洗头发。还有个疯老头子,每天晚上她都陪他跳舞。我问她喜不喜欢这份工作,她说喜欢。

"姐们儿,你全身都是猫毛啊。"噼啪说着拿来一个除毛器,帮我滚了袖子、裤子和背,直到"痛痛"和"鬼鬼"的所有痕迹全都从我身上消失才算满意。这样我倒是省了事,而且想起来挺好玩的。接着我们都出了门,上了伊莱恩的大福特。伊莱恩开车送我们去凯马特超市的停车场。她说这次算噼啪欠她个人情。我们的一天,就此开始。

我们朝着地平线一路向西,车上放着乡村音乐,噼啪在不同状态之间无缝切换,一会儿跟着唱歌,一会儿给我讲故事,一会儿对迈克尔抱怨连篇。

天空中万里无云,一片蔚蓝。左边车道上开过一辆丰田汽车,车上绑着架子,架着四辆自行车。粉的飘带在风中无助地翻飞拍打。坐在长途货运卡车中,你所处的就是一个"高地",这个空间的节奏和韵律超越了一切,不是去度假,不是上下班,也不是走亲访友。坐在长途卡车中,就如同处于一个移动的片区,超越了上述的一切。但这个空间又与卡车本身毫无关系。

路上的卡车里,女司机真是凤毛麟角。这是个板上钉钉的事实,就连噼啪也没啥可多说的。她自己脑子里的卡车司机们也都是一群兄弟,好哥们儿,或者一言不合就吵架的糙汉子。"兄弟们"之间平时互相讽刺调侃,到了关键时刻就彼此关照保护。在这个巨大而复杂的美国货运网络中,人人都团结在一起。饼干、浓汤、果汁、毛毯、雨伞。她说起自己运过的东西,真是什么都有,让人浮想联翩。一卡车的漂白水、番茄酱包、芥末酱包、信件、氧气罐、棺材、烟花爆竹、塑料餐具("对了,是和餐巾纸、盐和胡椒放在一包里的")、卫生纸、纸巾、硬纸板、大卷大卷的纸、书、夹在报纸里的那种推销广告、一堆堆碎纸屑、铝

看不见的美国　　**233**

罐、油漆、猫砂、狗粮、玩具……甚至还有垃圾（"真的，就是发臭的垃圾"）、全新的垃圾桶、电视、光碟、便携摄像机、惠而浦的电器、花盆、军用物资（"弹药啊，坦克的零部件啊，木板条箱一类的"）、冷柜降温器、汽油、电池、盐酸、白粉状的钙、液态化学溶剂、铝块、粉末涂料、能装五十加仑的桶（"有的是空的，有的装满了汽车清洗液"）、大手提袋（也是有的空有的满）、清洁产品、熔化了用来做瓶子的塑料珠子、各种汽车零部件（曲轴、保险杠、轮圈、大卡车的发动机、福特野马跑车的马达、车门、油箱、车窗）。"2009 年，我居然运气好到拉了一辆 2012 福特探险者的车身，去做碰撞实验。所以我就偷看了一眼，先睹为快啦。"

很少有人能坐下来想想这些来来往往的货物，关心一下运送货物的人。这些该死的卡车。路上怎么这么多卡车？这些卡车有没有人来管一管？我们开着小汽车或小货车在高速公路上飞驰，但被迫要和这些怪兽一般的庞然大物并行，于是努力装作看不见。然而这些怪兽之中也有人，或体格魁梧，或身材矮小，随着卡车的行进来来往往。大多数人很少会想到这一点，就算偶尔想到，也马上抛诸脑后。即使我们的生活严重依赖着这些人，那也没什么要紧。全美三百五十万名卡车司机运送的货物占到我们所购买的全部货物（价值 6 700 亿美元）的 69%。我们感受到的，只是卡车的柴油烟气散发的恶臭，只有十八轮大卡车才能飞溅到我们挡风玻璃上的泥点。偶尔我们会用眼角的余光隐约瞥见有人在卡车停靠站喝咖啡，吃煎饼和鸡蛋。这些我们都知道，但完全不了解。每天，店里堆满新鲜的蔬菜。"家得宝"① 的油漆颜色总是及时上新。亚马逊的发货频率是每两天甚至每天。国土广阔，这么多东西是怎么到处跑的呢？从那里，到这里，来到我们身边。不，我们完全不关心，就像

---

① 美国家具连锁店。——译者

我们不关心地下室的加热炉如何让卧室变得暖和。但是，炉子又没有生命，你没法跟炉子交朋友。

"说出来你别笑，"噼啪朝我这边侧了侧身，"我们现在拉的这些拖拉机轮圈，我是负责人，这事儿让我觉得挺骄傲的。"她说这种感觉很难解释。她说责任这玩意儿让她害怕，真的，简直可以说是"责任恐惧症"了。"不然的话，我应该是个好妈妈。"

这话让我们沉默地回味了一会儿。

"真希望迈克尔更像我爸一点儿，"过了一会儿，她说，"我爸和我一样，都挺爱干活的。像换油这种事儿，都是我亲自动手。迈克尔才干不来呢。"

"大家分工不同嘛。"我说。真不知道我为啥要帮迈克尔说话。

"人怎么懒得起来呢？"她说，"怎么搞的呢？这事儿我可真想不明白。"

这个问题我们也沉思了一会儿。刺眼的阳光照过来，我们不约而同地放下遮阳板。卡车经过麦当劳苹果派的广告牌，我们讨论起派的美味。

"有一次我拉了一卡车的樱桃派去新泽西，"她说，"哦，天哪，一路上我都闻到樱桃的香味，真是享受。不过后来我堵在了新泽西，真是很倒霉。"制造业都集中在中西部，所以沿海地区几乎都是进货，很少出货的。噼啪比较喜欢呆在中西部，每天一个工厂一个工厂地跑。而她也基本上能够如愿以偿。"比如现在，我拉的就是拖拉机轮圈。过几天我可能就拉大轮胎。说不定再运一卡车的前格栅。"

收音机里又放起格雷琴·威尔逊①的歌。已经是今天的第三次还是第四次了。噼啪伸手调大音量。"我不浪费时间/不做美甲不做美黑/我

---

① Gretchen Wilson，美国乡村音乐歌手。——译者

完全不在意/手上的老茧……"她一边跟着唱，一边伸手拍大腿。唱到副歌，甚至抽出皮带打拍子，"我努力工作，我纵情享乐/我是美国的女儿，赶上好时候……"

她举起手臂跟我击掌。"对！就是这样！姐们儿！"说完，她爆发出噼啪式的大笑，像一连串的爆炸声，让她全身都动起来。她笑点低，哭点也很低。天真与无辜的东西无端遭受不幸，比如死去的动物、无人认养的孤儿，都会让她的眼泪夺眶而出。我已经决定，不跟她讲我父母的事。不是因为她很脆弱，而是因为我自己比较敏感。

"那啥，你喜欢我的卡车吗？"她问。

"哦，喜欢。"我礼貌地说。

"那啥，我知道这不是皮特比尔特。"她说。

"所以懂行的人觉得你这不是辆好卡车？"

"地位比较像福特平托①吧。"她说。

这卡车不是她的，现在很多卡车司机都没有车的所有权了。1980年代，燃油价格疯长，独立自主经营的时代基本宣告结束，车队体系应运而生。比如卡利达的那位罗伯，所有卡车都是他的。他负责招司机，分配任务。车队老板的运营有点像连锁餐厅，跟那种大公司签加盟合同，比如康维物流（Con-way）、亨特运输（J. B. Hunt）等。而罗伯是跟地星物流（Landstar）合作的。噼啪每周从罗伯那里领薪水，罗伯给她提供全面的员工福利。每拉一趟货她都能有提成，赚的钱是她、罗伯和地星来分。每年她大概能收入4万美元。

噼啪刚开始帮罗伯拉货的时候，他对她并不看好。首先，俄亥俄州中部光是黑人就很少见，更别说黑人女性了。她看得出来，罗伯不太愿意。她也知道他只是需要时间。现在他们亲如家人，他对她特别纵容。

---

① 是福特比较不受欢迎的车型之一。——译者

每次罗伯为车队新添一辆卡车，他会先问噼啪开不开，再问车队其他三十个司机。两年来，他一直问，她却一直拒绝，可能都这样你来我往成百上千次了。她告诉他，一辆卡车就像一条牛仔裤，需要多花点时间才能让它适应你的身体。冬天天气最恶劣的时候，罗伯就给她休假，因为她很怕在冰上开车。她提出就在中西部出车，他也满口答应。罗伯很清楚，要找到一个在车队长干的优秀卡车司机很难。他也知道噼啪身上有与众不同的闪光点。

"大失业时代"，长途卡车货运却难得有很多工作岗位的空缺。目前就需要四十万个司机，未来几年这个空缺估计还会成百上千地增加。毫无疑问，这个行业面临着巨大的危机。"卡车文化"面临崩溃，美国却承受不了这个损失。光从形象上来说，后现代的卡车司机丝毫没有当年那些老司机的风采。看看《比利·乔和熊》[①] 和伯特·雷诺兹在电影《警察与卡车强盗》中塑造的经典形象，就知道光辉岁月一去不复返了。1970年代是卡车货运的鼎盛时期，至少从流行文化上来看是这样。但早在那之前的40年代，卡车司机们就已经是酷炫和神秘的存在了。那时候，这群人是新的美国牛仔，特立独行，手拿自由的火把，带着令人心旌摇曳的邪气，将烟头弹到风中。

这一切早已烟消云散。现在，卡车司机不过是一份烂工作罢了。你永远在为生活奔忙。大公司那些有钱有势的人对你颐指气使，发号施令；政府规定你每天可以开十一个小时的车，但又必须睡足十个小时。收入全靠每一趟的提成，于是大家都违法乱纪，在出车记录上乱填一气。在路上，吃的是难吃的食物，感受的是无尽的孤独，膨胀的是身上的肥肉。

噼啪言语间却对这些没有一句微辞。她只关心自己还能坚持多久。

---

① *B. J. and the Bear*，70年代美国电视剧，以卡车司机为主题。——译者

这份工作让她身体落下了些毛病。在车厢里爬上爬下的,她的膝盖有点不好使了。还有任何女人都会面临的家庭和事业的取舍问题。"开卡车又怎么养孩子呢?"她说,"我跟你说过吗,我都三十五了。你知道我都这么大年纪了吗?"阳光照在她下巴上,勾勒出淡淡的金边。

"迈克尔呢,一会儿一个主意。上一秒还想要孩子,下一秒就不想了。他都五十一岁了。我就跟他说:'迈克尔,时间不多了,想要孩子得抓紧啊。'我说:'我们去找医生,怀孩子,想生几个生几个。'他说:'生一个就行了。'"

深夜,我们在一个"美国行"卡车站的停车场慢慢行进着,终于找到一个满意的停车位,远离奎兹诺斯连锁快餐店刺眼的红绿灯光和乐透彩票不断闪烁的霓虹灯。嚓啪把三个车轴抬到同一水平线上,倒车,全身都趴在巨大的方向盘上,将这辆身长将近二十二米的十八轮大卡车稳稳当当地开进一个窄得不可思议的车位。这里灯光很暗,是个好地方,两边都停着卡车,还发着低低的轰隆声。很多卡车司机一整晚都开着引擎,夏天是为了吹空调,冬天是为了有暖气。总是有人问嚓啪,一个人呆在这样的地方怕不怕。她总是坚定地说不怕。男司机们基本上都很尊重她,她自己一路上完全搞得定。有时候专门在停车场拉生意的妓女们踩着高跟鞋,穿着暴露的紧身衣跑来敲她的车门,看到她是个女的,总会吓一跳。她也总是不厌其烦地努力跟她们讲道理,劝她们回家找一份正经的营生。你应该混得更好的!

她扳了个开关,卡车发出长长的嘶嘶声,听上去很是满足。"好啦。"她长出了一口气,似乎是在回应。她揉了揉膝盖。该死的膝盖。那些造卡车的,根本就没考虑到女司机的身体状况。这种事想都别想。去年她加入了一个组织——"卡车女性",她觉得这团体真是棒极了。全美国三百五十万卡车司机,只有二十万女性。她在"卡车女性"里面交的大多数朋友都有孩子了，都是生了孩子以后才开始干这行的。有的人丈夫也在开卡车，两人一起出车，换着开，就像一起住在房车里。她想象着迈克尔和她一起出车的样子，哈哈大笑。还不如让他死了算了！

"你带睡衣了吗？"她问我。仪表板上布满了按键，计量表和灯，她又摆弄了上面的一个按钮。出车之前，她拿了个佳得乐的瓶子，在家里的水龙头下面灌满了水，现在拿起来喝了一口。

"在这儿你还穿睡衣啊？"

"就是外套和 T 恤嘛，"她说，"我去洗澡的时候就带着，换好再出来。"

"那我也这样呗。"我说。接着我们爬到驾驶舱后面，收拾了下冲澡的东西。这里很像一个住家的压缩版：一张单人床，上面摆着一个毛茸茸的蓝色花枕头；小冰箱里装满了苹果、葡萄和苏打水；还有微波炉，舱壁上还打了固定的小格子，里面放着洗发水、除臭剂、露比丽登高级配方保湿霜。

"洗澡要给 9 美元，"噼啪说，"但是我有会员卡，所以我俩都可以打折。"

我请她再向我保证一遍，不是那种提供花洒的公共澡堂，大家要彼此"坦诚相见"。

"我们又不是在坐牢，姐们儿！"她边说边在一个帆布手袋里翻翻找找。"我给你带了冲澡穿的鞋，但是忘了放在哪儿了。"我跟她说，不要再给我什么礼物了。之前她才给了我一套新的碎花床单，还有两条柠檬黄的浴巾。"我想让你舒舒服服的呀，"她说，"我一年能招待几个客人？"

我们一起收拾好睡觉的车舱，拿两个毛茸茸的懒人沙发做了个小小的窝，然后为了谁睡床谁睡窝争论不休（"不行！你去睡床！"）。当然是她赢了。她上了两个闹钟，一个是叫迈克尔起床的，免得他早上上班

看不见的美国　　**239**

迟到,一个是提醒迈克尔走之前帮她喂猫。她念叨着,不知道迈克尔有没有洗地毯。但她明白得很,答案肯定是否定的,所以决定不打电话问他了。

"真希望迈克尔更像我爸一点儿,"她又重复了之前的话,这次是牙齿上咬着发夹说的,"但可能很多女人都这样,总想找个老爸那样的。"

她坚信,自己现在生活中的一切都是来自爸爸,来自小时候目睹他在卡车上工作的样子。小噼啪眼中的爸爸就是个传奇:本来是种地的雇农,为了工作迁到北方,到克利夫兰的时候,身无分文,几乎连鞋都穿不起,后来找到修车厂的工作。对于他那样的男人来说,这份工作就是一切。这份工作代表着整个美国。他生了六个孩子。噼啪是最小的。她多么希望能爬到爸爸宽阔的肩膀上,让他托着自己招摇过市,脸上洋溢着对小女儿的自豪和快乐。那只是她的梦想而已。后来甚至发展到她希望自己是一辆老卡车,这样他就能跟她朝夕相处了。

"我要当一名卡车司机。"一天,她告诉爸爸。他说,要开卡车,先要学会修卡车。"嗯,那你教我吧!"她说(这不就是全部的意义吗?)。他却说:"不教。"高中毕业后的一天,美军一个负责招募的人打电话来,噼啪接了,听他在那头说了一番当兵的好处。"嗯,那你能教我修卡车吗?"那个人说可以。"你能让我当上卡车司机吗?"那个人说也可以。于是她当天就去了征兵办,签字入伍。

对于军队、新兵营和艰苦的训练,她只字不提;在一个白人男子当道的世界,一个黑人女性的艰难可想而知,她却缄口不言。她满口说的都是自己和爸爸一样,让爸爸骄傲,做个好工人,从来不犯懒,永远节俭勤勉,自己换油。

砰,有人在敲驾驶座那边的门。砰,砰,砰。她迅速来到驾驶舱前面,往外看。窗外站着一个瘦削的男人,抽着烟,手里拿着个盥洗用具包。她摇下车窗。

"冲澡要等一个多小时,"男人说,"别去了。"

"哦,好,谢啦,哥们儿,"噼啪低头朝他喊,"多谢提醒!"

我们决定晚上不去洗了,早上早点起来再去,躲过高峰期。"哦,天哪!"她看了看时间,起身伸手打开收音机,转到HLN电台南希·格里斯的节目,又一屁股坐回懒人沙发里。她拿一块印花大手帕扎好一头鬈发,对我做了个"嘘"的动作。噼啪在各种电台有好多朋友(特别是那种广告宣传节目。深夜的时候她总爱打节目里的800电话,和守在电话那头的接线员聊天。),但什么朋友的分量都比不上南希。"这个人不能保释啊!"她朝南希说。南希请了人来参加节目,这人的侄女好像被某个人勒死了。"为什么保释他啊?"

我把头往枕头上靠,发出沉重的闷响,仿佛积蓄已久的情绪就要爆发。过去几个月来逐渐积累的劳累已经到达极限,我觉得自己只有昏迷一场才能恢复。

躺在床上,看着低低的拱形车顶。这就像一个狭窄逼仄的洞穴,里面各种声音都闷闷的,平平的,相当私密。我想着那些遭遇人生重大变故的人,很多都喜欢到温泉做水疗,寻找平和与静谧,治愈受伤的心灵,完成哀悼的过程,重新开始。而现在,我所在的这辆长途卡车,收音机里放着少女被勒死的恐怖故事,似乎也能起到同样的作用。

节目来到尾声,南希说:"晚安,朋友。"

"晚安,朋友。"噼啪温柔地说,关掉了收音机。

我肯定是睡着了。因为我惊醒了,脑子里想的是伊莱恩,噼啪的姐姐。就像所有惊醒的人一样,我迅速坐直,每眨一下眼睛都感觉眼球冰凉。不管睁眼闭眼,眼前还是黑暗一片。噼啪发出微微的鼾声。

我回忆着之前的一幕幕。我们坐在客厅里,伊莱恩说她的工作是照顾老人。我问她喜不喜欢这份工作,她说喜欢。"嗯,一定是苦差事。"

我说,但话一出口就后悔了。过去半年来跟我打交道的都是伊莱恩这样的女人。嗯,做这种工作的也只有女人。我的双亲在养老中心度过生命中最后的日子,我也在那里进进出出。一个个护工轮着来,没日没夜地看顾,全都面带微笑。她们把我妈妈抱起来,像抱一只小鸟,把她安置在床上,帮她穿好裤子。黝黑饱满的手指抚摸着她脆弱苍白的皮肤。光是一句"苦差事",能概括吗?

我们都说,这些女人简直是圣人。那么耐心。那么善良。时时刻刻都积极向上。实在是隐忍的典范。一想到她们的关心可能只是装出来的,只不过把这当成一份谋生的工作,我就觉得很受伤。但这种恐惧始终像一块巨石压在心上。万一她们真的是装出来的呢?万一西西或安丽莎或宝琳一回家就嘲笑我父亲一定要把毯子裹着脚趾,或者咒骂我尿床的母亲呢?这些人回到家,会做这样的事情吗?这些是我们看不见的真相吗?

伊莱恩就是她们中的一员。就像看你最喜欢的演员演电视,你希望他本人就是那个角色。求你了,就做那个角色吧。要是发现伊莱恩真的只是把这当成一份工作;要是她帮那个老太太洗头但是不爱她、陪那个老头跳舞却不觉得他可爱;要是她嘲笑那些老人,或者哪怕显露任何不满,我都可能会冲进厕所狂吐不止。

"一定是苦差事。"这句话在我脑海中上蹿下跳,萦绕不去。

"做这行,必须要对老人们很心软。"伊莱恩如是回答我,这是她的原话。"这是一种召唤。"她说。昏暗的灯光下,她瘦长的身影不甚分明。"我一直都是心软的,"她说,"自己也解释不了。我想着他们最后的日子,有人走进他们的生命,带来不一样的东西。这样想着就挺开心的。他们也没觉着自己老了或者被虐待了什么的。因为有人在花时间陪伴他们,拥抱他们,爱他们。"

这种时候应该回应说,"你真是个天使",但我什么也没说。因为通常人们说出的这句话,完全无法表达我心中的那种感情,"你!真!是!个!天!使!"说真的,她就像一个突然蹿出来的救火队员,浇灭了我心中怀疑的火焰。

每当我想起全美国这些默默无闻的女人们,干着被人忽略的工作,干着那些传统上就该女人干的事情,我就觉得她们像一支巨大的部队,全体身着迷彩,隐匿而无处不在。护工们,保姆们,女佣们,修女们,"代理姐妹"们①,母亲们,代孕妈妈们,所有这些小心呵护着我们心灵的人们。

冲澡的地方竟然还不错。用来苏消毒液清洗过,两间冲澡房分开。换衣服有单独的地方,如果里面有人外面就会亮起提醒的红灯,有点儿像天主教教堂的忏悔室。之后我跟噼啪一起去卡车停靠站的餐厅吃了点儿鸡蛋。天亮时我们又上路了,在越来越明亮的天色下跑了两个小时,看仪表板上的导航,我们经过了沃尔科特,还有每年在俄亥俄举办的音乐节。天明时我们望着刺眼的光线叹气,又是个大热天!然后噼啪又说起迈克尔。反正什么话题最后都会扯到迈克尔身上。

两年前一个喜剧俱乐部,迈克尔听到了噼啪的笑声,就是这大笑吸引了他。还有谁会像这么笑啊?是什么样的女人,才能笑得这么彻头彻尾没心没肺?他找她要了电话。她心想,嗯,他要是出现的话,还能蹭顿饭吃。结果他真的出现了,吓她一跳。她穿着自己最喜欢的棕色裤子和涡纹图案的衬衫。他身上散发着一股甜香,穿着亮蓝色的运动套装,样子挺帅。"我吃鸡肉、玉米和土豆泥,"她对他说,"这些就够了。"她说烩菜这种各种东西混在一起或者看不出是什么原料的菜品,她吃起来都不放心。厨艺方面,她只能用微波炉热热东西,其他一概不知,而且

---

① 这是一个特殊的行业,专门为监狱里的在押人员提供笔友、送信等服务。——译者

看不见的美国

也没兴趣学。说了这些事之后,她又唠叨了其他的规矩。迈克尔静静地坚持着,一心一意地去软化无数规矩之下的那颗女人心。她以前从没爱过谁。她很怕自己失去控制,怕负责任,怕别人注视自己,了解自己——当然最怕的还是生活的失控。最终,她敞开了心扉,坠入了爱河,接受了他。到现在她也不知道,迈克尔是否了解这对于她是多么翻天覆地的变化,这个世界上能否有人了解这对于她来说是多么多么大的事情。

"我们刚在一起的时候,他那些坏习惯一点儿也看不出来,"她说,"哎哟,那时候他可爱我的猫了,还帮我打扫阁楼。简直是百里挑一的好男人。我那时候就觉得,'哇,这样的男人是从哪里冒出来的呀?'但很快他就犯懒啦。这就是他的本性,之前只是没显露出来而已。"

"我觉得他肯定也有很多好品质啦。"我说。我觉得自己不是在为迈克尔说话,而是在保卫爱情。

噼啪的电话响了,是她妈妈。"喂,啥事儿?"她接起电话。她妈妈问伊莱恩在哪儿,有没有把鱼饵放进冰箱。

"妈——我在衣阿华呢,"噼啪说,"我在拉货。"

妈妈问噼啪能不能给伊莱恩打个电话,问问鱼饵的事。

"嗯,好,当然可以,妈。"她挂了电话,接着转头对我说:"说实话真是挺奇怪的。她自己怎么就不能给伊莱恩打电话了?"她坐在驾驶座上太久了,身子有点松松垮垮的,填在座位里,就像面包盘里的一条面包。

"还有件事,"她说,"我一个人跑在高速公路上,她都不担心。你不觉得这也很怪吗?当妈的不该担心孩子吗?告诉你说吧,有时候我可真搞不懂她。"

"是有点怪,"我表示赞同,"我妈以前就一直很担心我。"这是我第一次用过去式说起妈妈,感觉立刻涨红了脸,像犯下了什么罪孽。

"鱼饵?"我问噼啪,"你妈打电话来就为了问鱼饵的事儿?"

"她喜欢钓鱼,"噼啪说,"我跟她去过一次,但不太喜欢虫子。也没人陪她一起去,哦,有时候谢丽尔会陪她吧。谢丽尔是跟我比较亲近的姐姐。比我大十岁。她是老大,我是老幺。她说我是她最好的朋友。她生了八个孩子,常常说要来搭我的车感受一下,但说到现在也没成。"

她伸手去拿佳得乐的瓶子,喝着里面的自来水。在卡车停靠站的时候她总会把水灌满。冰箱里的苏打水是为我准备的。她不会喝我的苏打水。但那些苏打水并不是我要求的。

"我最处不来的姐姐就是伊莱恩,"噼啪说,"我和谢丽尔觉得,伊莱恩特别想独占妈妈。还有,伊莱恩觉得自己厨艺很棒。其实一点都不。她做的菜特别没味道。"

收音机里放着乔西·汤普森的歌,她调大音量,一边跟着唱,一边摇晃着下巴。"你别管我们,"她停顿着等下面的歌词,看看我,又随着节拍伸出手指,"我们这里,全是牛仔铁匠……"

一个来自克利夫兰的黑人女性,唱这首歌还是蛮奇怪的。我想着要不要把这个想法说出来,最终决定闭嘴。我们陷入长时间的沉默,一起听着这首歌。我们的两边,是一望无际的玉米地,绵延的绿色,绿色,绿色,一直到天边。我不由自主神思游移,回到过去。我想要忘掉痛苦,可总有那么一部分在你脑子里萦绕不去,好像循环播放的电影(难道这样一来结局就会变?)。我脑海里浮现出葬礼和教堂的场景。安排葬礼的时候,你的声音是那么微弱。你可能是在说话,可能只是像饿坏了的小麻雀一样,机械地动着嘴。

天主教的葬礼比较简单纯粹,没什么多加渲染的余地。我的双亲都是非常虔诚的天主教徒,所以葬礼都是按照既定的流程来走。先是我母亲的葬礼。最大的姐姐走到圣坛,送上她的悼词,什么是六十年的婚姻,上帝,爱,上帝。我坐在下面,手里紧捏着讲稿,等着叫我上去。

看不见的美国 **245**

在座的人们时而点头,时而投来同情的目光,时而含混地哼哼。等到牧师终于被喊上台的时候,可能仪式已经进行太久,他直接就开始祈祷了,我从头到尾都没能在母亲的葬礼上说出那些准备好的话。

我的双亲都是非常虔诚的天主教徒。但我对他们这方面的了解却不多。我感觉自己不是在参加母亲的葬礼,而是什么别的人。这让我特别如坐针毡,度日如年。如果我有机会把讲稿上的文字大声读出来,就能让大家看看我们母女俩在一起的时候,她是什么样子的。那是一段小小的回忆,她在楼下画画,我在楼上写作。两人一起进厨房做吞拿鱼三明治,互相诉说着画布上空无一物和稿纸上空无一字的焦虑。显然,我很需要在座的人都为我做个见证。我还记得当时的我,很想把这个故事讲出来,却未能如愿。那种坐立不安的感觉一直纠缠着我,像挥之不去的牙痛。

我爸爸呢,比妈妈要搞笑。但有一半儿的时间大家都聊到别的事情上去了,所以没人认真听他的笑话。他反应比较慢,我也慢,所以我俩经常一起坐在那儿观察周围的人和事。让我异常悲痛的事实是,我没能给他的葬礼带去欢乐搞笑的元素,反而只是走了那些无聊的流程,讲了些特别戏剧化的关于爱的主题,什么六十年的婚姻,上帝,爱,等等,还有,父母在彼此怀里逝去,是多么美妙。

如果爸爸看到这幅场景,应该会说点笑话的。当然不会带着讽刺,也不会带着恶意,只是一些视角独特的玩笑话。似乎人人都从同一个角度去看问题,只有他,歪了歪头,多看了一眼,哈!我知道他一定会找出好笑之处。或者我比他先找到,说出来。父女俩哈哈大笑。然而,现在,我找不到。独特的角度不见了,就这样噗一声消失了。都说鸽子的眼睛里有水晶体,一层特别的薄膜,让它们能在天空中看到不同的颜色和图案,所以才能轻而易举找到回家的路。移除这层水晶体,它们就会漫无目地盘旋,直至发疯。

"你困了?"噼啪问我。

"没有,没有,我还好。"

她请我帮个忙,见到迈克尔的时候能不能问他两个问题。

"当然。"

"你写下来吧。"她说。

"我应该记得住吧。"

"好,"她说,"你就问他,他什么时候知道噼啪是自己命中注定的那个人的。再问他,他最爱噼啪哪一点。"

衣阿华 80 号是世界上最大的卡车停靠站。宣传材料上说,这里每个月用掉的厕纸长达将近九十公里。这座超级停车场占地九十公顷,广袤的天空之下,能够容纳八百辆大卡车,还有一个电影院,一个博物馆,一个卡车洗车场,两个游戏厅,一个刺绣中心,一个手绘店,一个定制 T 恤店,一个激光雕刻中心,一家理发店,一家牙科诊所,一个有三百个座位和十五米长吧台的餐厅,还有个展示厅,展示着一辆长约九千米的超级卡车。在阳台上能俯瞰那边的"镀铬天地"。

"哇,真是不敢相信啊!"噼啪对我说。她拿出照相机,想尽量把两米多的镀铬排气管道框在一张相片里。

"你喜欢弯的还是直的管道?"她问我。

"呃……"

"必须选一个。"她说。

"但是我不——"

"人人都有想法的!"她笃定地说。

"好吧,弯的。"我说。

"真的吗,弯的?哦,天哪,我呢,我就喜欢直的!"

闪亮的镀铬器材上呈现出无数我们自己的影像,非常扭曲。镀铬挡泥板、镀铬保险杠、镀铬干扰导流片、镀铬过滤器壳……噼啪站在这一切前面,腰包绑在肚子前面,头兴奋得前后摇晃。这是个为卡车而活着的灵魂,此时此刻显得更为熠熠生辉。

"万一有一天,所有卡车司机一觉睡醒,都决定不开车了怎么办?"她对我说,"这个国家何去何从?何去何从啊?"

如果有一天,所有卡车司机一觉睡醒,都决定不开车了,那么,共占地将近六千万平方米的三千八百家沃尔玛超市将很快空空荡荡。泰森食品公司每周宰杀的四千六百万只鸡、十七万五千头牛和四十四万三千头猪会被困在某处的高速公路上。亚马逊价值340亿美元的货物只能呆在仓库里。我们呢,继续每天消耗三亿七千八百万加仑的汽油,直到油泵全都干涸。然后我们就只好呆在家,大门不出二门不迈,整个美国陷入停滞。

对卡车的热爱很具有感染力。我在巨大的礼品店给我的孩子买了两件T恤,上面印着"全球最大卡车站"。还给我丈夫也买了一件。噼啪给迈克尔买了个小酒杯,上面印着同样的字眼。她还给伊莱恩买了一顶皮特比尔特的帽子,还买了一本书,书名是《男人邂逅女人整洁……以及其他破坏男女关系的两性谎言》。

门外很热,柏油路上的空气滚烫得颤抖。人们都懒洋洋,汗涔涔的。我们赶去围观"超级卡车选美大赛",共有一百多辆风格各异的卡车参赛。很多卡车都和参加竞技的马或牛一样,有自己的名字。比如"纯态"、"耕者"、"冒险大王"等。车型或大或小,前盖全都敞开着。"亲友团"围坐在旁边草地的长椅上,分散在各处,等着回答参观者的一切问题。噼啪只有一个问题,到处反复问:"能给你拍张照吗?"

我们缓步走过一辆被漆成泡泡粉的卡车,上面还系满了号召大家关注乳腺癌的丝带。噼啪加快脚步,走到瘦瘦的女车主身边,对这辆车大加赞叹。接着她伸手从钱包里掏出一张20美元的钞票,递给她。

"不，不，不，"女车主说，"我做这个不是为了要钱。只是想让大家关注乳腺癌。"

噼啪把钱硬塞进女人的口袋。"那个，能给你拍张照吗？"

一个人高马大的男人穿着红色T恤从后面出现了，说他那辆经过改装的卡车车厢里有个能用的壁炉。

"哇塞，不可能吧，壁炉？"

他带我们走到一辆车型窄小的卡车面前，此车名为"工人阶级"，车身上有手绘的白马，面对大海的滔滔白浪嘶鸣。

"这是皮特比尔特。"噼啪转身对我说，眼睑顿时无精打采地耷拉下来。

"管道是弯的。"我骄傲地对她说。她先上了"工人阶级"，我跟在后面。眼前就是那个壁炉：用气的，周围有闪闪发亮的橡木框，陶瓷做的装饰木头上，微微的蓝色火焰在跳跃。除此之外，全车都用黑色的皮包裹了一遍，灯光则是粉色与紫色，随着一首流畅的萨克斯曲的节奏，交错变幻着。床的上方安着一座雕塑，白马面对大海的滔滔白浪嘶鸣。

"你这车就是个爱巢啊！"我们下了车，噼啪对车主说。

"我还可以给你看点其他东西。"他说，眉毛有些可悲地颤动着。

噼啪完全不介意。她似乎下定决心要把这个男人从目前这种可恨又可怜的状态中解救出来。和男人一起的女人，长长的灰白头发，戴着一顶牛仔帽，说："我可没这么教过他。"她说自己是他妈妈。

我们很快发现，这两个人跟这辆有壁炉的卡车完全没关系（在这里向伊利诺伊州哈佛市的科林·斯图尔特道歉，你的"工人阶级"很有爱。）。穿红T恤的男人只是负责展示，并利用这个来找女人（那他妈妈呢？）。

"好吧，我们还是拍张照吧。"噼啪做出一副"无论如何"的表情。她举起相机，挥手示意妈妈和儿子站在"爱巢"前面。

"天哪，天哪，天哪。"我们继续看卡车，噼啪的嘴里几乎就只剩下这两个字。"天哪！"要是能把这些都带走，她一定会毫不犹豫。但她不能，所以就不停拍照，以供回味。慵懒的夜晚空气中，特雷西·劳伦斯乡村音乐会正在进行。她站在一捆干草上，想给乐队拍张照，但我们的位置太靠后，根本拍不到。"他伤害了你，却依然在你心底。"每一句歌词她都烂熟于心，一直跟着唱，还随着节奏加快摇晃和跳跃，接着从干草上跳下来。"帮我拿着吧。"她把相机递给我。

"星期天的早晨啊，七岁的我在后院玩泥巴……"她边唱边高举双臂，扭动着屁股，转着圈，往天空中挥拳。这样一来她就很显眼了。欢乐的人群中，她好像是唯一的黑人，又只有她在跳舞。她和这群人完全不同。她完全不符合人们对卡车司机的刻板印象。正因为这种不一样，我才觉得她是这个群体真正的代表：一个特立独行的人，高举美国所标榜的自由火炬，带着不羁与放纵，在深夜脱掉上衣，飞奔在路上。

那些坐在干草垛上的人看着噼啪跳舞，最终将这看做一种邀请，或者一种许可。一个留着长鬈发的女人站起来，拉着她一起跳；接着一对牛仔装束的情侣也加入进来；很快噼啪身边就围起一小撮旋转的人群，大家都尽情甩着头，畅快地挥洒着汗水。"油门踩到底，引擎最有力，让你的车子跑起来/若要在好年华早逝/那就让他永生……"焰火飞向天空，"超级卡车选美大赛"的所有卡车都亮起了灯，耀眼跃动的车灯如同一阵急雨。接着大家一起按响了喇叭，震耳欲聋，出奇地整齐，仿佛一首庆祝的欢歌。身处其中，还真看不出来这是个面临危机的产业。大家欢聚一堂，尽情欢纵，不去在意这个世界即将或者正在分崩离析。我想，如果足够深入地探查，会发现历史能让任何文化保持活力，不断传承。

那天晚上，我俩没有住在卡车里，而是找了家汽车旅馆。睡觉前，噼啪把电视调到南希的节目，蹲在电视机前，让我帮她拍张和南希的合影。她问我知不知道南希的未婚夫很久之前被人谋杀,知不知道南希工作多么勤奋努力,知不知道南希一直到四十八岁才怀孕生子。

"你瞌睡还挺多。"一天早上,噼啪回头朝蜷缩在床上的我喊道,有点抱怨的意思。她说我们在俄亥俄州。

俄亥俄?

"不好意思,"我说,"你可能不知道,我一直都睡不着的。这段时间真的挺反常……"坐在车座上,我感觉自己像个婴儿,大发了一场足以改变人生的脾气,累得倒头就睡,在安眠中得到抚慰,现在才慢慢从长梦中醒来。

显然,在我瞌睡的时候,噼啪开了将近五百公里,卸了货,又装了一车啤酒,停在路边睡了一个小时,又开了三百多公里,吃了早饭,请一个男人喝了杯咖啡,吃了块蜂蜜面包,因为他孤身一人过生日。

"发生了这么多事情?"我爬到驾驶舱,努力适应刺眼的光线。

"你瞌睡还挺多。"她重复了一遍。卡车正在穿越城市的街道,牛排节的宣传横幅迎风招展,人们从教堂里鱼贯而出。一个戴着安全帽穿橘色背心的女人正在指挥交通。噼啪摇下车窗,喊道:"加油啊,姐们儿!"燥热的微风立刻钻了进来。

她的嘴唇有点肿,双眼充血,我觉得她像是哭过。她来了个左转弯,轰隆一声,我们又回到了凯马特的停车场。一切都太快了。

一辆蓝色的雪佛兰太浩朝卡车冲了过来,又急刹车停下。是迈克尔。他没开门下车。她也没开门下车。"我们看看他能在那儿坐多久。"她说。我们一直等着。最后她按响了卡车震耳欲聋的喇叭。嘟嘟,嘟嘟,嘟嘟。

"算了。"她说,一边打开门,下了车,伸手到车厢里拿她的东西。

迈克尔长了一张温和亲切的圆脸,一头短短的鬈发很浓密。他穿的

T恤上印着自己的照片。"我三十五岁的时候照的。"他指着照片很高调地说。

"嗯,那时候很帅啊,"我笨嘴拙舌,"哦,现在还是很帅——"

"我简直不敢相信你就一直坐在那儿。"噼啪对他说。

"我简直不敢相信你朝我按喇叭,"迈克尔对她说,"很容易把自己搞得下不来台的。"

"很容易让你来帮忙的,"她说,"你想我了吗?"

"没有。"

"你洗地毯了吗?"

"没有。"

"你没看到我都把地毯清洗机给你摆在外面了吗?就放在中间,你走过去都能直接摔在上面。"

"看到了。"

我们来回几趟,把自己的东西搬到迈克尔车上,接着噼啪回到卡车上,把废弃的包装纸和纸杯拿一个小小的垃圾袋装好。周围依然是热气袭人,烈日当空,一切仿佛静止在这慵懒的午后。

开车回去的路上,噼啪一直很安静,坐在副驾驶的位置看着窗外,不自觉地抖着腿。她手里拿着相机,一路上新交的朋友,狂欢时的欢乐与绚烂,全都记录在里面。结果她犯了个错误,问迈克尔,她的猫怎么样了。

"我的天哪,说起那些猫啊,她简直就要发疯了!"迈克尔从后视镜里看着我的眼睛对我说,"她跟你说了那些傻不拉几的猫没?"

我什么也没说。噼啪不是还想我问他问题来着?他什么时候知道噼啪是自己命中注定的那个人的?他最爱噼啪哪一点?我应该帮她问这些问题的。

"那只没尾巴的,简直被宠坏了,"迈克尔继续说,"就是它,到处吐毛球。我还跟她说呢,我说:'只要你把那货给扔了,我就给你买只新猫。'"

噼啪继续抖腿。我想把她拽下车。我不想她回到这个现实世界,我当然也不想回到自己的现实中。现在,我理解开卡车的人了。我懂他们那种永远也不想停止运货的心情。

到家了,迈克尔停下车,我们下了车,站在路边。噼啪张开双臂,我们诚心诚意地紧紧拥抱。她的身体既柔软又硬朗,充满了熟悉的温暖,让我想起露西尔。哦,很久没想起露西尔这个名字了。她总是像噼啪一样,拿丝带系起一头鬈发。她和我一起在地下室的熨衣板旁边跳舞。露西尔是我在婴儿时代妈妈雇来帮她带四个孩子的保姆。她一直做到我十二岁的时候。她吃口香糖总是把泡泡吹破;她总是涂抹着护手霜。每天晚饭后,我们都开车送她去坐公车。我俩坐在后座上,我拉着她的手。她下车的时候,我紧紧咬着嘴唇,祈祷明天又能和她一起玩耍。我们总是紧紧拥抱,久久不愿意放手。后来,我进入了叛逆的青春期,总会用一句话折磨母亲:"嗯,你懂什么呀?反正我是露西尔养大的。"我不是故意要这么说的,但这句话也不全是假的。那时候我是个小婴儿,所以露西尔对我倾注了最多的心血。

我这一代女性常常就看顾家庭的问题争论不休。该做家庭妇女吗?该做职业妇女吗?该请保姆吗?我通常无话可说。露西尔曾经出现在我生命中,这就是我关于这个问题的全部所知。你可能拥有两个妈妈,或者四个,甚至六个,给你源源不断的爱。如果面前的噼啪让我想起露西尔,大约是因为我现在前所未有地需要她。

几周过去了。噼啪和我一直保持着信息和电话的联系,回忆那段美好的时光。接着她突然断了音讯。好几个月我都没收到她的任何消息。

"姐们儿,我真是对不起你,"一天早上,她终于又出现了,"但这事儿我忍不住要告诉你。"

她有点犹豫，有点语无伦次。迈克尔和她分手了。就是平常的一天，他就突然站起来走了出去。她说在找我之前，自己完全没法开口说这件事情。"对不起。"她一直说着。痛苦会带来这种奇怪的反应，你消失进一个深深的洞穴，而又情不自禁地为此事向别人道歉。我很懂，很懂。

我问她到底发生了什么。什么也没发生。他把自己那一大堆东西全都收拾好，离开了。就是这样。两年。一切都结束了。

她跟我说起自己那个深深的洞穴。我也敞开心扉给她讲了我的。我还感谢她照顾我。

我们聊起悲痛这种情绪，说悲痛之后应该获得智慧。"但要过多久智慧才会来呢？"她问我。我们沉默了一会儿，思考这个问题。我们两个，就是一个盲人牵着另一个盲人在走路。

她买了一辆生锈的凯迪拉克老爷车，没有轮子，还买了一个勉强能用的发动机。她请爸爸过来帮她组装。于是他来了，于是父女俩一起，组装了一辆车。

天堂在此处

加利福尼亚州，工业市，朋地岗垃圾填埋场

赫曼问我有没有闻到什么味道。从他问话的语气，我也看不出是不是该撒谎。他说他喜欢融入大自然，喜欢看日出。接着又问了一遍："你有没有闻到什么味道？"

"嗯，这儿是个垃圾场。"我终于开了口，尽量礼貌克制。赫曼上了年纪，瘦长矍铄，嘴里嚼着一根牙签。他干这行已经几十年了，总是第一个到，开着这辆长达九米的72号拖车。里面装满了垃圾，都是派下来的任务。按照规定，从早上六点开始就可以倾倒垃圾了。他总是把手指放在车的红色按钮上，不停地看表。

"女人能闻到男人闻不到的东西。"他说。

此时此刻的垃圾场，和大多数人想象中的完全不同。没有杂乱无章，没有肮脏恶心，没有黏糊糊的东西，没有一点点垃圾。可能有些人看到眼前的景象会有点失望，这整个就像人迹罕至的大型建筑工地，绵延八千多亩的浅棕色尘土。下面掩埋了昨天的垃圾，当然还有无数个别的昨天的垃圾。单单是这规模就让人望而却步。如果再仔细想想，有将近五十年的垃圾就被你踩在脚下，形成一百二十多米深的地基，那你一定会对美国的过去与这个星球的未来产生一种莫名的悲哀，进而感到焦躁不安。所以我努力驱赶这种想法。别的司机也陆续开着卡车赶到，停在赫曼的车旁边，这填埋着深深的垃圾的地面居然因为太软而弹跳起来。

朋地岗垃圾填埋场，在洛杉矶市中心以东约二十六公里。人们刚开始来此倾倒垃圾的时候，这里还是一个个的峡谷，现在已经成了一座山。1953年，由英国科幻小说家赫伯特·乔治·威尔斯作品《星际战争》改编的电影，将朋地岗作为火星人进攻时第一艘宇宙飞船的着陆地。倾倒垃圾开始于1965年，在一片叫做圣盖博谷垃圾场的地方。1970年，洛杉矶卫生局（二十四个独立地区组成的机构，涉及整个洛杉矶郡七十八个城市和五百万人口）买下了这个垃圾场，将其重新命名为朋地岗垃圾填埋场。每天这里都会新增一万三千二百吨垃圾，足够填埋一个六亩大小六米深的洞。换句话说，相当于一个两层楼高的橄榄球场。

2013年11月1日，这个垃圾场将被填满，超过负荷，垃圾们将不得不另觅他处。

早晨六点整，赫曼按下按钮。拖车的后厢升了起来，三万六千多公斤的垃圾轰隆而下，很多都是木头、石膏、钉子和纸屑。旁边那辆车上的垃圾显然更"有机"，味道比较刺鼻。在这一排车子的那头，有个人的垃圾黏糊糊的，是经过无菌处理后的人类排泄物，黑得跟墨水似的。

赫曼拿了把扫把，把拖车扫干净。这里的大多数司机都是为废弃物管理公司一类的大企业服务的，开着闪闪发亮的绿色卡车穿行而来，像一支小小的舰队。而赫曼是卫生局的人，把附近索斯盖特市垃圾处理中心的垃圾运过来。所以他在这个圈子里地位相当高。他每天跑五趟，中途只休息一次，吃点方便面、奶酪饼干和一块小点心。回家路上再啃个青苹果。"都习惯了，"他说，"每天做完全一样的事情。"他给我讲授"慢下来"的哲学，可谓自成一派。不犯错误，每天重复，惯性的力量，平静安宁。他用这个方法，一路捡过废纸，做过散工，指挥过交通，开过洒水车，做各种各样的工作，直到找准人生事业的定位。他说，每天都能第一个来，是一种荣耀。所有的卡车都在大门口让开一条道，让赫曼通行。他特别提了一句，1954年他上八年级，现在整个班的老同学只有他还没退休。"怎么会有人舍得从这样的地方退休呢?"他问道,"干吗要退?"

我在垃圾场已经呆了一个星期,这里的工人,无论资历深浅,几乎都是这么一套说辞,我都习惯了。他们说起垃圾场,全是满满的自豪、欣赏甚至感谢。一开始听到这些话,我还以为他们都疯了。

毕竟,垃圾场是个很恶心的地方。任何人都不应该在这里工作,不应该看到这幅场景,闻到这些味道。这是一锅巨大的浓汤,里面有一亿吨的纸尿裤、玉米脆片袋子、电话本、鞋子、胡萝卜、西瓜皮、废弃的船、划破的轮胎、大衣、火炉、沙发、吃剩的薯条……就在 I-605 高速公路的旁边高高堆起。这里的味道就像你走过街上任何一个垃圾桶闻到的味道,不过还要臭几百倍。来到这里,就感觉置身文明的地狱,丑恶的荒原,几乎想要立刻夺路而逃,拒绝这里的存在。我们总是在扔东西,而这些东西应该……统统不见,彻底消失。我们通常不会去想,扔掉一张湿纸巾、一个空糖包,或者一块小黛比蛋糕的包装纸,竟然会影响到别的人,一连串的人。他们竟然做着如此繁重复杂的工作,让这些东西消失——当然从来没有真正消失过。我们基本不会费心去考虑垃圾场,就算想起来,也会觉得厌恶嫌弃,怎么这么臭,简直影响市容,一点儿也不卫生。我们这些高度进化的人类啊,对一切腐臭、黏腻和恶心的东西全无耐心,完全理所当然地忘记了,要是没有我们,垃圾场根本不会存在,完完全全不会存在。

美国生产的垃圾之多,是全世界所有国家之首。平均每天每人将近两公斤,每年共有两亿五千万吨。城市中快要没有这么多垃圾的容身之所。现在,处理垃圾的费用相当便宜,每个月区区 15 美元,很多人根本对这么点钱看不上眼。收钱的方式也是大家都搞不清楚的神秘的市政税收。所以,干吗费心去考虑这事儿呢?

从前,电也很便宜。长久以来我们都没认真考虑过电力的真正花费。对了,汽油也经历了同样的过程。

垃圾(还有更令人谈之色变的"表亲":污水)问题,其实就是倒过来的化石燃料问题:垃圾太多,化石燃料却不够。两者都涉及资源管理。两者都积累了好几个世纪,由于前人短浅的目光,生活在 21 世纪的人们抓耳挠腮,焦头烂额:现在怎么办?

幸运的是,科学家与工程师们对垃圾的问题相当感兴趣。其中一些人面对持续增长的垃圾,开始思考背后的哲学。人们开始思考这个与生俱来的难题,废弃物与人本身之间缺乏联系。面对浩如烟海的垃圾场,这个问题变得非常宏大,甚至夺人眼目。

"有一次我把老婆带到这儿看了看,"赫曼告诉我,"我说:'看,都是垃圾。'她简直无法相信。之后也没法理解。我就跟她说,我说:'这里可是垃圾场中的劳斯莱斯。'"

"没人知道我们来了。"乔·哈沃斯说。我们驱车出了垃圾场,沿路而上,经过加州栎树丛和美国梧桐,偶尔还能看到令人惊艳的粉色九重葛。乔开的是他那辆老凯迪拉克,1982 年的"黄金帝国"车型,锈黑色的车身,保险杠上还有褪色的"克里-爱德华兹"贴纸[①]。他一开始做过土木工程师,现在也还戴着典型的"酒瓶底"眼镜。而鬈头发、啤酒肚和通身的行为举止,又像个脾气欠佳的公关人员,这是他后来的职业,现在已经退休了。他穿着夏威夷风格的印花衬衫,戴了顶草帽,悠闲地靠在驾驶座上开车,有种轻而易举的自信。

"从高速公路上过去的人啊,还以为这是个公园,"他说,"要么他们就会问:'那山上怎么那么多管子啊?'"

事实上,我们正开车经过累积了半个世纪的垃圾,一个巨大的垃圾

[①] 2004 年美国大选时,民主党候选人克里和他的搭档爱德华兹的宣传标志就是"克里-爱德华兹"(Kerry-Edwards),当时制作成各种贴纸和徽章发给民众。——译者

堆，里面甚至有公路，有停车标志，有交通警察，还有交通事故频发的历史，至少一人丧命其中。

而垃圾填埋场展示给公众们的门面却让我想起迪士尼乐园。一派精心修饰的歌舞升平，内里却那么复杂，那么肮脏。面向605公路的西面，一片青翠与碧蓝，仿佛荒漠绿洲，迫不及待要展示给匆匆过客。东面则比较朴素，种了些矮矮的针茅草、风箱树和艾灌丛。这边的装饰更接近本土，是应了附近居民的要求。他们住在垃圾场山脚下富裕的哈岗区，希望背后的垃圾山能够和远方绵延的峡谷融为一体，成为日落时的一道风景。总之，目标就是，尽量粉饰美化这座垃圾场，让它消失不见。

"不管你怎么搞这些垃圾，自然都必须消化处理，"乔说，"对吧？好好想想。"我们正往山上开，要找个比较好的眺望点，俯瞰垃圾车、推土机和铲车的行动全貌，很值得一看的景象，也是静坐思考的好地方。乔说话像机关枪似的，虽然是在讲课，也带着格劳乔·马克斯的[①]风格。"要是大自然没法处理这些东西，那恐龙粪便都要淹到我们眼睛这里啦。"他很爱说这样的话。六十四岁的他是个环境工程师，原来是耶稣会信徒，后来改了天主教。对废物管理、固体、液体、垃圾回收、填埋、燃烧和分解激情满满。而且这种热情竟然有种奇怪的感染力。在我眼里，他就是垃圾界的"主教"。

"我们没有被恐龙粪便淹没，而是由恐龙粪便组成，"他说，"对吧？恐龙粪便和别的化学品。我们体内也全是垃圾。拿破仑的一个碳细胞搞不好就在你胳膊肘里。都是大自然在进行循环，永恒不断的循环。一切都是细菌，变成碳、氢、氧、氮，对吧？好好想想！"

我跟他说会记好笔记。呆在这儿，我的笔记越来越厚。几年前，乔

---

① Groucho Marx，美国著名演员，演了很多经典喜剧。曾获奥斯卡荣誉奖。——译者

看不见的美国

从垃圾场退休,但又回来了,做做顾问,见见老同事,帮帮替代他的原助手多尼。有时候什么也不干,就是坐下来,赞叹眼前的情景。1960年代,他进入这片"化外之地"。那时候,人们仿佛刚刚从慵懒的白日梦中惊醒,意识到垃圾是物质,而物质很顽固,你想或不想,物质就在那里。你可以烧,可以埋,可以朝大海一扔了之,可以把它藏起来眼不见心不烦。但垃圾仍然以某种形式存在着:灰烬、烂泥、毒气、空气中飘浮的微粒。"一切都归结到循环的问题上,"乔说,"我们永远在循环使用同样的东西,所以,要好好想想,如何负责任地使用,免得害了自己。"

他给我举例子。"看到那些管子了没?"我们绕着垃圾场往上开。"都在吸气。"管道很粗很醒目,直径大概六十厘米,总令人好奇不已,浮想联翩。总长将近一百三十公里的管道环绕着垃圾场,不断吸收着垃圾发酵产生的甲烷、二氧化碳和其他气体,这些气体混合在一起,毒性致命。管子连着长约一百二十公里的地下沟槽和一千四百口气井的网络。甲烷极易爆炸,味道刺鼻,一直是危害环境的噩梦。然而,垃圾不断发酵,甲烷也势不可挡。于是,就诞生了这些管道,这是垃圾场的奇迹,是卫生局的工程师们率先采用的技术。甲烷通过管道下山,传输到将气体转化为能源的设备中。甲烷充满锅炉,产生蒸汽,蒸汽带动涡轮,涡轮产生五千八百万瓦的电力,足够支撑七万个南加州的家庭。

来垃圾场之前,我完全不知道垃圾还能发电。"大多数人都不知道。"我对乔说。

"哦,很多人都知道。"他说。

不,他们不知道。我调查过。在家的时候,我问过很多人,都是普通人,每天制造着各种各样的垃圾,买很多垃圾袋,脑子里想的只是"要去扔垃圾"。说到这些垃圾最终的去处,"他们根本不知道能用垃圾场的气体给家家户户发电,"我说,"你不觉得这是大家应该知道的常识吗?"

他神色疲倦地看着我:"大姐,你觉得我这三十年忙得要死是为了啥啊?"

他眨眨眼,摘掉眼镜,掏出手帕,擦了擦眼角。"我就是在做这个啊,"他说,"我也没做别的,就是告诉人们我们在这儿做什么。但是,这个社会到底有多少时间来倾听和理解呢?嗯,答案是,社会对这个的兴趣挺低的。大家并不想知道自己产生的废物最后去了哪儿。这个领域的责任让大家都羞于启齿。"

车停下,我们下了车,站在那儿俯瞰整个垃圾场,里面全是垃圾,是今天清晨赫曼和其他司机同行倒在那儿的。从这里看过去,开放的垃圾场像个棕色巨碗,绵延三千多亩,一排疯狂的卡车正停在里面,喘着粗气,肚子里全是垃圾,迫不及待地等着卸货。

整个洛杉矶郡,这里倒垃圾是最便宜的,一吨大概28美元,所以成了很多垃圾处理公司的首选。一般来说,到中午,垃圾场一万三千二百吨的日承载量就满了,大门口的保安会举起一面从公路上就能看到的旗子,示意司机们继续往前开,找别的地方倒垃圾。谁都能到这里倒垃圾,比如一个普通的公民,开着一辆卡车,装满垃圾,只要愿意付钱,就没问题。

每天,垃圾都在三个区域高高堆起。每个区域大概有一个橄榄球场那么大。平均每个小时增加一千二百吨垃圾。三十名重型设备操作员在垃圾堆上忙碌,如同疯狂的舞蹈。三米高的大型推土机挥舞着五米长的铲刀,把垃圾推成一排排的。接着,无所不能的宝马格垃圾压实机上场了。这个重五万多公斤,推力将近六万公斤的庞然大物把垃圾粉碎、压扁、排气,挤得越来越紧,尽量节省空间。所有的重型机械都在垃圾的悬崖上爬上爬下,相互距离之近令人难以置信,前进,后退,在边缘微微倾斜。即使在这上面,声音也震耳欲聋,整个"巨碗"中回荡着轰隆之声。眼前的景象令人震惊,五颜六色,红绿黄白,不由分说向你袭来。

一个区域的承载量已经满了。于是铲土机开了进去。这是所有机械中最大的,长十六米,高五米,光轮子的高度就是三米。巨大的铲斗如同大腹便便的怪兽,铲起灰土,填在垃圾上,大概三十厘米厚,将那些恶臭的气味、死去的老鼠和昆虫以及剩饭剩菜与各种各样的垃圾都尘封起来,也尘封了所有人迫不及待想要丢弃的昨天。

遗忘。消失。到今天结束时,垃圾场里将遍寻不见垃圾的踪迹。

第二天,这个过程又重复一遍。垃圾在各个区域填满垃圾场,直到达到承载量,装满"碗沿",填上土,又是新的一层。

一辆辆水车不断往土上喷水,免得灰尘太大。一群捡纸员疯狂地四处狂奔,抓住风吹起来的东西,拿到一边去。最难对付的就是塑料袋,风一吹就跑,像小孩玩的气球。有时候情况过于糟糕,或者狂风大作,就会使用化学喷剂来抑制难以忍受的恶臭。附近的山脊上,一群海鸥正在张望等待。海鸥是垃圾场最讨厌的不速之客。它们好斗是出了名的,总会叼走食物,飞到中途又互相争抢,结果自己叼的东西就掉了。吃了一半的汉堡包就啪地掉进某位女士后院的池塘里。曾经,工程师们被海鸥弄得焦头烂额。往天空放炮吓走它们,甚至还模拟海鸥的天敌老鹰和猫头鹰的声音。但海鸥们很快习惯了这些声音,甚至站在炮头和扩音器里面。终极解决办法却异常轻松简单:垃圾场各个工作面的界限上竖起可移动的长杆子,中间拉起尼龙钓鱼绳。这些绳子让海鸥们无法像往常那样旋转降落,而这些鸟儿试也没试一下就放弃了。"我猜它们蠢得不懂钻到线网下面来。"乔说。说话间他戴了一副墨镜,再加上草帽、花衬衫和背后茂密的绿化,看着就跟在度假似的。

在所有的垃圾场,比鸟更亟待解决的是沥出物的问题,也就是可能流到外面的污染液体。涂料稀释剂、指甲油、电池、传动液、机油这些东西都不应该随便扔的,但很多人根本不管。所以很多这类垃圾都被装了车,被挤压,和雨水混在一起,调成一杯无法预测的剧毒鸡尾酒。如果流出垃圾场,进入地下水,可能会对附近的社区造成致命的影响。所以,垃圾场的围墙和地面,整个覆盖了一层将近四米厚的屏障,由黏土、塑料、沙子和其他材料组成,这应该是一块人类想象中最巨大的尿布,专门有防湿和防渗水的设计。将近三十公里长的管道将这些沥出物疏导进收集区。一群工程师在现场专门负责监测,并且进行净化和提纯。世界上任何一个垃圾场的工程师吹嘘自己工作出色的资本之一,就是从自己的垃圾场倒一杯沥出物,然后喝掉。

朋地岗这些惊天动地的工作,眼前的这一切,公众毫不知情。这要归功于工作面以上三米高的狭道。随着垃圾场垃圾一天天增多,铲土机的司机一直在往上面加土,这堵围墙也在一天天加高,所以一切都在公众完全没有察觉的情况下进行。

而铲土机司机们把这条狭道称为他们的"视线"。他们告诉我,坐在铲土机上,最有趣的就是把这重七万多公斤的机器稳稳地开在和底盘差不多宽的"视线"之上。偶尔会有铲土机掉出"视线"之外。有时候往下滑个三十米,有时候就挂在那儿,一半在路上,一半悬空,直到别人开来起重机进行救援。掉出"视线"之外的司机,会被叫做"歪脚趾"或者"歪歪",直到下一次有人再犯,继承这屈辱的外号。

如果是推土机或者宝马格翻进垃圾堆了,那司机也会被取个外号,"翻翻"。

"你应该下去,"乔说,"你应该下去,到垃圾堆里去走一遭。感觉一下。"

麦克·施派泽,绰号"巨无霸",是垃圾场最有名的宝马格司机。还有些人说他是全世界最有名的呢。恰巧,他的长相可能也是这世界上最像宝马格的人了。他矮矮胖胖，膀大腰圆，秃顶，自带骄傲，仿佛不用任何机器，就能把垃圾压扁。四十五岁的他身上有令人过目难忘的文身：手拿镰刀，神态狰狞的死神；头上穿了一把匕首的骷髅；喷着火焰的头骨；还有另一个头骨，长了角，头上有一个弹孔。"就像魔鬼被子弹爆头什么的，"他说，"基本上就是这个意思。"

他很害羞，微笑的时候会脸红。他的绅士风度在垃圾场有口皆碑。他这么出名，是因为最近在佛罗里达州的可可海滩拿下了北美固体废弃物协会国际公路大赛宝马格组的第一名。"他是全国最棒的。"几个工作人员告诉我。麦克自己倒不会吹嘘这项荣誉，但也深以为然，"我真的真的很擅长这个。"

麦克和我站在一个区的边缘，垃圾处理的工作正在进行。宝马格轧轧作响，准备前进。他顺着梯子爬上驾驶舱，伸出手拉我上去。"空调性能不错，而且车舱是密封的，所以闻不到味道。"他向我展示了坐垫的充气功能，抱歉说只有一个。他开始操纵机器，而我弯腰蜷在他后面，双手挂着他软软的肩膀。我们缓缓向前，好像置身一辆坦克之中，开进大约十米深的垃圾处理区。我们高高在上，脚下是一片令人惊叹的景象：脏兮兮的纸盘子、塔吉特超市的手提袋、鸡蛋盒子、"绿巨人"豌豆、本杰瑞冰淇淋，还有各种各样的塑料袋，敞开着，能从中一窥全美国的日常生活。我们轻巧地碾过一张床垫，一台电视机，一辆三轮车，一张摇椅，很多苏打水瓶子，还有除臭剂。很快我就对垃圾有了"审美疲劳"，眼睛拒绝去分辨，脑子拒绝去思考。我们轧过六亩地的垃圾，看它们在宝马格的巨齿之下，从一堆堆高山，变成粉碎的坦途。

"说实在的，美国人制造的垃圾太多啦，"麦克说，"说实在的。这些还只是一个垃圾场一天的一点点。但是我不愿意去想这个问题。我最经常想的都是，不要被推土机撞上了。"

宝马格深入垃圾堆，又爬出来，再深入进去，再爬出来。麦克一直在前进，把垃圾推往悬崖的边缘。这面悬崖是一整天倾倒的垃圾的杰作，太高太高了，完全看不到那一面是什么。

"你要接近边缘了。"我说。

"那些高的要赶快弄下来，"他说，还在毫不犹豫地往前开，"后面再来看平不平整。我们从高处往下冲的时候你就知道为什么了。"

他还在讲什么压平、抓举、剥离之类的，但我脑子里只剩下"从高处往下冲"这几个字，马上就要付诸行动了。我们即将从三层楼高的垃圾悬崖上自由落体。我明确地告诉他，我要吓尿了。

"我培训过的很多人头几周都是哭着过的。"他说。

他向我保证，宝马格非常灵敏。他说真正需要担心的，只有树桩。"有一次我从高处往下冲，半路撞到一辆车那么大的树桩。结果我就沿着斜坡朝旁边滑下去。也没什么办法，就随时坚持，努力去摆脱。那次搞得我屁股超难受。"

我们直冲开阔的天空，朝着悬崖前进，就像在进行自杀式任务。我本以为会有碰撞，有剧烈的抖动，甚至伤亡，但宝马格像只松鼠似的攀在垃圾上，我们缓慢下降大约十米，进入更多垃圾的腹地。六七辆推土机进入眼帘，前进着，后退着，推着垃圾，清理着这片处理区。

我问麦克，这里管事的是谁，谁做决定下命令，有什么模式，谁吼谁。他说，每个人都是做做就自己弄清楚了。他说自己五岁的时候就骑过轻型摩托车了。"这样的经历也是在为现在做准备。你能够了解各种动作的缺陷。"任何骑轻型摩托车或者开车长大的孩子显然都会爱上这样的工作，他说，又补充说他觉得自己能做这个真是很有福气。

麦克是1990年到这里来工作的，之前在修汽车。"那种生活的压力我完全受不了。"他对我说。和我在垃圾场见过的很多人一样，他也告诉我，自己喜欢自然，喜欢户外，也非常喜欢长时间的独处。我们爬上垃圾悬崖，准备进行又一次俯冲。他吹起了口哨，还邀请我之后和他一起吃午饭："嗯，要是你愿意的话。"

沥出物、甲烷、巨大的设备、危险的俯冲、工作人员的智慧、轮班的处理区、防海鸥的线网、垃圾场边的灌溉、九重葛藤……这些截然不同的风景，这些辛苦工作的现场工程师，这些化学反应……应接不暇的同时，我心里一直在想，太荒谬了。做了这么多，承受了这么多，就是为了人们可以继续否认现实，好像我们制造的垃圾就那样以某种神奇的方式消失了。我有一次向乔·哈沃斯坦白说，在家的时候，我把垃圾扔在车道的垃圾桶里，一辆绿色的卡车来把垃圾收走，我的狗还站在门廊上愚蠢地朝那车狂叫。那些垃圾之后的去向，我一无所知。当然也完全意识不到，我的垃圾要来到这里，经历如此复杂繁冗的处理。

乔说，如果现在垃圾还像以前那么简单，我这种想法倒是挺好的。时至今日的历史长河中，垃圾在大多数时候都是一个线性的概念，一个简单的"四步模式"的最后一步：挖出原材料，制造某种东西，用那种东西，用完以后，把那个东西扔掉。一、二、三，垃圾；一、二、三，垃圾；一、二、三，垃圾。等到一个地方聚居了足够多的人，扔的垃圾堆成山，大家注意到了，垃圾就成为一个令人担心的问题。据说，大概在公元前 500 年，古希腊雅典城组织了西方世界的第一次市政垃圾处理。当权者要求市民把废弃物扔到离城墙至少一点六公里之外的地方。这是一个相当有远见的计划，尤其在那么遥远的过去。毕竟，把历史的镜头拉近，一直到 18 世纪，大多数美国人还是把垃圾从窗口往街上一扔了事，完全不管和垃圾有关的疾病，比如黑死病、霍乱和伤寒症显著地改变了欧洲的人口数量，甚至影响了全世界的王权架构。

19 世纪末，焚烧垃圾成为一件大事，有市政规模的统一焚烧炉，也有人直接在自己家的后院拿火柴点燃东西。在当时，焚烧垃圾实在太美好太神奇了，因为烧完之后垃圾似乎就消失了。

把垃圾扔到海里也有类似的效果，很长一段时间，美国将这两种方法作为处理垃圾的主要手段。但后来，海滩散发着恶臭，完全毁于一旦；海港被垃圾阻塞，无法正常通航，促使最高法院于1934年禁止往海里倾倒垃圾。即便如此，也应该说明，由于很多人目无法纪，还有一些国家没有相关规定，现在，太平洋上漂浮的塑料废弃物，总面积加起来是整个美国大陆的两倍。旋转的暗流让这些面积广阔的废弃物固定在同样的位置，延展约五百海里①，从加州海岸穿越北太平洋，经过夏威夷，直逼日本。科学家至今还在为这个问题烦恼。

乔·哈沃斯在洛杉矶市中心长大，他还记得小时候烧垃圾的情景。"家家户户的后院都有焚烧炉。"他告诉我。他坐在垃圾场一个突出处的排气管道上，头顶是橡树的浓荫。"我还记得蜡油顺着牛奶盒子流下来。当时心里想：'哦，很酷哟。'烧完的灰放进垃圾桶，有专门的人来把灰收走。吃剩的东西要分开的，会被带去养猪场。然后来了个市长，山姆·约尔地，他说：'嘿，要是我们把这些东西扔到一起，家庭主妇的日子会好过，家务活会简单很多。那我们就放在一起吧，一大桶，一起收走。'"讲起这个故事，他和讲起其他很多故事一样，很高兴，拍拍管道，为接下来的讲述制造气氛。"山姆·约尔地当选为市长，家庭主妇们就用同一个垃圾桶了，一边盖着盖子一边说：'上帝保佑你，山姆市长。'嗯，很出名的，你去查查，山姆·约尔地，Y-O-R-T-Y。"

于是，城市垃圾场应运而生。一开始位于城市边缘，只用于倾倒垃圾。等堆到一定程度，就有人点燃火柴，烧掉，为后面的垃圾腾地方。垃圾越来越多，越来越多。随着生育高峰的到来和二战后疯狂的消费主义，人们制造的垃圾爆炸性增长，垃圾场的处理规模成为一个相当令人头疼的大问题。1955年，《生活》杂志刊登的文章率先提出"一次性社

---

① 1海里等于1.852公里。——译者

会"这个概念①。

在洛杉矶这么拥挤的地方,烧掉如此多垃圾,就演变成世界上最著名的烟雾问题。1959年,美国土木工程师学会出版了《卫生掩埋法》的规范指南。垃圾不再焚烧,而是被填埋。指南中特别提到,为了防止垃圾中的啮齿类动物和刺鼻气味,要对垃圾进行挤压,每天往上覆盖一层新的泥土。

现代垃圾处理时代来临了。

那时候,乔·哈沃斯正在诺约拉马利蒙特大学和同学们一起学习土木工程。那时他还没感受到垃圾场的召唤,不过他和工程系的一些朋友,受到当时刚刚兴起的环保运动的感召,在理想主义的带动下,对……污水越来越感兴趣。

"全国的管道系统面临崩溃,"他告诉我,"真的是完全瓦解。就像市长的白痴儿子在污水处理系统胡搞一气。"没有任何人去认真思考,只为得过且过:垃圾全部倾倒进江河。在耶稣会信仰传统的背景下,大学里的一个教授催促乔,要做点有意义的事情。教授给他介绍了卫生工程。他说这一行很有前景,不可限量,而且能有机会做点好事。

那时候还没有环保局(EPA)。联邦法律也几乎未涉足污染这个领域。油轮定期往大海倾倒机油,空气污染已经夺去了很多人的性命——短短四天,纽约就有九十六人因此丧命。俄亥俄州的凯霍加湖,因为漂浮的化学物质烈焰冲天,火苗蹿到五层楼高。

于是,社会觉醒了。1962年,蕾切尔·卡森发表了《寂静的春天》,这是极富生态激进主义的呐喊,旨在唤醒懒惰无知的公众,不要再依赖化学品对自然的控制。这本书激发美国社会首次对杀虫剂和其他

---

① 这篇文章名为《一次性的生活》(Throwaway Living),刊登在1955年8月1日的《生活》杂志上。这个概念又译为"抛弃型社会"。——译者

化学品的危害进行严肃讨论。埃德·马斯基（Ed Muskie），这位古怪暴躁的著名美国参议员，积极牵头制定全国性的环保政策，推动了《清洁空气法案》和《清洁水法案》的制定，其中很大的动力来源于他对故乡缅因州被污染河流的嫌恶。

1970年，尼克松总统成立了环保局。

现代环保运动中，最不可或缺的就是那些思想敏锐、推动变革的年轻人。越来越多的相关基金应运而生，斯坦福大学、加州理工、麻省理工也纷纷开设相关的专业课程。像乔这样的最聪明的佼佼者，一路免费深造，进行垃圾研究。乔去了斯坦福。"很多同学都觉得有义务去做公共服务。"他说。他充满激情，投身其中。现在看来，那时真是可爱。生育高峰期出生的小宝贝们，如今长大了，要改变世界。这一切的结果呢？"真的充满激情，很激动，"他说，"我们思考着各种各样的新方法，要在几个世纪的混乱肮脏之后，帮助大自然重回正轨。"那时候，做卫生工程师实在是令人兴奋的事情，不过后来这个头衔逐渐演变为环境工程师。事实证明，这些人持续不断地改变着传统思维，创造了各种各样的系统，让这个因为废弃物而窒息濒危的星球能歇口气，缓过劲。

乔从未想过做公关工作。他或多或少算是被"赶鸭子上架"。那时候每天发生着多少大事，有着多少发明创造。他的同事们都不擅长把各种各样的工程概念写成文字，乔却恰好是个笔杆子。他创建了新闻办公室，成为代言人。

用垃圾场的废气发电，就是个很好的例子。他回忆起那些最初的日子，如同老人说起自己的第一个孩子。率先实行的是帕洛斯韦尔德，洛杉矶郡早期的垃圾场之一，旁边是个很不错的居民区。一位女性居民抱怨自己的玫瑰花总是养不活，并归咎于垃圾场：垃圾堆里肯定在散发某种恶心的东西。她说对了。检查员发现，一般通过燃烧进行消除的爆炸性气体甲烷，已经从垃圾场泄露到了居民区。

"然后我们就说：'哇哦，我们得采取措施啊。'"乔说。他站了起来，似乎面对着一个亟待解决的新问题。"我们在她的玫瑰花田附近挖了一条沟，往里面铺了碎石子。我们想，那东西应该会通过这些碎石，因为这是最便捷的一条路径。不过没成功。我们就架了一条管道，开始把气体抽出来。然后大家伙儿就说：'那啥，我们把这东西烧了好了。那火焰，看着挺美。我就想，能不能用于引擎点火呢？'然后我们就把气体通往一台内燃机，内燃机就被带动了。"

当时这灵光一现让大家欢呼雀跃：有了！用垃圾场的废气发电！对于年轻的环境科学家来说，这实在是实现完美循环最优雅的方式，将所有一切回收利用，让这些垃圾发挥巨大的作用。

"有个同事提议在垃圾场高处放一棵圣诞树，"乔说，"树不是很大。但是我们用垃圾场的废气带动一个小小的发电机，将圣诞树上的灯点亮，吸引了很多注意。因为大家都很感兴趣。"

很有用。他们修了个能源站。几年后，包括查尔斯王子在内的全球高官显贵们纷纷来到帕洛斯韦尔德垃圾场，亲眼见证垃圾产生能源。

目前，美国有大概四百二十五个垃圾场生产垃圾填埋气体（LFG），每年供电总量高达一百亿千瓦时。这是一种绿色燃料，每年能替代一亿六千九百万桶原油或者三十五万六千节火车车厢的煤炭。环保局的数据显示，使用填埋气体减少的碳排放量，相当于公路上减少了一千四百万辆车，或是新增超过八万平方公里的森林。

围绕着垃圾的"并发症"——沥出物、甲烷、巨大的设备、各种风景、化学反应，其实完全无法唤醒不负责任的公众，无法停止他们对垃圾的漠然。那是我们自己的事，我们自己的一套想法。从现实中来说，围绕垃圾发生的这一切复杂繁冗的工作，是人类的发明，人类的努力，去恢复原本由自然进行的循环，让它完美地收尾。

"好好想想，"正午的烈日下，乔眯起眼睛，"什么是污染？污染就是错误的时间,错误的地点,出现了错误的东西。换个时空,这就是资源。对不对?好好想想。"

我和"巨无霸"一起进食堂吃午饭。他故意落在后面,叫我先去吃。现在我已经很懂中午"第二顿午饭"的个中奥义,很好奇"巨无霸"会坐在哪里。食堂很简陋,是在拖车里临时搭建的,白色的墙面,摆着很多桌子,还有告示牌、报纸、嘶嘶闪烁的日光灯。

我朝一张长桌子走去。史蒂夫、韦斯、帕特里克、杰米、托尼和其他乐天派的大嗓门都在那里吃第二顿午饭,埋头于饭盆。第二顿午饭几乎都是"土人"来吃,就是开推土机的。第一顿午饭在十一点三十,来吃的都是"垃圾人",像"巨无霸"这种压垃圾的。土人们经常对垃圾人说三道四。他们说垃圾人特别冷漠,无聊,整天一张苦瓜脸。又说土人都很开心,很闹腾,充满爱心。我很想弄明白这些区别是怎么来的。

每天,吃第二顿午饭的汉子们都对食堂的来客很兴奋,比如小学生什么的。他们七嘴八舌地争着跟我说。"我们是全国最大的垃圾场哦。"其中一个郑重其事地宣布。

"我们的设备超棒。"另一个说。

"我们有十八台 D9[①]。"

"我们有两台 D8。"

"压实机?我们有五台呢。"

"还有两台 D10,每台有十二万磅[②]重。"

"卡拉巴萨斯垃圾场有台 D11,比那个还大。"

"我应该没见过 D12。老实跟你说,卡特彼勒应该不产这种型

[①] 卡特彼勒公司(世界上最大的土方工程机械、建筑机械和矿用设备生产商)出的推土机型号。下面的 D8、D10 等也是。——译者
[②] 约合 54 431 公斤。——译者

号了。"

"是停产了。"

"我们有全世界最大的机器。"

"我们是老大。"

史蒂夫是推土机驾驶员,瘦高身材,金色长发打着卷。他的地盘是角落的那张桌子。如果说他是这个团队的领袖,那也是因为经得起持续的言语攻击和嘲弄。大多是笑他的头发,以前剪过很糟糕的发型,可笑的刘海,甚至烫成法拉·赛福特①那种夸张的层次。后来,他们鼓动他去剪那种前面和两侧短,后面长的"胭脂鱼"头,还说大家凑份子资助他去剪。史蒂夫非常坚定地拒绝了他们的好意,但杰米、乔和帕特里克非常热衷于想象史蒂夫顶着这种发型的样子。不知怎么的,后来大家的讨论演变成剪成这种头发的史蒂夫可以去拍黄片,和胭脂鱼做爱什么的。这种即兴的戏谑是完全没有演变逻辑的,但自带蓬勃的生命力。很快故事里又多了侏儒,史蒂夫和侏儒、胭脂鱼拍黄片。笑声简直要掀翻屋顶,有个人把刚喝下去的"激浪"都喷出来了。有人笑得直跺脚,有人笑得捶桌子,充当食堂的拖车摇摇晃晃,像一群醉醺醺的海盗驾船出海。

麦克一个人躲在一边吃,我心有不忍。他一般都是十一点半和垃圾人一起吃的,但就因为开着宝马格带我到处转,误了点。现在只好跟土人共进午餐。

我本想走过去和麦克坐一起。但是土人中最年轻的杰米伸手过来,这个瘦瘦的轮廓分明的年轻人给了我一个桃子,说是从妈妈种的树上亲手摘的。我只好又坐下了。

"我今天坐了'巨无霸'的宝马格,"我跟大家伙儿说,"他带我冲

---

① 1970年代好莱坞演员,运动型美女,电视版《霹雳娇娃》女主角。金色长发,层次分明,比较蓬松。——译者

了悬崖。"

"是啊,我们看到了的,"韦斯说。他有宽大的额头,穿着一件百威的T恤,"跟着'巨无霸',没问题。"

"巨无霸"在食堂那头挥了挥手。第二顿午饭的规矩对他例外。垃圾人中很少不被土人开玩笑的,他是其中之一。主要归功于他在公路大赛的战绩,让朋地岗又添殊荣,更有了垃圾场老大的资本。

"今早我还坐了赫曼的垃圾车。"我告诉他们。

"赫曼?!"

"那个倒霉催的——"

"他现在没那么糟糕啦。"

"他开水车的时候简直是烂人一个。"

"他当时开的6601号车,总是想藏起来。"

"他经常吼:'这是我的水车!你们最好别碰!'"

"还有他的牛仔帽子,也是最好别碰!"他们又大叫大笑着说起赫曼的帽子。嗯,看来是很好的谈资。大家七嘴八舌,喋喋不休。我说他们跟一群女孩子似的。

有人说起老鼠。

"在这儿干了这么多年,我只见过一只老鼠。"

"土狼吃老鼠的。我们看到的老鼠都是别的人带进来的。"

他们语带自豪地达成一致,垃圾场没有老鼠。就算有,也是因为在被丢弃的垃圾桶里没被发现。一般情况下,老鼠要么被压实机压扁,要么被推土机推平,要么在漫天尘土中被活埋。

偶尔出现的死老鼠都是这些结局。又一次,帕特里克拿一块墨西哥薄饼包了一只死老鼠,拿给主管看,说他烦透了那些人把吃剩的午饭随便扔。

嗯,这也是很好的谈资。垃圾场有太多的快乐时光。

看不见的美国

这些人都是终身制。大多数都是从捡纸员做起。史蒂夫在这儿呆了二十三年，托尼十九年，帕特里克十四年。对于重机操作员来说，能得到卫生局的工作就像拿到了通往天堂的门票，福利好，薪水高，一年8万美元，还有奖金。收入稳定，完全不受经济衰退的影响。很多人都住在垃圾场以东很远的地方，一百多公里开外的加州沙漠地带，上班单程就要两个小时，因为这里是洛杉矶，什么东西都贵。因为上下班的长距离，还因为要保住工作，他们必须没有任何驾驶违章记录，所以大家下班以后都不会去混酒吧。他们会凑钱租车，在车上看电影。每天的工作都是独自一人，迅速把垃圾从一处推到另一处。所以，除了上下班在车上的时光，大家也就只有在午餐的食堂相聚了。

他们告诉我，在座的任何一个操作员都能操作垃圾场的所有设备。土人们在某个时候都做过垃圾人，反之亦然。而且连土人们都不得不承认，垃圾人的工作更有趣。

"压东西，碾东西，"一个土人说，"整个垃圾场最让人兴奋的就是碾压东西。"

"压扁船。毁灭一艘船，或者拖车之类的东西。我觉得没啥比这更令人兴奋的了。"

"有一次我压扁了一辆汽车。最棒的是当时我根本不知道那是辆汽车。但是开上去之后，我好像拖到了车的一角，应该是正好压上去了，整辆车都平了。"

"哇塞！"

碾压这些东西带来无限的欢乐，但五花八门的垃圾有时会让这些人犹豫不已。

"那些扔掉的东西啊，简直让人大吃一惊。"一个说，"有些东西完全可以捐给别人的。我们可以写本书了，写写美国人扔掉的东西。"

"我刚来这儿的头两三个星期吧，大拖车拖来一堆堆崭新的打字机。

一堆堆的啊！有时候一来来三辆大卡车，扔的全是崭新的打字机。都没开过封，还在箱子里。"

"废品，废品，废品。当然看了会烦啊。但你又能做什么呢？"

"有一次有人往这儿扔了 210 万美元的钞票，就被埋在下面了。"

"假的。"

"真的！"

"记不记得他们扔了很多苏珊·安东尼头像的硬币①？"

"我当时还以为是巧克力币呢，结果是真的。"

"也是假的。"

"真的，就被埋在下面，我发誓。"

"你怎么知道是真的？"

"你怎么知道是假的？"

"记不记得西尔斯百货关门那次？大甩卖啊，没卖出去的都扔到垃圾场来了。全是新的，崭新的！有的客户来扔垃圾，还跑过去捡全新的电锯呢。"

垃圾场是严禁人去捡东西的。听上去可能有点不近人情。但事实上，自己跑到垃圾堆里去捡东西的人真的是蠢到家，因为在那么多推土机的包围下，有时候真的会死人的。个人来丢垃圾的市民有专门的丢弃区域，远离那些庞然大物。但有的还是铤而走险，跑到大型工作区想捡便宜。

"我们压扁过人。"

"嗯，这个倒是。"

"根本看不到。真的不知道他们在那儿。那儿不应该有人的。"

---

① 苏珊·安东尼是美国著名的女权主义者，曾经为争取女性的投票权和其他政治权利做出过巨大贡献。后来，美国曾经在 1979 年到 1981 年和 1999 年发行过有苏珊·安东尼头像的一美元硬币。后因为公众反响不好而停止发行。——译者

看不见的美国

"还记不记得那个女的,被压扁了?"

"当然记得。"

我表明观点,有这些大惊大险,垃圾人的工作听起来比土人有意思多啦。是不是因为嫉妒垃圾人,土人才对他们这么有敌意啊?

这个分析只引来更多的嘲弄。

"那些家伙呀,倒霉催的。"一个说。

"他们自己都互相讨厌呢。"

"不是,他们连自己都讨厌。"

"主要是身体原因。"一个说。大家都点头称是。

大多数垃圾人都承受着痛苦,或者以前受过痛苦,或者正在和痛苦抗争。一般来说,有人转到垃圾组,是因为他的身体没法承受推土的工作了。垃圾人的活轻,土人的活重。土人每周五天,每天八到十小时都呆在 D10 推土机上推土,这可是伤筋动骨的活,长年累月干下来,关节痛、椎间盘突出,什么毛病都有。"还是要关心一下自己的寿命。"其中一个说。大多数垃圾人年纪都比较大了,快退休了,背部和颈部都做过手术。"去做垃圾人就基本等于被劝退啦。"另一个说。

也有例外。又是"巨无霸",他在这个垃圾场的地位简直神圣不可侵犯。他开铲土机只开了两年,腰背就彻底毁了,动了手术,在床上躺了整整一年,然后又回来了,在垃圾人的岗位上开着宝马格创造了辉煌,成了全美国的第一名。

不过,通常来说,还在做土人,就意味着你还年轻。有权利从"视线"上掉下来,有权利开着车过去,有权利做"歪脚趾"或"歪歪"。做土人真是美好的岁月。

当然,这样的岁月也所剩无几了。按照上面的安排,垃圾场将于 2013 年关闭。会留下少数的骨干,维修工啊,现场工程师啊,继续维持朋地岗基础设施的运转,监测一下沥出物,维护气井和发电站。这里的甲烷还将继续转化为电能，持续大约三十年。但不会有新的垃圾了，卡车也不回来了。推土机不再有陡坡可以冲，D10不再推土铲土了。大多数垃圾人都到了退休年龄，而土人们将被吸收进卫生局庞大的机构，所以他们至少还是有工作的。

食堂里没有一个人愿意承认即将失去这个垃圾场，这些美好的日子即将成为历史。不过，他们一起计划着，说老板们正在申请许可，在峡谷中开放更大的空间，倾倒垃圾，让朋地岗多维持一段时日。

"根本就是白日梦。"终于有人承认了，"迟早你就得面对现实，这个地方要关门了。"

垃圾场关门以后，会有一个"垃圾处理"项目取而代之。这一片的垃圾将会被装进密封的火车厢，沿着联合太平洋铁路向西三百多公里来到沙漠地区，倾倒进帝王郡梅斯基特区域垃圾场。这是一个超级垃圾场，据说有一百年的寿命。

而所有这些过去的垃圾还将静静待在这里，慢慢地发酵，产生废气。这么一来，朋地岗垃圾场在某种意义上就像一座纪念碑，象征着一个新思潮涌动的时代。

垃圾山将会被覆盖，尘封，盖上一层又一层的石头、黏土和尘土，进行绿化，转交给洛杉矶郡公园与休闲区域管理局，变成供人们玩耍休闲的地方。相关的计划已经做了几十年。每辆拖车往这里倾倒一吨垃圾，就有1美元汇入一个朋地岗垃圾场栖息地保护基金。这个基金旨在维护一个面积为垃圾场两倍的野生走廊。这片土地上已经横贯了绵延数英里的远足步道和骑马场，甚至还穿越了垃圾场不怎么用于日常工作的部分。

随着时间的推移，这片土地会慢慢以无法推测的奇怪方式尘埃落定。垃圾场上是无法修建筑的，因为垃圾也有自己的生命，很多会慢慢降解。而令人吃惊的是，很多不会。被戏称为"垃圾学家"的垃圾问题专家在一些停用的垃圾场以考古学的态度做过挖掘，结果发现，很多垃圾非但没有降解，反而因为垃圾场缺氧的环境，成了经久不变的木乃伊。土壤深层发现了60年代的报纸，标题与新闻内容都还清晰可见。

"是不是很好笑？"乔说。他特别喜欢这个关于垃圾专家的故事，喜欢垃圾木乃伊，喜欢这些疯狂的惊喜。

我们又上了车，感叹那些景观专家的成果。他把手臂伸出车窗，指着某个地方，就像一个老爷爷向旁人展示一个很有历史的区域。"看到那些细管子没？"他问，指着地上蜿蜒盘旋的灌溉用细管子。

"又是管子，"我说，"管子真多。"原本这里是一片荒凉，而通过这些管子，水流四方，逐渐苍翠繁茂，这也没什么好吃惊的。

"还记得我带你看的污水处理工厂吗？"他说。然后狡黠地点着头，衬衫袖子在微风中轻轻摇摆着。我用了好一会儿，才明白他在说什么，灌溉水管和污水——

"不是吧——"我说。

"是的。"他说。

这些管子通的不是一般的水，而是从附近卫生局下属的污水处理厂引的废水，回收利用。

"是不是很巧妙？"他说。

他在一排围栏前停了车，这里是整个垃圾场的顶峰，下面就是马道，还有个草莓园。紧邻着垃圾场，一排排绿草挂着沉甸甸的果实，等待采摘。

"来看看草莓。"他用肩膀顶顶车门，门"吱呀"着不情不愿地打开。"好了，现在看到那些管子没？"他说。

"不是吧，"我说，"草莓也用那个浇？"

"是的。"

草莓园的灌溉，也是依赖于那些处理后的污水。

"这个是不是更巧妙？"他说。他弯弯膝盖，又轻轻拍了拍手站直。"你应该写写污水处理厂。"他说，"那个地方有大动作。"

垃圾场里，大家经常说起污水，到这个份上我显然也绕不过去了。乔和所有的工程师说起污水，都是耸耸肩膀满不在乎。不是什么大事。本来就是这样的流程。污水浇花，污水灌溉草莓。我却要花一段时间，才慢慢接受这个事实。

"哦，你好好想想，"乔说，"污水处理厂到底是什么？是对大自然的道歉，道歉说把那么多人放在一个地方。"

他停顿片刻，让我好消化思考这句话。他把帽檐往下拉了拉，遮太阳。"大自然不是为我们现在的生活方式准备的。自然其实更适合印第安人那样的生活：等你住的地方开始发臭了，收拾好帐篷，走掉。有种基本的人类本能，告诉你往哪儿走。"他伸出两只手，指着某个想象中的出口。"原始社会的人们都清楚，自然最终都会将所有的生物回收利用，好让他们几年后再回去。"

自然赐予我们雨水、溪流、江河与海洋，进行消化吸收。"这只是一个很直接的环境工程的概念。"他朝汽车走去，帮我打开门，让我上车。

"这个国家几乎每个人都有一立方英尺①的水域，消化吸收，完成这个人不能完成的循环，"他说，"这个过程从你开始，由自然来完成。那么，要在哪里完成呢？如果你让我们洛杉矶地区一千万人的污水全都流到海洋里，那海洋可要糟透了。"

说着，他打了方向盘调头，往山下开。半路在一个眺望点停下，我们好好看了看远处的污水处理厂。就在 I-605 公路的那头，坐落在小山

---

① 约合 0.03 立方米。——译者

坡之间。我感觉自己应该说点赞叹的话,但那工厂看上去和所有平淡、灰暗、硕大而无聊的工业建筑一样,路人走过,大概都会心生厌恶,因为这样一个地方实在是破坏风景。

"我们把本该在海洋或江河里发生的过程,转移到水箱里,"他说,"里面的细菌和自然界的细菌一样。基本上就是一大箱细菌培养液,模拟地上地下或者江河里发生的事情,只不过一切更加集中地发生在水箱里。所以,江河里要花掉十天的事情,水箱里八个小时就完成了。"

这一切隐隐有点乌托邦的味道。一个美丽的垃圾场,处处盛开着粉色的花朵;废水浇灌草莓;垃圾与泥沼提供五千八百万瓦的电力;垃圾堆上建起远足步道。这一切看上去仿佛一个完全不同的星球,而不是我们这个似乎末日将近的家园。地球似乎即将遭受灭顶之灾;因为我们的贪婪与无度,它也许即将融化,也许即将爆炸,就算没这么严重,至少也会乱作一团。上述情况当然都有可能。但还有更多不为人所知的故事:也是在这个星球上,还有人满怀激情与快乐,在修复它。这种修复带来的兴奋激动,发明创造带来的纯粹快乐,做好事造福人类的感召,都是他们工作的动力。

在垃圾场待得越久,我就越觉得自己仿佛来自另一个空间,听这些比我进化得更全面、更高级的生物阐述高深的道理。他们在这里已经很久了,不知怎么的,却没有任何一个人注意到自己的优越。

我和卡罗尔见了面。这位老太太在垃圾场的正门看门,问候前来倒垃圾的卡车司机们。每天早上都是赫曼头一个,然后一天内大概有三百个左右。卡罗尔身材矮小,形容憔悴,佝偻着身子,球帽下面的鬈发乱蓬蓬的。门卫室也很简陋,刚刚够卡罗尔坐在凳子上,放个小风扇,拿一袋鸟食。门卫室有扇后窗,开窗就是垃圾场。这里是垃圾场的最低处,最早的那一层垃圾,埋藏了将近半个世纪的垃圾,所以早已经长满了树与灌木。

"一开始我只喂鸽子,现在呢,好像有六种不同的鸟了呢,"她告诉我,"有只嫩黄色的,还有只小鸟,胸前有一撮红色羽毛。早上我还能看到小鹿、土狼、山猫、狮子、猫头鹰、老鹰、响尾蛇、野兔还有松鼠。就因为这个,我太喜欢这儿了。"

这种话是最让我吃惊的。多少人都跟我说,在垃圾场,能够享受到自然的美好。这是多么奇怪却又多么有道理的联系。

"那种没有盖子的小卡车进来的时候,我经常要憋着气,"她说,"要开走以后味道才散出来。我就说'哎哟喂,狗狗车终于过去啦!'"

"我会写诗。想到什么句子马上就要写下来,不然就忘啦。有一次在这里看到一头狼,给了我灵感,就写了狼的一家子。它一直在寻找自己的家人,却从没找到。那首诗我题名'失去已久的爱'。"

最后,我参观了这里最新的建筑,朋地岗材料回收处,简称MRF。我对这个地方一直有点抗拒,可能是看上去平淡无奇甚至枯燥乏味,整个像外墙漆成薄荷绿的购物中心或是巨大的市政办公大楼;也有可能是更简单的原因,我只是不愿意去面对其中属于自己的责任罢了。MRF即将成为铁路垃圾处理系统的起点。垃圾就在这里进行分拣,留下好东西,卖掉,只把不能用的垃圾以昂贵的成本进行铁路运输。现在分拣已经开始了,把一些本来要扔到高高的朋地岗垃圾山上的东西回收了。

几乎所有和我交谈过的工程师都自豪地说起MRF:说这里有多大,大得能装下三架波音747飞机;说这里的设计多么环保,一共有五百多扇天窗,整个工程都使用了回收材料,从加固搭架子的钢梁,到天花板,再到地砖。

乔特别强调了他的贡献:一个观景台,供公众前来观摩。"是我坚持的,"他说,"我就说,要让大家看看,他们的垃圾都怎么样了。"今天他穿了一件有绿花的衬衫,卡其短裤,网球鞋。来到这里他很是兴奋,仿佛欢迎客人进入他刚买的豪宅。观景台简洁崭新,相当富有未来主义风格,一条长长的玻璃走廊,像飞机跑道那样安着一排地灯,发着微弱的光。我们脚下的 MRF 正在忙碌:卡车从这巨大建筑的一端开进来,把垃圾倒出来;推土机把垃圾推到分拣层;体积较大的值钱的东西、木材、毯子和大纸箱都被拣出来。这些都是要回收利用的商业垃圾,也只是洛杉矶郡所有垃圾中的九牛一毛而已。但对于乔和他的朋友们来说,这代表了一个美好的前景,总有一天,我们所有的垃圾都能够实现这样的回收。大件的东西被挑出来以后,垃圾就通过传送带,进入自动分拣系统。最后来到分拣带,分拣员是一群戴着护目镜,头上用印花手帕包起来,蒙着医用口罩的女工,像演员露西尔·鲍尔在镜头下一样,眼疾手快地挑拣着垃圾。一个负责纸,一个负责干净塑料制品,一个负责铝制品,诸如此类,分工明确。分拣出来的材料打好包,等着未知的买主。

"是不是很棒?"乔双手搭在后裤兜上,俯瞰着这一切。

"说真的,我觉得看得有点郁闷。"我斜着身子靠在玻璃上,呼出的气在面前形成了薄雾。我觉得自己就像埃比尼泽·斯克鲁奇,而乔就是圣诞的幽灵,指着我即将要去的地方[①]:在那个世界里有许许多多的可怜人,不得不挑拣我的垃圾,免得这个星球喘不过气。我陷入了无尽的愧疚,也许任何人到这里来都会羞愧难当。

"我有点觉得,其实根本不用到这个地步的。"我说。

[①] 这个典故出自英国作家查尔斯·狄更斯的小说《圣诞颂歌》。埃比尼泽·斯克鲁奇是小说的主角,一个很有钱的吝啬鬼。圣诞夜,三个幽灵的造访让他的世界发生了翻天覆地的变化。——译者

"哎哟喂，拜托，这里可容不下什么多愁善感啊。"他边说边领着我来到电梯间。

每个美国人平均每天制造二点二七公斤左右的垃圾，其中大约零点七公斤会被回收，全国的回收率大概在32%。仔细想想，也不算可怕了。毕竟，1989年，一艘叫做莫布罗4000的著名游艇曾经装着三千吨垃圾，在东海岸来来回回，寻找倾倒垃圾的地方。而那时候我们的回收率才16%。这辆游艇引起了公众的注意：我们没地方倒垃圾了！加州率先提倡回收，于1989年颁布了一项法案，要求到2000年，加州各市的垃圾回收率必须达到50%。今天，旧金山的回收率是69%，全美城市第一。

从更大的远景，带着点神话的味道来说，这个目标是100%。实现零废弃。具体来说，是不再把废品视作一个难题，而只是把它们看做制造业设计缺陷的结果。我们应该把一切都进行回收利用。"就是画好这个圆，"乔和我一起走进电梯，"也许首先要控制我们的贪婪。我们现在想的还是老一套，就像爬虫一样，得到的越多越好，越多越好，那样才能快乐。"

爬虫？

"你看哈，一个人买了人生第一辆宝马，以为自己会很开心，"他说，"然后他跑去和鲍勃滑雪，结果鲍勃那辆宝马更好。这下完了。他本来应该很开心的！结果开心不起来。所以他还需要一栋三百多平米的大房子。你懂我意思的。"

我说，我觉得鲍勃和他的朋友们暂时是不会收手的。全美都是消费者。我们没法控制自己。我们甚至不想控制自己。

他觉得这并不是美国独有的，甚至不是现代社会独有的现象。"我们还不够智慧，"他说，"我们太年轻。你当然可以说智人已经存在了很久了，但也就是十五万年左右。我们完全是这个地球上的新手啊。如果

看不见的美国

以地球的时间来计算,我们还是初来乍到呢。"电梯停了,他伸手挡住门框,让我先出去。

"我们四肢发达了,心智却没跟上。"他说。我们来到一楼,走在一条走廊上。走廊真干净啊,鞋子和地面摩擦发出嘎吱声。"我们知道如何制作很多东西,"他说,"但是对责任的意识呢却很迟缓。有多少人能有这个想法,说我离开这个世界的时候,应该让这个世界比我来的时候更好?只能说正在朝这个方向前进吧,但路还很长。我们需要迈出下一步,意识到这个世界比一堆东西要广阔得多。"

这些话说得越多,他就越乐观:人们会越来越明智,越来越负责,越来越考虑到子孙后代的需求;全世界将充满谦谦君子!

我向他道歉,说我可看不出来,并坦白地说,在我的家乡,这样的回收并不多见。很多人觉得废物的回收利用是 1990 年代的时尚,如今重新流行,不过是一小撮人装模作样。听说过很多故事:纸做的盆子;塑料苏打瓶子不知道怎么处理,只好做了很难看的腰带。最后这些东西还是都扔进垃圾场了。所以干吗费这个劲啊?

"刚开始回收的时候可能是这样,"他说,"纸质的东西不是很耐用,放在院子里六个月就会淋湿,变得软趴趴脏兮兮的。但是如果扔垃圾的成本越变越高,人们就会变得越来越有创造力。"

我们去了工人的衣帽间,乔找了两顶安全帽和两双护目镜。

在朋地岗,扔一吨垃圾要给 28 美元。而通过铁路,将垃圾拉出洛杉矶盆地的成本是一吨 60 美元。"到一吨 60 美元的时候,人们就会很有创意了。"乔说。我们说起日益兴盛的中国市场:美国对中国出口量最大的商品就是废纸。而从中国来的货船,拉着那里制造的玩具和电视,也带回那些废纸。中国人用来包装这些货物。而美国造纸业现在有 36% 的原料纤维都来自回收物。

"现在还有那种地毯公司,把地毯租给你,"乔说,"小小一块地毯,有人打翻了什么东西在上面，公司拿回去，把弄脏的毛刮下来，融化塑料，制成新的绒毛，又弄上去。对。是不是很不可思议？为什么要这么做？就是因为扔垃圾的成本高了。一切开始倒退。"

我问有没有什么事情会打击他的乐观。

"人们基本上都是善良的，除非身处糟糕的环境，"他说，"我们只需要一直给他们保持善良的理由，保持善良的机会。嗯，他们都想做好人，除非对自己有坏处，这样他们就会变得充满敌意。丘吉尔怎么说来着？年轻时不是自由派，无心；年长时不是保守派，无脑。①"

"听着，环保意识和宗教无关。没有什么神圣的教义说你不能用塑料袋，否则就是罪人。各种各样的说法都是人创造出来的：拎起环保袋，平衡你我他；生活就是有机的；又臭又黏，赶快走。环保只是科学而已。我们只要让越来越多的人通过回收重新与科学联系起来，就能让他们明白这个星球有多神奇。他们已经忘了这些神奇之处了。其实，不用花多少心力去联系，就能哇！出来的。就像躺在山顶上，看着群星，很容易就被震撼，喊着哇！我的天哪！真的不需要做多少调查研究，这个星球值得所有人去欣赏和感激。"

我们穿戴整齐，准备实地参观 MRF。乔推开一扇门，我们走进去。特别像两个飞机棚，空间很大，高挑的天花板。分拣区嘎嘎作响的传送带只占了一个小角落。垃圾从上方一个大漏斗里掉到传送带上，沿途都有女工盯着，伸出手抓走什么东西。我站在一个怀孕的西班牙妇女身后，她正从一堆垃圾里捡空苏打瓶。传送速度太快了，她差点漏掉一个完好无损的饮料罐子。

我俩目光相遇了，我羞愧难当，手足无措，只好露出笨拙的微笑，

---

① 更广泛流传的版本是"If you're not a liberal when you're 25, you have no heart. If you're not a conservative by the time you're 35, you have no brain."（二十五岁不是自由派，无心；三十五岁不是保守派，无脑）。但此话出自丘吉尔应该是讹传，没有资料和记录可以证实。——译者

愚蠢地朝她竖起大拇指。

乔邀请我出去吃晚饭。我们先在他家停了一下，接上他老婆谢莉。605号公路上车流拥挤，我们的凯迪拉克旧车缓缓前行。乔看上去很累，筋疲力尽。我觉得到现在他的话应该都说尽了。

"我就是对神不太确定，"他没头没脑地来了一句。哦，他的话没说尽，也许永远也说不尽。"轮回转世那一套，我说不准。"

"是啊，我也说不准。"我说。车走得很平稳，真皮座椅贴着腿很舒服。这在当时一定是辆上乘的豪车。

"我更同意马克思主义的那一套，宗教是大众的鸦片，"他说，"能麻醉他们，好让权贵们尽情地杀人放火。"

"是啊——"

"但是自然好像明显在暗示有轮回转世这种事，"他说，"就算我对这种东西抱着怀疑和讽刺，大自然好像一直在说：'等等，听着，一切都是循环。'自然好像没有告诉我们，人生的隧道尽头是一束光，然后我们都会噗的一声消失。"

太阳正好落在地平线上。我们都拉下遮阳板。即便如此，阳光依旧刺眼。道路拥堵，行驶缓慢，回家的路还很长。

"灵性的世界也许也是循环的一部分，只是我们还没弄明白而已。"他边说边打开车窗透气，不过外面的空气估计也都是不健康的烟雾。我们坐在座位上，盯着前方的车流。

"嗯，我老婆发誓说，她的前世是个西班牙男人，"他说，"她记得水从船舱的窗户流进来，转世的事情她记得很全呢。不过反正她也是个怪人。"

原来他是提醒我做好心理准备。等终于到了他家，谢莉不让我们进门，因为家里太乱不好招待客人。于是我们坐在后院，喝了点灰皮诺葡萄酒。我看着院子和门廊上稀奇古怪的东西,发出惊叹。一棵仿真的小圣诞树,完全弯曲了,一个空空的池塘,陶瓷做的矮人摆件,还有一只肥嘟嘟的黑猫。谢莉个子很高,像《大力水手》的女主角奥丽弗。清秀面容,乌黑头发。总是香烟不离手,说起话来也像她老公一样,非常深刻,一针见血。两个人言语交锋,连珠炮似的抛出很多概念和见解,讨论要是地球上再也没有人会怎么样;回忆着青蛙的不同种类,或者各个圣人的名字,直到其中一个跑到屋里去查相关的书籍。

乔在屋里翻找电影演员大全时,谢莉转身向着我,举起酒杯:"敬垃圾场的人们!"她说。

我礼貌地举起杯子。

"他们是不是最讲道德的一群人?"她说,"很奇怪。很多都是从耶稣会出来的。所以可能这个就是根源,为大众利益拼尽全力,是最高准则。"她最后深深吸了一口烟,在旁边一个贝壳上按灭烟头。"他们做的工作也是最有原则的。把我们最糟糕的两样东西,垃圾和污水,变成高尔夫球场和别的好东西。"

"这不是很奇怪吗?"她说,"说真的,对这些人来说,就像他们一生的目标和使命。我一开始就注意到了。参加了那么多枯燥可怕的会议什么的。我以前还想:'应该让这些人去从政。我们应该只选那些在垃圾场工作的人做领袖。'"

乔又出来了。他没找到那本电影演员大全。不过拿了一篇学术文章出来,因为这文章让他想起有趣的事情。"没人知道水是怎么产生的,"他说,"有些人觉得来自脏兮兮的雪球,来自小行星。他们觉得可能水不是从地球产生的,而是来自太空。"

"哦,他超爱这个话题的,"谢莉语带警告地对我说,"现在他要告诉你分子是怎么来的了。"

"所有的分子都来自宇宙,"他说,"你随便问哪一个原子科学家,

看不见的美国

问他们那些比较大的分子的来源,比如碳啊,氮啊,氧啊,所有组成生命的东西。它们一开始都是氢。经过太阳中心的聚变过程才逐渐产生。"

"等着吧——"谢莉对我说。

"所以我们都是星尘,真的,"他说,"我们都是原子废料!"他拍着桌子,这是一整天里最让他满意的一句话了。

致　谢

这本书是很多人携手合作的智慧结晶。我首先要感谢安迪·沃尔德催促我去写这本书；也感谢《GQ》杂志的吉姆·尼尔森对这本书的结构与内容进行策划，并提供了无法估量的支持与帮助。感谢我的编辑尼尔·奈伦发起这个项目，安德鲁·布劳纳则一路为其保驾护航。感谢匹兹堡大学迪特里希文理学院和宾夕法尼亚艺术委员会的赞助。感谢无数工作人员、管理人员和政府机构给我一路开绿灯，接触到各行各业的第一线。感谢所有认真阅读修改最初稿件的编辑们：拉哈·纳达夫，汤姆·福莱尔，萨拉·戈德斯坦。感谢《GQ》杂志的调研部不知疲倦地为我进行事实调查。感谢伊莱恩·维多尼的研究、安排、转录和计划，感谢艾米·惠普尔在最后阶段参与进来。感谢我的女儿安娜和萨拉，你们绕着我欢笑转圈，承欢膝下，还假装喜欢我在机场匆忙购买的小礼物。感谢我的丈夫艾利克斯，为我守候不断扩大的家的堡垒，并永远对我充满信心。感谢我的父母，他们有生之年没来得及读到这本书，但永远激励着我前行。最后，当然要感谢"看不见的美国人"们，是你们慷慨地打开自己世界的大门，让我进去一探究竟，并且充满信任地给我讲述了你们的故事，也希望我的复述令你们的形象熠熠发光，这原本就是属于你们的荣耀（对，说的就是你们：大脚，噼啪，乔·哈沃斯，胡安，佩德罗，布莱恩，艾德丽安，多内尔·布朗，理查德·斯普瑞格。对了，还有"土狗"，愿你安息。）。

珍妮·玛丽·拉斯卡斯

译后记

你的，我的和他们的生活

我有说"谢谢"的习惯。菜场买菜，我接过菜贩秤好的菜，会说句谢谢；进小区，我会对守在门边的保安说句谢谢；打车时，上车下车我都会说句谢谢……然而我也说不出来到底有多心怀感激，很多时候是一种礼貌的客套，甚至还隐隐有点"说了谢谢你就别为难我"的私心。

但我却因为这句谢谢，收获了很多的善意。相熟的菜贩不管生意多忙，都会亲自帮我挑选最水灵最新鲜的青菜，还让我免费拿小葱香菜等佐料，"妹儿，你随便拿！"小区的保安每次远远地看见我，总会灿烂一笑，主动帮我开门，省去我在包里翻找门卡的麻烦。打车的司机总在我说了谢谢之后帮我热心规划不堵车的近路，下车时也会心情很好地回应说："不用谢，你慢走"……有时候因为这两个字得到的热情，竟让我生出一种愧疚。他们把我的"谢谢"当真，我却只是把这作为一种习惯。其实我对生活中所有的"别人"，大都是如此，接触到他们，所有的礼貌都只是出于一种客套，出于自己的教养，没有真心想过，这些人的辛苦努力，和我到底有什么关系。

我们平常的一天是如何度过的呢？起床，洗漱，吃早餐；挤公交或者开车去上班，吃午饭，午休；上班，下班，回家（或不回家）吃晚饭，晚间放松娱乐或继续挑灯夜战，上床睡觉。日复一日，我们忙忙碌碌。我们在价值观单一的社会里只关注着自己和自己的小世界，奋斗！

升职！加薪！扩展人脉！买房！买车！登上人生巅峰！对于小世界之外那个广阔无垠的大世界，我们除了一些必要的接触和客套的礼貌，再也看不到那其中所蕴含的丰富与深沉。

美国作家 Jeanne Marie Laskas 看到了。她思考自己的冷漠，决定走出自己的小圈子，去看一看属于其他人的，那个我们"看不见"的世界。她去感受地下一百五十多米煤矿工人们的恐惧与喜乐；她去了解北极圈以北油井工人们的过去与现在；她和采蓝莓的农人同行；和养肉牛的牛仔攀谈……她深入到各种各样我们平时根本视而不见的行业，去探询和了解，并检讨这个冷漠的社会，就像她在前言中说的，我们的冷漠，说明我们是什么样的人呢？答案也许会让所有人赧然。

这是一本相当可贵的书。唤醒我们在强烈的自主意识和个人主义之外，那份所剩无几的同理心。毕竟生而为人，压力太大，为了旁人的目光，为了自己的物质追求，我们哪还有什么闲心去关注这些事情呢？又关我们什么事呢？如果你已经认认真真捧读过作者这一路的经历，你会发现，这些事情不仅应该关注，而且与你我他的生活有着密切的联系。

如今还有个很奇怪的现象，很多人看到媒体报道名人做慈善，帮助这样那样的弱势群体，发起各种基金，第一反应往往不是赞叹或支持，而是撇撇嘴，骂句"作秀"。为什么出现这种情况？网络暴力的泛滥往往是原因之一，能骂出这句话的人当然也不占理。但也许还有一个原因，报道中出现的名人们，和那些受到帮助的人们站在一起，似乎极不搭调。前者的脸上有种高高在上的同情，后者的脸上布满标准的感恩戴德。可能在负能量比较多的人眼里，这反映的不是人间自有真情在，而是社会地位与贫富差距的悬殊。这些媒体报道似乎也变了味，大张旗鼓地宣传慈善，文末再附上受助人的账号，好像你不马上表示一点，就成了不道德不高尚。这可能也是引起大众反感的原因之一。

这就更凸显出《看不见的美国》的可贵。首先作者和她背后的团队能够想到做这个课题,就很了不起了。我们这些生活条件算是小康、教育程度不高不低的社会"中间人",关注的往往是最高层或最底层,要拿首富作为崇拜艳羡的对象,要拿偏远山区那些最贫穷、吃不起饭的人作为怜悯的对象,却从未想过,在更接近我们的地方,有着庞大的人群需要我们单纯的关心。我们关心他们,就是关心我们自己。《看不见的美国》就是在做这样一件事。里面写到的任何人,其实都是普通人。他们身上没有暴富或赤贫的标签,这也许是他们被整个美国社会忽略的原因。更可贵的一点是,在如今各种大大小小的官方媒体与自媒体都忙不迭输出价值观,表达自己的与众不同之时,作者却完全站在客观的立场。你看她何曾将自己的观点强加给读者?何曾做出任何道德上的绑架或判断?她没有指着你的鼻子说:关注他们!帮助他们!感谢他们!她只是认真去体验这些人工作与生活的日常,悉心记录下与他们的谈话。我想美国的读者读到这些,应该没有丝毫被强加的反感,只是被这些平淡而真实的文字所感召,发现:啊,有这样一群努力生活,用心工作的人,和我的生活息息相关,我却从来没想过他们。这样的我是不是太冷漠了?我是不是从自己的世界里脱离出来,对广阔的世界多一点关心?变成一个更耐心更善意的人?我想,朴素诚实的文字,坦白恳切的态度,是有这种力量的。

而这个过程中,最让作者也最让我惊讶的是,基本上所有这些"看不见"的美国人都热爱着自己的工作。不管是冰天雪地里的油井工人,垃圾场推土机之类的操作员,还是整天忙得头昏眼花的空中交管员……他们或许有所怨言,但都是针对工作本身,只是因为工作而衍生出的一些枝节。对于自己要做的事情,他们全都充满了热情和骄傲,就像开篇惠特曼的那首诗,"美利坚在歌唱"!如果我们在生活中遇到这群人,也会被他们的热情所感染,被他们对工作的热爱所激励吧?然而,为什么当他们在全神贯注工作的时候,却得不到我们哪怕一点点的关注,甚至是理解呢?

其实，又何止是美国？中国的矿工难道不是只在矿难时才会得到我们吝啬的同情？飞机晚点时愤怒抗议的我们何曾想过交管员的左右为难？说起民工，你难道不会隐隐有种瞧不起？有多少大城市的"土著"，还在叫嚣着让苦苦建设着城市的外地人滚蛋？烈日下挥汗如雨丰富我们餐桌的那些人们，我们大约只有在看《舌尖上的中国》时，才装模作样地感慨一下他们的辛苦。《悯农》不过是小时候读得过于滚瓜烂熟，现在又习惯性地拿来教育孩子的一首古诗罢了，还有什么实在的意义呢？像前文提到的，单一的价值观促使我们为了某些特定的目标去奋斗再奋斗，而这种忙碌让我们漠然。这样的漠然，其实导致了我们身上的一种戾气。我们心里没有别人，忘了人与人之间的温情，忘了推己及人的体贴。我们不敢信任陌生人，我们对谁都没耐心。而这种情感上的无能，最终会让我们迷失自己。

所以，其实不需要你多做什么。就是希望你多一点善意，乘坐的飞机降落在机场，如果要滑行一段时间，请不要太过着急而口出恶言，也许等的这十几分钟，是为了所有人的生命安全；离家上班时，记得关灯关水，也许有人会因为你这个小小的举动，能多休息一会儿；下次扔垃圾的时候，记得想想有没有什么东西可以回收利用，或者捐给别人，我们的地球可能已经装不下那么多垃圾了……因为你们、我们和他们的生活，看似毫无联系，其实息息相关。如果你真的实在太忙，也许你在与所有认真工作、努力生活的人们接触时，还是能抽出一秒的时间，上下牙齿咬在一起，以微笑的神情真切地说句"谢谢"。因为是无数个他们，让你的生活变成了可能。你和周围的很多人，不只是"付钱买=拿钱做"这么简单的关系。英语里说，"谢谢"这两个字是 magical words，富有魔力，你可以亲自验证一下这句话的真伪。

所以我们就来到译后记致谢的环节吧。因为这本书的缘故，这次的名单可能有点长。我首先要感谢的是那些在我翻译这本书时，以默默无闻的方式给予我帮助的人们，虽然不能面对面，但我就在与你们促膝长谈。我感谢为我提供电力的人们，让我的电脑得以运转，让我在漆黑的夜晚头顶能得一束光明；我感谢那些参与制造纸张的人们，是你们让我得以捧读原著，也让这本译作最终得以付梓；我感谢那些为我提供基本衣食住行需要的人们，因为你们，我得以在这个世界相对快乐舒适地存活，做我喜欢做的事情……总之，我感谢所有与我的生存与工作密不可分的人们，无论你是楼下干洗店的阿姨、小区门口的门卫、菜市场和我讨价还价的阿婆、送外卖或快递上门的小哥……过去你们在我眼里不过是些模糊淡然的影子，现在都变成了鲜活的人，让我便利舒适的生活变成了可能。所以，当我从你手里接过干洗的衣物、刷门卡进入小区、提着一篮子菜回家准备晚餐的时候，请聆听我那声谢谢，过去也许是礼貌的客套，如今却着实是发自内心的感激。

还要感谢作者 Jeanne Marie 写出这本书，说一句用得很"滥"又不太合适的话，"生活中不是缺少美，而是缺少发现美的眼睛"。因为有了你，看不见的，看见了；熟视无睹的，变成了值得歌颂与感激的。每当我想象你为写作这本书，以柔弱的女性之躯下煤矿，走田埂，淋大雨，爬高楼，跑公路，上高山……心里就百感交集。女性的美有很多种，有的是温柔缱绻，顾盼多情；而你的坚持，你的倔强，你的慧眼灼灼，绝对是其中最耀眼的一种。有时我翻译书里的对话，想象你和遇到的每一个人谈笑风生，想象你说话时眸子里闪动的光彩，除了被人物和故事感动以外，更为你所感动。我想，只有对这个世界满含热爱，只有对人类怀有悲悯与怜惜的伟大母性，才能写出这本书。我无比崇敬你带着女性温柔的博大情怀，也感谢我与你邮件往来提问题时你的有问必答和充满信心的"Good luck"。与原作者的良好交流，是对译者最大的帮助和鼓励。当然还要感谢你背后"看不见"的团队。就像我前面说的，能想到做这个课题，写这样一本书，光是这份初心，就已经很伟大了。同时也要感谢帮助我和原作者牵线搭桥的恩师 Michael，他与作者恰巧熟识，在一个大学共事,两人都可谓当代美国非虚构写作的翘楚,这个世界真是充满巧合。

而在这个过程中,作者本人也从那些"看不见"的美国人身上收获思想、解脱与救赎。她从握枪的感觉中反思自己的人性,从蓝莓田里认识自己的冷漠,在卡车司机的车上睡了长久以来都没有的一个好觉……这本书的作者也许不仅仅是Jeanne,还有所有这些默默无闻的美国人,所以也要感谢他们,让这本书和便利的现代生活成为现实。

在翻译本书前半部分的过程中,我有幸短暂参与了教书育人的伟大事业。我要感谢和我一起走过日日夜夜的所有孩子们。谢谢你们一双双总是充满求知欲的眼睛,谢谢你们单纯善良而又灵气的青春,时时刻刻都在感染着我。教学相长,我与你们分享一些翻译过程中的感悟和积累,谢谢你们有积极的回应,又往往激发我的灵感。多少个一起度过的晚自习,你们与我都在各自的位置上分秒必争。有时我从纷繁复杂的中英文中抬起头来,刚有点怠惰思想的萌芽,你们埋头认真为未来奋斗的身影,又好像赋予了我新的活力,让我得以继续全神贯注。而我曾经有幸教过的两位优秀学生,在我遇到一个翻译难题时,利用课余时间特别积极地查阅资料,进行思考,最终帮助我找到了答案。在此我深深地感谢你们。其实你们也是"看不见"的一群,这个社会往往只看重你们最后的成绩,却忽略你们身上其他的闪光点,忘记你们一路走来的艰辛。青春有沉重与痛苦,但有美好的你们,它的基调就始终快乐明媚。不管你们以后会散落在何方,从事"看不见"还是"看得见"的工作,我都坚信,只要你们一直不改初衷,对世界保持好奇,对生活充满激情,对自己倔强坚持,每个人都会有幸福快乐的未来。

最终我还是选择专注于翻译。干文学翻译的时间不长也不短。从小有个文学梦,后来在渐渐长大的过程中迷失于花花绿绿的梦想。七年前因为一场车祸,略有些被迫地干起了这份不用通勤、专业对口,又相对自由的工作,如今却成为我感谢那场车祸的理由。文学翻译,在旁人眼里,寂寞清苦,收入微薄。这些都不假。然而,我对于物质的要求没那么高,也不需要什么热闹。沉浸在文字中,感受原作者的智慧,比任何读者都更深入地去读一本书,每天自由支配自己的时间,做的全都是自己想做的事情,接触的全都是善意温柔的人们,还有什么比这样的工作更理想呢?读书越多,就越对自己的创作没信心,大约要做出色的作家,是没什么希望了。文学翻译也算是在帮我实现儿时的文学梦吧。这本书中描写的一些人们,将默默无闻作为工作出色的标准,恰恰与我心中好译者的标准不谋而合。我认为,好的译者是应该隐身在作品之后的。我想一本译作能够得到的最高评价,大约就是,"哎呀,这部作品太棒了!写得太美了!"读者称赞着作者,其实也在肯定着译者呢(相反,如果读者意识到译者的存在,往往就是在给出"这翻译也太烂了吧!"这种评价的时候。)。如果有一天,隐身在作品之后的我,能够得到捧读作品的你肯定的评价,那么请接受我的微笑和感谢。

感谢上海译文出版社的张吉人编辑,他总能慧眼识珠,从茫茫书海中发现这样的好书,丰富我们的精神生活。如果是本书的原作者,也许会说,他正是我们"精神食粮的采摘者"。如果你读完这本书,击节赞叹或掩卷沉思,若有所思或略有收获,那也请感谢一下"看不见"的他。

当然,最重要的感谢要留给我的家人。其实,有时候,你们最容易成为我"看不见"的一群,你们的关怀太多太让我习以为常,你们的牵挂与爱太浓,浓到渗透进生活的点点滴滴让我熟视无睹。但你们真的是我永远的英雄。我爱你们,深深的。谢谢一直陪伴在我身边的你,给我温暖美好的爱,让我勇敢前行。

还有呢,所有我"看不见"的你们,通过文字与我产生着连接,感受到这种最美好单纯的电波了吗?不管你们是肯定还是批评,至少读到了这里。谢谢你们的认真。谢谢。

雨珈

图书在版编目(CIP)数据

看不见的美国 /（美）珍妮·拉斯卡斯
(Jeanne Marie Laskas)著；何雨珈译. —上海：上
海译文出版社，2019.3 (2019.6重印)
(译文纪实)
书名原文：HIDDEN AMERICA
ISBN 978-7-5327-7940-6

Ⅰ.①看… Ⅱ.①珍…②何… Ⅲ.①纪实文学-美
国-现代 Ⅳ.①I712.55

中国版本图书馆CIP数据核字(2019)第031324号

Jeanne Marie Laskas
HIDDEN AMERICA
copyright © 2012 by JEANNE MARIE LASKAS

图字：09-2013-806号

看不见的美国

[美] 珍妮·拉斯卡斯　著　何雨珈　译
责任编辑/张吉人　装帧设计/邵旻工作室　未氓设计工作室

上海译文出版社有限公司出版、发行
网址：www.yiwen.com.cn
200001　上海福建中路193号
启东市人民印刷有限公司印刷

开本890×1240　1/32　印张9.5　插页2　字数202,000
2019年3月第1版　2019年6月第3次印刷
印数：15,001—21,000册

ISBN 978-7-5327-7940-6/I·4888
定价：49.00元

本书中文简体字专有出版权归本社独家所有，非经本社同意不得转载、摘编或复制
如有质量问题，请与承印厂质量科联系．T：0513-83349365